El enigma del cuatro

Ian Caldwell y Dustin Thomason

El enigma del cuatro

Traducción de
Juan Gabriel Vásquez

CÍRCULO de LECTORES

Para nuestros padres

Nota histórica

La *Hypnerotomachia Poliphili* es uno de los libros más apreciados y menos comprendidos de los primeros años de la imprenta occidental. Hoy en día sobreviven menos ejemplares de esta obra que de la Biblia de Gutenberg. Los estudiosos aún debaten sobre la identidad y los propósitos de Francesco Colonna, el misterioso autor de la *Hypnerotomachia*. La primera traducción completa al inglés de la *Hypnerotomachia* no fue publicada hasta diciembre de 1999, quinientos años después de la impresión del texto original y meses después de los sucesos descritos en *El enigma del cuatro*[1].

1. Existe traducción española: Colonna Franchesco (ed. Pilar Pedraza) Sueño de Polífilo, Barcelona, El Acantilado, 1999.

Amable lector, escucha a Polífilo hablar de sus sueños,
Sueños enviados por el cielo más alto.
No será vano tu esfuerzo; ni te irritará escuchar,
Pues esta obra extraordinaria abunda en múltiples cosas.
Si, por seriedad o adustez, desprecias las historias de amor,
Te ruego lo sepas: aquí dentro, las cosas guardan buen orden.
¿Te niegas? Pero el estilo al menos, con su novedosa lengua,
Su discurso serio, su sabiduría, contará con tu atención.
Si también a ello te niegas, percibe la geometría,
Las cosas de otro tiempo expresadas en signos nilóticos...
Allí verás los palacios perfectos de los reyes,
La adoración de las ninfas, las fuentes, los ricos banquetes.
Los guardias bailan en trajes variopintos, y toda
La vida humana se expresa en oscuros laberintos.

Elegía anónima al lector,
Hypnerotomachia Poliphili

Prólogo

Como a tantos nos sucede, mi padre se pasó la vida juntando las piezas de una historia que nunca llegaría a comprender. Esa historia comenzó casi cinco siglos antes de que yo fuera a la universidad, y terminó mucho después de la muerte de mi padre. Una noche de noviembre de 1487, dos mensajeros salieron a caballo de las sombras del Vaticano rumbo a una iglesia llamada San Lorenzo, fuera de las murallas de Roma. Lo que ocurrió esa noche trastocó sus destinos, y mi padre creía que podría llegar a trastocar el suyo.

Nunca hice mucho caso de sus convicciones. Los hijos son la promesa que el tiempo hace a los hombres, la garantía que cada padre recibe de que todo lo que estima será algún día considerado banal, y de que la persona que más ama en el mundo será incapaz de comprenderlo. Pero mi padre, experto en el Renacimiento, nunca descartó la posibilidad de volver a nacer. Tantas veces contó la historia de los dos mensajeros que, por más que lo intente, no he podido olvidarla. Intuyó –ahora lo comprendo– que había una lección en ella, una verdad que acabaría por unirnos.

Los mensajeros habían sido enviados a San Lorenzo para entregar la carta de un noble, con la advertencia, so pena de muerte, de que no la abrieran. La carta llevaba cuatro sellos de cera oscura, y contenía un secreto que mi padre intentaría descifrar durante tres décadas. Pero aquéllos eran malos tiempos para Roma; el honor de otras épocas la había abandonado para no regresar. En el techo de la Capilla Sixtina seguía habiendo un cielo estrellado, y lluvias apocalípticas habían inundado el río Tíber, en cuyas orillas, según las viudas más viejas, había aparecido un monstruo con cuerpo de mujer y cabeza de burro. Rodrigo y Donato, los codiciosos jinetes, no atendieron la advertencia de su señor. Calentaron con una vela los sellos de cera y abrieron la carta para leer su contenido. Antes de partir hacia San Lorenzo, repusieron el sello a la perfección, copiando la impronta del noble con tanto esmero que su intrusión debió de ser imposible de detectar. Si su señor no hubiera sido extraordinariamente sabio, es seguro que los dos correos habrían sobrevivido.

Pues no fueron los sellos lo que perdió a Rodrigo y a Donato. Fue la cera negra y pesada en la cual los sellos se habían impreso. Cuando llegaron a San Lorenzo, los mensajeros fueron recibidos por un lacayo que sabía lo que la cera contenía: extractos de una hierba venenosa que, al aplicarse a los ojos, dilata las pupilas. Hoy en día, este compuesto tiene un uso medicinal, pero en aquella época era usado como cosmético por las mujeres italianas, pues las pupilas dilatadas se consideraban señal de belleza. Esta práctica dio a la planta su nombre: «mujer bella», o *belladonna*. Al fundir y refundir los sellos, Rodrigo y Donato sufrieron los efectos del humo de la cera quemada. Tras su llegada a San Lorenzo, el lacayo los llevó junto a un candelabro, cerca del altar. Sus pupilas no se contrajeron: el lacayo supo lo que habían hecho. Y aunque los mensajeros se esforzaban por reconocer al hombre a través de su mirada extraviada, éste hizo lo que le habían ordenado: sacó su espada y les cortó la cabeza. Se trataba de una prueba de lealtad, dijo el noble, y los mensajeros habían fracasado.

De la suerte de Rodrigo y Donato se enteró mi padre por un documento que descubrió poco antes de morir. El lacayo cubrió sus cuerpos y los sacó a rastras de la iglesia, limpiando la sangre con trapos y estopilla. Metió las cabezas en sendas alforjas y las colocó a ambos lados de la montura; echó los cuerpos sobre los caballos de Rodrigo y Donato y los enganchó al suyo. Encontró la carta en el bolsillo de Donato y la quemó, porque era falsa y no tenía destinatario. Entonces, antes de partir, se arrodilló ante la iglesia, arrepentido, horrorizado por el pecado que acababa de cometer en nombre de su señor. Frente a sus ojos, las aberturas que había entre las seis columnas de San Lorenzo le parecieron dientes negros, y aquel simple lacayo reconoció haber temblado al verlas, pues de niño, sentado sobre las rodillas de las viudas, había conocido las visiones que tuvo el poeta Dante del infierno y sabido que el castigo de los grandes pecadores era ser roídos para siempre entre las fauces de *lo 'mperador del doloroso regno*.

Quizás el viejo san Lorenzo estuviera observando desde la tumba y, viendo la sangre en las manos de aquel pobre hombre, lo perdonara. O quizá no hubiera perdón posible, y san Lorenzo, como los santos y los mártires del presente, guardara un silencio inescrutable. Aquella noche, el lacayo siguió las órdenes de su señor y llevó los cadáveres de Rodrigo y Donato al carnicero. Acaso sea mejor no imaginar su destino. Pero espero que los cuerpos fueran arrojados a la calle y recogidos por los carros de la basura, o devorados por los perros, y no transformados en un pastel.

En cualquier caso, el carnicero encontró otro uso para las cabezas. Las vendió a un panadero del lugar, un hombre un poco taimado que aquella noche las depositó en su propio horno antes de cerrar. En aquella época era costumbre que las viudas tomaran prestados los hornos de los panaderos al caer la noche, cuando las brasas del día aún estaban calientes; las mujeres llegaron, y al encontrarse con las cabezas chillaron y estuvieron a punto de desmayarse.

A primera vista, ser usado para espantar a un puñado de viejas brujas parece un destino vulgar. Pero creo que Rodrigo y Donato han gozado de mayor fama de la que jamás habrían podido gozar en vida, gracias a la forma en que murieron. Porque en toda civilización son las viudas quienes guardan la memoria, y una cosa es cierta: las que encontraron las cabezas en el horno del panadero nunca lo olvidaron. Aun después de que el panadero confesara su hazaña, las viudas debieron de seguir contando a los niños de Roma la historia del descubrimiento; y ellos, durante una generación entera, recordaron el cuento de las cabezas milagrosas tan vívidamente como recordaban al monstruo escupido por la riada del Tíber.

Y aunque la historia de los dos mensajeros pasaría finalmente al olvido, hay algo que permanece más allá de toda duda: el lacayo cumplió con su deber. Sea cual fuere, el secreto de su señor nunca salió de San Lorenzo. La mañana siguiente al asesinato de Rodrigo y Donato, mientras los basureros amontonaban tripas e inmundicias en sus carretillas, nadie prestó demasiada atención a la muerte de aquellos hombres. El lento progreso que transforma la belleza en podredumbre y la podredumbre en belleza siguió su curso y, como los dientes de la serpiente que Cadmo sembró, la sangre del mal regó tierras romanas y produjo renacimientos. Pasarían quinientos años antes de que alguien descubriera la verdad. Cuando esos cinco siglos hubieron pasado, y la muerte hubo encontrado un nuevo par de mensajeros, yo estaba terminando mi último año de universidad en Princeton.

Capítulo 1

El tiempo es una cosa extraña. Pesa más sobre quienes menos lo tienen. Nada es más leve que ser joven y llevar el mundo a las espaldas; la sensación de lo posible es tan seductora que tienes la certeza de que podrías dedicarte a algo más importante que estudiar para un examen.

Ahora puedo verme en la noche en que todo empezó. Estoy en la residencia de estudiantes, acostado en el viejo sofá rojo de nuestra habitación, luchando con Pavlov y sus perros en mi libro de *Introducción a la Psicología* y preguntándome por qué no habré hecho las asignaturas de ciencias durante el primer año, como todo el mundo. Frente a mí, sobre la mesa, hay dos cartas; cada una de ellas contiene una idea de lo que podré hacer el año que viene. Ha caído la noche del Viernes Santo; abril es frío en Princeton, Nueva Jersey, y ahora, a tan sólo un mes de terminar la universidad, nada me distingue de los demás estudiantes de la promoción de 1999: me cuesta dejar de pensar en el futuro.

Charlie está sentado en el suelo, junto a la nevera, jugando con el Shakespeare Magnético que alguien dejó en nuestra habitación la semana pasada. La novela de Fitzgerald que debería estar leyendo para su trabajo final de Literatura 151w está en el suelo, abierta de par en par, con el lomo roto como una mariposa pisoteada, y Charlie está formando y volviendo a formar frases con los imanes que llevan las palabras de Shakespeare. Si se le pregunta por qué no está leyendo a Fitzgerald, gruñirá y responderá que no tiene sentido hacerlo. Para él, la literatura no es más que un juego de trileros para hombres cultos, un truco de cartas para universitarios: las apariencias siempre engañan. Para una mente científica como la de Charlie, no hay perversidad mayor. En otoño empezará los estudios de Medicina y, sin embargo, los demás seguimos obligados a oírle hablar del aprobado que sacó en marzo pasado en el parcial de Literatura.

Gil nos echa una mirada y sonríe. Ha estado fingiendo que estudia para un examen de Economía, pero están dando *Desayuno con diamantes* y Gil es aficionado a las películas viejas, especialmente a las de Audrey Hepburn. El consejo que le dio a Charlie fue muy simple: si no quieres leer el libro, alquila la película. Nadie se enterará. Acaso tenga razón, pero para Charlie hay algo deshonesto en ello, y de todas formas hacerlo le impediría quejarse de la gran estafa que es la literatura; de manera que en vez de a Daisy Buchanan estamos viendo, una vez más, a Holly Golightly.

Me inclino y reorganizo algunas de las palabras de Charlie hasta formar, en la parte superior de la nevera, la frase «suspender o no suspender: ésa es la cuestión». Charlie levanta la cara para lanzarme una mirada de desaprobación. Sentado en el suelo, Charlie es casi tan alto como yo en el sofá. Cuando se pone a mi lado, parece un Otelo atiborrado de esteroides: un negro de noventa y cinco kilos que roza el techo con sus dos metros de estatura. Yo, en cambio, mido un metro setenta con zapatos. A Charlie le gusta llamarnos Gigante Rojo y Enano Blanco, porque una gigante roja es una estrella desproporcionadamente grande y brillante, mientras que una enana blanca es una pequeña y apagada. Tengo que recordarle que Napoleón medía menos de uno sesenta, aunque es cierto, como dice Paul, que al convertir los pies franceses al sistema inglés resulta que el emperador era un poco más alto.

Paul es el único de nosotros que no está presente en la habitación. Desapareció esta mañana y nadie lo ha visto desde entonces. Durante el último mes nuestra relación se ha enfriado un poco, y con la presión académica que ha recibido últimamente ha preferido irse a estudiar al Ivy, el club restaurante del cual son miembros Gil y él. Ahora mismo Paul está enfrascado en su tesina de fin de carrera, que todos los alumnos de Princeton deben escribir para poder graduarse. Charlie, Gil y yo estaríamos haciendo lo mismo si no fuera porque la fecha de entrega impuesta por nuestros departamentos ya ha pasado. Charlie identificó una nueva interacción proteínica en ciertas vías de señales neuronales; Gil investigó algo relacionado con las ramificaciones del impuesto sobre la renta. Yo entregué mi trabajo a última hora, entre solicitudes y entrevistas, y estoy seguro de que el mundo de los estudios sobre *Frankenstein* no ha cambiado en lo más mínimo desde entonces.

La tesina de fin de carrera es una institución que casi todo el mundo desprecia. Los ex alumnos hablan de ella con nostalgia, como si no pudieran recordar nada más placentero que escribir un trabajo de cien páginas mientras asisten a clases y deciden su futuro profesional. Pero lo cierto es que es una tarea miserable en la que te tienes que dejar la piel. Es una introducción a la vida adulta, según nos dijo una vez un profesor de Sociología, con esa forma molesta que tienen los profesores de dar lecciones una vez ha terminado la lección: un peso tan grande que no hay manera de quitárselo de encima. «Cuestión de responsabilidad –dijo–. Pruébenlo, a ver qué les parece.» Poco importaba que lo único que él estuviera probando, para ver qué le parecía, fuera una hermosa estudiante llamada Kim Silverman cuya tesina dirigía. Era cuestión de responsabilidad. Sí, me parece que estoy de acuerdo con lo que dijo Charlie en aquel momento. Si Kim Silverman es el tipo de cosas que un adulto no puede quitarse de encima, cuenten conmigo. Si no es así, correré el riesgo de seguir siendo joven.

Paul será el último de nosotros en terminar la tesina, y no hay duda de que la suya será la mejor del grupo. En realidad, la suya puede ser la mejor tesina de toda la promoción, tanto en el Departamento de Historia como en los demás. Ésta es la magia de su inteligencia: nunca he conocido a nadie más paciente que Paul. Y frente a su paciencia, los problemas simplemente se dan por vencidos. «Contar cien millones de estrellas –me dijo una vez–, a un ritmo de una por segundo, parece una labor que nadie podría realizar en el transcurso de una vida.» En realidad, llevaría sólo tres años. La clave está en concentrarse, en tener voluntad para no distraerse. Ése es su don: intuye todo lo que una persona puede hacer si lo hace lentamente.

Tal vez por eso todos esperan tanto de su tesina: saben cuántas estrellas podría contar Paul en tres años, pero él ha trabajado en la tesina de final de carrera casi cuatro. Mientras que al estudiante medio se le ocurre un tema de investigación en el primer semestre del último curso y logra terminarlo en primavera, Paul ha estado dándole vueltas a su tema desde primero. Pocos meses después de comenzar el primer curso, decidió concentrarse en un raro texto renacentista titulado *Hypnerotomachia Poliphili*, un nombre laberíntico que sé pronunciar porque mi padre se dedicó a estudiarlo durante la mayor parte de su carrera como historiador del Renacimiento. Tres años y medio más tarde, y a menos de veinticuatro horas de la fecha de entrega, Paul ha recogido material suficiente para poner a salivar al más exigente programa de estudios de posgrado.

El problema es que, en opinión Paul, también yo debería estar celebrando el acontecimiento. Durante unos meses, en invierno, trabajamos juntos en el libro y, como equipo, logramos buenos avances. Sólo entonces comprendí algo que decía mi madre: que los hombres de nuestra familia tenían tendencia a dejarse seducir por ciertos libros tan fácilmente como por ciertas mujeres. Puede que la *Hypnerotomachia* nunca haya tenido grandes atractivos físicos, pero contaba con todas las artimañas de las mujeres feas: el encanto, lento y adictivo, del misterio interior. Cuando me di cuenta de que había sucumbido a él igual que mi padre, logré poner pies en polvorosa y tiré la toalla antes de que ese asunto llegara a arruinar mi relación con una novia que merecía mejor suerte. Desde entonces, las cosas no han ido bien entre Paul y yo. Bill Stein, otro estudiante, le ha ayudado con la investigación desde el día en que yo me retiré. Ahora, a medida que se acerca la fecha de entrega, Paul se ha vuelto cada vez más cauteloso. Normalmente se muestra más comunicativo acerca de su trabajo, pero en el curso de la última semana se ha alejado no sólo de mí, sino también de Charlie y de Gil, y se ha negado a decir una sola palabra sobre su investigación.

–¿Y bien, Tom? –pregunta Gil–. ¿Por cuál te inclinas?

Charlie levanta la mirada de la nevera.

–Sí –dice–. Nos tienes en ascuas.

Gil y yo soltamos un gruñido. «Estar en ascuas» es una de las expresiones que Charlie falló en su examen parcial. La asoció con *Moby Dick* en lugar de con las *Aventuras de Roderick Random,* de Tobias Smollett, con el argumento de que le sonaba más como argot marinero que como sinónimo de suspense. Y ahora no hace más que repetirla.

–Por favor, déjalo –dice Gil.

–Dime un solo médico que sepa lo que quiere decir «estar en ascuas» –dice Charlie.

Antes de que podamos responder, nos llega un crujido desde la habitación que comparto con Paul. De repente, allí está él en persona, de pie en el umbral y vestido sólo con calzoncillos y camiseta.

–¿Sólo uno? –dice, frotándose los ojos–. Tobias Smollett. Era cirujano.

La mirada de Charlie regresa a los imanes.

–Era de esperar.

Gil suelta una risita, pero no dice nada.

–Creíamos que habías ido al Ivy –dice Charlie cuando el silencio se vuelve incómodo.

Paul niega con la cabeza, y enseguida se dirige a su escritorio para recoger su cuaderno de notas. Tiene el pelo pajizo aplastado sobre la cabeza y marcas de almohada en la cara.

–No hay suficiente privacidad –dice–. He vuelto a trabajar en mi litera y me he quedado dormido.

Lleva dos noches, tal vez más, sin apenas pegar ojo. El director de su tesina, el profesor Vincent Taft, lo ha estado presionando para que aporte más y más documentos cada semana; y a diferencia de otros directores a los que no les importa dejar a los estudiantes a expensas de sus propias esperanzas, Taft ha estado apoyando a Paul desde el principio.

–¿Finalmente qué, Tom? –pregunta Gil, rompiendo el silencio–. ¿Qué has decidido?

Levanto la mirada. Gil se refiere a las cartas que tengo frente a mí; las he estado mirando de reojo mientras intentaba leer el libro. La primera es de la Universidad de Chicago, que me ha admitido en un programa de doctorado en Literatura. Llevo los libros en la sangre, al igual que Charlie la Medicina, y un doctorado en Chicago me iría bastante bien. La verdad es que tuve que pelearme por la carta algo más de lo que hubiera querido, en parte porque mis calificaciones en Princeton no han sido sobresalientes, pero sobre todo porque no sé exactamente qué quiero hacer con mi vida y los buenos programas de posgrado pueden oler la indecisión como los perros el miedo.

–Tú ve donde esté el dinero –dice Gil sin despegar los ojos de Audrey Hepburn.

Gil es hijo de un banquero de Manhattan. Para él, Princeton nunca ha sido un destino, tan sólo un asiento de ventanilla con buenas vistas, una escala en el camino a Wall Street. En este sentido, Gil es una caricatura de sí mismo, pero se las arregla para sonreír cada vez que lo mortificamos con el tema. Sabemos que su sonrisa vale su peso en oro: ni siquiera Charlie, que con toda seguridad hará una pequeña fortuna como médico, podrá nunca soñar con ganar el dinero que ganará Gil.

–No le hagas caso –dice Paul desde el otro extremo de la habitación–. Haz lo que el corazón te diga.

Lo miro. Me sorprende que tenga en mente algo que no sea su tesina.

–Haz lo que el dinero te diga –dice Gil mientras se pone de pie para sacar de la nevera una botella de agua.

–¿Cuánto te han ofrecido? –pregunta Charlie, ignorando por un instante su juego de imanes.

–Cuarenta y uno –especula Gil, y unas cuantas palabras isabelinas caen de la nevera al cerrarse la puerta–. Con incentivos de cinco. Más opciones.

El semestre de primavera es el momento en que se realizan las ofertas de empleo y el de 1999 ha resultado ser muy fructífero. Cuarenta y un mil dólares al año es casi el doble de lo que yo esperaba ganar con mi humilde diploma de Literatura pero, comparado con los contratos que he visto firmar a mis compañeros de clase, podría pensarse que apenas me servirá para sobrevivir.

Cojo la carta de Daedalus, una firma de internet de Austin que dice haber desarrollado el software más avanzado del mundo para racionalizar los trámites administrativos de las empresas. No sé prácticamente nada de esa compañía, no digamos ya de lo que son los trámites administrativos de las empresas, pero un amigo de la residencia me sugirió que me entrevistara con ellos y, dado que habían comenzado a circular rumores acerca de los elevados salarios que esta nueva y desconocida empresa de Texas pagaba a sus empleados, eso fue lo que hice. Muy de acuerdo con las tendencias habituales, a Daedalus no le importó que yo lo ignorara todo acerca de ellos y de su sector. Si era capaz de resolver un par de acertijos en la entrevista, y demostraba ser más o menos amable y saber expresarme con cierta propiedad, el trabajo sería mío. Y así, muy a la manera del César, fui, lo hice y lo obtuve.

–Casi –digo, leyendo la carta–. Cuarenta y tres mil al año. Incentivos de tres mil. Mil quinientos en opciones.

–Y qué más –añade Paul desde el otro lado de la habitación. Él es el único que actúa como si hablar de dinero fuera de peor gusto que tocarlo–. Vanidad de vanidades.

Charlie ha comenzado de nuevo a cambiar los imanes de sitio. Con voz fulminante de barítono, imita al predicador de su iglesia, un hombre negro y diminuto de Georgia que acaba que graduarse en el Seminario de Teología de Princeton.

–Vanidad de vanidades. Todo es vanidad.

–Sé honesto contigo mismo, Tom –dice Paul con impaciencia pero sin llegar nunca a mirarme a los ojos–. Una compañía que cree que alguien como tú merece un sueldo semejante no puede durar mucho. Ni siquiera sabes a qué se dedican.

Regresa a su cuaderno y sigue garabateando. Como la mayoría de los profetas, su destino es ser ignorado.

Gil sigue concentrado en el televisor, pero Charlie levanta la mirada, atento al tono nervioso que ha adquirido la voz de Paul. Se frota una mano contra la barba incipiente y luego dice:

–Bueno, ya basta. Me parece que es hora de desahogarse.

Por primera vez, Gil despega la mirada de la película. Debe de haber oído lo mismo que yo: el vago énfasis en la palabra «desahogo».

–¿Ahora? –pregunto.

Gil mira el reloj; le gusta la idea.

–Tenemos media hora, más o menos –dice; y como señal de apoyo llega incluso a apagar el televisor, dejando que Audrey se desvanezca en el interior del tubo.

Charlie cierra su libro de Fitzgerald de un golpe; empieza a bullir de actividad. El lomo roto se abre en son de protesta, pero Charlie arroja el libro al sofá.

–Estoy trabajando –objeta Paul–. Tengo que terminar esto.

Me lanza una mirada extraña.

–¿Qué? –pregunto.

Pero Paul permanece en silencio.

–¿Qué pasa, chicas? –dice Charlie con impaciencia.

–Todavía está nevando –les recuerdo.

La primera nevada del año ha llegado aullando esta mañana, justo cuando la primavera parecía haberse acomodado en las ramas de los árboles. Ahora se habla de treinta centímetros de nieve, tal vez más. En el campus, las actividades de Semana Santa, entre las que este año hay una conferencia de Viernes Santo de Vincent Taft, han sufrido alteraciones. El viento se levanta y las temperaturas caen: no se puede decir que sea el clima propicio para lo que Charlie tiene en mente.

–Pero no has quedado con Curry hasta las ocho y media, ¿no? –le pregunta Gil a Paul, tratando de convencerlo–. Para entonces ya habremos terminado. Puedes seguir trabajando esta noche.

Richard Curry, un excéntrico que en otros tiempos fue amigo de mi padre y de Taft, ha sido el mentor de Paul desde el primer año de carrera. Le ha puesto en contacto con los más destacados historiadores del mundo, y ha financiado buena parte de su investigación sobre la *Hypnerotomachia*. Paul sopesa en la mano el cuaderno de notas. Sólo con verlo, sus ojos vuelven a llenarse de fatiga.

Charlie intuye que está a punto de ceder.

–A las ocho menos cuarto ya habremos terminado –dice.

–¿Cuáles serán los equipos? –pregunta Gil.

Charlie se lo piensa y luego dice:

–Tom va conmigo.

El juego que estamos a punto de jugar es una nueva versión de un clásico: una frenética partida de *paintball*[1] en un laberinto de conductos de vapor que hay debajo del campus. Allí hay más ratas que bombillas, la temperatura llega a cuarenta grados en pleno invierno y el suelo es tan peligroso que incluso la policía del campus tiene prohibido efectuar persecuciones. La idea se les ocurrió a Charlie y a Gil durante el periodo de exámenes de primero; se inspiraron en un viejo mapa que Gil y Paul habían encontrado en su club, y en un juego que el padre de Gil y sus amigos jugaban en los túneles cuando estaban en el último año de carrera.

La popularidad de la nueva versión creció hasta contar con la participación de casi una docena de miembros del Ivy y la mayoría de los amigos de Charlie del Equipo de Emergencias Médicas. A todos les sorprendió que Paul fuera uno de los mejores jugadores; sólo nosotros cuatro lo entendíamos, porque sabíamos que Paul utilizaba a menudo los túneles para ir y venir solo del Ivy. Pero su interés en el juego fue disminuyendo gradualmente. Le molestaba que nadie comprendiera como él las posibilidades estratégicas del jue-

1. Juego por equipos en que se disparan cápsulas de pintura contra los contrarios. *(N. del T.)*

go, el ballet táctico. Paul no estaba presente en la memorable partida jugada a mediados de invierno en la que un disparo errado perforó un conducto de vapor. La explosión derritió seis metros de revestimientos plásticos de seguridad de las líneas de alta tensión, tres a cada lado del impacto y de no ser porque Charlie se los llevó de allí a tiempo, habría podido asar vivos a dos estudiantes que iban medio borrachos. Los vigilantes (la policía del campus de Princeton) descubrieron lo ocurrido, y en cuestión de días el decano había impuesto una avalancha de castigos. Tras los disturbios, Charlie reemplazó las pistolas de pintura y los perdigones por algo más rápido pero menos arriesgado: un viejo juego de pistolas de rayos láser que encontró en un mercadillo de objetos usados. Aun así, a medida que se acerca la fecha de la graduación, la administración ha ido imponiendo una política de tolerancia cero en cuanto a infracciones disciplinarias. Si esta noche llegaran a sorprendernos en los túneles, podríamos ser expulsados temporalmente o incluso algo peor.

De la habitación que comparte con Gil, Charlie saca una gigantesca mochila de excursionista, y luego saca otra y me la entrega. Finalmente, se pone la gorra.

–Por Dios, Charlie –dice Gil–. Sólo vamos a jugar media hora. Me llevé menos trastos para todas las vacaciones de primavera.

–Siempre preparados –dice Charlie, echándose la mochila más grande sobre el hombro–. Ése es mi lema.

–El tuyo y el de los *boy scouts* –farfullo.

–El de los Águilas –dice Charlie, porque sabe que yo nunca pasé de novato.

–¿Están listas las chicas? –interrumpe Gil, de pie junto a la puerta.

Paul respira hondo, como despertándose, y asiente. Recoge el busca en su habitación y se lo cuelga en el cinturón.

Frente a Dod Hall, nuestra residencia, Charlie y yo nos despedimos de Gil y Paul. Entraremos en los túneles por lugares distintos, y no nos veremos hasta que bajo tierra uno de los equipos encuentre al otro.

–No sabía que hubiera *boy scouts* negros –le digo a Charlie en cuanto nos quedamos solos.

Caminamos por el campus. La capa de nieve es más profunda y más fría de lo que me esperaba; me envuelvo en mi anorak de esquí y me pongo los guantes.

–No pasa nada –dice–. Antes de conocerte, yo no sabía que hubiera blancos cobardes.

El trayecto hacia el extremo sur del campus transcurre en medio del aturdimiento. Ahora que la graduación se acerca y me he sacado la tesina de encima, durante varios días el mundo me ha parecido lleno de movimientos superfluos: los estudiantes menos privilegiados asistiendo a seminarios nocturnos, los de último año pasando a limpio sus últimos capítulos en los ordenadores de salas sobrecalentadas, y ahora los copos de nieve que llenan el cielo bailando en círculos antes de posarse en el suelo.

Mientras caminamos, me empieza a doler la pierna. Durante años, la cicatriz que tengo en el muslo ha sabido predecir el mal tiempo seis horas después de que el mal tiempo llegue. Esta cicatriz es el recuerdo de un viejo accidente. Poco después de cumplir dieciséis años, sufrí un accidente de tráfico que me obligó a pasar en el hospital casi todo el verano del segundo curso. Los detalles me resultan borrosos, pero la única imagen precisa que guardo de aquella noche es la de mi fémur izquierdo, que se rompió limpiamente y me atravesó la piel. Apenas tuve tiempo de verlo antes de desmayarme por la impresión. También se me rompieron los dos huesos del antebrazo izquierdo y tres costillas del mismo lado. Según los enfermeros, consiguieron detener la hemorragia justo a tiempo para salvarme la vida. Sin embargo, cuando me sacaron de entre los restos del coche, mi padre, que iba al volante, ya había muerto.

El accidente, obviamente, me transformó: después de tres operaciones y dos meses de rehabilitación –y de la aparición de aquellos fantasmales dolores que llegaban seis horas después del cambio de tiempo–, aún tenía tornillos de metal entre los huesos, una cicatriz en la pierna y un extraño vacío en la vida, un vacío que no parecía sino crecer a medida que pasaba el tiempo. Al principio fue la ropa: tuve que usar pantalones y shorts de tallas más pequeñas hasta que recuperé el peso perdido, y luego modelos que taparan el injerto de piel del muslo. Más tarde me percaté de que también mi familia se había transformado, sobre todo mi madre (se había encerrado en sí misma desde el accidente) pero también mis dos hermanas mayores, Sarah y Kristen, que empezaron a pasar cada vez menos tiempo en casa. Por último, fueron mis amigos quienes comenzaron a cambiar, o acaso fui yo quien empezó a cambiarlos. No sé muy bien si quería amigos que me entendieran mejor, o que me vieran de otro modo, no lo sé, pero los viejos, como la ropa vieja, simplemente dejaron de servirme.

A la gente le gusta decir a las víctimas que el tiempo todo lo cura. «Lo cura», eso dicen, como si el tiempo fuera un médico. Pero después de seis años de pensar en el asunto, he llegado a una conclusión distinta. El tiempo es ese tipo del parque de atracciones que pinta camisetas con un aerógrafo. Rocía una fina niebla de pintura hasta que en el aire no quedan más que partículas solitarias esperando a quedar pegadas en su sitio. El resultado, el dibujo que queda sobre la camiseta, no suele ser gran cosa. Sospecho que quien compra esa camiseta, el gran patrocinador del eterno parque temático, quienquiera que sea, se despierta a la mañana siguiente y se pregunta qué diablos vio en ella. En esta analogía, como tuve que explicarle a Charlie la primera vez que se la mencioné, nosotros somos la pintura. El tiempo es lo que nos dispersa.

Tal vez la mejor manera de expresarlo sea la que usó Paul poco después de conocernos. Ya por entonces era un fanático del Renacimiento: tenía dieciocho años y estaba convencido de que la civilización había caído en picado desde la muerte de Miguel Ángel. Había leído todos los libros de mi padre sobre la época. Pocos días después del inicio de las clases, reconoció mi segundo nombre en el libro de fotografías de nuevos estudiantes y se me presentó. Mi segundo nombre es bastante peculiar; durante varias épocas de mi niñez lo llevé como quien arrastra una condena. Mi padre trató de bautizarme con el nombre de su compositor favorito, un italiano del siglo XVII sin el cual, según él, no hubiera existido Haydn y, por lo tanto, tampoco Mozart. Mi madre, por otra parte, se negó a que el certificado de nacimiento saliera impreso como lo quería mi padre, insistiendo hasta el día de mi llegada al mundo en que Arcangelo Corelli Sullivan era una carga demasiado pesada –como un monstruo de tres cabezas– para un niño. A ella le gustaba Thomas, el nombre de su padre: lo que le faltaba en imaginación, lo compensaba con sutileza.

Así, cuando empezaron las contracciones, mi madre llevó a cabo una maniobra de dilación del parto –así la llamó–, manteniéndome fuera de este mundo hasta que mi padre aceptara llegar a un acuerdo. En un momento de menos inspiración que desespero, acabé por ser Tom Corelli Sullivan; para bien o para mal, me acostumbré. Mi madre esperaba que pudiese esconder mi segundo nombre entre los otros dos, como si se tratara de ocultar el polvo bajo la alfombra. Pero mi padre, para quien los nombres eran de mucha importancia, siempre dijo que un Corelli sin Arcangelo era como un Stradivarius sin cuerdas. Alegaba que sólo había cedido a las exigencias de mi madre porque los riesgos eran más elevados de lo que ella reveló. Su maniobra de dilación, solía decir con una sonrisa, no ocurrió en la cama del parto, sino en el tálamo nupcial. Mi padre era de esas personas para las cuales haber realizado un pacto en un momento de pasión es la única excusa para un error de juicio.

Todo esto se lo conté a Paul pocas semanas después de conocerlo.

–Tienes razón –me dijo, cuando le expliqué mi pequeña metáfora del aerógrafo–. El tiempo no es ningún Da Vinci. –Se quedó pensando, y luego sonrió con esa delicadeza tan suya–. Ni siquiera un Rembrandt. No es más que un mal Jackson Pollock.

Desde el principio me pareció que me entendía.

Los tres me entendían: Paul, Charlie y Gil.

Capítulo 2

Ahora mismo, Charlie y yo estamos junto a la boca de una alcantarilla al pie de Dillon Gym, cerca del extremo sur del campus. En su gorra, la insignia de los Philadelphia 76ers cuelga de un hilo y se agita con el viento. Por encima nuestro, gigantescas nubes llenas de copos de nieve se sacuden bajo el ojo naranja de una luz de sodio. Esperamos. Charlie empieza a perder la paciencia porque unas estudiantes que hay al otro lado de la calle nos están haciendo perder el tiempo.

–Dime cuál es el plan –digo.

Sobre su reloj palpita una luz y él baja la mirada.

–Son las 7.07. Los vigilantes cambian de turno a las 7.30. Tenemos veintitrés minutos.

–¿Crees que veinte minutos son suficiente para cogerlos?

–Si logramos adivinar dónde van a estar, claro que sí –dice. Su mirada regresa al lado opuesto de la calle–. Vamos, chicas, vamos.

Una de ellas camina con coquetería bajo la ventisca. Lleva una falda primaveral, como si la nieve la hubiera cogido por sorpresa mientras se vestía. La otra, una chica peruana que conocí en un campeonato universitario, lleva la tradicional parka naranja del equipo de natación y saltos.

–Me olvidé de llamar a Katie –comento en cuanto lo recuerdo.

Charlie se da la vuelta.

–Es su aniversario. Tenía que llamarla para decirle cuándo iría a verla.

Katie Marchand, estudiante de segundo año, se ha ido convirtiendo en el tipo de novia que yo no merecía encontrar. La creciente importancia que ha cobrado en mi vida es un hecho que Charlie acepta, recordándose que las mujeres inteligentes suelen tener un pésimo gusto con los hombres.

–¿Le has comprado algo?

–Sí. –Hago un rectángulo con las manos–. Una foto de esa galería que…

–Entonces no pasa nada por que no la llames –asiente Charlie. Sigue un sonido gutural, una especie de media risa–. De todos modos, lo más probable es que ahora mismo tenga otras cosas en qué pensar.

–¿Y eso qué significa?

Charlie alarga una mano, coge un copo de nieve en el aire.

–Primera nevada. Olimpiadas al Desnudo.

–Dios mío. Me he olvidado por completo.

Las Olimpiadas al Desnudo son una de las más apreciadas tradiciones de Princeton. Cada año, la noche de la primera nevada, los estudiantes de segundo se reúnen en el patio de Holder Hall. Se presentan en manada, cientos y cientos de ellos, y allí, rodeados de residencias repletas de espectadores procedentes de todo el campus, se quitan la ropa con la heroica despreocupación de un roedor que se dirige a la trampa, y comienzan a correr como locos. Se trata de un rito que debió de nacer en los viejos tiempos de la universidad, cuando Princeton era una institución para hombres y la desnudez colectiva era una expresión de ciertas prerrogativas masculinas, como orinar de pie o declarar la guerra. Pero luego las mujeres se unieron a la refriega, y esta especie de acogedora melé se transformó en el acontecimiento imprescindible del año académico. Hasta los medios de comunicación se presentan para grabarlo, con camionetas de transmisión vía satélite y cámaras de vídeo llegadas de Filadelfia o Nueva York. La mera idea de las Olimpiadas al Desnudo es como una hoguera en medio de los meses más fríos de la universidad, pero este año, ahora que ha llegado el turno de Katie, de repente me interesa más cuidar el fuego del hogar.

–¿Listo? –dice Charlie en cuanto se alejan las dos estudiantes.

Remuevo el pie sobre la tapa de la alcantarilla para sacudir la nieve.

Charlie se arrodilla y mete ambos índices en las rendijas de la tapa. La retira, arrastrándola, y la nieve sofoca el chirrido del hierro contra el asfalto.

–Tú primero –dice, poniéndome una mano en la espalda.

–¿Y las mochilas?

–No te andes con rodeos. ¡Venga ya!

Me pongo de rodillas y apoyo las manos a ambos lados de la alcantarilla abierta. De abajo sale un calor denso. Cuando intento bajar, el volumen de mi anorak de esquí se atasca en los bordes de la abertura.

–Maldita sea, Tom, un muerto se mueve más rápido. Mueve los pies y encontrarás un escalón de hierro. Hay una escalera en la pared.

Al sentir que el pie se me engancha en el peldaño superior, comienzo a bajar.

–Bien –dice Charlie–. Coge esto.

A empujones, mete mi mochila por la abertura, y luego la suya.

En la oscuridad hay una red de conductos que se extiende en ambas direcciones. La visibilidad es escasa y en el aire resuenan silbidos y ruidos metálicos. Éste es el sistema circulatorio de Princeton; los pasadizos llevan vapor desde la caldera central hasta los dormitorios y los edificios académicos del norte del campus.

Según Charlie, el vapor viaja por estos tubos a una presión de dieciocho kilos por centímetro cuadrado. Los cilindros más pequeños contienen líneas de alto voltaje o gas natural. Aun así, nunca he visto advertencias en los túneles, ni un solo triángulo fluorescente o aviso de normativas universitarias. A la universidad le gustaría olvidarse de la existencia de este lugar. La única señal que hay en esta entrada fue escrita hace mucho tiempo en pintura negra: «*Lasciate ogne speranza, voi ch'intrate*». Paul, a quien este lugar no parece haber intimidado nunca, sonrió la primera vez que la vio. «Dejad toda esperanza –dijo, traduciendo a Dante para el resto del grupo–, vosotros los que entráis.»

Después de introducirse por el agujero, Charlie pone la tapa en su sitio y avanza hacia el fondo. Al bajar el último peldaño, se quita la gorra. La luz reverbera en las perlas de sudor de su frente. El peinado afro que le ha crecido tras cuatro meses sin cortarse el pelo roza el techo. «No es un peinado afro –nos ha dicho varias veces–. Es medio afro. Un *half-fro*.»

Charlie percibe un tufillo de aire viciado, y enseguida saca un frasco de Vicks Vaporub de la mochila.

–Ponte esto debajo de la nariz. No olerás nada.

Lo rechazo. Se trata de un truco que aprendió el verano que hizo prácticas con el médico local, una manera de no sentir el olor de los cadáveres durante las autopsias. Después de lo ocurrido a mi padre no he tenido a la profesión médica en muy alta estima: para mí, los médicos son parásitos, segundas opiniones de rostro cambiante. Pero ver a Charlie en un hospital es otra cosa. Charlie es el hombre fuerte del personal de ambulancias, el tipo al que se acude para casos difíciles; es capaz de sacarle veinticinco horas al día si es para darle a algún desconocido la oportunidad de luchar contra lo que él llama «el Ladrón».

Charlie saca las dos pistolas láser –son grises y a rayas– y seguidamente las correas de velcro con pequeños domos plásticos en el medio. Mientras él sigue jugueteando nerviosamente con las mochilas, yo comienzo a quitarme la chaqueta. El cuello de la camisa ya se me ha pegado a la nuca.

–Con cuidado –dice, alargando un brazo antes de que pueda colgar la chaqueta sobre el tubo más grande–. Acuérdate de lo que le pasó a la vieja chaqueta de Gil.

Lo había olvidado por completo. Un tubo de vapor derritió el forro de nailon e incendió el relleno. Tuvimos que apagar las llamas pateando la chaqueta en el suelo.

–Dejaremos los abrigos aquí y los recogeremos a la salida -dice, quitándome la chaqueta de la mano y metiéndola enrollada en una bolsa de tela. Enseguida la cuelga de un saliente del techo usando una de las correas-. Así las ratas no pueden tocarlas -dice, y sigue sacando objetos de la mochila.

Tras entregarme una linterna y un walkie-talkie, saca dos grandes botellas de agua, que por el calor se han cubierto de escarcha, y las pone en la redecilla exterior de la mochila.

-Recuerda -dice-. Si volvemos a separarnos, no sigas la corriente. Si ves agua, camina en sentido contrario. En caso de que crezca la corriente, no querrás acabar en una cloaca o un vertedero. Esto no es un riachuelo como el Ohio. Aquí el nivel del agua crece rápido.

Así que éste es mi castigo por haberme perdido la última vez que formamos parte del mismo equipo. Mientras me tiro de la camisa para que circule el aire, le digo:

-Chuck, el Ohio no pasa cerca de Columbus.

Ignorándome, Charlie me entrega uno de los receptores y espera a que me lo ate alrededor del pecho.

-¿Cuál es el plan? -pregunto-. ¿Adónde vamos?

Sonríe.

-Ahí entras tú.

-¿Por qué?

Charlie me da una palmadita en la cabeza.

-Porque tú eres el sherpa.

Lo dice como si los sherpas fueran una raza mágica de guías enanos, como los hobbits.

-¿Qué quieres que haga?

-Paul conoce los túneles mejor que nosotros. Necesitamos una estrategia.

Me lo pienso un instante.

-¿Cuál es la entrada más próxima a los túneles de su lado?

-Hay una detrás de Clio.

Cliosophic es el edificio de una vieja sociedad de debates. Intento imaginar con claridad las posiciones de cada uno, pero el calor me nubla el pensamiento.

–Que da directamente a donde estamos nosotros. La ruta más fácil hacia el sur. ¿Correcto?

Charlie reflexiona, peleando con la geografía, y al final dice:

–Correcto.

–Y él nunca escoge la ruta fácil.

–Nunca.

Imagino a Paul, siempre dos pasos por delante.

–Entonces, eso es lo que hará. La ruta fácil. Avanzará desde Clio y nos atacará antes de que nos demos cuenta.

Charlie considera el asunto.

–Sí –dice al fin, la mirada fija en la distancia. En las comisuras de sus labios se empieza a formar una sonrisa.

–Así que lo rodearemos –sugiero–. Lo atraparemos por detrás.

En los ojos de Charlie hay un resplandor. Me da una palmada tan fuerte en la espalda que casi me caigo al suelo bajo el peso de la mochila.

–Vamos.

Hemos empezado a avanzar por el pasillo cuando nos llega un susurro de la boca del walkie-talkie.

Me saco el aparato de la mochila y oprimo el botón.

–¿Gil?

Silencio.

–¿Gil? No te oigo...

Pero no hay respuesta.

–Es alguna interferencia –dice Charlie–. Están demasiado lejos para que la señal llegue.

Me acerco al micrófono, vuelvo a hablar y espero.

–Dijiste que estos aparatos tenían un alcance de tres kilómetros –le digo–. Y estamos a menos de uno y medio de ellos.

–Tres kilómetros por aire –dice Charlie–. Pero si tiene que cruzar tierra y hormigón no llegan a tanto.

Pero los aparatos son para casos de emergencia. Estoy seguro de que la voz que se oía era la de Gil.

Seguimos en silencio durante poco menos de cien metros, esquivando charcos de barro y pequeños montones de excremento.

De repente, Charlie me agarra del cuello de la camisa y me echa a un lado.

–¿Qué haces? –le digo con brusquedad, casi perdiendo el equilibrio.

Charlie barre con la luz de su linterna un tablón de madera tendido a modo de puente sobre un hoyo profundo. Ambos lo hemos cruzado en partidas anteriores.

–¿Qué sucede?

Charlie apoya un pie en la tabla, con cautela.

–No pasa nada –dice, evidentemente aliviado–. El agua no lo ha dañado.

Me limpio la frente y la encuentro bañada en sudor.

–Vale –dice Charlie–. Pasemos.

Charlie cruza el tablón con dos grandes zancadas. Yo tengo que hacer lo mismo para conservar el equilibrio antes de llegar, sano y salvo, al otro lado.

–Toma esto. –Charlie me pasa una de las botellas de agua–. Bebe un poco.

Bebo un breve sorbo y lo sigo, internándonos ambos en el túnel. Esto es el paraíso de un enterrador; mires donde mires, ves lo mismo que si estuvieras dentro de un ataúd: paredes oscuras que se estrechan hasta converger en un punto vago de la oscuridad.

–¿Todos los túneles son así, como una catacumba? –pregunto.

El walkie-talkie introduce fragmentos de estática entre mis pensamientos.

–¿Como qué?

–Como una catacumba. Una tumba.

–No, en realidad no. Las partes más nuevas están en un gigantesco tubo corrugado –dice, haciendo con las manos un dibujo ondulado, como una ola, para describir la superficie–. Es como caminar sobre un costillar, como si te hubiera tragado una ballena. Es como...

Chasquea los dedos mientras busca una comparación. Algo bíblico. Algo melvilliano, algo de Literatura 151w.

–Como Pinocho –digo.

Charlie me mira para ver si debe reírse.

–No debemos de estar lejos –dice al ver que no logra averiguarlo. Se da la vuelta y palmotea el walkie-talkie–. No te preocupes. Llegaremos a la esquina, les pegaremos un par de tiros y volveremos a casa.

En ese momento, el receptor vuelve a chisporrotear. Esta vez no hay duda: es la voz de Gil.

«Final del juego, Charlie.»

Me detengo de golpe.

–¿Qué quiere decir eso? –digo.

Charlie frunce el ceño. Espera a que se repita el mensaje, pero no se oye nada.

–Ah, no. No voy a caer en esa trampa.

–¿En qué trampa?

–«Final del juego.» Eso quiere decir que el juego se acaba.

–No me digas. Pero ¿por qué?

–Porque algo anda mal.

–¿Mal?

Pero Charlie levanta un dedo para hacerme callar. Se oyen voces a lo lejos.

–Son ellos –digo.

Levanta el rifle.

–Vamos.

Muy pronto sus zancadas se hacen más largas, y no me queda otra opción que seguirle el paso. Sólo ahora, al tratar de mantenerme a su lado, me percato de la precisión con que corre por la oscuridad. Lo único que puedo hacer es tratar de mantenerle bajo el haz de luz de mi linterna.

Al acercarnos a un cruce, me detiene.

–No dobles la esquina. Apaga la linterna o nos verán.

Le hago señas para que se asome. El walkie-talkie vuelve a estallar.

«Final del juego, Charlie. Estamos en el pasillo norte-sur, debajo de Edwards Hall.»

La voz de Gil es ahora más clara, viene de más cerca.

Empiezo a acercarme a la intersección, pero Charlie me empuja hacia atrás. Dos haces de luz se sacuden en la dirección contraria. Entrecerrando los ojos, alcanzo a distinguir unas siluetas. Se dan la vuelta al escuchar que nos acercamos. Uno de los haces de luz nos da de lleno.

–¡Mierda! –grita Charlie, cubriéndose los ojos.

Ciegamente apunta con el rifle hacia la luz y comienza a apretar el gatillo. Se escucha el pitido mecánico de un receptor.

–¡Para! –dice Gil entre dientes.

–¿Qué pasa? –grita Charlie mientras nos acercamos.

Veo a Paul detrás de Gil, inmóvil. Los dos están de pie bajo un rayo de luz que penetra por las rendijas de una tapa de alcantarilla.

Gil se lleva un dedo a los labios y señala la alcantarilla. Logro distinguir dos figuras. Están justo encima de nosotros, frente a Edwards Hall.

–Bill está intentando llamarme –dice Paul, acercando su busca a la luz, visiblemente agitado–. Tengo que salir de aquí.

Charlie le lanza una mirada perpleja y enseguida les indica a ambos, con un gesto, que se alejen de la luz.

–No quiere moverse –dice Gil en voz baja.

Paul está justo debajo de la tapa metálica, con la mirada fija en la pantalla de su busca, mientras por los huecos caen gotas de nieve derretida.

–Vas a hacer que nos cojan –susurro.

–Dice que no recibe la señal en ninguna otra parte.

–Bill nunca ha hecho algo así –contesta Paul.

Lo agarro del brazo pero se libera de un tirón. Cuando ilumina la pantalla plateada del buscapersonas y nos la muestra, veo tres números: 911.

–¿Y eso qué significa?

–Bill debe de haber encontrado algo –dice Paul perdiendo la paciencia–. Tengo que ir a verlo.

El tráfico de pasos que hay frente a Edwards lanza nieve fresca a través de la tapa. Charlie se está poniendo tenso.

–Mira –dice–, es una casualidad. No es posible que recibas...

Pero el buscapersonas lo interrumpe. Comienza de nuevo a pitar. Ahora el mensaje es un número de teléfono: 116-7718.

–¿Qué es?

Paul pone la pantalla boca abajo y lee el texto que forman los dígitos: BILL-911.

–Me voy –dice Paul–. Me voy ahora mismo.

Charlie niega con la cabeza.

–No uses esa salida. Hay demasiada gente allá arriba.

–Quiere usar la del Ivy –dice Gil–. Le he dicho que queda demasiado lejos. Podemos volver a Clio. Aún quedan un par de minutos antes del relevo de los vigilantes.

A lo lejos comienzan a reunirse pequeños grupos de lucecitas rojas. Son ratas en cuclillas que nos observan.

–¿Qué pasa? –le pregunto a Paul–. ¿Por qué es tan importante?

–Hemos encontrado algo grande –comienza a explicar. Pero Charlie lo interrumpe.

–Clio es nuestra mejor opción –asiente. Tras mirar el reloj, empieza a caminar hacia el norte–. Las 7.26. Debemos darnos prisa.

Capítulo 3

A medida que avanzamos hacia el norte, la forma del pasillo sigue siendo la de una caja, pero las paredes, que antes eran de hormigón, son ahora de piedra. Oigo la voz de mi padre, que me explica la etimología de la palabra «sarcófago».

«Del griego "comer carne"... porque los ataúdes griegos estaban hechos de piedra caliza, que consumía todo el cuerpo –todo salvo los dientes– en cuestión de cuarenta días.»

Gil camina más de seis metros por delante de nosotros. Al igual que Charlie, se mueve con velocidad, está acostumbrado al paisaje. La silueta de Paul aparece y desaparece bajo la luz intermitente. Tiene el pelo pegado a la frente, aplastado por el sudor, y entonces recuerdo que apenas ha dormido en varios días.

Al cabo de veinticinco metros nos encontramos con Gil, que nos está esperando; mueve los ojos de lado a lado mientras nos conduce a la salida. Busca un segundo plan: hemos tardado demasiado.

Cierro los ojos e intento visualizar un mapa del campus.

–Quince metros más –le grita Charlie a Paul–. Treinta como máximo.

Al llegar a la boca de la alcantarilla de Clio, Gil se gira hacia nosotros.

–Levantaré la tapa y miraré si hay alguien. Preparaos para regresar corriendo por donde hemos venido. –Mira hacia abajo–. Tengo las 7.29.

Se aferra al primer peldaño de hierro, se pone en posición y apoya el antebrazo en la tapa. Antes de aplicar la presión, nos mira por encima del hombro y dice:

–Recordad que los vigilantes no pueden bajar para cogernos. Sólo pueden pedirnos que subamos. Quedaos abajo y no pronunciéis nombres, ¿entendido?

Los tres asentimos.

Gil respira hondo y empuja la tapa con el puño, haciéndola girar sobre el codo. La tapa se desplaza unos quince centímetros. Gil echa un vistazo rápido. En ese momento llega una voz desde arriba.

–¡Quieto! ¡Quédese donde está!

–Mierda –dice Gil entre dientes.

Charlie lo coge de la camisa y le da un tirón, agarrándolo cuando pierde el equilibrio.

–¡Vamos! ¡Hacia allá! ¡Apagad las linternas!

Me muevo a tropezones en la oscuridad, empujando a Paul, que está delante de mí. Trato de recordar el camino.

«Quédate a la derecha. A la izquierda están los tubos. Quédate a la derecha.»

Rozo la pared con el hombro y me rasgo la camisa. Paul, extenuado por el calor, se tambalea. Alcanzamos a dar veinte pasos, tropezando contra los demás, antes de que Charlie nos detenga para que Gil pueda alcanzarnos. A lo lejos, una linterna entra en el túnel por la boca de la alcantarilla. Tras ella baja un brazo y enseguida una cabeza.

–¡Salid de ahí!

El rayo se mueve en ambas direcciones, enviando un triángulo de luz que nada como un tiburón por el túnel.

Ahora se oye otra voz, la de una mujer.

–¡Os advertimos por última vez!

Miro a Gil. En medio de la oscuridad alcanzo a ver el perfil de su cabeza que niega, advirtiéndonos de que no hablemos.

Siento el aliento húmedo de Paul sobre la nuca. Se apoya en la pared, parece mareado. Nos llega de nuevo la voz de la mujer, que le habla a su compañero en voz deliberadamente alta.

–Dad la alarma. Oficiales, a todas las bocas.

Durante un instante la linterna se retira de la abertura.

De inmediato, Charlie nos empuja. Corremos hasta llegar a una intersección; la dejamos atrás y giramos a la derecha. Hemos entrado en territorio desconocido.

–Aquí no pueden vernos –susurra Gil sin aliento, mientras enciende la linterna.

Hay un largo túnel que se pierde en la oscuridad hacia lo que debe de ser el noroeste del campus.

–¿Y ahora qué? –dice Charlie.

–Volvamos a Dod –sugiere Gil.

–No podemos. –Paul se seca la frente–. Han cerrado la salida.

–Estarán vigilando las rejillas principales –dice Charlie.

Comienzo a caminar hacia el túnel que va al oeste.

–¿Ésta es la ruta más rápida hacia el noroeste?

–¿Por qué?

–Porque creo que podríamos salir por Rocky-Mathey. ¿A cuánto estamos de allí?

Charlie le entrega nuestras últimas existencias de agua a Paul, que bebe con avidez.

–Unos trescientos metros –dice–. Tal vez más.

–¿Por este túnel?

Gil reflexiona un instante y luego asiente.

–No se me ocurre nada mejor –dice Charlie.

Los tres comienzan a seguirme en la oscuridad.

Avanzamos un tramo en silencio, por el mismo pasadizo. Cuando mi rayo de luz se hace demasiado débil, Charlie me cambia la linterna, pero sigue atento a Paul, que cada vez parece más desorientado. Cuando Paul se detiene por fin, para apoyarse en la pared, Charlie lo sostiene y lo ayuda a seguir, recordándole que no toque las tuberías. A cada paso, las últimas gotas de agua tintinean en nuestras botellas vacías.

Comienzo a preguntarme si he perdido mis puntos de referencia.

–Chicos –dice Charlie desde atrás–, Paul está a punto de desmayarse.

–Sólo necesito sentarme –dice Paul en voz baja.

De repente, Gil dirige la luz de la linterna a la distancia e ilumina un grupo de barras metálicas.

–Mierda.

–Reja de seguridad –dice Charlie.

–¿Qué hacemos?

Gil se agacha para mirar a Paul a los ojos.

–Oye –dice, cogiéndolo por los hombros y sacudiéndolo–, ¿hay alguna manera de salir de aquí?

Paul señala el tubo de vapor que hay junto a la reja de seguridad, y luego hace un movimiento tembloroso con el brazo.

–Por debajo.

Al iluminar el tubo, veo que el aislante, en la parte inferior, a pocos palmos del suelo, está desgastado. Alguien ha intentado esto anteriormente.

–Imposible –dice Charlie–. No hay suficiente espacio.

–Hay un pestillo al otro lado –dice Gil, señalando un mecanismo que hay junto a la pared–. Sólo tiene que pasar uno y luego podremos abrir la reja. –Baja la cabeza de nuevo para hablarle a Paul–. ¿Lo has hecho antes?

Paul asiente.

–Está deshidratado –dice Charlie en voz baja–. ¿Alguien tiene un poco de agua?

Gil le alcanza media botella y Paul se la bebe con avidez.

–Gracias. Estoy mejor.

–Deberíamos regresar –dice Charlie.

–No –digo–. Yo lo haré.

–Toma mi abrigo –dice Gil–. Como aislante.

Pongo una mano sobre la tubería. A pesar del recubrimiento, siento el pálpito del calor.

–No cabrás –dice Charlie–. Con el abrigo puesto, no cabrás.

–No lo necesito –les digo.

Pero cuando me agacho me doy cuenta de lo estrecha que es la abertura. El aislante está tan caliente que quema. Me acuesto boca abajo y me deslizo con esfuerzo entre el suelo y la tubería.

–Suelta el aire y deslízate –dice Gil.

Avanzo lentamente, pegado al suelo, pero al llegar a la sección más estrecha mi mano no encuentra a qué agarrarse, sólo charcos de lodo. De repente estoy inmovilizado bajo el tubo.

–Mierda –gruñe Gil, arrodillándose.

–Tom –dice Charlie, y siento un par de manos sobre las plantas de los pies–. Apóyate en mí.

Utilizo las palmas de sus manos para empujarme. Mi pecho raspa el hormigón; con el muslo rozo una parte del tubo en la que no hay aislante, y los reflejos me hacen apartarme en cuanto siento la abrasadora punzada de dolor.

–¿Estás bien? –pregunta Charlie cuando llego tambaleándome al otro lado.

–Gira el pestillo en el sentido de las manecillas del reloj –dice Gil.

Cuando lo hago, la puerta de seguridad se abre. Gil la empuja y Charlie lo sigue, todavía sosteniendo a Paul.

–¿Estás seguro de esto? –pregunta Charlie cuando avanzamos hacia la oscuridad.

Asiento. Pocos pasos más allá, llegamos a una R burdamente pintada en la pared. Nos acercamos a Rockefeller, una de las residencias estudiantiles. En primero, yo salía con una chica que vivía aquí, Lana McKnight. Pasamos buena parte de ese invierno sentados en su habitación, frente a un fuego perezoso; eso era antes de que cerraran definitivamente los tiros de las chimeneas. Las cosas de las que hablábamos me parecen remotas ahora: Mary Shelley, el Gótico universitario, el equipo de baloncesto de la Universidad de Ohio. Su madre había sido profesora en Ohio State, como mi padre. Tenía los pechos en forma de berenjena y las orejas, cuando nos quedábamos demasiado tiempo frente al fuego, se le ponían del color de los pétalos de rosa.

Pronto escucho voces que vienen desde arriba. Muchas voces.

–¿Qué sucede? –pregunta Gil mientras se acerca al lugar de donde provienen.

La boca de la alcantarilla está justo encima de su hombro.

–Ésa es –digo, tosiendo–. Nuestra salida.

Me mira, tratando de entender.

En el silencio, alcanzo a oír las voces más claramente: son voces bulliciosas; se trata de estudiantes, no vigilantes. Hay docenas de estudiantes moviéndose sobre nuestras cabezas.

Charlie sonríe.

–Las Olimpiadas al Desnudo –dice.

Gil comprende por fin.

–Estamos exactamente debajo de ellas.

–Hay una boca de alcantarilla en medio del patio –les recuerdo, recostado en la pared mientras intento recobrar el aliento–. No tenemos más que levantar la tapa, unirnos al rebaño y desaparecer.

Pero detrás de mí, Paul habla con la voz ronca.

–No tenemos más que desnudarnos, unirnos al rebaño y desaparecer.

Hay un momento de silencio. Charlie es el primero en desabotonarse la camisa.

–¡Sacadme de aquí! –dice, sofocando una carcajada al quitársela.

Me quito los vaqueros de un tirón; Gil y Paul hacen lo mismo. Metemos la ropa en una de las mochilas hasta que las costuras parecen a punto de reventar.

–¿Puedes con todo? –pregunta Charlie, ofreciéndose a llevar ambas mochilas de nuevo.

–Sabéis que habrá vigilantes allá fuera, ¿no? –digo vacilante.

Pero Gil ya no tiene ninguna duda. Empieza a subir escalones.

–Trescientos estudiantes desnudos, Tom. Si no puedes aprovechar semejante distracción para volver a casa, mereces que te cojan.

Y tras decirlo empuja la cubierta, y un vendaval de aire frío invade el túnel y rejuvenece a Paul como un bálsamo.

–Bien, chicos –dice Gil, mirando hacia abajo por última vez–. Este cuerpo está en venta.

Mi primer recuerdo del momento en que salimos del túnel es la claridad repentina. En el patio había luces encendidas. Luces de seguridad que avivaban el blanco de la tierra; cámaras cuyos flashes refulgían en el cielo como luciérnagas.

Entonces nos llega la ráfaga de frío: el aullido del viento, aún más sonoro que el traqueteo de las pisadas y el rugido de las voces. Los copos de nieve se derriten sobre mi piel como rocío.

Y por fin lo veo. Un muro de brazos y piernas girando a nuestro alrededor como una serpiente infinita. Rostros que veo y que pierdo de vista –compañeros de clase, jugadores de fútbol, mujeres que me llamaron la atención un día en el campus– pero que se desvanecen en medio de la abstracción como las fotos de un *collage*. Aquí y allá veo disfraces extraños –sombreros de copa, capas de superhéroe, obras de arte pintadas sobre el pecho–, pero todo se confunde con el animal inmenso y bamboleante, el dragón de Chinatown, que se mueve en medio de gritos y carcajadas, bajo los fuegos artificiales de los flashes.

–¡Vamos! –grita Gil.

Paul y yo lo seguimos, pasmados. Había olvidado cómo era Holder la noche de la primera nevada.

La inmensa conga nos traga y durante un instante me siento perdido, encerrado por los cuatro costados entre cuerpos que me ahogan mientras trato de mantener el equilibrio con una mochila en los hombros y nieve bajo los pies desnudos. Alguien me empuja desde atrás y siento que el cierre de la mochila se abre de golpe. Antes de que pueda cerrarlo, nuestra ropa se ha desbordado por la parte superior, y en un instante ha desaparecido en el barro, bajo las pisadas de la gente. Miro alrededor con la esperanza de que Charlie esté detrás de mí y pueda recoger lo que queda, pero no lo veo por ninguna parte.

«Tetas y culos, tetas y culos», canta, en alguna parte, un joven con acento cockney, como si vendiera flores en el plató de *My Fair Lady*. Al otro lado veo a un estudiante de tercero, compañero mío en el seminario de Literatura, entrando en la multitud a hurtadillas, sacudiendo el vientre. Está desnudo, salvo por un cartel en el que pone «Prueba gratis» por delante y «Pase y pregunte» por detrás. Por fin veo a Charlie. Ha logrado abrirse paso hasta el otro lado del círculo, donde Will Clay, otro miembro del equipo de emergencias, lleva un salacot rodeado de latas de cerveza. Charlie se lo quita de la cabeza y ambos comienzan a perseguirse por el patio hasta que los pierdo de vista.

Las carcajadas surgen y se desvanecen. En medio de la conmoción siento una mano que me coge del brazo.

–Vamos.

Gil tira de mí hacia el exterior del círculo.

–¿Y ahora qué? –dice Paul.

Gil mira alrededor. En todas las salidas hay un vigilante.

–Por aquí –les digo.

Nos acercamos a una de las entradas de los dormitorios y nos escondemos en Holder Hall. Una estudiante borracha abre la puerta de su habitación y se queda allí, confundida, como si fuéramos nosotros los que debiéramos darle la bienvenida. Nos mide con la mirada y enseguida levanta una botella de Corona.

–Salud.

Eructa y cierra la puerta justo a tiempo para que yo pueda ver a una de sus compañeras, calentándose junto al fuego envuelta en una toalla.

–Vamos –digo.

Me siguen escaleras arriba. Al llegar, golpeo con fuerza en una de las puertas.

–Pero qué... –comienza Gil.

Antes de que termine la frase, se abre la puerta y aparecen un par de grandes ojos verdes que me saludan. Los labios se separan levemente al verme. Katie lleva una camiseta ajustada de color azul marino y un par de vaqueros gastados; su pelo color caoba está recogido en una coleta corta. Antes de dejarnos pasar, suelta una carcajada.

–Sabía que estarías aquí –le digo, frotándome las manos.

Me acerco a ella, y su abrazo es cálido y grato.

–Déjame adivinar: hoy es el día en que nací y tú has venido como naciste –dice, mirándome de arriba abajo con ojos resplandecientes–. Por eso no me has llamado antes.

Mientras Katie nos invita a pasar, me doy cuenta de que Paul no le quita los ojos de encima a la cámara que lleva en la mano, una Pentax con un teleobjetivo casi tan largo como su brazo.

–¿Y eso para qué es? –pregunta Gil cuando Katie se da la vuelta para poner la cámara sobre una estantería.

–Estoy tomando fotos para el *Prince* –dice–. A ver si esta vez me publican una.

Por eso no ha ido a correr. Durante todo el año, Katie ha intentado colocar una foto en la portada del *Daily Princetonian*, pero la jerarquía ha jugado en su contra. Ahora le ha dado la vuelta al asunto: sólo los estudiantes de los primeros cursos tienen habitaciones en Holder, y desde la de Katie se puede ver todo el patio.

–¿Y Charlie? –pregunta.

Gil se encoge de hombros mientras mira por la ventana.

–Allá abajo, jugando al pilla pilla con Will Clay.

Katie, sonriendo todavía, vuelve a fijarse en mí.

–¿Cuánto tiempo te ha llevado planear esto?

Dudo un instante.

–Varios días –improvisa Gil cuando me revelo incapaz de explicarle que esta función no estaba pensada para ella–. Casi una semana.

–Muy impresionante –dice Katie–. Los hombres del tiempo sólo han sabido que nevaría esta mañana.

–Varias horas –corrige Gil–. Casi un día.

Los ojos de Katie no se despegan de mí.

–Déjame adivinar. Necesitas cambiarte de ropa.

–Los tres lo necesitamos.

Katie se dirige a su armario mientras dice:

–Debe de hacer un frío horrible allá afuera. Parece que ya os estaba empezando a hacer mella.

Paul la mira como si no diera crédito a sus oídos.

–¿Puedo usar el teléfono? –dice tras recuperarse de la sorpresa.

Katie señala un inalámbrico que hay sobre la mesa. Yo cruzo la habitación, la estrecho contra mi cuerpo y la empujo al interior del armario. Katie trata de liberarse, pero la abrazo con más fuerza y caemos sobre las hileras de zapatos, y los tacones se me clavan donde no deberían. Tardamos un rato en desenredarnos y me pongo de pie esperando las quejas de Paul y de Gil, pero su atención está en otra parte. Paul está en la esquina, hablando por teléfono en susurros, mientras Gil mira por la ventana. Al principio creo que busca a Charlie; enseguida veo al vigilante que surge de repente en su campo visual, hablando por walkie-talkie mientras se acerca al edificio.

–Oye, Katie –dice Gil–, que no vamos a una fiesta. Cualquier cosa nos sirve.

–Relájate –dice ella, que regresa portando varias perchas con ropa colgada. Nos muestra tres pares de pantalones de chándal, dos camisetas y una camisa de vestir azul que no encontraba desde marzo–. No puedo ofreceros nada mejor, no os esperaba.

Nos ponemos la ropa. De repente nos llega de la entrada el susurro de un walkie-talkie. La puerta exterior del edificio se cierra de un golpe.

Paul cuelga el teléfono.

–Tengo que ir a la biblioteca.

–Salid por detrás –dice Katie con voz acelerada–. Yo me encargo.

Mientras Gil le da las gracias por la ropa, la cojo de la mano.

–¿Nos vemos luego? –me dice con una mirada evocadora.

Se trata de una mirada que siempre acompaña con una sonrisa, porque Katie todavía no comprende que yo siga rindiéndome ante ella.

Gil gruñe y me arrastra del brazo hacia la puerta. Al salir del edificio escucho la voz de Katie llamando al vigilante.

–¡Oficial! ¡Oficial! Necesito su ayuda...

Gil se da la vuelta. Mira fijamente hacia la habitación de Katie; cuando ve al vigilante aparecer en el marco de la ventana emplomada, su expresión se llena de alivio. Nos ponemos en camino en medio del viento cortante, y no pasa mucho tiempo antes de que Holder se desvanezca tras una cortina de nieve. El campus, cuando descendemos hacia Dod, está casi desierto, y los residuos del calor de los túneles parecen evaporarse entre las perlas de nieve que me resbalan por las mejillas. Paul se nos ha adelantado un poco; camina con más resolución que nosotros. En todo el trayecto no pronuncia una sola palabra.

Capítulo 4

Conocí a Paul gracias a un libro. Probablemente nos hubiéramos conocido de todas formas en la Biblioteca Firestone, o en un grupo de estudio, o en una de las clases de literatura que ambos seguimos el primer año; así que tal vez lo del libro no tenga nada de especial. Pero si se considera que éste en particular tenía más de quinientos años de antigüedad, y era además el mismo que mi padre había estado estudiando antes de morir, el acontecimiento parece más trascendental.

La *Hypnerotomachia Poliphili*, que en latín significa «La búsqueda del amor de Polífilo entre sueños», fue publicada alrededor de 1499 por un veneciano llamado Aldus Manutius. La *Hypnerotomachia* es una enciclopedia disfrazada de novela: una disertación sobre todo lo existente, desde la arquitectura hasta la zoología, escrita en un estilo que a una tortuga le parecería lento. Es el libro más largo jamás escrito sobre un hombre que sueña, y hace que Marcel Proust, que escribió el libro más largo jamás escrito sobre un hombre que se come una magdalena, parezca Ernest Hemingway. Y me atrevería a sugerir que los lectores del Renacimiento opinaban lo mismo. La *Hypnerotomachia* fue un dinosaurio en su propia época. Aunque Aldus era el mayor impresor del momento, la *Hypnerotomachia* es un enredo de tramas y personajes que no tienen nada en común salvo su protagonista, un hombre arquetípico y alegórico llamado Polífilo. En líneas generales, el asunto es éste: Polífilo tiene un sueño extraño en el cual busca a la mujer que ama. Pero la forma en que está contado es tan complicada que incluso la mayoría de estudiosos del Renacimiento –esa gente que lee a Plotino en la parada del autobús– consideran que la *Hypnerotomachia* es dolorosa, tediosamente difícil.

La mayoría con excepción de mi padre, quiero decir. Él se movía entre los estudios históricos del Renacimiento como pez en el agua, y cuando la mayoría de sus colegas le dio la espalda a la *Hypnerotomachia,* él la puso en su punto de mira. Quien lo sedujo para la causa fue un profesor llamado McBee, que enseñaba Historia Europea en Princeton. McBee, que murió un año antes de que yo naciera, era un hombre menudo con orejas elefantiásicas y dientes diminutos que debía todo su éxito a su personalidad efervescente y a su astuta percepción de las razones por las cuales la historia valía la pena. Su aspecto no era gran cosa, pero aquel hombrecillo estaba muy bien considerado en el mundo académico. Cada año, su conferencia de clausura sobre la muerte de Miguel Ángel llenaba el auditorio más grande del campus, y dejaba a los demás académicos con los ojos húmedos y el pañuelo en la mano. Pero sobre todo, McBee era el gran promotor del libro que todos sus colegas ignoraban. Creía que la *Hypnerotomachia* tenía algo especial, quizás algo de gran importancia, y convenció a sus estudiantes para que investigaran el verdadero significado del libro.

Uno de ellos investigó con más avidez de la que McBee había esperado. Mi padre era hijo de un librero de Ohio, y había llegado al campus un día después de cumplir los dieciocho años, casi cincuenta después de que F. Scott Fitzgerald pusiera de moda estudiar en Princeton y ser del Medio Oeste. Pero mucho había cambiado desde entonces. La universidad se estaba deshaciendo de su pasado de club campestre, y, de acuerdo con el espíritu de la época, comenzaba a repudiar sus tradiciones. Los estudiantes de la promoción de mi padre fueron los últimos obligados a ir a misa los domingos. El año después de su partida, llegaron al campus las primeras mujeres. WPRB, la emisora de radio de la universidad, les dio la bienvenida al son del *Aleluya* de Handel. A mi padre le gustaba decir que nada describía mejor el espíritu de su juventud que el ensayo «¿Qué es la ilustración?», de Emmanuel Kant. Kant, para él, era una especie de Bob Dylan de 1790.

Ése era el método de mi padre: eliminar de la historia la línea tras la cual todo parece acartonado y arcano. En vez de fechas y grandes nombres, la historia se componía, para él, de libros e ideas. Durante un par de años más siguió los consejos de McBee en Princeton, y después de graduarse se los llevó al Oeste y acabó haciendo un doctorado sobre el Renacimiento italiano en la Universidad de Chicago. A eso le siguió un año de trabajo como becario en Nueva York, hasta que Ohio State le ofreció un puesto permanente como profesor de Historia del Quattrocento y él no dejó escapar la oportunidad de volver a casa. Mi madre, una contable cuyos gustos llegaban a Shelley y Blake, se hizo cargo de la librería de Columbus tras la jubilación de mi abuelo y entre ambos me educaron en el seno de la bibliofilia como otros niños son educados en el seno de la religión.

A los cuatro años ya acompañaba a mi madre a conferencias. A los seis, conocía mejor las diferencias entre el pergamino y la vitela que entre un cromo y otro. Antes de cumplir los diez, había pasado por mis manos una media docena de ejemplares de la obra maestra del mundo de la imprenta, la Biblia de Gutenberg. Pero no recuerdo un solo momento de mi vida en el que no fuera consciente de cuál era la Biblia de nuestra pequeña fe particular: la *Hypnerotomachia*.

–Es el último de los grandes misterios renacentistas, Thomas –me sermoneaba mi padre, igual que McBee debió de sermonearlo a él–. Pero nadie ha estado ni siquiera cerca de resolverlo.

Tenía razón: nadie lo había hecho. Por supuesto, fue sólo décadas después de su publicación cuando alguien se dio cuenta de que debía ser resuelto. Eso ocurrió cuando un erudito hizo un extraño descubrimiento. Al juntar las letras iniciales de los capítulos de la *Hypnerotomachia*, se obtiene un acróstico en latín: *Poliam Frater Franciscus Columna Peramavit*, que quiere decir: «El hermano Francesco Colonna amó intensamente a Polia». Y teniendo en cuenta que Polia es el nombre de la mujer a la cual busca Polífilo, otros eruditos comenzaron a preguntarse quién había sido el verdadero autor de la *Hypnerotomachia*. El libro no lo dice, y ni siquiera Aldus, el impresor, llegó a saberlo. Pero a partir de entonces fue moneda corriente suponer que el autor había sido un fraile italiano llamado Francesco Colonna. Entre los miembros de un pequeño grupo de investigadores, y en particular entre aquéllos inspirados por McBee, se volvió habitual también suponer que el acróstico era apenas una mínima insinuación de todos los secretos que el libro guardaba. Ese grupo se enfrentó a la misión de descubrir el resto.

A mi padre, los quince minutos de fama le llegaron con un documento descubierto durante el verano en que yo cumplí quince años. Ese año –el anterior al accidente– mi padre me llevó de viaje de investigación a un monasterio del sur de Alemania, y luego a las bibliotecas vaticanas. En Italia, compartíamos un apartamento con dos camas plegables y un equipo de sonido prehistórico. Cada mañana, durante cinco semanas, con la precisión de un castigo medieval, mi padre escogía de los discos que había traído una nueva obra maestra de Corelli, y me despertaba con el sonido de violines y clavicémbalos a las siete y media en punto, recordándome que el oficio de investigar no espera a nadie.

Al levantarme, me lo encontraba afeitándose en el lavabo, o planchando sus camisas, o contando los billetes de su cartera, siempre tarareando al son de la melodía. Aunque no era muy alto, cuidaba cada palmo de su aspecto: extirpaba las canas de su pelo marrón y grueso igual que un florista escoge los pétalos marchitos de una rosa para arrancarlos. Había en mi padre una vitalidad interior que intentaba proteger, una vivacidad que, según él, se veía disminuida por las patas de gallo que le salían en las esquinas de los ojos, por las arrugas de pensador que cruzaban su frente, y cada vez que los interminables anaqueles de libros entre los que pasábamos el tiempo empezaban a desgastarme la imaginación, mi padre me comprendía sin esfuerzo. A la hora de comer, salíamos a la calle en busca de repostería fresca y *ge-*

lato; cada tarde, me llevaba a la ciudad para hacer turismo. Una noche, en Roma, visitamos las fuentes de la ciudad y me dijo que echara un penique en cada una.

–Uno por Sarah y Kristen –dijo en la Barcaccia–. Por que sanen al fin sus corazones rotos.

Justo antes de nuestro viaje, mis hermanas habían pasado por sendas separaciones, ambas muy dolorosas. Mi padre, que nunca tuvo muy buena opinión de sus novios, consideraba que lo sucedido era, en el fondo, una bendición.

–Una por tu madre –dijo en la Fontana del Tritone–. Por soportarme.

Cuando la universidad se negó a financiar el viaje, mi madre empezó a mantener la librería abierta los domingos para ayudar a pagarlo.

–Y una por nosotros –dijo en Quattro Fiumi–. Por que encontremos lo que estamos buscando.

Pero nunca supe exactamente qué estábamos buscando... hasta que tropezamos con ello. Sólo sabía que mi padre estaba convencido de que los estudios sobre la *Hypnerotomachia* habían llegado a un punto muerto, sobre todo porque el bosque estaba ocultando los árboles. Mi padre insistía, tras soltar un puñetazo sobre la mesa, en que los eruditos que estaban en desacuerdo con él se empeñaban en negar la evidencia. El libro era demasiado difícil para intentar comprenderlo desde dentro, decía; la mejor aproximación era buscar documentos que diesen una pista sobre la identidad del autor y las razones que le llevaron a escribirlo.

De hecho, mi padre se granjeó muchas enemistades a causa de su estrecha visión de la verdad. Si no hubiera sido por el descubrimiento que hicimos aquel verano, muy pronto mi familia habría empezado a depender enteramente de la librería. Pero la Dama Fortuna le sonrió a mi padre, y lo hizo apenas un año antes de quitarle la vida.

Estábamos buscando incansablemente la pista que mi padre había perseguido durante años en la tercera planta de una de las bibliotecas vaticanas, en los anaqueles de un pasillo tan remoto que los monjes limpiadores nunca habían llegado a limpiarlo, cuando encontró una carta inserta entre las páginas de una gruesa historia familiar. Fechada dos años antes de la publicación de la *Hypnerotomachia*, la carta estaba dirigida al confesor de una iglesia local, y contaba la historia de un descendiente de la clase alta romana. Su nombre era Francesco Colonna.

Es difícil recrear la emoción de mi padre al ver el nombre. Sus gafas de montura de alambre –que, cuanto más leía, más le resbalaban por el puente de la nariz– le aumentaban los ojos de tal manera que éstos se convirtieron en la medida de su curiosidad, y lo primero y lo último que la gente recordaba de él. En aquel momento, mientras mi padre medía el alcance del hallazgo, toda la luz de la habitación pareció converger en el interior de aquellos ojos. La carta había sido redactada por una mano torpe, en mal toscano, como si el autor no estuviera acostumbrado a esa lengua o incluso al acto de escribir. La carta se entretenía en rodeos que a veces no se dirigían a nadie en particular y a veces se dirigían a Dios. El autor pedía disculpas por no escribir en latín o en griego, pues desconocía ambas lenguas. Y luego, por fin, se disculpaba por lo que había hecho.

«Perdóname, Padre Santo, pues he matado a dos hombres. Fue mi propia mano la que blandió la espada, pero no fue idea mía. Fue mi señor, Francesco Colonna, quien me ordenó hacerlo. Ten misericordia de nosotros.»

La carta sostenía que los asesinatos formaban parte de un plan tan intrincado, que alguien tan simple como el autor de la carta no hubiera sido capaz de diseñarlo. Las dos víctimas eran para Colonna sospechosos de traición y, siguiendo sus instrucciones, fueron enviados a una misión inusual. Recibieron una carta para que la entregaran en una iglesia fuera de las murallas de Roma, donde un tercer hombre les estaría esperando. Bajo amenaza de pena de muerte, debían abstenerse de leer la carta, de perderla, incluso de tocarla con las manos desnudas. Así comenzaba la historia del lacayo romano que mató a los mensajeros en San Lorenzo.

El descubrimiento que hicimos mi padre y yo aquel verano llegó a ser conocido en los círculos académicos como el «Documento Belladonna». Mi padre estaba seguro de que reavivaría su reputación en la comunidad universitaria, y en cuestión de seis meses publicó un libro con aquel título en el que se sugería la relación entre la carta y la *Hypnerotomachia*. El libro estaba dedicado a mí. En él argumentaba que el Francesco Colonna que había escrito la *Hypnerotomachia* no era el monje veneciano que la mayoría de profesores creían, sino el aristócrata romano mencionado en nuestra carta. Para reforzar esta afirmación, añadió un apéndice que incluía todos los registros conocidos acerca de las vidas del monje veneciano –a quien mi padre llamaba el Pretendiente– y el Colonna romano, para que los lectores pudieran comparar. Ese apéndice bastó para convertirnos a Paul y a mí en creyentes de la causa.

Los detalles son muy sencillos. El monasterio veneciano donde vivía el monje era un lugar impensable para un filósofo y escritor; la mayoría del tiempo, según contaba mi padre, el lugar era un profano cóctel de música a todo trapo, terribles borracheras y morbosas aventuras sexuales. Cuando el papa Clemente VII intentó imponer la circunspección entre los hermanos, ellos replicaron que antes se harían luteranos que aceptar cualquier disciplina. Incluso en semejante ambiente, la biografía del Pretendiente parece un listado de antecedentes penales. En 1477 fue condenado al exilio del monasterio por infracciones no especificadas. Cuatro años después regresó, pero sólo para cometer otro crimen, por el cual casi fue expulsado de la Orden. En 1516 decidió no refutar los cargos de violación y fue desterrado de por vida. Regresó de nuevo, sin amilanarse, y volvió a ser exiliado, esta vez por un escándalo en el cual había un joyero involucrado. Gracias al cielo, la muerte se lo llevó en 1527. El veneciano Francesco Colonna –acusado de robo, violador confeso, dominico de toda la vida– tenía entonces noventa y tres años de edad.

Francesco el romano, por otro lado, parecía un modelo

de virtud erudita. Según mi padre, era hijo de una poderosa familia de la nobleza que lo educó en la mejor sociedad europea; sus profesores fueron los más grandes intelectuales del Renacimiento. El tío de Francesco, Prospero Colonna, fue no sólo un venerado mecenas de las artes y cardenal de la Iglesia, sino un humanista de tanto renombre que es posible que fuera la inspiración del Prospero de *La tempestad* de Shakespeare. Este tipo de contactos, decía mi padre, hicieron posible que un solo hombre escribiera un libro tan complejo como la *Hypnerotomachia*, y, además, le permitieran publicar el libro en una imprenta de renombre.

Lo que terminó de confirmar el asunto, al menos para mí, fue el hecho de que este Francesco de sangre azul fuera miembro de la Academia Romana, una fraternidad de hombres comprometidos con los ideales paganos de la República que con tanta admiración se reflejan en la *Hypnerotomachia*. Eso explicaría el hecho de que Colonna se identificara como «fra» en su acróstico secreto: el título de «Hermano», que otros estudiosos tomaron como indicio de que Colonna era un monje, era también una forma corriente de saludo en la Academia.

Y sin embargo, el argumento de mi padre, que a Paul y a mí nos parecía tan lúcido, no hizo más que enturbiar las aguas académicas. Mi padre apenas vivió lo suficiente para enfrentarse a la tormenta en un vaso de agua que estalló en el mundillo de los estudios de la *Hypnerotomachia*, pero ésta estuvo a punto de derrotarlo. Casi todos sus colegas rechazaron el libro; Vincent Taft llegó a extremos innecesarios para difamarlo. Para entonces, los argumentos a favor del Colonna veneciano estaban tan arraigados que cuando mi padre omitió tomar en consideración uno o dos de ellos en su breve apéndice, la obra entera quedó desacreditada. La idea de conectar dos dudosos asesinatos con uno de los más valiosos libros del mundo era, escribió Taft, «poco más que un intento de autopromoción triste y sensacionalista».

Mi padre, por supuesto, quedó destrozado. Para él, lo que los demás rechazaban era la sustancia misma de su carrera, el fruto de la búsqueda en la que se había concentrado desde la época de McBee. Nunca comprendió la violencia de la reacción provocada por su descubrimiento. El único entusiasta duradero de *El documento Belladonna*, que yo supiera al menos, era Paul. Leyó el libro tantas veces que hasta la dedicatoria se le quedó grabada en la memoria. Cuando llegó a Princeton y encontró a un Tom Corelli Sullivan en el anuario de estudiantes de primero, reconoció de inmediato mi segundo nombre y decidió buscarme.

Si esperaba encontrarse con una versión más joven de mi padre, debió de llevarse una desilusión. El estudiante que Paul conoció, un muchacho que caminaba con una leve cojera y parecía avergonzarse de su segundo nombre, había hecho lo impensable: había renunciado a la *Hypnerotomachia* y se había convertido en el hijo pródigo de una familia para la que la lectura era una religión. Las ondas expansivas del accidente seguían resonando en mi vida, pero lo cierto es que ya antes de la muerte de mi padre había comenzado a perder la fe en los libros. Empecé a darme cuenta de que entre la gente de cultura libresca hay un prejuicio tácito, una convicción secreta que todos parecen compartir: que la vida, tal y como la conocemos, es apenas una visión imperfecta de la realidad, y sólo el arte –como si fuera unas gafas de lectura– puede corregirla. Los eruditos e intelectuales que conocí en el comedor de casa parecían guardarle siempre algo de rencor al mundo. No aceptaban que nuestras vidas no siguieran el destino dramático que los buenos autores proporcionan a los grandes personajes literarios. Sólo en casualidades absolutamente perfectas llega el mundo a transformarse en escenario. Y eso, parecían decir, era una lástima.

Nadie lo dijo exactamente así, pero cuando los amigos y colegas de mi padre –todos salvo Vincent Taft– venían a verme al hospital, avergonzados por las reseñas que habían escrito sobre el libro y murmurando entre dientes pequeños panegíricos que habían compuesto en la sala de espera, comencé a verlo claro. Lo notaba en el instante mismo en que se acercaban a mi cama: todos llevaban libros en la mano.

–Esto me ayudó mucho cuando murió mi padre –dijo el director del Departamento de Historia mientras ponía *La montaña de los siete círculos* de Merton sobre la bandeja de comidas.

–Auden me reconfortó muchísimo –dijo la jovencita recién graduada que había estado escribiendo la tesis bajo la dirección de mi padre. Dejó una edición de tapa blanda con la esquina del precio recortada.

–Lo que necesitas es algo que te suba los ánimos –susurró otro hombre cuando los demás se hubieron ido–. No estas cosas insulsas.

Ni siquiera logré reconocerlo. Dejó una copia de *El conde de Montecristo*, libro que yo había leído ya, y no pude menos que preguntarme si de verdad pensaba que el sentimiento más conveniente para aquel momento era el de venganza.

Me di cuenta de que ninguna de aquellas personas era capaz de lidiar con la realidad mejor que yo. La muerte de mi padre, en su desagradable irrevocabilidad, había puesto en ridículo la ley mediante la que aquellos hombres regían sus vidas: que cualquier hecho puede ser reinterpretado, que se pueden cambiar todos los finales. Dickens había reescrito *Grandes esperanzas* para que Pip fuera feliz. Nadie podría reescribir esto.

Así que por aquel entonces, cuando conocí a Paul, me había vuelto receloso. Había pasado los últimos dos años de instituto intentando cambiar ciertos aspectos de mi carácter: cuando me dolía la pierna, seguía caminando; cuando el instinto me decía que pasara de largo frente a una puerta –la puerta del gimnasio, la del coche de un nuevo amigo, la de la casa de una chica que había empezado a gustarme–, me obligaba a detenerme y llamar, y a veces a entrar sin ni siquiera llamar. Pero en Paul vi en qué podría haberme convertido yo.

Bajo el pelo descuidado había un hombre pequeño y pálido, más un chico que un hombre, en realidad. Llevaba los cordones de un zapato sueltos, y cargaba en la mano un libro como si fuera un salvavidas. La primera vez que se presentó, citó la *Hypnerotomachia* y de inmediato sentí que lo conocía mejor de lo que hubiera querido. Era una tarde de septiembre y el sol comenzaba a ponerse; Paul me había buscado hasta dar conmigo en una cafetería vecina del campus. Mi reacción instintiva fue ignorarlo esa tarde y evitarlo a partir de entonces.

Pero antes de que me excusara y me fuera dijo algo que lo cambió todo.

–De alguna forma –me dijo–, siento que también es mi padre.

No le había hablado todavía del accidente, pero eso era exactamente de lo que no debía hablarle.

–No sabes nada de él.

–Claro que sí. Tengo ejemplares de todos sus trabajos.

–Escucha una cosa...

–Hasta encontré su tesis...

–Mi padre no es un libro. No puedes limitarte a leerlo.

Pero era como si estuviera sordo.

–*La Roma de Rafael*, 1974. *Ficino y el Renacimiento de Platón*, 1979. *Los hombres de la Santa Croce*, 1985.

Comenzó a contarlos con las puntas de los dedos.

–«La *Hypnerotomachia Poliphili* y los jeroglíficos de Horapollo.» Publicado en *Renaissance Quarterly*, junio del 87. «El médico de Leonardo.» En *Journal of Medical History*, 1989.

Lo hacía cronológicamente y sin la menor imprecisión.

–«El fabricante de bombachos.» *Journal of Interdisciplinary History*, 1991.

–Te olvidas el artículo del *BARS* –le dije–, el *Bulletin of the American Renaissance Society*.

–Eso fue en 1992.

–En 1991.

Frunció el ceño.

–El 92 fue el primer año en que aceptaron artículos de colaboradores no asociados. Estábamos en segundo en el instituto. ¿Lo recuerdas? Fue ese otoño.

Se produjo un silencio y durante un instante Paul pareció preocupado. No por estar equivocado, sino por que yo lo estuviera.

–Tal vez lo escribió en el 1991 –dijo Paul–. Pero lo publicaron en el noventa y dos. ¿Es eso lo que quieres decir?

Asentí.

–Entonces fue en el 1991. Tenías razón. –Sacó el libro que llevaba–. Y luego viene esto. –Era una primera edición de *El documento Belladonna*. Paul lo sopesó en su mano con deferencia–. ¿Tú estabas con él cuando la encontró? ¿La carta sobre Colonna?

–Sí.

–Me hubiera gustado verlo. Tuvo que ser fantástico.

Miré por encima de su hombro, a través de una ventana de la pared del fondo. Las hojas eran de un rojo intenso. Había comenzado a llover.

–Lo fue –dije.

Paul sacudió la cabeza.

–Qué suerte tienes.

Pasó las páginas del libro suavemente, con la punta de los dedos.

–Murió hace dos años –le dije–. Tuvimos un accidente de tráfico.

–¿Qué?

–Murió justo después de escribirlo.

Detrás de él, las esquinas de la ventana comenzaban a empañarse. Un hombre pasó cubriéndose la cabeza con un diario, intentando no mojarse.

–¿Chocasteis con otro coche?

–No. Mi padre perdió el control.

Paul frotó con el dedo la imagen de la solapa del libro. Un emblema solitario: un delfín y un ancla. El símbolo de la imprenta Aldina de Venecia.

–No lo sabía –dijo.

–No pasa nada.

El silencio que se produjo entonces fue el más largo que jamás ha habido entre nosotros.

–Mi padre murió cuando yo tenía cuatro años –dijo–. Tuvo un ataque al corazón.

–Lo siento.

–Gracias.

–¿Qué hace tu madre? –pregunté.

Su mano encontró un pliegue de la sobrecubierta y comenzó a aplanarlo entre dos dedos.

–Murió un año después.

Traté de decir algo, pero todas las palabras que estaba acostumbrado a oír me parecían fuera de lugar en mi boca. Paul intentó sonreír.

–Soy como Oliver –continuó, poniendo las manos en forma de tazón–. «Por favor, señor, un poco más.»

Esbocé una sonrisa forzada, pero no estaba seguro de que fuera eso lo que Paul esperaba.

–Quiero que sepas a qué me refería –dijo–. Con lo de tu padre...

–Entiendo.

–Sólo lo dije porque...

Por la parte inferior de la ventana pasaban los paraguas como cangrejos arrastrados por la marea. En la cafetería, el rumor se había hecho más ruidoso. Paul comenzó a hablar, intentando arreglar las cosas. Me contó que, tras la muerte de sus padres, se había criado en la escuela de una parroquia que acogía a huérfanos y chicos huidos. Que, tras pasar la mayor parte del instituto en compañía de libros, había entrado en la universidad decidido a sacarle el mayor partido a su vida. Que había estado buscando amigos con los que conversar. Terminó por callarse –había en su rostro una expresión de vergüenza– con la sensación de que había puesto punto final a la conversación.

–¿Y en qué residencia vives? –le pregunté, consciente de cómo se sentía.

–Holder. Igual que tú.

Sacó una copia del anuario de primero y me enseñó la página que tenía la punta doblada.

–¿Cuánto tiempo has estado buscándome? –pregunté.

–Acabo de toparme con tu nombre.

Miré por la ventana. Un paraguas rojo y solitario pasó flotando. Se detuvo en la ventana de la cafetería y pareció sostenerse en el aire antes de seguir su camino.

–¿Quieres otra taza? –le dije a Paul.

–Vale. Gracias.

Y así empezó todo.

Qué cosa tan curiosa es construir castillos en el aire. Paul y yo forjamos una amistad de la nada, porque la nada era la esencia de lo que compartíamos. Después de aquella noche, hablar con él me pareció cada vez más natural. Al cabo de un tiempo empecé a comprender cómo se sentía con respecto a mi padre: tal vez sí que lo compartíamos.

–¿Sabes lo que decía? –le pregunté una vez, mientras hablábamos del accidente en su habitación.

–¿Qué?

–«Los fuertes se aprovechan de los débiles, pero los astutos se aprovechan de los fuertes.»

Sonrió.

–En Princeton había un viejo entrenador de baloncesto que solía decir eso –le expliqué–. Durante el primer año de instituto, jugué a baloncesto. Papá me iba a buscar a los entrenamientos cada día y cuando me quejaba de ser más bajito que los demás, me decía: «No importa que los otros sean altos, Tom. Recuerda: "Los fuertes se aprovechan de los débiles, pero los astutos se aprovechan de los fuertes"». Siempre lo mismo. –Negué con la cabeza–. Dios mío, eso me ponía enfermo.

–¿Crees que es cierto?

–¿Que los astutos se aprovechan de los fuertes?

–Sí.

Reí.

–No me has visto jugar.

–Bueno, pues yo sí que lo creo –me dijo–. Sin duda.

–Estás de broma...

A Paul, los matones del instituto lo habían encerrado en las taquillas y lo habían intimidado más que a ningún otro estudiante.

–No. Para nada. –Levantó las manos–. Después de todo, hemos llegado hasta aquí. ¿No?

Pronunció la palabra «hemos» con un levísimo énfasis.

Luego, en mitad del silencio, miré los libros que había sobre su escritorio. Strunk y White, la Biblia, *El documento Belladonna*. Para él, Princeton era un don del cielo. Aquí podía olvidarse de todo lo demás.

Capítulo 5

Paul, Gil y yo seguimos hacia el sur desde Holder, internándonos en el corazón del campus. Al este, las ventanas altas y delgadas de la Biblioteca Firestone trazan sobre la nieve listas de luz brillante. En la oscuridad, el edificio parece un horno antiguo cuyas paredes protegen al mundo exterior del rubor y la fiebre del aprendizaje. Una vez soñé que visitaba Firestone en medio de la noche y me la encontraba llena de roedores, miles de ratones de biblioteca que llevaban gafas diminutas y gorros de dormir y se alimentaban mágicamente leyendo historias. Pasaban las páginas apasionadamente, viajaban a través de las palabras y, a medida que las tensiones crecían y los amantes se besaban y los villanos eran derrotados, las colas de los ratones comenzaban a brillar, hasta que la biblioteca entera se convertía en una iglesia llena de velas que se balanceaban suavemente de un lado al otro.

–Bill me está esperando allá dentro –dice Paul, deteniéndose abruptamente.

–¿Quieres que vayamos contigo? –pregunta Gil.

Paul niega con la cabeza.

–No es necesario.

Pero alcanzo a notar el temblor de su voz.

–Yo iré –digo.

–Os esperaré en la habitación –dice Gil–. ¿Llegaréis a tiempo para la conferencia de Taft, a las nueve?

–Sí –dice Paul–. Por supuesto.

Gil se despide y se da la vuelta. Paul y yo seguimos por el sendero que lleva a Firestone.

Al quedarnos solos, me doy cuenta de que ninguno de los dos sabe qué decir. Hace días que no conversamos. Como hermanos que no aprueban a la mujer del otro, somos incapaces de charlar informalmente sin tropezar con nuestras diferencias: Paul cree que yo abandoné la *Hypnerotomachia* para estar con Katie; yo creo que él ha abandonado más cosas de las que cree para seguir con la *Hypnerotomachia*.

–¿Qué quiere Bill? –le pregunto cuando nos acercamos a la entrada principal.

–No lo sé. No ha querido decírmelo.

–¿Dónde nos encontraremos con él?

–En la Sala de Libros Raros y Antiguos.

Donde Princeton conserva su ejemplar de la *Hypnerotomachia*.

–Creo que ha descubierto algo importante.

–¿Como qué?

–No lo sé. –Paul duda, como si buscara las palabras adecuadas–. Pero este libro contiene incluso más de lo que habíamos creído. Estoy seguro. Tanto Bill como yo sentimos que estamos a punto de dar con algo grande.

Hace semanas que no veo a Bill Stein. Lentamente, mientras disfruta del sexto año de un doctorado aparentemente eterno, Stein ha estado completando poco a poco una tesis doctoral sobre la tecnología de las imprentas renacentistas. Aquel hombre esquelético tenía pensado trabajar como bibliotecario hasta que ambiciones más grandes se cruzaron en su camino: cátedras, puestos titulares, ascensos, todas las fijaciones que surgen cuando lo que quieres es servir a los libros para después, gradualmente, querer que los libros te sirvan a ti. Cada vez que lo veo fuera de Firestone me parece una especie de fantasma huidizo, una bolsa de huesos demasiado tensa. Tiene los ojos pálidos y el pelo rojo y rizado: una mezcla de irlandés y judío. Huele a moho de biblioteca, a los libros que todos los demás han olvidado, y después de hablar con él tengo pesadillas en las que la Universidad de Chicago aparece ocupada por ejércitos de Bill Steins, estudiantes que incorporan a su trabajo impulsos robóticos que yo nunca he tenido y cuyos ojos de color níquel son capaces de adivinar mis pensamientos.

Paul piensa otra cosa. Dice que Bill, a pesar de su aspecto impresionante, tiene una carencia intelectual: le falta vida. Stein se arrastra por la biblioteca como una araña en un desván, devorando libros muertos y transformándolos en un hilo fino. Lo que construye con ellos siempre es mecánico, poco inspirado, fruto de simetrías que Stein no es capaz de variar.

–¿Por aquí? –pregunto.

Paul me conduce al pasillo. La Sala de Libros Raros y Antiguos queda apartada en una esquina de Firestone, y es fácil pasar de largo sin verla. Allí dentro, donde los libros más recientes son de hace unos cuantos siglos, la escala del tiempo se vuelve relativa. Los estudiantes de los últimos cursos vienen aquí como niños de excursión: los bolígrafos y los lápices les son confiscados, sus dedos sucios son controlados. En este lugar se puede oír a un bibliotecario riñendo a un catedrático y ordenándole que mire, pero que no toque. Los profesores eméritos de la facultad vienen aquí para sentirse jóvenes otra vez.

Ahora hemos entrado en el mundo de Stein. La señora Lockhart, la bibliotecaria que el mundo olvidó, es una mujer que tal vez remendó medias con la esposa de Gutenberg. Su piel blanca y suave parece extendida sobre un marco ligero, pensado especialmente para flotar sobre los anaqueles. La mayor parte del tiempo se la puede encontrar murmurando en lenguas muertas entre los libros que la rodean, como un taxidermista que le habla a sus mascotas. Pasamos sin mirarla a los ojos tras firmar en una carpeta con un bolígrafo atado al escritorio.

–Tu amigo está allí dentro –le dice a Paul al reconocerlo. A mí tan sólo me olisquea.

Cruzamos un área estrecha y llegamos ante una puerta que nunca he cruzado. Paul se acerca, da dos golpes y espera una respuesta.

–¿Señora Lockhart? –responde la voz, aguda y desigual.

–Soy yo –dice Paul.

Se oye el ruido seco de un pestillo al otro lado de la puerta, que se abre lentamente. Bill Stein aparece ante nosotros. Es medio palmo más alto que ambos. Me fijo, en primer lugar, en sus ojos plomizos e inyectados de sangre. Ojos que se fijan en mí.

–Tom ha venido contigo –dice, frotándose la cara–. Vale. Bueno, vale.

Bill habla con aparente incoherencia, como si le faltara algún mecanismo entre el cerebro y la boca. La impresión que da puede ser engañosa. Después de unos minutos con él, uno empieza a ver fogonazos de talento.

–Ha sido un mal día –dice, haciéndonos pasar–. Una mala semana. Pero no pasa nada, estoy bien.

–¿Por qué no podíamos hablar por teléfono?

Stein abre la boca pero no contesta. Ahora se está escarbando entre los incisivos. Se abre la cremallera de la chaqueta y se dirige a Paul.

–¿Alguien ha estado husmeando en tus libros? –pregunta.

–¿Qué?

–Porque alguien ha estado husmeando en los míos.

–Bill, esas cosas pasan.

–¿Mi ensayo sobre William Caxton? ¿Mi microfilm de Aldus?

–Caxton es una figura importante –dice Paul.

Nunca antes había oído hablar de William Caxton.

–¿El texto de 1877 sobre él? –dice Bill–. Sólo está disponible en el Anexo Forrestal. Y las *Cartas de Santa Catalina*, de Aldus... –Se gira hacia mí–. Que no son, como se cree corrientemente, el primer documento en el que se utilizan las cursivas. –Vuelve a Paul–. Excepto tú y yo, nadie ha consultado el microfilm desde los años setenta. Setenta y uno, setenta y dos. Pero ayer alguien lo reservó. Ayer. ¿No te ha pasado lo mismo a ti?

Paul frunce el ceño.

–¿Has hablado con los de Préstamos?

–¿Préstamos? He hablado con Rhoda Carter. No saben nada.

Rhoda Carter, bibliotecaria en jefe de Firestone. Donde el libro se detiene.

–No lo sé –dice Paul, tratando de no poner más nervioso a Bill–. Lo más probable es que no sea nada. Yo no me preocuparía demasiado.

–Yo no estoy... yo no me preocupo. Pero esto es lo que pasa. –Bill se abre paso hacia el extremo opuesto de la habitación, donde el espacio entre la pared y la mesa parece demasiado estrecho para que alguien quepa. Bill pasa sin hacer el menor ruido y se da una palmada en el bolsillo de su vieja chaqueta de cuero–. He recibido algunas llamadas. Contesto y cuelgan, contesto y cuelgan. Primero en mi piso, luego en el despacho. –Niega con la cabeza–. No es nada. Vayamos al grano. He encontrado algo. Puede ser lo que necesitas o puede que no. No lo sé. Pero creo que puede ayudarte a terminar.

Se saca de la chaqueta un objeto del tamaño aproximado de un ladrillo, envuelto en capas de tela. Ya antes he notado esta peculiaridad de Stein: sus manos tiemblan hasta que coge un libro. Lo mismo sucede ahora: mientras desenvuelve el objeto, sus movimientos parecen más controlados. Dentro del envoltorio hay un volumen gastado de poco más de cien páginas. Huele a salitre.

–¿De qué colección es? –pregunto al no ver título alguno en el lomo.

–De ninguna –dice–. Nueva York. Lo he encontrado en una tienda de antigüedades.

Paul guarda silencio. Lentamente extiende una mano hacia el libro. La cubierta de piel es rudimentaria; está resquebrajada y cosida con cordeles de cuero. Las páginas están cortadas a mano. Un objeto innovador, tal vez. El libro de un pionero.

–Debe de tener cien años –digo cuando veo que Stein no ofrece detalles–. Ciento cincuenta.

A Stein le cruza el rostro una expresión irritada, como si un perro acabara de ensuciar su alfombra.

–Te equivocas –dice–. Te equivocas. –Me percato de que yo soy el perro–. Tiene quinientos años.

Vuelvo a concentrarme en el libro.

–De Génova –continúa Bill, dirigiéndose a Paul–. Huélelo.

Paul guarda silencio. Se saca del bolsillo un lápiz sin punta, le da la vuelta y abre la tapa del libro suavemente con la goma de borrar. Bill ha marcado una página con una cinta de seda.

–Con cuidado –dice Stein, desplegando las manos encima del libro. Tiene las uñas en carne viva de tanto mordérselas–. No dejes marcas. Lo tengo en préstamo. –Duda un instante–. Debo devolverlo cuando haya terminado de usarlo.

–¿Quién lo tenía?

–La librería Argosy –repite Bill–. En Nueva York. Es lo que necesitabas, ¿no? Ahora podemos terminar.

Paul parece no darse cuenta del cambio de pronombres que se produce en el lenguaje de Stein.

–¿Qué es? –digo con más firmeza.

–El diario del capitán de puerto de Génova –dice Paul.

Su voz es suave, sus ojos giran sobre la caligrafía de las páginas. Estoy sorprendido.

–¿El diario de Richard Curry?

Paul asiente. Hace treinta años, Curry estuvo trabajando en un viejo manuscrito genovés que, según él, daría la clave de la *Hypnerotomachia*. Poco después de que le hablara de él a Taft, el libro desapareció de su piso. Se lo habían robado. Curry insistió en que Taft era el culpable. Sea cual fuere la verdad, Paul y yo aceptamos desde el principio que no íbamos a poder consultar el libro y seguimos trabajando sin él. Ahora que Paul estaba terminando su tesina, el valor del diario podía ser incalculable.

–Richard me dijo que aquí dentro había referencias a Francesco Colonna –dice Paul–. Francesco estaba esperando la llegada de un barco. El capitán de puerto tomaba notas diariamente acerca de él y de sus hombres. Dónde pasaban la noche, qué hacían…

–Quédatelo durante un día –interrumpe Bill. Se pone de pie y avanza hacia la puerta–. Haz una copia si lo crees necesario. A mano. Haz lo que necesites para terminar tu trabajo, pero tienes que devolvérmelo.

Paul se distrae.

–¿Te vas?

–Tengo que irme.

–¿Nos vemos en la conferencia de Vincent?

–¿Dónde? –Stein se detiene–. No. No puedo.

Sólo de verlo tan agitado me estoy poniendo nervioso.

–Estaré en mi despacho –continúa mientras se pone una bufanda roja de tela escocesa alrededor del cuello–. Recuerda, tienes que devolvérmelo.

–Sí, seguro –dice Paul, acercándose al cuerpo el pequeño paquete–. Lo revisaré esta misma noche. Puedo tomar notas.

–Y no se lo digas a Vincent –añade Stein mientras se sube el cierre de la chaqueta–. Que quede entre nosotros.

–Te lo devolveré mañana mismo –dice Paul–. Tengo que entregar la tesina antes de las doce.

–Hasta mañana, entonces –dice Stein, echándose la bufanda sobre el hombro y escabulléndose.

Sus salidas son tan abruptas que siempre tienen un aire dramático. Ya ha cruzado el umbral que preside la señora Lockhart y ha desaparecido. La vieja bibliotecaria pone una mano mustia sobre una copia ajada de Victor Hugo como si le acariciara el cuello a un antiguo novio.

–Señora Lockhart –suena la voz de Bill desde un lugar que no podemos ver–, hasta luego.

–¿De verdad es el diario? –pregunto en cuanto Stein se ha ido.

–Tú escucha –dice Paul.

Vuelve a concentrarse en el librito y comienza a leer en voz alta. La traducción avanza entrecortadamente al principio, mientras Paul lucha con el dialecto ligur, la lengua de la Génova de Cristóbal Colón en la cual menudean palabras perdidas que parecen francesas. Pero poco a poco fluye con mayor facilidad.

–«Anoche, mar alta. Un barco... desguazado en la orilla.

La marea ha traído tiburones, uno de ellos muy grande. Los marineros franceses van a los burdeles. Un moro... ¿corsario?..., ha sido visto en aguas próximas.»

Pasa varias páginas, leyendo al azar.

–«Bello día. María se recupera. El médico dice que su orina mejora. ¡Costoso matasanos! El... herborista... dice que puede tratarla por la mitad de precio. ¡Y el doble de rápido!» –Paul se detiene y mira fijamente la página–. «Los excrementos de murciélago –continúa– todo lo curan.»

Lo interrumpo.

–¿Qué tiene que ver todo esto con la *Hypnerotomachia*?

Pero él sigue yendo y viniendo por las páginas.

–«Ayer, un capitán veneciano bebió demasiado y comenzó a fanfarronear. Nuestras debilidades en Fornovo. La vieja derrota de Portofino. Los hombres lo trajeron al astillero y lo ataron a un mástil. Todavía sigue allí esta mañana.»

Antes de que pueda repetir la pregunta, los ojos de Paul se abren.

–«El hombre de Roma volvió a venir anoche –lee–. Vestido con más lujos que un duque. Nadie sabe qué hace aquí. ¿Por qué ha venido? Les pregunto a los otros. Quienes algo saben se niegan a hablar. Corre el rumor de que un barco suyo se acerca a puerto. Ha venido para asegurarse de que llega sin percances.»

Me yergo sobre la silla. Paul pasa la página y continúa.

–«¿Qué puede ser tan importante como para que un hombre así venga a verlo? ¿Cuál es la carga? Mujeres, dice el borracho del Barbo. Esclavas turcas, un harén. Pero he visto a este hombre, a quien sus sirvientes llaman señor Colonna, y hermano Colonna sus amigos: es un caballero. Y he visto lo que hay en sus ojos. No es deseo. Es miedo. Parece un lobo que ha visto un tigre.»

Paul se detiene con la mirada fija en las palabras. Curry le ha repetido esa última frase más de una vez. Incluso yo la reconozco. «Un lobo que ha visto un tigre.»

La cubierta se cierra en las manos de Paul, la semilla dura y negra en su cáscara de tela. El aire se llena de un olor salado.

–Chicos –dice una voz que llega de ninguna parte–. Vuestro tiempo se ha acabado.

–Vamos, señora Lockhart.

Paul comienza a moverse mientras cubre el libro con la tela y lo envuelve cuidadosamente.

–¿Y ahora qué? –pregunto.

–Tenemos que mostrárselo a Richard –dice, metiéndose el libro envuelto bajo la camisa que le ha prestado Katie.

–¿Esta noche? –digo.

La señora Lockhart murmura algo cuando salimos, pero no levanta la cara.

–Richard tiene que saber que Bill lo ha encontrado –dice Paul, mirando el reloj.

–¿Dónde está?

–En el museo. Esta noche se celebra una fiesta en honor de los miembros del Consejo de Administración.

Dudo un instante. Había dado por hecho que Richard Curry había venido para celebrar la entrega de la tesina de Paul.

–Ya lo celebraremos mañana –dice Paul al leer la expresión de mi rostro.

El diario asoma por la camisa, un atisbo de cuero negro envuelto en vendas. De arriba nos llega el eco de una voz, casi el sonido de una carcajada.

–*Weh! Steck ich in dem Kerker noch? Verfluchtes dumpfes Mauerloch, wo selbst das liebe Himmelslicht trüb durch gemalte Scheiben bricht!*

–Goethe –me dice Paul–. Siempre acaba con el *Fausto*. –Antes de cerrar la puerta tras nosotros, Paul grita–: Buenas noches, señora Lockhart.

Su voz nos llega serpenteando a través de la entrada de la biblioteca.

–Sí –dice–. Es una buena noche.

Capítulo 6

Según supe por mi padre y Paul, Vincent Taft y Richard Curry se conocieron en Nueva York, en una fiesta celebrada en el norte de Manhattan, cuando ambos tenían poco más de veinte años. Taft era un joven profesor de Columbia, una versión más delgada de su ser posterior, pero con el mismo fuego en el vientre y el mismo aspecto de oso. Autor de dos libros en los dieciocho meses escasos trasncurridos desde la lectura de su tesis, Taft era el niño mimado de la crítica, el intelectual de moda que frecuentaba los círculos sociales más selectos. Curry, por su parte, había sido eximido del servicio militar por tener un soplo en el corazón y comenzaba su carrera en el mundo del arte. Según Paul, estaba haciendo amistad con personas influyentes y labrándose lentamente una reputación en la acelerada escena de Manhattan.

Su primer encuentro se produjo a última hora, cuando Taft, un poco achispado, derramó un cóctel sobre el hombre de complexión atlética que estaba sentado a su lado. Fue un accidente previsible, me dijo Paul, pues para entonces Taft ya tenía fama de borracho. Al principio, Curry no se ofendió... hasta que se dio cuenta de que Taft no tenía la menor intención de disculparse. Lo siguió hasta la puerta, exigiendo alguna forma de reparación, pero Taft, caminando dando tumbos hacia el ascensor, lo ignoró. Mientras bajaban las diez plantas, Taft le arrojó al apuesto joven un aluvión de insultos y después, mientras hacía eses hacia la puerta de la calle, bramó a su víctima que era «pobre, desagradable, bruto y minúsculo».

Para su imaginable sorpresa, el joven sonrió.

–Leviatán –dijo Curry, que había escrito un trabajo menor sobre Hobbes cuando estaba en Princeton–. Y te has olvidado el «solitario». «La vida del hombre es solitaria, pobre, desagradable, bruta y minúscula.»

–No –replicó Taft con una mueca atropellada, segundos antes de estrellarse contra un poste–, no lo he olvidado. Es sólo que lo de «solitario» me lo reservo para mí. Lo de «pobre, desagradable, bruto y minúsculo», sin embargo, te lo dejo a ti.

Tras lo cual, dijo Paul, Curry detuvo un taxi, metió a Taft en él y regresaron a su piso, donde Taft permaneció durante las doce horas siguientes en un estado de profundo e intoxicado sopor.

Según el relato, al despertar Taft, confundido y avergonzado, los dos hombres iniciaron una torpe conversación. Curry le explicó a qué se dedicaba, y lo mismo hizo Taft. Parecía que lo extraño de la situación iba a provocar el fin de la charla cuando, en un momento de inspiración, Curry mencionó la *Hypnerotomachia*, un libro que había estudiado en las clases de un profesor muy popular en Princeton: un hombre llamado McBee.

Sólo puedo imaginar la respuesta de Taft. No sólo estaba al tanto del misterio que rodeaba al libro, sino que debió de darse cuenta de que a Curry se le encendían los ojos al mencionarlo. Según mi padre, comenzaron a discutir las circunstancias de sus vidas y pronto se dieron cuenta de lo que tenían en común. Taft despreciaba a los demás académicos, cuyo trabajo le parecía miope y trivial, mientras que para Curry sus compañeros de trabajo eran personajillos absolutamente carentes de interés y profundidad. Ambos percibían en los demás falta de nervio, carencia de objetivos. Y tal vez eso explica las concesiones que ambos hicieron para sobreponerse a sus diferencias.

Porque diferencias las hubo, y no pequeñas. Taft era una criatura voluble, difícil de conocer y todavía más difícil de amar. Bebía demasiado cuando estaba en compañía, pero también cuando estaba solo. Su inteligencia era implacable y salvaje, un fuego que ni él mismo llegaba a controlar. Ese fuego consumía libros enteros de una sentada y encontraba flaquezas en los argumentos, lagunas en las pruebas, errores en la interpretación, todo en disciplinas muy alejadas de la suya. Según Paul, no tenía una personalidad destructiva, sino una mente destructiva. A medida que lo alimentaba, el fuego crecía y no dejaba nada a su paso. Cuando hubo quemado todo lo que encontró en su camino, sólo le quedaba una cosa por hacer. Con el tiempo, acabaría por consumirse a sí mismo.

Curry, en cambio, era un creador, no un destructor: un hombre con más potencial que hechos. Tomando la frase de Miguel Ángel, le gustaba decir que la vida era como la escultura: cuestión de ver lo que los demás no podían ver y de quitar lo que sobrara a golpes de cincel. Para Curry, el viejo libro era tan sólo un bloque de piedra que esperaba su momento para ser tallado. Aunque nadie lo había entendido en quinientos años, ahora había llegado el momento de mirarlo con ojos nuevos, de tocarlo con manos nuevas. Que los huesos del pasado se pudrieran en el infierno.

De manera que, a pesar de todas estas diferencias, Taft y Curry no tardaron demasiado en encontrar puntos en común. Aparte del viejo libro, compartían una inmensa inclinación por las abstracciones. Creían en la noción de grandeza: grandeza de espíritu, de destino, de objetivos. Como espejos gemelos enfrentados, con sus reflejos multiplicados, se habían mirado en serio por primera vez y habían visto que tenían la fuerza de miles. Una consecuencia extraña pero predecible de su amistad fue el hecho de que ambos se quedaran más solos que al empezar. El rico paisaje humano de sus respectivos mundos –sus colegas y amigos de la universidad, sus hermanas y madres y antiguos amores– se oscureció hasta transformarse en un escenario vacío provisto de un solo reflector. Sus carreras, por supuesto, florecieron. Taft no tardó en ser un historiador de renombre y Curry se convirtió en el propietario de una galería que con el tiempo le valdría una gran reputación.

Pero claro, nunca hay que olvidarse de la locura de los

grandes hombres. Ambos llevaban una existencia austera. El único alivio les llegaba en forma de las reuniones semanales que celebraban los sábados por la noche; entonces se juntaban en el piso de uno o del otro, o en un restaurante vacío, y se divertían juntos gracias al único interés que tenían en común: la *Hypnerotomachia*.

Aquel año, en pleno invierno, Richard Curry presentó a Taft, finalmente, el único amigo con el que nunca había perdido el contacto, el amigo al que había conocido en Princeton, en la clase del profesor McBee, el hombre que compartía su interés por la *Hypnerotomachia*.

Me resulta difícil imaginar a mi padre en aquella época. El hombre que veo ya está casado; lo veo marcando la estatura de sus tres hijos en la pared de su despacho, preguntándose cuándo empezará a crecer su único hijo varón, yendo de aquí para allá con sus viejos libros escritos en lenguas muertas mientras el mundo amenaza con caérsele encima. Pero este hombre es una fabricación nuestra –de mi madre, mis hermanas y yo– y no el que Richard Curry conoció. Mi padre, Patrick Sullivan, había sido el mejor amigo de Curry en Princeton. Se consideraban los reyes del campus, e imagino que compartían una amistad que hacía que lo parecieran. En tercero, mi padre jugó en el equipo universitario de baloncesto, aunque no abandonó ni por un instante el banquillo, hasta que Curry, como capitán del equipo de fútbol americano, lo reclutó para el césped, donde mi padre se desenvolvió mejor de lo que todos esperaban. Al año siguiente, compartían habitación y casi siempre comían juntos; en tercero llegaron a salir con un par de gemelas de Vassar, Molly y Martha Roberts. Aquella relación, que mi padre comparó una vez con una alucinación en una sala de espejos, terminó la primavera siguiente, cuando las hermanas se pusieron vestidos idénticos para ir a un baile y los hombres, tras beber demasiado y prestar poca atención, se insinuaron, cada uno por su lado, a la gemela con la que estaba saliendo el otro.

Ahora me resulta necesario creer que mi padre y Vincent Taft gustaban a Richard Curry por dos motivos distintos. El chico del Medio Oeste, tranquilo, relajado y de mentalidad católica, y el intrépido y decidido neoyorquino eran animales diferentes y debieron intuirlo desde el primer saludo, cuando la palma de la mano de mi padre desapareció en medio del apretón de carnicero de Taft.

De los tres, Taft era el más sombrío. Las partes de la *Hypnerotomachia* que más le gustaban eran las más sangrientas y misteriosas. Esbozó sistemas de interpretación para comprender el significado de los sacrificios que aparecen en el relato –la forma en que se cortaba el cuello a los animales, la forma en que morían los personajes–, para dotar de un sentido a la violencia. Trabajó mucho en las dimensiones de los edificios mencionados en el relato, manipulándolas para encontrar patrones numéricos y confrontándolas con tablas astrológicas y calendarios de la época de Colonna, con la esperanza de que alguna pieza encajara. Desde su punto de vista, el mejor método de trabajo consistía en hacer frente al libro sin ambages, igualar en astucia al autor y derrotarlo. Según mi padre, Taft siempre había creído que algún día llegaría a vencer a Francesco Colonna. Ese día, por lo que sabíamos, no había llegado.

La estrategia de mi padre no podía ser más distinta. Lo que más le fascinaba de la *Hypnerotomachia* era su evidente dimensión sexual. Durante los mojigatos siglos que siguieron a su publicación, los dibujos del libro fueron censurados, borrados o arrancados por completo del mismo modo que, cuando el gusto cambió y se ofendieron sensibilidades, muchos desnudos renacentistas fueron cubiertos con hojas de parra. En el caso de Miguel Ángel, parece justo denunciar ese atropello; pero hay partes de la *Hypnerotomachia* que aún hoy pueden resultar un poco chocantes.

Los desfiles de hombres y mujeres desnudos son sólo el comienzo. Polífilo se dirige a una fiesta de la primavera detrás de un grupo de ninfas y allí, en mitad de la fiesta, suspendido en el aire, está el enorme pene del dios Príapo, en el centro del dibujo. Antes, Leda, la reina mitológica, es sorprendida en el ardor de la pasión con Zeus, que aparece, bajo el aspecto de un cisne, entre las piernas de la mujer. El texto es todavía más explícito; en él se describen encuentros demasiado estrambóticos para aparecer en los grabados. Cuando Polífilo se siente atraído físicamente por los edificios que ve, admite mantener relaciones sexuales con ellos. Al menos en una ocasión –alega– el placer fue mutuo.

Todo aquello fascinaba a mi padre, cuya visión del libro, comprensiblemente, se parecía muy poco a la de Taft. En lugar de considerarlo un tratado rígido y matemático, mi padre opinaba que la *Hypnerotomachia* era un homenaje al amor de un hombre por una mujer. Era la única obra de arte por él conocida que imitaba el hermoso caos de este sentimiento. El carácter fantasioso del relato, la implacable confusión de los personajes y el desesperado vagabundeo de un hombre en busca del amor estimulaban su imaginación.

En consecuencia, mi padre –y también, al principio de sus investigaciones, Paul– creía que el punto de partida de Taft era equivocado. «El día que sepas lo que es el amor –me dijo mi padre una vez–, entenderás lo que Colonna ha querido decir.» Si en realidad el libro contenía un misterio, mi padre creía que sólo podría resolverse fuera de él: en diarios, cartas, documentos familiares. Nunca me lo dijo, pero creo que siempre sospechó que entre las páginas del libro se escondía un gran secreto. En contra de las teorías de Taft, sin embargo, mi padre estaba seguro de que se trataba de un secreto amoroso: un amorío entre Colonna y una mujer de más bajo nivel social; un polvorín político; un heredero ilegítimo; un romance como los que imaginan los adolescentes antes de que la madurez, esa novia horrible, llegue y acabe con los juegos de los niños.

A pesar de las diferencias que había entre su planteamiento y el de Taft, cuando mi padre llegó a Manhattan para investigar durante un año lejos de la Universidad de Chicago, percibió que los dos hombres estaban haciendo grandes avances. Curry insistió en que su viejo amigo se uniera al equipo, y mi padre estuvo de acuerdo. Como animales en una misma jaula, los tres intentaron adaptarse unos a otros;

caminaban en círculos, con desconfianza, hasta que lograron establecer nuevas reglas y consiguieron nuevos equilibrios. Sin embargo, en aquella época el tiempo era su aliado y los tres tenían la misma fe en la *Hypnerotomachia*. Como un protector cósmico, el viejo Francesco Colonna los vigilaba y los guiaba, ocultando los desacuerdos bajo capas de esperanza. Y al menos durante un tiempo prevaleció el barniz de la unidad.

Durante más de diez meses, Curry, Taft y mi padre trabajaron juntos. Y fue entonces cuando Curry hizo el descubrimiento que sería letal para su trabajo en equipo. En aquel momento ya se había alejado de las galerías y acercado a las casas de subastas, donde estaban en juego los grandes intereses del mundo del arte; y mientras preparaba su primera licitación, se topó con un cuaderno hecho jirones que había pertenecido a un coleccionista de antigüedades recientemente fallecido.

El cuaderno había pertenecido a un capitán de puerto genovés, un viejo de caligrafía apretada que tenía la costumbre de hacer comentarios sobre el clima y sobre sus problemas de salud, pero que también llevaba un registro diario de todo lo sucedido en los muelles durante la primavera y el verano de 1497, incluyendo los peculiares acontecimientos que rodearon la llegada de un hombre llamado Francesco Colonna.

El capitán de puerto –a quien Curry llamaba El Genovés, porque el texto nunca menciona su nombre– recopiló los rumores que circulaban por el muelle acerca de Colonna. Se dedicó a escuchar las conversaciones que Colonna mantenía con sus hombres y se enteró de que el rico romano había ido a Génova para supervisar la llegada a puerto de un importante barco cuyo cargamento sólo él conocía. El Genovés empezó a acercarse diariamente a los aposentos de Colonna para informarle de los barcos que llegaban, y una vez lo sorprendió tomando unas notas que el romano escondió tan pronto como él entró.

Si la cosa hubiera acabado allí, el diario del capitán de

puerto habría arrojado poca luz sobre la *Hypnerotomachia*. Pero el capitán era un hombre curioso y a medida que se impacientaba esperando la llegada del barco de Colonna, intuyó que la única forma de descubrir las intenciones del noble era ver los documentos de embarque de Francesco, en los cuales se describía el contenido del cargamento. Al final le preguntó a su cuñado, Antonio, un mercader que solía traficar con mercancías robadas, si era posible contratar a un ladrón que entrara en los aposentos de Colonna y copiara todo lo que allí pudiera encontrar. Antonio se manifestó dispuesto a ayudar a cambio de que El Genovés lo ayudara en cierta intriga marítima.

Antonio descubrió que incluso los hombres más desesperados rechazaban la oferta en cuanto pronunciaba el nombre de Colonna. El único dispuesto a hacerlo fue un ladronzuelo analfabeto. Pero hizo bien su trabajo. Copió los tres documentos que Colonna tenía en su poder: el primero era parte de un relato, que el capitán encontró de poco interés y nunca llegó a describir; el segundo era un trozo de cuero con un complicado diagrama, incomprensible para El Genovés; y el tercero era un peculiar mapa consistente en los cuatro puntos cardinales seguidos de un grupo de cifras, que El Genovés se esforzó en vano por descifrar. El capitán comenzaba a lamentarse de haber contratado al ladrón cuando ocurrió algo que inmediatamente le hizo temer por su vida.

Una noche, al regresar a su casa, El Genovés encontró a su esposa llorando. Ella le explicó que Antonio, su hermano, había sido envenenado en su propia casa durante la cena y que su cuerpo había sido descubierto por un recadero. El ladronzuelo analfabeto había sufrido un destino similar: mientras bebía en una taberna, había sido apuñalado en el muslo por un desconocido que pasaba por su lado. Casi antes de que el tabernero se percatara del hecho, el hombre se había desangrado y el desconocido había desaparecido.

El Genovés vivió los días que siguieron carcomido por la angustia, apenas capaz de llevar a cabo sus labores en el puerto. Nunca regresó a los aposentos de Colonna, pero registró en su diario todos los detalles encontrados por el ladrón y esperó nerviosamente la llegada del barco de Colonna con la esperanza de que el noble se marchara con su mercancía. Su preocupación era tan grande que ni siquiera mencionó las idas y venidas de naves mercantes de gran tamaño. Cuando por fin llegó a puerto el barco de Francesco, El Genovés no daba crédito a lo que veía.

«¿Por qué habrá de preocuparse un noble por semejante pedazo de corteza –escribió–, por esta barca que más parece un patito mugriento? ¿Qué puede haber en su interior, para que un hombre de estas cualidades se preocupe en lo más mínimo por ella?»

Y cuando supo que la barca había llegado a través de Gibraltar, trayendo mercancías del norte, a El Genovés casi le dio un ataque. Llenó su librito con obscenas maldiciones, diciendo que Colonna era un loco sifilítico y que sólo un cretino o un lunático creería que algo de valor pudiera venir de un lugar como París.

Según Richard Curry, en el cuaderno sólo había dos entradas más referidas a Colonna. En la primera, El Genovés registraba una conversación que había escuchado entre Colonna y un arquitecto florentino, único visitante regular del romano. En ella, Francesco aludía a un libro que estaba escribiendo y en el que daba testimonio de la agitación de los últimos años. El Genovés, muerto de miedo todavía, tomó atenta nota de ello.

La segunda entrada, realizada tres días después, era más críptica, pero me recordaba aún más la carta que encontré con mi padre. En ese momento, El Genovés ya se había convencido de que Colonna estaba completamente loco. El romano se negó a que sus hombres descargaran el barco durante el día, e insistió en que la carga sólo podía ser trasladada sin peligro al anochecer. Muchas de las cajas de madera, observó el capitán, eran tan ligeras que habrían podido cargarlas una mujer o un anciano, y se esforzó en imaginar qué especia o metal podía ser embarcado de esa manera. Poco a poco, El Genovés comenzó a sospechar que los socios de Colonna –el arquitecto y dos hermanos también florentinos– eran secuaces o mercenarios de alguna oscura conspiración. Cuando un rumor pareció confirmar este presentimiento, El Genovés lo consignó con fervor.

«Se dice que Antonio y el ladrón no son las primeras víctimas de este hombre, sino que Colonna ha ordenado la muerte de otros dos para satisfacer sus caprichos. Ignoro quiénes son, y aún no he llegado a escuchar sus nombres, pero tengo la certeza de que están relacionados con este cargamento. Supieron de su contenido; él tuvo miedo de ser traicionado. Ahora estoy seguro de ello: el miedo es lo que le mueve. Sus ojos le traicionan aunque no lo hagan sus hombres.»

Según mi padre, para Curry la segunda entrada era menos importante que la primera, porque ésta podía hacer referencia a la escritura de la *Hypnerotomachia*. Si eso era cierto, el relato que el ladrón había descubierto entre las pertenencias de Colonna, cuyos detalles El Genovés nunca se molestó en registrar, podía haber sido uno de los primeros borradores del manuscrito.

Pero Taft, que en aquel momento ya había empezado a estudiar la *Hypnerotomachia* desde su propio punto de vista, recopilando inmensos catálogos de referencias textuales para hacerlos concordar de manera que cada palabra de Colonna pudiera rastrearse hasta dar con sus orígenes, no concedió la menor relevancia a las notas que el capitán decía haber visto tomar a Colonna. Tan ridícula historia, sostenía, nunca podría iluminar los misterios profundos del gran libro. Pronto trató ese descubrimiento como había tratado los demás libros que había leído sobre el tema: como madera para el fuego.

Su frustración, me parece, no sólo se debía a su opinión sobre el diario. Había visto cómo el equilibrio de poderes se ponía en su contra; la química de su colaboración con Richard Curry se descomponía mientras mi padre seducía a éste con nuevos enfoques y posibilidades alternativas.

Y así fue como se inició el enfrentamiento, la batalla de influencias en la que mi padre y Vincent Taft incubaron el odio recíproco que duraría hasta el día de la muerte de mi padre. Taft, convencido de que no tenía nada que perder, vilipendió el trabajo de mi padre con la intención de recuperar a Curry. Mi padre, tras sentir que Curry empezaba a ceder ante la presión de Taft, respondió con las mismas armas. En cuestión de un mes, el trabajo de los diez anteriores quedó destruido. Los progresos que los tres hombres habían hecho juntos se desgajaron en tres compartimentos estancos, pues ni Taft ni mi padre querían tener nada que ver con los logros del otro.

Mientras tanto, Curry se mantuvo aferrado al diario de El Genovés. Le parecía inconcebible que sus amigos hubieran permitido que sus rencillas insignificantes les hicieran perder el norte. De joven, Curry poseía la misma virtud que más tarde vio y admiró en Paul: compromiso con la verdad y total intransigencia ante las distracciones. De los tres hombres, me parece, fue Curry el que más perdidamente se enamoró del libro de Colonna; fue él quien más ansiaba resolver su misterio. Tal vez el hecho de que mi padre y Taft fuesen investigadores universitarios les hacía ver la *Hypnerotomachia* desde un punto de vista académico. Sabían que la vida de un erudito podía consagrarse al servicio de un solo libro, y eso amortiguaba su sentido de la urgencia. Sólo Richard Curry, el comerciante de arte, mantuvo ese ritmo frenético. Ya en esa época debía de presentir su futuro. Su vida entre libros sería efímera.

No uno, sino dos sucesos, precipitaron los acontecimientos. El primero ocurrió cuando mi padre volvió a Columbus para aclararse las ideas. Tres días antes de regresar a Nueva York se tropezó –literalmente– con una estudiante de la Universidad de Ohio State. Ella y sus hermanas Pi Beta Phi habían emprendido una campaña de colecta de libros y estaban solicitando donaciones en las tiendas para el acto benéfico anual. Sus caminos se cruzaron en la puerta de la librería de mi abuelo antes de que ninguno de los dos pudiera darse cuenta. Después de que un puñado de páginas y libros saltaran por los aires, mi madre y mi padre acabaron en el suelo, y la aguja del destino dio una puntada y siguió su camino.

Cuando llegó a Manhattan, mi padre se sentía irremisiblemente perdido, atónito por el encuentro con la chica de pelo largo y ojos azules, que pertenecía a una hermandad y le llamaba Tigre, pero no en referencia al símbolo de Princeton sino al poema de Blake. Aun antes de conocerla, mi padre sabía que ya no soportaba a Taft. Sabía también que Richard Curry se había metido en un callejón sin salida, obsesionado con el diario del capitán de puerto. Había sentido la llamada del hogar. Con su padre enfermo, y con una mujer esperándolo en su verdadero puerto, mi padre regresó a Manhattan sólo para recoger sus cosas y decir adiós. Sus años en la Costa Este, que habían comenzado de manera tan prometedora en Princeton y con Richard Curry, llegaban a su fin.

Cuando llegó al lugar en el que mantenían las reuniones semanales, sin embargo, dispuesto a darles la noticia, mi padre se vio arrastrado por los efectos de un nuevo terremoto. Una noche, durante su ausencia, Taft y Curry habían discutido, y la siguiente habían llegado a las manos. El viejo capitán de fútbol no pudo competir con el tamaño de oso de Vincent Taft, a quien bastó un puñetazo para romperle la nariz a Curry. Después, la víspera de la llegada de mi padre, Curry salió de su piso, con los ojos morados y la nariz cubierta de vendas, para cenar con una mujer que trabajaba en la galería. Al regresar esa noche, se encontró con que varios documentos de la casa de subastas, al igual que toda su investigación sobre la *Hypnerotomachia*, habían desaparecido. El objeto que vigilaba con más celo, el diario del capitán de puerto, se había esfumado con lo demás.

Curry no tardó en lanzar acusaciones, pero Taft las negó todas. La policía les informó de una cadena de robos locales y mostró poco interés en la desaparición de unos cuantos libros viejos. Pero mi padre, que llegó en mitad de la tormenta, se puso de inmediato de lado de Curry. Ambos le dijeron a Taft que preferían no volverlo a ver; mi padre explicó que tenía un billete para Columbus, que partiría a la mañana siguiente y que no tenía intenciones de regresar. Richard Curry y él se despidieron mientras Taft los miraba en silencio.

Así terminó la etapa de formación de la vida de mi padre y el año que puso en marcha, por sí solo, toda la relojería de su identidad futura. Cuando pienso en ello, me pregunto si a los demás no nos sucede lo mismo. La madurez es un glaciar que invade silenciosamente la juventud. Cuando llega, la impronta de la juventud se hiela de repente, y congela para siempre la imagen de nuestro último gesto, la postura en que estábamos cuando comenzó la edad de hielo. Las tres facetas de Patrick Sullivan, cuando el frío comenzó a apoderarse de él, eran las de marido, padre y académico. Las tres lo marcaron hasta el fin de sus días.

Tras el robo del diario del capitán, Taft desapareció de la vida de mi padre, pero con el tiempo resurgió como el tábano de su carrera, pisándole siempre los talones. Curry perdería todo contacto con mi padre durante más de tres años, hasta su boda. La carta que le escribió entonces era un tanto inquietante, porque hablaba, sobre todo, de los días más oscuros de sus vidas. Las primeras palabras felicitaban a los novios; el resto hacía referencia a la *Hypnerotomachia.*

Pasó el tiempo y sus mundos se fueron alejando. A Taft, gracias al impulso de los primeros años, le concedieron una beca de investigación permanente en el prestigioso Instituto de Estudios Avanzados, donde Einstein había trabajado cuando vivía cerca de Princeton. Era un honor que con toda seguridad mi padre envidiaba, y que liberaba a Taft de todas las obligaciones de un profesor universitario: con la excepción de los consejos que daba a Paul y a Bill Stein, el viejo oso nunca tuvo que soportar a ningún estudiante, nunca tuvo que dar una clase. Curry obtuvo un puesto de importancia en la casa de subastas Skinner's, en Boston, y a partir de entonces no hizo sino escalar hacia el éxito profesional. En la librería de Columbus donde mi padre había aprendido a caminar, ahora había tres niños que lo mantenían lo bastante ocupado como para que olvidara, por un instante, la impresión permanente que le había dejado su experiencia en Nueva York. Los tres hombres, separados por el orgullo y el azar, encontraron formas de reemplazar la *Hypnerotomachia*, sucedáneos que ocuparon el lugar de una búsqueda incompleta. Una vez más, el reloj generacional dio una vuelta completa y el tiempo convirtió en extraños a quienes habían sido amigos. Francesco Colonna, dueño de la llave que daba cuerda al reloj, debió de creer entonces que su secreto estaba a salvo.

Capítulo 7

Hacia dónde? –le pregunto a Paul mientras la biblioteca desaparece a nuestra espalda.

–Hacia el Museo de Arte –dice, encorvándose para mantener seco el atado de trapos.

Para llegar allí pasamos frente a Murray-Dodge, un edificio semejante a un sarpullido de piedra que se erige en el norte del campus. En su interior, una compañía de teatro estudiantil representa *Arcadia*, de Tom Stoppard, la última obra que Charlie tuvo que leer para Literatura 151w, y la primera que veremos juntos: tenemos entradas para la función del domingo. La voz de Thomasina, la niña prodigio de trece años que aparece en la obra y que la primera vez que leí el texto me hizo pensar en Paul, nos llega por encima de las paredes del escenario, semejantes a las de una caldera.

«Si pudieras detener cada átomo en su posición y dirección –dice– y si tu mente fuera capaz de abarcar todas las acciones que quedarían suspendidas en ese momento, y si además fueras bueno para el álgebra, bueno de verdad, podrías escribir la fórmula del futuro.»

«Sí –tartamudea su tutor, exhausto por la forma en que funciona la mente de la niña–. Sí: que yo sepa, eres la primera persona que ha pensado en ello.»

Desde una cierta distancia, la entrada principal al Museo de Arte parece estar abierta, lo cual, en una noche de día festivo, es un pequeño milagro. Los conservadores del museo son gente rara: la mitad son apocados como un bibliotecario, y la otra mitad son temperamentales como un artista. Uno tiene la impresión de que la mayoría preferirían dejar que un niño manche un Monet antes que permitir la entrada de un estudiante al museo cuando no es estrictamente necesario.

El McCormick Hall, sede del Departamento de Historia del Arte, está frente al museo. La pared de la entrada es un panel de vidrio; al acercarnos, los guardias de seguridad nos observan desde su pecera. Tal como ocurría en una de las exposiciones de arte vanguardista que Katie me llevó a ver, y que no entendí, aquellos hombres tienen toda la apariencia de ser reales, pero permanecen perfecta, silenciosamente inmóviles. Sobre la puerta hay un cartel que dice «Reunión del Consejo de Administración del Museo de Arte». En letra más pequeña se añade: «El museo está cerrado al público». Dudo un instante, pero Paul entra sin ni siquiera llamar.

–Richard –dice en la sala principal.

Un puñado de rostros se dan la vuelta y nos miran, embobados, pero ninguno nos es familiar. Las paredes de la planta principal están salpicadas de lienzos, ventanas de color en mitad de una casa deprimentemente blanca. En la habitación contigua, sobre pilares de un metro de altura, hay varias vasijas griegas reconstruidas.

–Richard –repite Paul, esta vez en voz más alta.

La cabeza calva de Curry se gira sobre su cuello largo y grueso. Curry es alto y enjuto; lleva un traje oscuro de raya diplomática y una corbata roja. Cuando ve a Paul caminar hacia él, sus ojos oscuros se llenan de afecto. Su mujer murió sin descendencia hace unos diez años, y ahora el hombre considera a Paul su único hijo.

–Chicos –dice con calidez extendiendo los brazos, como si fuéramos niños, y enseguida se dirige a Paul–. No esperaba verte tan pronto. Pensé que terminarías mucho más tarde. Qué agradable sorpresa. –Se toquetea los gemelos con los dedos; sus ojos se llenan de placer. Se acerca para estrechar la mano que Paul le ofrece–. ¿Cómo estáis?

Sonreímos. La voz enérgica de Curry contradice su edad, pero por lo demás es evidente que la jauría del tiempo le acecha. Desde la última vez que lo vi, hace apenas seis meses, han aparecido señales de rigidez en sus movimientos, y tras la piel de su rostro se ha formado un vacío muy leve. Ahora, Richard Curry es dueño de una gran casa de subastas de Nueva York y forma parte del Consejo de Administración de museos mucho más grandes que éste; pero según Paul, desde que la *Hypnerotomachia* desapareció de su vida, la carrera que la reemplazó no ha sido más que un oficio lateral, un intento de olvidar el pasado. Nadie parecía más sorprendido de su éxito, y a la vez menos impresionado por él, que el mismo Curry.

–Ah –dice dándose la vuelta como si fuera a presentarnos a alguien–. ¿Habéis visto las pinturas?

A su espalda hay un lienzo que no he visto antes. Miro alrededor y me doy cuenta de que los cuadros que hay en las paredes no son los que suele haber aquí.

–Estos cuadros no son de la colección de la universidad –dice Paul.

Curry sonríe.

–No, no lo son. Todos los miembros del consejo ha traído algo esta noche. Hicimos una apuesta para ver quién podía dar en préstamo más cuadros.

Curry, el viejo jugador de fútbol americano, conserva en su manera de hablar un residuo de sus tiempos de retos y riesgos y apuestas entre caballeros.

–¿Quién ha ganado? –pregunto.

–El museo –dice Curry, eludiendo la pregunta–. Princeton es el verdadero beneficiario de nuestros esfuerzos.

En el silencio subsiguiente, Curry otea los rostros de los hombres que no han abandonado la gran sala tras nuestra interrupción.

–Iba a mostrarte esto después de la reunión del consejo –le dice a Paul–, pero no hay razón para no hacerlo ahora mismo.

Hace un gesto para que Paul y yo lo sigamos y se dirige hacia una sala que queda a nuestra izquierda. Miro a Paul preguntándome qué querrá decir, pero Paul parece no tener la menor idea.

–George Carter padre ha traído estos dos –dice Curry mientras nos enseña las obra que hay a lo largo del pasillo. Hay dos pequeños grabados de Durero, en marcos tan viejos que tienen la textura de un madero encontrado en la playa–. Y el Wolgemut del otro lado. –Señala el extremo opuesto de la sala–. Philip Murray y su esposa han traído esos manieristas tan hermosos.

Curry nos conduce a una segunda sala donde los cuadros de la segunda mitad del siglo XX han sido reemplazados por telas impresionistas.

–La familia Wilson ha traído cuatro: un Bonnat, un Manet pequeño, dos de Toulouse-Lautrec. –Nos da un rato para estudiarlas–. Los Marquand han añadido este Gauguin.

Cruzamos el vestíbulo, y en la sala de antigüedades, Curry dice:

–Mary Knight ha traído sólo una obra, pero es un busto romano muy grande y, según dice, podría convertirse en donación permanente. Muy generosa.

–¿Y tú?

Curry nos ha llevado de vuelta a la sala del principio tras trazar un amplio círculo por toda la primera planta.

–Esto es lo mío –dice él, moviendo la mano en el aire.

–¿Cuál?

–Todos.

Paul y Curry intercambian miradas. La sala principal contiene más de una docena de obras.

–Venid por aquí –nos dice Curry, y regresamos a una pared con lienzos próxima al lugar donde lo encontramos–. Éstos eran los que os quería mostrar.

Nos muestra todos los lienzos que hay en la pared, de uno en uno, pero no dice nada.

–¿Qué tienen en común? –nos pregunta, después de darnos unos segundos para digerirlo todo.

Yo niego con la cabeza, pero Paul lo comprende enseguida.

–El tema. Todos hablan del relato bíblico de José.

Curry asiente.

–*José vendiendo trigo al pueblo* –comienza, señalando el primero–. De Bartholomeus Breenbergh, alrededor de 1655. Convencí al Instituto Barber de que lo prestara.

Nos da un momento antes de pasar a la segunda pintura.

–*José y sus hermanos,* de Franz Maulbertsch, 1750. Mirad el obelisco del fondo.

–Me recuerda un grabado de la *Hypnerotomachia* –digo.

Curry sonríe.

–Al principio yo pensé lo mismo. Desafortunadamente, no parece que haya conexión alguna.

Nos conduce al tercero.

–Pontormo –dice Paul, antes de que Curry tenga tiempo de decir nada.

–Sí. *José en Egipto.*

–¿Cómo lo has conseguido?

–Londres no permitía que el cuadro viniese directamente a Princeton. Tuve que hacerlo a través del MET.

Curry está a punto de decir algo más cuando Paul ve los dos últimos cuadros de la serie. Son un par de tablas de varios palmos de altura, llenas de colorido. Su voz se llena de emoción.

–Andrea del Sarto. *Historias de José.* Los vi en Florencia.

Richard Curry guarda silencio. Fue él quien puso el dinero para que Paul pasara el verano de nuestro primer curso en Italia, investigando sobre la *Hypnerotomachia.* Ha sido la única vez que Paul ha salido del país.

–Tengo un amigo en el Palazzo Pitti –dice Curry, cruzándose las manos sobre el pecho–. Se ha portado muy bien conmigo. Los tengo en préstamo durante un mes.

Por un instante, Paul se queda allí, paralizado, mudo. Tiene el pelo pegado a la cabeza y aún húmedo por la nieve, pero una sonrisa se forma en sus labios cuando vuelve a fijarse en la pintura. Al final, tras observar su reacción, se me ocurre que debe de haber una razón para que los lienzos se hayan montado en este orden. Forman un *crescendo* de significado que sólo Paul puede entender. Curry debe de haber insistido en esta disposición, y los conservadores del museo deben de haberla consentido para satisfacer al miembro del consejo que ha traído más obras que todos los demás juntos. La pared que tenemos enfrente es un regalo: de Curry para Paul. Una felicitación silenciosa por la finalización de la tesina.

–¿Has leído el poema de Browning sobre Andrea del Sarto? –pregunta Curry, intentando expresarlo en palabras.

Yo lo he leído (en un seminario de literatura), pero Paul dice que no lo ha hecho.

–«Tú haces lo que tantos sueñan durante toda su vida» –dice Curry–. «¿Lo que sueñan? No: lo que intentan, por lo que sufren, en lo que fracasan.»

Finalmente, Paul se da la vuelta y le pone a Curry una mano en el hombro. Da un paso atrás y se saca el atado de trapos de debajo de la camisa.

–¿Qué es esto?

–Algo que Bill acaba de traerme. –Paul está indeciso, y noto que no está seguro de cómo reaccionará Curry. Desenvuelve cuidadosamente el libro–. He pensado que debías verlo.

–Mi diario –dice Curry, dándole vueltas entre las manos–. No puedo creerlo...

–Lo usaré –dice Paul–. Para terminar.

Pero Curry le ignora; al mirar el libro, su sonrisa desaparece.

–¿De dónde ha salido?

–De Bill.

–Eso ya lo has dicho. ¿Dónde lo ha encontrado él?

Paul titubea. En la voz de Curry ha aparecido un tono extraño.

–En una librería de Nueva York –digo–. Una tienda de antigüedades.

–Imposible –farfulla el hombre–. Lo busqué por todas partes. En cada librería, cada biblioteca, cada tienda de empeño de Nueva York. En las casas de subastas más importantes. Durante treinta años, Paul. Y nada. Desaparecido. –Pasa las páginas, las escruta cuidadosamente con los ojos y las manos–. Sí, mira. Ésta es la sección de la que te hablé. Colonna aparece mencionado aquí. –Pasa a otra entrada del diario, luego a otra–. Y aquí también. –Levanta abruptamente la mirada–. Es imposible que Bill haya tropezado así como así con esto. Es imposible que esto haya ocurrido precisamente esta noche, la víspera de la fecha de entrega de tu tesina.

–¿Qué quieres decir?

–¿Qué me dices del dibujo? ¿También te lo ha dado Bill?

–¿Qué dibujo?

–El pedazo de cuero. –Curry forma un rectángulo de unos treinta centímetros cuadrados con los pulgares y los índices–. Estaba metido en el pliegue central del diario. El pedazo de cuero llevaba un dibujo. Un plano.

–Eso no estaba –dice Paul.

Curry vuelve a girar el libro entre las manos. Sus ojos se han vuelto fríos y distantes.

–Richard, debo devolverle el libro a Bill mañana mismo –dice Paul–. Lo leeré esta noche. Tal vez me ayude a comprender la última sección de la *Hypnerotomachia.*

Curry vuelve a la realidad.

–¿No has terminado el trabajo?

La voz de Paul se llena de ansiedad.

–La última sección no es como las demás.

–¿Y la fecha de entrega? ¿Qué pasa con la fecha de entrega?

Cuando Paul no responde, Curry pasa una mano por la cubierta del diario y luego renuncia a él.

–Termínalo. No arriesgues todo lo que has ganado. Hay mucho en juego.

–No lo haré. Creo que ya casi lo tengo. Estoy cerca.

–Si necesitas algo, sólo dímelo. Un permiso de excavación. Topógrafos. Si está allí, lo encontraremos.

Miro a Paul. Me pregunto a qué se refiere Curry. Paul sonríe con nerviosismo.

–No necesito nada más. Ahora que tengo el diario, podré encontrarlo por mi cuenta.

–No lo pierdas de vista. Nadie ha hecho nunca algo semejante. Recuerda a Browning: «lo que tantos sueñan toda su vida».

–Señor –dice una voz detrás de nosotros.

Nos damos la vuelta y vemos a un conservador del museo que camina en dirección a nosotros.

–Señor Curry, la reunión del consejo comenzará en breve. ¿Sería tan amable de dirigirse a la segunda planta?

–Seguiremos hablando más tarde –dice Curry, dándose la vuelta–. No sé cuánto durará la reunión.

Le da a Paul una palmada en el hombro y se dirige a la escalera. Cuando sube, Paul y yo nos encontramos a solas con los guardias.

–No he debido enseñárselo –dice Paul, casi hablando para sí mismo cuando comenzamos a caminar hacia la puerta.

Se detiene para mirar de nuevo la serie de cuadros, tratando de formarse una imagen a la que pueda volver cuando cierre el museo. Luego salimos.

–¿Por qué habría de mentir Bill sobre el lugar donde encontró el diario? –pregunto, una vez hemos regresado a la nieve.

–No creo que lo haya hecho.

–Entonces, ¿a qué se refería Curry?

–Si supiera algo más, nos lo habría dicho.

–Tal vez no haya querido decírtelo en mi presencia.

Paul me ignora. Le gusta fingir que somos iguales a los ojos de Curry.

–¿A qué se refería cuando dijo que podía conseguirte permisos de excavación? –le pregunto.

Paul mira por encima del hombro al estudiante que se nos ha acercado por detrás.

–Aquí no, Tom.

Sé muy bien cuándo no debo presionarlo. Tras un largo silencio, digo:

–¿Puedes decirme por qué todas las pinturas tenían el tema de José?

Su expresión se ilumina.

–Génesis, treinta y siete. –Hace una pausa para recordar el texto–. «Y Jacob amaba a José más que a sus otros hijos, por ser el hijo de su vejez. Y le hizo una túnica de varios colores.»

Tardo un instante en entenderlo. El regalo de los colores. El amor de un padre maduro por su hijo predilecto.

–Está orgulloso de ti –digo.

Paul asiente.

–Pero no he terminado. Mi trabajo no ha terminado.

–No se trata de eso –le digo.

Paul sonríe con frialdad.

–Claro que sí.

Regresamos a los dormitorios, y noto en el cielo algo inquietante: está oscuro, pero no totalmente negro. Todo el firmamento, desde un horizonte al otro, está salpicado de nubes llenas de nieve de un gris pesado y luminoso. No se ve una sola estrella.

Al llegar a la puerta trasera de Dod, me doy cuenta de que no tenemos cómo entrar. Paul le hace señas a un estudiante de último curso, que nos lanza una mirada curiosa antes de prestarnos su tarjeta de acceso. Un pequeño tablero registra su proximidad con un pitido y enseguida la puerta se abre con el sonido de un rifle al cargarse. En el sótano, dos chicas de tercero están doblando ropa sobre una mesa abierta, vestidas con camisetas y shorts diminutos en medio del calor sofocante de la lavandería. Nunca falla: pasar por la lavandería en invierno es como entrar en un espejismo en el desierto: aire tembloroso de calor, cuerpos fantásticos. Cuando nieva fuera, la imagen de unos hombros y de unas piernas desnudas calienta la sangre como un trago de whisky. Estamos muy lejos de Holder, pero parece que hubiéramos entrado por accidente a la sala de espera de las Olimpiadas al Desnudo.

Subo al primer piso y me dirijo al flanco norte del edificio; nuestra habitación es la última del pasillo. Paul me sigue en silencio. Cuanto más nos acercamos, más pienso en las dos cartas que hay sobre mi mesa. Ni siquiera el descubrimiento de Bill es suficiente para distraerme. Durante semanas enteras me he dormido pensando en lo que una persona puede hacer con cuarenta y tres mil dólares al año. Fitzgerald escribió un relato sobre un diamante del tamaño del Ritz y antes de dormirme, en esos momentos en que las proporciones de las cosas empiezan a fundirse, me imagino comprando un anillo con ese diamante para dárselo a una mujer que está justo al otro lado del sueño. Algunas noches pienso en comprar objetos mágicos, como hacen los niños en sus juegos: coches que nunca se estrellan o una pierna que siempre sana. Cuando me entusiasmo, Charlie es quien me mantiene con los pies sobre la tierra. Dice que debería comprarme una colección de zapatos de plataforma, o dar la entrada de una casa con techos bajos.

–¿Qué hacen? –dice Paul, señalando el fondo del pasillo.

Allí están Charlie y Gil, de pie en mitad del corredor, mirando por la puerta abierta el interior de nuestra habitación, por la que alguien camina. Una segunda mirada me lo dice todo: la policía del campus está aquí. Alguien ha debido vernos saliendo de los túneles.

–¿Qué sucede? –dice Paul, acelerando el paso.

Me apresuro a seguirlo.

La vigilante está observando algo que hay en el suelo de nuestra habitación. Charlie y Gil discuten, pero no alcanzo a entender sus palabras. En el momento preciso en que comienzo a inventar excusas por lo que hemos hecho, Gil nos ve venir y dice:

–Todo está bien. No se han llevado nada.

–¿Qué?

Señala el umbral de la puerta. La habitación, ahora lo veo, está totalmente en desorden. Los cojines del sofá están en el suelo; los libros han sido arrojados fuera de sus estanterías. En el dormitorio que comparto con Paul, los cajones de las cómodas están abiertos.

–Dios mío –susurra Paul, abriéndose paso entre Charlie y yo.

–Alguien ha entrado –explica Gil.

–Y por la puerta –añade Charlie–. No estaba cerrada con llave.

Me doy la vuelta para mirar a Gil, que fue el último en salir. Durante el último mes, Paul nos ha pedido que cerremos la puerta con llave hasta que termine su tesina. Gil es el único que se olvida.

–Mirad –dice en tono defensivo, señalando la ventana del extremo opuesto de la habitación–. Han entrado por ahí. No por la puerta.

Debajo de una ventana, junto a la pared norte del salón, se ha formado un pequeño charco. La ventana de guillotina está abierta de par en par, y la nieve, que llega flotando en el viento, se acumula en el alféizar. En el mosquitero hay tres inmensos cortes.

Entro en mi habitación con Paul. Su mirada recorre el borde de los cajones de su escritorio y se levanta hacia los libros de la biblioteca, que normalmente están en la estantería que Charlie le ha montado. Los libros han desaparecido. Paul mueve la cabeza de aquí para allá, buscándolos. Su respiración se hace sonora. Durante un instante estamos de regreso en los túneles; sólo las voces nos resultan familiares.

–No importa, Charlie. No han entrado por ahí –escuchamos.

–No te importa a ti, claro, porque no se han llevado nada tuyo.

La vigilante sigue caminando por el salón.

–Alguien debía saber... –se dice Paul entre murmullos.

–Mira esto –digo, señalando el colchón inferior de la litera.

Paul se gira. Los libros están a salvo. Con manos temblorosas, empieza a revisar los títulos.

Yo repaso mis pertenencias y lo encuentro casi todo intacto. Apenas si han tocado nada. Alguien ha revuelto mis cajones, pero sólo han llegado a descolgar de la pared una reproducción enmarcada de la primera página de la *Hypnerotomachia* que me regaló mi padre. La han abierto; una esquina está doblada, pero el resto está intacto. La sostengo entre las manos. Echo una mirada alrededor y veo el único de mis libros que está fuera de lugar: las galeradas de *La carta Belladonna,* anteriores a la decisión de mi padre de que *El documento Belladonna* sonaba mucho mejor.

Gil entra en el vestíbulo que hay entre los dormitorios y dice en voz alta:

–No han tocado nada mío ni de Charlie. ¿Y a vosotros?

Hay una sombra de culpa en su voz, una esperanza de que, a pesar del desorden, nada haya desaparecido.

Cuando miro hacia donde está, veo a qué se refiere: la otra habitación está intacta.

–Nada mío –le digo.

–No han encontrado nada –me dice Paul.

Antes de que pueda preguntarle qué quiere decir con eso, una voz llega desde el vestíbulo y nos interrumpe.

–¿Puedo haceros un par de preguntas?

La vigilante, una mujer de piel curtida y pelo rizado, nos mira detenidamente mientras nos acercamos, empapados de nieve, desde las esquinas de la habitación. La imagen de Paul vestido con el chándal de Katie y de mí mismo vestido con su camiseta de natación sincronizada, le llama la atención. La mujer, identificada como teniente Williams en la chapa que lleva sobre el bolsillo del pecho, saca del abrigo un cuaderno de estenografía.

–¿Sus nombres?

–Tom Sullivan –digo–. Él es Paul Harris.

–¿Se han llevado algo vuestro?

Los ojos de Paul siguen buscando en la habitación, haciendo caso omiso de la vigilante.

–No lo sé –digo.

Levanta la mirada.

–¿Habéis echado un vistazo?

–No hemos notado que falte nada.

–¿Quién ha sido la última persona en salir esta noche?

–¿Por qué?

Williams se aclara la voz.

–Porque sabemos quién ha dejado la puerta sin llave, pero no quién ha dejado la ventana abierta.

Se regodea con las palabras «puerta» y «ventana», recordándonos que todo esto es culpa nuestra.

Paul se fija en la ventana por primera vez. Palidece.

–Creo que he sido yo. En el dormitorio hacía calor y Tom no quería que abriera la ventana. Así que he venido a trabajar al salón y debo haberme olvidado de cerrarla.

–Mire –le dice Gil a la vigilante al ver que la mujer no está haciendo mucho por ayudarnos–, ¿podemos terminar con este asunto? No creo que haya nada más que ver aquí.

Sin esperar respuesta, cierra la ventana de un golpe y lleva a Paul al sofá. Se sienta a su lado.

La vigilante hace un garabato final sobre el cuaderno.

–Ventana abierta, puerta sin cerrar. Nada robado. ¿Algo más?

Nadie dice nada.

Williams niega con la cabeza.

–Los robos son difíciles de resolver –dice como si nosotros tuviéramos muchas expectativas–. Informaremos a la policía local. La próxima vez, cerrad con llave antes de salir. Así os ahorraréis problemas. Si descubrimos algo más, nos pondremos en contacto con vosotros.

Camina penosamente hacia la salida y sus botas chirrían a cada paso. La puerta se cierra sola.

Me acerco a la ventana para echar otro vistazo. La nieve derretida en el suelo es absolutamente transparente.

–No moverán un dedo –dice Charlie.

–No importa –dice Gil–. No han robado nada.

Paul está callado, pero sus ojos siguen recorriendo la habitación.

Levanto la guillotina de la ventana y dejo que el viento invada el salón de nuevo. Gil se gira hacia mí, molesto, pero yo sólo me fijo en los cortes del mosquitero, que siguen el borde del marco por tres de los cuatro lados, de tal manera que la red se sacude al viento como una puerta para perros. Vuelvo la mirada al suelo. El único barro que hay es el de mis zapatos.

–Tom –me grita Gil–, cierra la maldita ventana.

Ahora Paul se ha dado la vuelta para mirar también. El

postigo está abierto hacia fuera, como si alguien hubiera salido por la ventana. Pero algo falla. La vigilante no se ha molestado en comprobarlo.

–Mirad esto –digo, pasando los dedos sobre las fibras del mosquitero, por el lugar del corte.

Al igual que el postigo, todas las incisiones apuntan hacia fuera. Si alguien hubiera cortado el mosquitero para entrar, los bordes apuntarían hacia nosotros.

Charlie ya ha comenzado a revisar la habitación.

–Tampoco hay barro –dice señalando el charco sobre el suelo.

Gil y él intercambian una mirada que Gil parece tomar como acusación. Si el mosquitero se cortó desde dentro, estamos otra vez frente al asunto de la puerta cerrada sin llave.

–No tiene lógica –dice Gil–. Si sabían que la puerta estaba abierta, no se habrían ido por la ventana.

–Pero es que no tiene lógica de ninguna manera –le digo–. Si ya estás dentro, puedes salir por la puerta.

–Deberíamos contarles esto a los vigilantes –dice Charlie, dispuesto a plantar cara–. No puedo creer que la mujer ni siquiera se haya fijado en eso.

Paul no dice nada, pero pasa una mano por el diario.

–¿Todavía piensas ir a la conferencia de Taft? –le pregunto.

–Supongo que sí. Falta casi una hora para que empiece.

Charlie está colocando los libros que van en los estantes más altos, a los que sólo llega él.

–Me pasaré por Stanhope –dice–. Para contarles a los vigilantes lo que se han pasado por alto.

–Tal vez sólo haya sido una broma –dice Gil, sin dirigirse a nadie en particular–. Nudistas olímpicos tratando de divertirse un poco.

Después de ordenar las cosas durante un rato, decidimos, todos a la vez, que ya basta. Gil se pone un par de pantalones de lana y mete la camisa de Katie en la bolsa de la lavandería.

–Podríamos comer algo de camino al Ivy.

Paul asiente mientras hojea su ejemplar de *El mundo mediterráneo en la época de Felipe II* de Braudel, como si le hubieran podido robar alguna página.

–Quiero echarle un vistazo a las cosas que tengo en el club.

–Y tal vez os queráis cambiar de ropa –nos dice Gil, mirándonos de arriba abajo.

Paul está demasiado preocupado para escucharlo, pero yo sé a qué se refiere, así que regreso a la habitación. Nadie iría al Ivy ataviado así ni por todo el oro del mundo. Sólo Paul, que es una sombra en su propio club, se rige por reglas distintas.

Mientras reviso mis cajones, me doy cuenta de que casi toda mi ropa está sucia. Hurgando en el fondo del armario, encuentro un par de pantalones caqui enrollados y una camisa que lleva doblada tanto tiempo que los dobleces se han vuelto arrugas, y las arrugas, pliegues. Busco mi chaqueta de invierno, y entonces recuerdo que se ha quedado en el túnel, colgada de la mochila de Charlie. Me conformo con el abrigo que mi madre me ha regalado por Navidad y me dirijo al salón, donde Paul sigue sentado junto a la ventana, los ojos fijos en las estanterías, tratando de resolver algún interrogante.

–¿Vas a llevar el diario? –le pregunto.

Da una palmada sobre el atado de trapos que tiene sobre el regazo y asiente.

–¿Dónde está Charlie? –digo mirando alrededor.

–Ya se ha ido –me dice Gil mientras nos conduce al vestíbulo–. Para hablar con los vigilantes.

Coge las llaves de su Saab y se las mete en el abrigo. Antes de cerrar la puerta, se revisa los bolsillos.

–Llaves de la habitación... llaves del coche... tarjeta de identificación...

Se muestra tan cuidadoso que me irrita. No acostumbra a preocuparse por los detalles. Cuando vuelvo a mirar hacia el salón, veo mis dos cartas, que siguen sobre la mesa. Entonces, Gil cierra la puerta con una precisión infrecuente y hace girar el pomo dos veces para asegurarse de que no cederá. Caminamos hacia su coche en un silencio que se ha vuelto pesado. Mientras se calienta el motor vemos a los vigilantes que van y vienen a lo lejos, sombras entre las sombras. Los observamos durante un instante; enseguida Gil mete la marcha y nos deslizamos hacia la oscuridad.

Capítulo 8

Tras pasar el puesto de seguridad de la entrada norte del campus, giramos a la derecha en Nassau Street, la avenida principal de Princeton. A esta hora no hay un alma; la calle sólo está habitada por dos palas mecánicas y un camión de sal que alguien ha sacado de su hibernación. Aquí y allá hay tiendas que resplandecen en la noche gracias a la nieve acumulada bajo las vitrinas. Talbot's y Micawber Books están cerradas a esta hora, pero en Pequod Copy y en las cafeterías hay un ligero ajetreo de estudiantes de último año que se apresuran a completar sus tesinas poco antes del límite fijado por el departamento para la entrega.

–¿Contento de haber terminado? –le pregunta Gil a Paul, que de nuevo se ha replegado en sí mismo.

–¿Mi tesina?

Gil mira por el retrovisor.

–No la he terminado todavía –dice Paul.

–Oh, vamos. Si ya está lista. ¿Qué te falta?

El aliento de Paul empaña la ventanilla trasera.

–Me falta bastante –dice.

Al llegar al semáforo giramos por Washington Road y seguimos hacia Prospect Avenue, donde están los clubes. Gil sabe que no debe hacer más preguntas. Intuyo, mientras nos acercamos a Prospect, que sus pensamientos están en otra parte.

La noche del sábado será el baile anual del Ivy y le han encargado a él, como presidente del club, supervisar la organización. Como se ha retrasado a causa de la finalización de la tesina, ahora se ha acostumbrado a hacer pequeños viajes al Ivy sólo para convencerse de que todo está bajo control. Según Katie, mañana por la noche, cuando lleguemos juntos al baile, apenas podré reconocer el interior del club.

Aparcamos junto a la sede del club, en una plaza que parece reservada para Gil, y cuando él saca la llave del contacto, un silencio frío resuena dentro del coche. El viernes es la calma que precede a la tormenta del fin de semana, la oportunidad de recuperar la sobriedad entre las tradicionales noches de fiesta, la del jueves y la del sábado. La fría nieve sofoca incluso el murmullo de voces que de costumbre flota en el aire cuando los estudiantes de tercero y cuarto regresan al campus para la cena.

Según los administradores, los clubes con servicio de comida de Princeton son una «opción de clase alta». Pero lo cierto es que son la única opción que tenemos. En las primeras épocas de la universidad, cuando los incendios en los refectorios y los huraños posaderos obligaban a los estudiantes a valerse por sí mismos, se comenzaron a formar pequeños grupos que comían bajo un mismo techo. En aquella época, y dada la naturaleza de Princeton, los techos bajo los cuales comían y las sedes que construyeron para soportar esos techos no eran cualquier cosa: algunos son verdaderas casas solariegas. Y hasta el día de hoy, el club sigue siendo una de las instituciones características de Princeton: como las fraternidades, son lugares donde los estudiantes de tercero y cuarto se reúnen para comer y hacer fiestas, pero no para vivir en ellos. Casi ciento cincuenta años después del nacimiento de estas instituciones, la vida social en Princeton es muy fácil de explicar. Está en manos de los clubes.

El Ivy se ve triste a esta hora. Así, cubiertas por un manto de oscuridad, las afiladas puntas y la oscura mampostería del edificio resultan poco acogedoras. El Cottage Club vecino, con sus piedras blancas y formas redondeadas, lo supera fácilmente en atractivo. Estos clubes hermanos son más viejos que los diez supervivientes de Prospect Avenue y son los más exclusivos de Princeton. Su rivalidad por llevarse lo mejor de cada clase se remonta a 1886.

Gil mira la hora en su reloj.

–El comedor ya está cerrado. Subiré la comida.

Nos abre la puerta delantera y nos conduce hacia arriba por la escalera principal.

Hacía bastante tiempo que no venía, y las paredes de roble oscuro, con sus retratos de aspecto severo, siempre me reconfortan. A la izquierda está el comedor del Ivy, con sus largas mesas de madera y sus sillas inglesas de hace un siglo; a la derecha, la sala de billar, donde Parker Hassett está jugando solo una partida. En el Ivy, Parker es el tonto del pueblo, un imbécil de familia acomodada que es lo bastante inteligente para darse cuenta de que los demás lo consideran un tonto, y lo bastante tonto para considerar que la culpa la tienen los demás. Juega al billar moviendo el taco con ambas manos, como un actor de vodevil bailando con un bastón. Parker nos mira al vernos pasar, pero no le hago caso y seguimos subiendo la escalera hacia la Sala de Oficiales.

Gil da dos golpes en la puerta y entra sin esperar respuesta. Lo seguimos al interior de la cálida luz de la sala, donde Brooks Franklin, el corpulento vicepresidente, está sentado frente a una larga mesa de caoba que se extiende perpendicular a la puerta. Sobre la mesa hay una lámpara Tiffany y un teléfono. Alrededor, seis sillas.

–Qué alivio que hayáis aparecido –nos dice Brooks a todos, ignorando educadamente el hecho de que Paul lleva ropa de mujer–. Parker me estaba hablando del disfraz que piensa ponerse mañana por la noche y he empezado a sentir que necesitaba refuerzos.

No conozco a Brooks demasiado bien, pero desde segundo, cuando asistimos juntos a una clase de Introducción a la Economía, me trata como a un viejo amigo. Supongo que el disfraz de Parker tiene que ver con el baile del sábado, que es por tradición un baile de disfraces relacionados con Princeton.

–Morirás, Gil –dice Parker, que llega de abajo, sin anunciarse. Ahora lleva un cigarrillo en una mano y una copa de vino en la otra–. Al menos tú tienes sentido del humor.

Le habla directamente a Gil, como si Paul y yo fuéramos invisibles. En el otro extremo de la mesa, Brooks sacude la cabeza.

–He decidido venir disfrazado de JFK –continúa–. Y mi pareja no será Jackie. Será Marilyn Monroe.

Parker ha debido notar mi expresión confundida, porque apaga el cigarrillo en un cenicero y dice:

–Sí, Tom, ya lo sé, Kennedy se graduó en Harvard. Pero estudió un año aquí.

Parker es el último representante de una familia vinícola de California que durante generaciones ha enviado a sus hijos a Princeton y al Ivy. Si ha conseguido sortear los obstáculos y entrar en ambos lugares, es sólo gracias a lo que Gil, caritativamente, llama «la inercia de la familia Hassett».

Antes de que pueda contestar, Gil se acerca.

–Mira, Parker, no tengo tiempo para estas cosas. Si quieres venir disfrazado de Kennedy, es tu problema. Sólo te pido que trates de demostrar una pizca de buen gusto.

Parker, que parecía esperar algo mejor, nos lanza una mirada amarga y se va con su vino en la mano.

–Brooks –dice ahora Gil–, ¿puedes bajar y preguntarle a Albert si queda algo de comida? No hemos cenado y tenemos prisa.

Brooks accede. Es el vicepresidente perfecto: servicial, fiel, incansable. Aun cuando los favores que Gil pide suenan como si fueran órdenes, Brooks nunca parece contrariado. Hoy es la única vez que me da la impresión de estar cansado y me pregunto si habrá terminado su tesina.

–Mejor aún –dice Gil levantando la mirada–, subiré dos cenas y yo cenaré en el comedor. Así podremos hablar del pedido de vino para mañana mientras ceno.

–Encantado de veros, chicos –dice Brooks, dirigiéndose a nosotros–. Siento lo de Parker. No sé por qué se pone así a veces.

–¿A veces? –digo en voz baja.

Brooks ha debido de oírme, porque sonríe antes de salir.

–La cena estará lista en unos minutos –dice Gil–. Si me

necesitáis, estaré abajo. –Enseguida le habla a Paul–. Iremos a la conferencia en cuanto estéis listos.

Una vez se ha marchado, durante un breve instante, no puedo evitar la sensación de que Paul y yo estamos cometiendo una especie de fraude. Aquí estamos, sentados frente a una mesa antigua de caoba en una mansión del siglo XIX, esperando a que alguien nos suba la cena. Si me dieran una moneda por cada vez que me ha sucedido esto desde que llegué a Princeton, ahora tendría... una. Cloister Inn, el club del cual Charlie y yo somos miembros, es una construcción simple y pequeña cuyas paredes de piedra tienen cierto encanto acogedor. Cuando los suelos han sido pulidos y el césped podado, es un sitio respetable para tomarse una cerveza o jugar al billar. Pero en tamaño y gravedad, el Ivy lo deja en ridículo. La prioridad de nuestro chef no es la calidad, sino la cantidad, y a diferencia de nuestros amigos del Ivy, allí comemos donde nos place en lugar de esperar que alguien nos acomode en orden de llegada. La mitad de nuestras sillas son de plástico, toda nuestra cubertería es de usar y tirar, y a veces, cuando hacemos una fiesta demasiado cara, o cuando los grifos de los barriles se han abierto demasiado, al llegar el viernes nos encontramos con un perrito caliente por todo almuerzo. Somos como la mayoría de los clubes. Ivy siempre ha sido la excepción.

–Ven, acompáñame abajo –dice abruptamente Paul.

No sé qué querrá decirme, pero lo sigo. Bajamos junto al vitral que hay a lo largo del rellano sur, luego por otra escalera que lleva al sótano del club. Paul me conduce a través del vestíbulo hacia el Salón Presidencial. Se supone que sólo Gil tiene acceso a él, pero cuando Paul comenzó a quejarse de tener cada vez menos privacidad en la biblioteca, cosa que dificultaba la finalización de su tesina, Gil le prometió una copia de la llave, tratando de convencerlo de que regresara al club. En esa época, obsesionado como estaba con su trabajo, Paul encontraba pocas cosas de interés en el Ivy. Pero el Salón Presidencial, amplio y silencioso y accesible directamente a través de los túneles, era una bendición que Paul no podía rechazar. Otros protestaron, diciendo que Gil había transformado la habitación más exclusiva del club en un hostal, pero Paul desarmó cualquier controversia posible accediendo al salón casi siempre por los túneles. Los grupos ofendidos parecían menos molestos si no tenían que verlo entrar y salir todo el tiempo.

Llegamos frente a la puerta y Paul la abre con su llave. Entro tras él, arrastrando los pies, y me quedo sorprendido. Hace semanas que no veo este lugar. Lo primero que recuerdo es el frío que hace dentro. Aquí, en la bodega del club, las temperaturas se acercan demasiado a los cero grados. Exclusiva o no, la habitación parece haber sido golpeada por un huracán. Los libros se amontonan sobre las superficies como montañas de desechos: las enmohecidas estanterías de clásicos europeos y americanos están casi cubiertas por los libros de Paul: actas históricas, mapas náuticos, libros de referencia y algún que otro plano dibujado.

Paul cierra la puerta. A un lado del escritorio hay una elegante chimenea, y el revoltijo de papeles es tan denso que algunos títulos se acercan a ella. Aun así, cuando Paul mira alrededor de la habitación, se muestra satisfecho: todo está tal y como lo dejó. Levanta del suelo *La poesía de Miguel Ángel*, sacude los restos de pintura que hay sobre la tapa y la deja cuidadosamente en su escritorio. Encuentra un largo fósforo de madera sobre la repisa, lo enciende y lo acerca a la chimenea, donde una llama azulosa da vida a un montón de periódicos viejos cubiertos de leños.

–Has avanzado mucho –le digo mirando uno de los planos más detallados que hay desenrollados sobre su escritorio.

–Eso no es nada –dice Paul frunciendo el ceño–. He hecho una docena como éste, y lo más probable es que estén todos mal. Cuando me entran ganas de darme por vencido, me dedico a eso.

Lo que estoy viendo es el dibujo de un edificio inventado por Paul. Lo ha reconstruido a partir de las ruinas de varias construcciones mencionadas en la *Hypnerotomachia:* los arcos rotos han sido restaurados, los cimientos perforados han vuelto a ser fuertes; las columnas y los capiteles, que antes estaban hechos pedazos, ahora han sido reparados. Debajo hay todo un montón de planos, cada uno elaborado de la misma manera: a partir de los cabos sueltos de la imaginación de Colonna, y todos son distintos. Paul ha creado un paisaje para vivir en él mientras está aquí abajo: ha creado su propia Italia. Sobre las paredes hay otros bocetos, pegados con celo; algunos de ellos están ocultos por notas que Paul les ha puesto encima. Las líneas son estudiadamente arquitectónicas en todos, y las medidas se dan en unidades que no logro comprender. Las proporciones son tan perfectas, las anotaciones tan meticulosas, que podrían haber sido creadas por ordenador. Pero Paul, que dice desconfiar de los ordenadores, en realidad nunca ha podido permitirse comprar uno, y lo rechazó educadamente cuando Curry le ofreció comprárselo. Todo lo que hay aquí ha sido dibujado a mano.

–¿Qué se supone que son? –pregunto.

–El edificio que Francesco está diseñando.

Casi había olvidado su costumbre de referirse a Colonna en presente y siempre por el nombre de pila.

–¿Qué edificio?

–La cripta de Francesco. La primera mitad de la *Hypnerotomachia* dice que la está construyendo, ¿lo recuerdas?

–Por supuesto. ¿Crees que sería así? –pregunto, señalando hacia los dibujos.

–No lo sé. Pero voy a averiguarlo.

–¿Cómo? –digo, y recuerdo enseguida lo que Curry dijo en el museo–. ¿Para eso necesitas los topógrafos? ¿Vas a exhumarlo?

–Puede ser.

–¿De manera que has descubierto por qué lo construyó Colonna?

Ésta fue la pregunta fundamental a la que llegamos cuando nuestro trabajo en colaboración se acercaba a su fin. El texto de la *Hypnerotomachia* aludía misteriosamente a una cripta que Colonna estaba construyendo, pero Paul y yo nunca logramos ponernos de acuerdo sobre su naturaleza. Paul lo veía como un sarcófago renacentista para la familia Colonna, cuya intención, probablemente, era competir con tumbas papales como las que Miguel Ángel estaba diseñando en esa misma época. Esforzándome un poco más por conectar la cripta con *El documento Belladonna*, llegué a imaginarla como la última morada de las víctimas de Colonna, teoría que explicaba mejor el gran secreto que rodea el diseño de la cripta en la *Hypnerotomachia.* El hecho de que Colonna nunca hubiera llegado a describir la construcción ni el lugar en el que se la podía encontrar era, en el momento de mi partida, el principal vacío en la obra de Paul.

Antes de que pueda responder a mi pregunta, alguien llama a la puerta.

–Os habéis cambiado de sitio –dice Gil, entrando con el camarero del club.

Se detiene y evalúa la habitación de Paul como un hombre que escudriña el lavabo de una mujer, avergonzado pero curioso. El camarero, tras encontrar espacios libres entre los libros de una mesa, pone dos servicios con servilletas de tela. Entre ambos llevan dos platos de porcelana del Ivy Club, una jarra de agua y una canasta de pan.

–Pan caliente. Del campo –dice el camarero al poner la canasta sobre la mesa.

–Bistec a la pimienta –dice Gil, siguiendo el ejemplo–. ¿Algo más?

Le decimos que no y Gil, tras echar una última mirada a la habitación, regresa arriba.

El camarero llena los vasos con agua.

–¿Desean algo más de beber?

Cuando le decimos que no, desaparece también.

Paul se sirve con rapidez. Viéndolo comer, pienso en la imitación de Oliver Twist que hizo cuando nos conocimos, el pequeño tazón que formó con las manos. A veces me pregunto si los primeros recuerdos que Paul tiene de su niñez son recuerdos de hambre. En la escuela parroquial donde creció, compartía la mesa con otros seis niños y la comida se servía en orden de llegada hasta que se terminaba. No estoy seguro de que haya superado esa mentalidad. Una noche, en primero, cuando todos comíamos en el comedor de la residencia, Charlie dijo en broma que Paul comía tan rápido que parecía que la comida se estuviera pasando de moda. Esa misma noche, Paul nos explicó la razón. Y ya nadie volvió a bromear al respecto.

Ahora Paul, preso de la alegría de comer, alarga el brazo para coger un pedazo de pan. El aroma de la comida lucha con el olor mohoso de los libros y del humo del fuego; es algo que hubiera disfrutado en otras circunstancias, pero aquí y ahora me hace sentirme incómodo, porque me trae recuerdos desiguales. Como si me pudiera leer la mente, Paul se da cuenta de que tiene el brazo alargado y se avergüenza.

Le acerco la canasta.

–Come –digo, haciendo un gesto sobre la comida.

El fuego chisporrotea detrás de nosotros. En la pared, cerca de la esquina, hay una abertura del tamaño de un montaplatos. Es la entrada a los túneles de vapor, la preferida de Paul.

–No puedo creer que todavía entres arrastrándote por ahí.

Paul baja el tenedor.

–Es mejor que lidiar con la gente de arriba.

–Este sitio parece una mazmorra.

–Antes no te molestaba.

Siento que se aproxima una vieja discusión. Paul se limpia la boca rápidamente con la servilleta.

–Olvídalo –dice, poniendo el diario en la mesa, entre los dos–. Ahora, esto es lo único que importa. –Con dos dedos da un golpecito sobre la tapa y después empuja el librito hacia mí–. Tenemos la oportunidad de terminar lo empezado. Richard cree que la clave puede estar aquí.

Me concentro en frotar una mancha que hay sobre el escritorio.

–Tal vez deberías mostrárselo a Taft.

Paul me mira, boquiabierto.

–Vincent cree que nada de lo que he encontrado contigo

tiene el más mínimo valor –dice–. Ha estado presionándome para que le entregue informes sobre mis progresos dos veces por semana, sólo como prueba de que no me he dado por vencido. Estoy harto de conducir hasta el Instituto cada vez que necesito su ayuda, cansado de oírle opinar que mi trabajo carece de originalidad.

–¿De originalidad?

–Y me ha amenazado con decirle a la gente del departamento que me he estancado.

–¿Después de todo lo que hemos encontrado?

–Pero no pasa nada –dice Paul–. No me importa lo que opine Vincent. –Da otro golpecito sobre el libro–. Quiero terminar con esto.

–Pero tienes que entregar la tesina mañana.

–Tú y yo hicimos más en tres meses de lo que yo he hecho solo en tres años. ¿Qué es una noche más? –Entre dientes, añade–: Además, lo importante no es la fecha de entrega.

Me sorprende oírle decir eso, pero el golpe en la mandíbula que me ha dado el desprecio de Taft es lo que acaba contando. Paul debe de haber previsto que así sería. El trabajo que hice sobre la *Hypnerotomachia* me enorgullece más que todo el trabajo que hice para mi tesina.

–Taft está loco –le digo–. Nadie ha encontrado tanto en este libro como nosotros. ¿Por qué no has pedido que te cambien el director?

Sus manos arrancan trozos de pan y empiezan a moverlos entre los dedos para hacer pequeñas bolitas.

–Me he preguntado lo mismo a menudo –dice, mirando hacia otra parte–. ¿Sabes cuántas veces se ha jactado conmigo de arruinar la carrera académica de «algún imbécil» con sus críticas o sus recomendaciones para determinados puestos? Nunca mencionó a tu padre, pero ha habido muchos otros. ¿Recuerdas al profesor McIntyre, el de Clásicas? ¿Recuerdas su libro sobre la «Oda a una urna griega» de Keats?

Asiento. Taft escribió un artículo sobre lo que, según él, era el declive en la calidad de los estudios de las grandes universidades, y usó el libro de McIntyre como principal ejemplo. En tres párrafos, Taft identificó más errores, atribuciones equivocadas y descuidos de los que dos docenas de académicos habían encontrado en sus reseñas. La crítica implícita de Taft parecía dirigirse a los reseñistas, pero fue McIntyre quien quedó convertido en un hazmerreír tal que la universidad lo degradó de los principales puestos del departamento en la primera redistribución de cargos. Taft admitió después que simplemente quería vengarse del padre de McIntyre, un historiador del Renacimiento que había reseñado uno de sus libros sin entusiasmo.

–Una vez, Vincent me contó una historia –continúa Paul con voz cada vez más suave–. Sobre un chico que conoció de niño, Rodge Lang. En la escuela, los chicos lo llamaban Epp. Un día un perro extraviado siguió a Epp desde la escuela hasta su casa. Epp le tiró parte de su almuerzo al perro, pero no logró quitárselo de encima. Finalmente trató de ahuyentar al animal con un palo, pero el perro aún lo seguía.

»Después de unos kilómetros, Epp empezó a sentir asombro. Condujo al perro a través de una parcela de brezo. El perro lo siguió. Le tiró una piedra, pero el perro se negaba a irse. Al final, Epp le pegó una patada al perro. El perro no huyó. Epp le pegó una patada tras otra, y el perro ni se movía. Epp le pegó patadas hasta matarlo. Luego lo cogió y lo enterró debajo de su árbol favorito.

Me siento tan atónito que casi no respondo.

–¿Y cuál es la moraleja?

–Según Vincent, Epp supo en ese momento que había encontrado a un perro fiel.

Se produce un instante de silencio.

–¿Y eso le hace gracia a Taft?

Paul niega.

–Vincent me contó muchas historias sobre Epp. Son todas iguales.

–Dios mío. ¿Por qué?

–Se supone que son una especie de parábola, creo.

–¿Parábolas inventadas por él?

–No lo sé. –Paul duda un instante–. Pero Rodge Epp

Lang es también un anagrama. Una reorganización de las letras de «*doppelganger*», el doble fantasmal de una persona.

Me siento enfermo.

–¿Crees que Taft hizo todas esas cosas?

–¿Al perro? Quién sabe. Puede que sí. Pero lo que Taft quiere decir es que él y yo mantenemos la misma relación. Yo soy el perro.

–Y entonces ¿por qué diablos sigues trabajando con él?

Paul empieza de nuevo a juguetear con el pan. –He tomado una decisión. Quedarme con Vincent era la única manera de terminar la tesina. Escúchame bien, Tom, estoy convencido de que esto es mucho más grande de lo que pensamos. La cripta de Francesco está así de cerca. Nadie ha hecho un descubrimiento semejante en muchos años. Y después de tu padre, nadie había trabajado en la *Hypnerotomachia* más que Vincent. Yo le necesitaba. –Paul deja caer la corteza sobre el plato–. Y él lo sabía.

Gil aparece en la puerta.

–He terminado con lo de arriba –dice, como si lo hubiéramos estado esperando–. Ya podemos irnos.

Paul parece alegrarse de dar por terminada la conversación. El comportamiento de Taft es un reproche. Me levanto y empiezo a recoger mis platos.

–No te preocupes por eso –dice Gil, moviendo las manos–. Ya mandarán a alguien.

Paul se limpia las manos con fuerza. Le han quedado en la palma migas de pan, y Paul se las quita como si fueran piel muerta.

Seguimos a Gil y salimos del club.

La nieve cae con más fuerza que antes, tan gruesa que me parece estar viendo el mundo a través de manchas de estática. Mientras Gil conduce el Saab hacia el oeste, en dirección al auditorio, miro a Paul por el retrovisor lateral y me pregunto durante cuánto tiempo se ha guardado todo esto. Cruzamos la oscuridad bajo el alumbrado público, y hay momentos breves en que no puedo verlo, en que su cara no es más que una sombra.

De hecho, Paul siempre nos ha ocultado cosas. Durante años nos ocultó la verdad acerca de su niñez, los detalles de su pesadilla en la escuela parroquial. Ahora ha estado escondiendo la verdad sobre la naturaleza de su relación con Taft. A pesar de que seamos íntimos amigos, ahora hay entre nosotros una cierta distancia, una sensación de que, si bien es cierto que tenemos mucho en común, no lo es menos que los buenos vecinos necesitan también buenas vallas. Leonardo escribió que los pintores deberían comenzar todos los cuadros con una capa de negro, porque todas las cosas de la naturaleza son oscuras salvo cuando son expuestas a la luz. La mayoría de los pintores hacen lo opuesto: empiezan blanqueando el lienzo y añaden las sombras en último lugar. Pero Paul, que conoce a Leonardo tan bien que uno podría creer que el viejo duerme en la cama de abajo de nuestra litera, entiende perfectamente el valor de comenzar con las sombras. Lo único que la gente puede saber de ti es lo que decides dejarles ver.

El significado de esta idea se me hubiera podido escapar, pero hace unos años, antes de que nosotros llegáramos, sucedió en el campus algo interesante que nos llamó la atención. Un ladrón de bicicletas de veintinueve años de edad llamado James Hogue entró en Princeton haciéndose pasar por otra persona: un peón de rancho de dieciocho años procedente de Utah. Hogue dijo que había aprendido a leer a Platón bajo las estrellas y que había conseguido correr un kilómetro y medio en poco más de cuatro minutos. Cuando el equipo de atletismo lo trajo al campus para ficharlo, dijo que era la primera vez en una década que dormía bajo techo. El funcionario de admisiones se sintió tan cautivado con él que lo aceptó enseguida. Cuando dijo que se ausentaría durante un año, nadie pensó nada raro. Hogue dijo que estaba en Suiza, atendiendo a su madre enferma; en realidad, estaba cumpliendo condena en la cárcel.

Lo que hacía que el engaño fuera tan intrigante era que, si bien la mitad de lo que Hogue decía era una vulgar mentira, la otra mitad era más o menos cierta. Hogue era tan buen corredor como decía ser, y durante sus dos años en Princeton fue la estrella del equipo. También fue la estrella de su clase, pues tomó una carga lectiva que yo no aceptaría ni aunque me pagaran, y para colmo sacaba sobresaliente en todo. Era una persona tan encantadora, que el Ivy intentó hacerlo miembro en la primavera de su segundo año. Es casi una lástima que su carrera terminara como terminó. En un campeonato de atletismo, un espectador lo reconoció por accidente y lo identificó como alguien perteneciente a otro mundo. Cuando corrió el rumor, Princeton realizó una investigación e hizo que lo arrestaran en mitad de una clase en el laboratorio. Hogue fue acusado y se declaró culpable de fraude. En cuestión de meses había regresado a prisión, donde se sumió lentamente en el olvido.

Para mí, la historia de Hogue fue la gran noticia de ese verano; lo único que podía hacerle competencia fue mi descubrimiento de que la primavera anterior *Playboy* había sacado una edición llamada *Mujeres de la Ivy League*. Para Paul, sin embargo, fue mucho más que eso. Paul, que insistió siempre en recubrir su propia vida con un barniz ficticio, fingiendo que había comido suficiente cuando no era cierto, fingiendo que no tenía ordenador porque los ordenadores no le gustaban, se identificó con un hombre que se sentía acosado por la verdad. Una de las pocas ventajas de venir de la nada, como en el caso de Paul y James Hogue, es gozar de la libertad de reinventarse a uno mismo. De hecho, cuando conocí mejor a Paul, entendí que no se trataba de una libertad, sino de una obligación.

De todas maneras, viendo lo que le ocurrió a Hogue, Paul tuvo que redefinir la delgada línea que había entre reinventarse a sí mismo y engañar a los demás. Desde el día en que llegó a Princeton, Paul caminó por esa línea con mucho cuidado, manteniendo cosas en secreto en lugar de decir mentiras. Cuando pienso en eso, me ataca un viejo temor. Mi padre, que comprendía la forma en que la *Hypnerotomachia* lo había seducido, comparó una vez el libro con un amorío.

Te obliga a mentir, dijo, incluso a mentirte a ti mismo. La tesina de Paul puede ser exactamente esa mentira: después de cuatro años con Taft, Paul ha hecho hasta lo imposible por el libro, ha dejado que el libro le quite el sueño, y a cambio de sus esfuerzos el libro le ha dado muy poco.

Vuelvo a mirar por el retrovisor y lo veo con los ojos fijos en la nieve. Hay una expresión vacía en su gesto y su rostro parece pálido. A lo lejos se ve el parpadeo amarillo de un semáforo. Mi padre me enseñó algo más, y esto sin decir una palabra: nunca inviertas demasiado en algo cuyo fracaso te haría infeliz. Paul vendería su primogenitura por un plato de lentejas. Y es ahora cuando ha comenzado a preguntarse si podrá comérselas.

Capítulo 9

Creo que fue mi padre quien me dijo que un buen amigo es aquel que se arriesga por ti cuando se lo pides, y un gran amigo el que no espera a que se lo pidas. En la vida de una persona es tan poco frecuente encontrar un gran amigo, que verte rodeado de tres al mismo tiempo es casi antinatural.

Los cuatro nos conocimos una fría noche de otoño, en segundo. Paul y yo habíamos empezado ya a pasar mucho tiempo juntos, y Charlie –que el primer día de clase había irrumpido en la habitación de Paul ofreciéndose para ayudarle a deshacer las maletas–, vivía en una habitación sencilla, al fondo del pasillo. Convencido de que no hay nada peor que estar solo, Charlie se mantenía siempre al acecho de nuevos amigos.

De inmediato, Paul sintió cierto recelo hacia aquel personaje imponente y desenfrenado que cada dos por tres llamaba a la puerta con una nueva aventura en mente. La constitución atlética de Charlie parecía infundirle miedo, como si de niño hubiera sido torturado por un matón de aspecto similar. Por mi parte, me sorprendió ver que Charlie no se cansaba de nosotros y de nuestro carácter reposado. Pasé la mayor parte de ese primer semestre convencido de que Charlie nos abandonaría por compañeros más parecidos a él. Le había puesto la etiqueta de «niño deportista de familia rica», una de esas personas cuya madre es neurocirujana y cuyo padre es ejecutivo, que pasa por el instituto sin mayores problemas y llega a Princeton con la sola intención de divertirse y graduarse con unas calificaciones medias.

Ahora, todo eso me hace gracia. La verdad era que Charlie había crecido en el corazón de Filadelfia, recorriendo los barrios más peligrosos de la ciudad en ambulancia con un grupo de voluntarios. Era un chico de clase media de una escuela pública; su padre era representante regional de ventas de una empresa química de la Costa Este, y su madre enseñaba Ciencias en séptimo grado. Cuando cursó la petición de acceso a la universidad, sus padres le explicaron claramente que cualquier matrícula que sobrepasara los costes de una universidad estatal correría por su cuenta. El día en que Charlie llegó al campus, había pedido tantos préstamos estudiantiles que debía más dinero del que deberíamos el resto el día de nuestra graduación. Paul, de origen más humilde, había recibido una beca que cubría sus muchas necesidades.

Tal vez por eso –con la excepción de Paul durante el mes de insomnio que precedió a la fecha de entrega de su tesina– ninguno de nosotros trabajaba tanto y dormía tan poco como Charlie. Esperaba que el dinero le permitiera llegar a la cumbre, y para justificar sus sacrificios, se sacrificaba todavía más. No era tarea fácil mantener cierto sentido de la identidad en una universidad en la que sólo uno de cada quince estudiantes es negro y sólo la mitad de ellos son hombres. Pero la identidad de Charlie, en cualquier caso, distaba mucho de ser convencional. Tenía una personalidad arrolladora y una extraordinaria ambición, y desde el principio me pareció que nosotros vivíamos en su mundo, no él en el nuestro.

Por supuesto que nada de esto lo sabíamos aquella noche de octubre, sólo seis semanas después de conocerlo, cuando se presentó en la puerta de Paul con el plan más arriesgado hasta la fecha. Desde la guerra de Secesión, más o menos, los estudiantes de Princeton habían adquirido la costumbre de robar el badajo de la campana de Nassau Hall, el edificio más antiguo del campus. La idea original era que si la campana no podía anunciar el comienzo del nuevo año académico, el nuevo año académico no podría comenzar. Ignoro si alguien ha llegado a creerlo, pero sí sé que el robo del badajo se volvió una tradición y que los estudiantes intentaban de todo para llevarlo a cabo, desde abrir candados hasta escalar paredes. Después de más de cien años, la administración estaba tan harta del asunto, y tan preocupada por la posibilidad de una demanda, que finalmente anunció que el badajo había sido retirado. Pero Charlie tenía información que indicaba lo contrario. La noticia era una patraña, dijo; el badajo estaba intacto. Y esa noche, con nuestra ayuda, él lo robaría.

No es necesario explicar que entrar subrepticiamente en un monumento histórico con llaves robadas, para luego huir de los vigilantes corriendo con mi pierna mala, y todo eso por un badajo sin valor y un cuarto de hora de fama universitaria, no me parecía la mejor idea del mundo. Pero cuanto más exponía Charlie su caso, más fácil era entender sus razones: si los de tercero y cuarto tienen sus trabajos de investigación y sus tesinas, y los de segundo escogen sus itinerarios académicos y sus clubes, lo único que les queda a los de primero es correr riesgos o que los cojan en el intento. Los decanos de la universidad nunca iban a ser tan indulgentes como en ese momento, sostenía Charlie. Y cuando insistió en que eran necesarias tres personas, ni una menos, decidimos que la única manera justa de resolver las cosas era votar. En lo que resultó ser una reconfortante prueba de democracia, los dos derrotamos a Paul por una leve diferencia, y Paul, a quien nunca le ha gustado dar demasiado la lata, se dio por vencido. Aceptamos vigilar mientras Charlie entraba y, tras planear el ataque, reunimos tanta ropa negra como pudimos y a medianoche partimos hacia Nassau Hall.

Ahora bien, antes he dicho que el nuevo Tom –el que sobrevivió al terrible accidente y vivió para seguir luchando– estaba hecho de un material más valiente y aventurero que el viejo Tom, aquel hombrecillo tímido y modesto. Pero aclaremos algo. Viejo o nuevo, lo único cierto es que no soy ningún héroe. Durante la hora siguiente a nuestra llegada a Nassau Hall, permanecí en mi puesto empapado en sudor; cada sombra me asustaba, cada ruido me estremecía. Y luego, poco después de la una de la noche, sucedió. Cuando los primeros clubes comenzaban a cerrar sus bares, se produjo una migración de estudiantes y agentes de seguridad hacia el campus. Charlie había prometido que en ese momento ya estaríamos lejos de Nassau Hall, pero no se le veía por ningún lado.

Me giré hacia Paul y le dije:

–¿Por qué tarda tanto?

Pero no hubo respuesta.

Di un paso hacia la oscuridad y volví a llamarlo, escudriñando entre las sombras.

–¿Qué está haciendo allá arriba?

Pero cuando me asomé, no había ni rastro de Paul. La puerta principal del edificio estaba entreabierta.

Corrí hacia la entrada. Al asomarme alcancé a distinguir a Paul y a Charlie, hablando al fondo del lugar.

–No está –decía Charlie.

–¡De prisa! –dije–. Se acercan.

De repente surgió una voz de la oscuridad.

–¡Policía del campus! ¡Quietos!

Me di la vuelta, aterrorizado. La voz de Charlie se hundió en el silencio. Me pareció que Paul soltaba un taco, pero debí escuchar mal.

–Las manos en la cintura –dijo la voz.

La mente se me nubló. Vi periodos de prueba; advertencias de los decanos; expulsiones.

–Las manos en la cintura –repitió la voz, esta vez más fuerte.

Obedecí.

Durante un instante, todo quedó en silencio. Intenté distinguir al vigilante en la oscuridad, pero no pude ver nada.

Lo siguiente que oí fue una carcajada.

–Ahora muévelo. Baila.

La figura que salió de las sombras era un estudiante. Volvió a reír y se acercó haciendo un alegre paso de rumba. Era más alto que yo pero menos que Charlie, y el pelo moreno le caía sobre la cara. Llevaba un blazer negro sobre una camisa blanca y almidonada con demasiados botones desabrochados.

Charlie y Paul salieron del edificio, moviéndose con cautela y con las manos vacías.

El joven se les acercó sonriendo.

–Entonces ¿es cierto? –dijo.

–¿Qué? –gruñó Charlie, dedicándome una mirada fulminante.

–El badajo. ¿Lo han quitado de verdad?

Charlie no dijo nada, pero Paul, aún bajo la influencia de la aventura, asintió. Nuestro nuevo amigo reflexionó un segundo.

–Pero ¿habéis subido?

Empecé a ver adónde nos estaba llevando todo aquello.

–Pues no os podéis marchar así como así –dijo.

En sus ojos había una expresión traviesa. A Charlie le gustaba más a cada segundo. Un instante más tarde me encontré de vuelta en mi puesto de observación, vigilando la puerta este, mientras los tres desaparecían en el interior del edificio.

Cuando regresaron, quince minutos más tarde, no llevaban pantalones.

–Pero ¿qué hacéis? –dije.

Se me acercaron cogidos del brazo y bailando en calzoncillos. Al mirar hacia arriba, hacia la cúpula, distinguí seis perneras aleteando en la veleta.

Dije tartamudeando que ya era hora de regresar, pero ellos se miraron entre sí y me abuchearon. El desconocido insistió en que fuéramos a celebrarlo a algún club. «Vayamos a hacer un brindis en el Ivy», dijo, consciente de que a esa hora, en Prospect Avenue, los pantalones no eran imprescindibles. Y Charlie estuvo de acuerdo.

Mientras caminábamos hacia el este, rumbo al Ivy, nuestro nuevo amigo nos iba contando las bromas de su época de instituto: teñir la piscina de rojo el día de San Valentín; soltar cucarachas en medio de la clase de Literatura, cuando los alumnos leían a Kafka; escandalizar al Departamento de Arte Dramático inflando un gigantesco pene y poniéndolo en el techo del teatro la noche del estreno de *Titus Andronicus.* Era para quitarse el sombrero. También él, según descubrimos después, era estudiante de primero. Graduado en Exeter, dijo, con el nombre de Preston Gilmore Rankin.

–Pero –añadió, y lo recuerdo hasta el día de hoy– llamadme Gil.

Gil era distinto de nosotros, por supuesto. Al recordarlo pienso que Gil llegó a Princeton tan acostumbrado a la abundancia de Exeter que los lujos y distinciones de los que se rodeaba se habían vuelto invisibles para él. A sus ojos, la personalidad era la única vara con la que se podía medir a la gente, y tal vez fue por eso que, durante el primer semestre, Gil se sintió inmediatamente atraído por Charlie y, a través de Charlie, por nosotros. Su encanto parecía limar las diferencias y yo no podía evitar sentir que estar con Gil era estar donde estaba la acción.

En las comidas y en las fiestas siempre reservaba un lugar para nosotros, y, aunque Paul y Charlie decidieron rápidamente que su idea de vida social no era la misma que la de Gil, yo me di cuenta de que disfrutaba más la compañía de Gil cuando estábamos sentados alrededor de una mesa o en la barra del Ivy Club, ya fuera solos o con amigos. Si Paul se sentía como en casa en una clase o con un libro, y Charlie dentro de una ambulancia, Gil estaba más a gusto dondequiera que pudiera encontrar una buena conversación, y al diablo con el resto del mundo. Muchas de las mejores noches que recuerdo en Princeton las pasé con él.

Al final de la primavera del segundo curso llegó el momento en que debíamos escoger y ser escogidos por nuestro club. La mayoría de los clubes hacían la selección por sorteo: los candidatos ponían sus nombres en una lista abierta, y la nueva sección del club se escogía al azar. Pero unos pocos mantenían el sistema antiguo, conocido como *bicker*. Este sistema se parece a los procesos de selección de las fraternidades; estos clubes escogen a sus miembros por sus méritos, no al azar. Y, como sucede en las fraternidades, su idea de qué es un mérito no suele ser la que uno encontraría en un diccionario. Charlie y yo pusimos nuestros nombres en el sorteo del Cloister Inn, donde se reunían nuestros amigos. Gil, por supuesto, decidió participar en el proceso de selección. Y Paul, bajo la influencia de Richard Curry, antiguo miembro del Ivy, dejó la prudencia a un lado e hizo lo mismo.

Gil tuvo un pie dentro del Ivy desde el principio. Cumplía todos los criterios de admisión imaginables, desde ser hijo de un antiguo miembro del club hasta ser un conocido miembro de los mejores círculos del campus. Era bien parecido, pero de un modo natural: siempre elegante pero nunca ostentoso; gallardo pero caballeroso; inteligente, pero no demasiado libresco. El hecho de que su padre fuera un acaudalado corredor de bolsa que le pasaba a su hijo una paga escandalosa no sería, desde luego, un obstáculo. Su admisión en el Ivy aquella primavera no nos sorprendió más que su elección como presidente un año después.

La admisión de Paul fue resultado de una lógica distinta, me parece. Le ayudó el que Gil y, desde más lejos, Richard Curry estuvieran de su lado y le defendieran ante personas a las que Paul nunca se acercaría. Pero su éxito no se debió sólo a estos contactos. Para entonces, Paul era considerado uno de los lumbreras de nuestra clase. A diferencia de los ratones de biblioteca que no osaban salir de Firestone, a Paul lo impulsaba una curiosidad que lo hacía agradable y buen conversador. A los burgueses del Ivy parecía encantarles el chico de segundo que no tenía talento alguno para enfrentarse a las bromas pesadas del proceso de selección, pero que en cambio se refería a escritores ya fallecidos por sus nombres de pila y parecía conocerlos íntimamente. Ni siquiera le sorprendió que lo escogieran. Cuando regresó, aquella noche de primavera, bañado en el champán de la celebración, pensé que había encontrado un nuevo hogar.

De hecho, Charlie y yo pasamos un cierto tiempo preocupados por la posibilidad de que el magnetismo de ese club nos alejara de nuestros dos amigos. Y no ayudaba el hecho de que ya en ese momento Richard Curry se hubiera convertido en una poderosa influencia en la vida de Paul. Se habían conocido a principios de primero, cuando accedí a cenar con

Curry en el transcurso de un infrecuente viaje a Nueva York. La forma en que se interesaba por mí tras la muerte de mi padre siempre me había parecido extraña y egoísta -nunca pude saber cuál de nosotros era el sustituto, el padre sin hijos o el hijo sin padre-, de manera que le pedí a Paul que nos acompañara a cenar con la intención de utilizarlo como parachoques. Funcionó mejor de lo esperado. La conexión fue instantánea: la idea que Curry siempre pareció tener de mi potencial -idea que compartía con mi padre, según decía-, quedó inmediatamente encarnada en Paul. El interés de Paul en la *Hypnerotomachia* revivió en Curry los recuerdos de los días de gloria en que había trabajado en el libro con mi padre y Vincent Taft, y sólo un semestre más tarde se ofreció a enviar a Paul a Italia para que pasara el verano investigando. En aquel momento, la intensidad del apoyo que le prestaba a Paul había comenzado a preocuparme.

Charlie y yo temíamos perder a nuestros dos amigos, pero no tardamos en tranquilizarnos. Al final de tercero, Gil sugirió que los cuatro viviéramos juntos el curso siguiente, lo cual significaba que estaba dispuesto a renunciar al Salón Presidencial del Ivy para tenernos como compañeros de habitación en el campus. Paul estuvo de acuerdo de inmediato. Y así, tras el mediocre resultado del sorteo de residencias, nos encontramos en una de las habitaciones cuádruples del extremo norte de Dod. Charlie alegó que vivir en una cuarta planta nos obligaría a hacer más ejercicio, pero la conveniencia y la sensatez prevalecieron, y la suite de la planta baja, bien amueblada gracias a Gil, fue nuestro hogar para el que sería nuestro último año en Princeton.

Ahora que Gil, Paul y yo nos acercamos al patio que hay entre la capilla de la universidad y la sala de conferencias, una extraña imagen nos da la bienvenida. Más de una docena de carpas se levantan sobre la nieve y debajo de cada una de ellas hay una larga mesa de comida. Comprendo inmediatamente lo que esto significa; es sólo que no lo puedo creer.

Los organizadores de la conferencia se proponen servir el refrigerio al aire libre.

Como en una comida campestre antes del huracán, las mesas están totalmente desiertas. Bajo las carpas, el terreno accidentado está cubierto de barro y matas de hierba. La nieve se mete por los bordes y el intenso viento sacude los manteles blancos anclados gracias a los grandes dispensadores de lo que pronto será chocolate caliente o café, y bandejas cubiertas de galletas y *petit-fours* envueltos en capullos de plástico. En el silencioso patio, la imagen resulta peculiar, como una ciudad extinguida de repente por una catástrofe, como una Pompeya de cartón piedra.

–¿Están de broma? –dice Gil mientras aparcamos. Salimos del coche y se dirige a la sala de conferencias, deteniéndose para revisar los postes que sostienen la carpa más cercana. Toda la estructura se sacude–. Esperad a que Charlie vea esto.

Como si lo hubieran llamado, Charlie aparece en la puerta de la sala de conferencias. Por alguna razón está preparándose para irse.

–Hola, Chuck –le digo al acercarnos, señalando el patio–. ¿Qué te parece todo esto?

Pero Charlie tiene otras cosas en mente.

–¿Cómo querías que entrara al auditorio? –le dice bruscamente a Gil–. Tú y tus idiotas han puesto a no sé qué chica en la entrada, y se niega a dejarme pasar.

Gil abre la puerta para que entremos los demás. Sabe que Charlie, con ese «idiotas», se refiere a los miembros de Ivy. En su calidad de copresidentas del grupo cristiano más importantes del campus, tres miembros del club son las encargadas de coordinar las ceremonias de Semana Santa.

–Cálmate –dice Gil–. Han pensado que los de Cottage tratarían de preparar alguna broma. Sólo intentan cortar el problema de raíz.

Charlie se toca de forma bastante expresiva.

–¿Sí? Pues he estado a punto de enseñarles la raíz de este problema.

–Muy bonito –digo, dirigiéndome, con los zapatos ya

empapados, a la calidez de la sala de conferencias–. ¿Podemos entrar?

En el descansillo, una estudiante con el pelo rubio teñido y un bronceado de esquiadora está sentada detrás de una mesa larga, y ya ha comenzado a llevarse las manos a la cabeza. Pero todo cambia cuando Gil sube la escalera, detrás de nosotros.

La estudiante mira tímidamente a Charlie.

–No sabía que estuvieras con Gil... –empieza.

Del interior nos llega la voz de la profesora Henderson, del Departamento de Literatura Comparada, que presenta a Taft a la audiencia.

–Olvídalo –dice Charlie, pasando frente a la mesa y dirigiéndose a la entrada. Los demás lo seguimos.

El auditorio está completamente lleno. A lo largo de las paredes y junto a la entrada, en la parte posterior del salón, los que no han podido encontrar lugar permanecen de pie. Veo a Katie en una de las últimas filas junto a otras dos alumnas del Ivy, pero antes de que pueda llamarle la atención Gil me empuja hacia delante, buscando un lugar donde quepamos los cuatro. Se lleva un dedo a los labios y señala el escenario. Taft camina hacia el podio.

La conferencia del Viernes Santo es una tradición muy arraigada en Princeton, la primera de las tres celebraciones de Pascua que se han convertido en acontecimientos ineludibles en la vida social de muchos estudiantes, sean cristianos o no. Dice la leyenda que estas celebraciones fueron inauguradas en la primavera de 1758 por Jonathan Edwards, el fogoso clérigo de Nueva Inglaterra que en sus ratos libres hacía de tercer presidente de Princeton. La noche del Viernes Santo, Edwards pronunciaba un sermón frente a los estudiantes, seguido de una cena religiosa la noche del sábado y una misa a medianoche, justo al empezar el Domingo de Pascua. De alguna manera, estos rituales han pervivido hasta el día de hoy, gracias a esa inmunidad al tiempo y a la fortuna que la universidad, como un viejo pozo de brea, confiere a cualquier cosa que involuntariamente caiga en ella y muera.

Una de esas cosas fue el mismo Jonathan Edwards. Poco después de su llegada a Princeton, Edwards recibió una potente inoculación contra la viruela, y el resultado fue que en cuestión de tres meses el viejo había muerto. A pesar del hecho de que probablemente Edwards era un hombre demasiado débil para inventar las ceremonias que se le han atribuido, las autoridades de la universidad recrean las tres año tras año, en lo que eufemísticamente ha dado en llamarse «un contexto moderno».

Sospecho que Jonathan Edwards nunca tuvo muy alta opinión de los eufemismos ni de los contextos modernos. Considerando que su más famosa metáfora de la vida humana incluía una araña balanceándose sobre el infierno, colgada allí por un Dios iracundo, cada primavera el viejo debe revolverse en la tumba. El sermón del Viernes Santo ya no es más que una conferencia pronunciada por un miembro de la Facultad de Humanidades en la que lo único que se menciona menos veces que Dios es el infierno. La cena religiosa, que era austera y calvinista en su concepción original, es ahora un banquete en el más bello de los comedores estudiantiles. Y la misa de medianoche, que en otra época seguramente hacía temblar las paredes, es ahora una celebración aconfesional de la fe, en la cual ni siquiera ateos y agnósticos se sienten fuera de lugar. Tal vez por eso, a las festividades de Pascua asisten estudiantes de todas las extracciones posibles, y todos parten después alegremente, con sus expectativas confirmadas y sus sensibilidades respetadas.

Taft está en el podio, gordo y desaliñado como siempre. Al verlo pienso en Procusto, el mitológico bandolero que torturaba a sus víctimas estirándolas sobre una cama si eran demasiado bajitas o cortándolas si eran demasiado altas. Cada vez que lo veo pienso en lo contrahecho que es, en que su cabeza es demasiado grande y su tripa demasiado redonda, en que la grasa le cuelga de los brazos como si le hubieran arrancado la carne de los huesos. Aun así, el papel que

Taft asume sobre el escenario tiene cierta cualidad operística. Vestido con su camisa blanca y arrugada y su raído abrigo de *tweed*, Taft es más imponente de lo que su aspecto haría pensar, un cerebro que presiona desde dentro y amenaza con reventar las costuras. La profesora Henderson se acerca a él, tratando de ajustar el micrófono sobre su solapa, y Taft se queda quieto, como un cocodrilo cuando un pájaro le limpia los dientes. Éste es el gigante que le sirve las lentejas a Paul. Al recordar la historia de Epp Lang y el perro, el estómago se me revuelve de nuevo.

Cuando encontramos un espacio en la parte posterior del auditorio, Taft ya ha empezado a hablar, y de inmediato se desmarca de las habituales bobadas de Viernes Santo. Ha traído una presentación de diapositivas, y sobre la blanca y ancha pantalla de proyección aparece una serie de imágenes, cada una más terrible que la anterior. Santos torturados. Mártires asesinados. Taft está diciendo que la fe es más fácil de dar que la vida, pero más difícil de quitar. Ha traído ejemplos para probar lo que dice.

–San Dionisio –dice su voz, latiendo a través de los altavoces colocados encima del escenario–, fue sometido al martirio de la decapitación. Según la leyenda, su cuerpo se levantó y se llevó consigo su propia cabeza.

Sobre el atril aparece la pintura de un hombre ciego con la cabeza sobre un tajo. El verdugo blande un hacha enorme.

–San Quintín –continúa, avanzando a la imagen siguiente–. Pintado por Jacob Jordaens, en 1650. Fue llevado al potro de tortura y luego azotado. Rogó a Dios que le diera fuerza y sobrevivió, pero después fue llevado a juicio por brujería. Volvió al potro, volvió a ser azotado y le perforaron la piel con cables de hierro de los hombros a los muslos. Le clavaron clavos de hierro en los dedos, en el cráneo, en el cuerpo. Al final, fue decapitado.

Charlie, incapaz de ver adónde puede conducir todo aquello, o simplemente inmune a las imágenes tras los horrores que ha visto con el equipo de ambulancias, se da la vuelta hacia mí.

–¿Y qué quería Stein? –pregunta.

En la pantalla aparece la imagen oscura de un hombre desnudo (salvo por un taparrabos) a quien obligan a acostarse sobre una superficie de metal. Debajo de él han encendido un fuego.

–San Lorenzo –continúa Taft, tan familiarizado con los detalles que no necesita recurrir a ningún apunte–. Sufrió el martirio en el 258. Fue quemado vivo sobre unas parrillas.

–Ha encontrado un libro que Paul necesita para su tesina –digo.

Charlie señala el atado que Paul lleva en la mano.

–Debe de ser importante –dice.

Me quedo esperando una agudeza, un recordatorio de la forma en que Stein interrumpió nuestro juego, pero Charlie ha hablado con respeto. Tanto él como Gil siguen equivocándose cinco de cada diez veces al pronunciar el título de la *Hypnerotomachia*, pero Charlie, al menos, sabe lo duro que Paul ha trabajado, cuánto significa esta investigación para él.

Taft aprieta de nuevo un botón detrás del atril y aparece una imagen aún más extraña. Un hombre yace sobre un tablón de madera con un agujero en el costado de su abdomen. Dos hombres, uno a cada lado del cuerpo, van sacando del agujero una cuerda y la enrollan sobre un asador.

–San Erasmo –dice Taft–. También conocido como Elmo. Fue torturado por el emperador Diocleciano. Aunque lo azotaron con látigos y palos, sobrevivió. Aunque lo cubrieron de alquitrán y le prendieron fuego, sobrevivió. Después de ser encarcelado, escapó. Fue capturado de nuevo y le obligaron a sentarse en una silla de hierro candente. Finalmente lo mataron abriéndole el estómago y enrollando sus intestinos en un cabrestante.

Gil se gira hacia mí.

–Esto es toda una novedad.

Una cara de la última fila se gira para pedirnos que nos callemos, pero al ver a Charlie parece pensárselo dos veces.

–Los vigilantes ni siquiera quisieron escuchar lo del

mosquitero –le dice Charlie a Gil en susurros, aún buscando conversación.

Gil vuelve a fijarse en el escenario. No está dispuesto a volver al tema.

–San Pedro –continua Taft–, por Miguel Ángel, alrededor de 1550. Pedro sufrió el martirio en la época de Nerón; fue crucificado cabeza abajo a petición propia. Era demasiado humilde para ser crucificado como Cristo.

Sobre el escenario, la profesora Henderson parece incómoda, y se toquetea nerviosamente un lunar de la manga. Sin ningún hilo argumental que conecte una diapositiva con la siguiente, la presentación de Taft comienza a parecer menos una conferencia que el espectáculo voyeurista de un sádico. El acostumbrado murmullo que suele haber en el auditorio de los Viernes Santos se ha transformado en un silencio excitado.

–Oye –dice Gil, llamando a Paul con un golpecito en la manga–, ¿Taft siempre habla de esto?

Paul asiente.

–Es un poco raro, ¿no? –susurra Charlie.

Los dos, que han pasado mucho tiempo alejados de la vida académica de Paul, se dan cuenta de ello por primera vez.

Paul asiente de nuevo, pero no dice nada.

–Y así llegamos –dice Taft– al Renacimiento. Hogar del hombre que adoptó el lenguaje de la violencia que he tratado de transmitiros. Lo que quiero compartir con vosotros esta noche no es una historia que ese hombre creara con su muerte, sino una parte de la misteriosa historia que creó mientras vivió. El hombre era un aristócrata de Roma llamado Francesco Colonna. Escribió uno de los libros más extraños jamás impresos: la *Hypnerotomachia Poliphili.*

Los ojos de Paul –las pupilas dilatadas en la oscuridad– están fijos en Taft.

–¿De Roma? –susurro.

Paul me mira, incrédulo. Antes de que pueda contestarme, sin embargo, hay un escándalo detrás de nosotros, en la entrada del auditorio. Una discusión repentina y violenta ha estallado entre la chica de la puerta y un hombre corpulento que todavía está en la sombra. Sus voces inundan la sala de conferencias.

Para mi sorpresa, cuando el hombre se asoma a la luz, lo reconozco de inmediato.

Capítulo 10

Mientras siguen las airadas protestas de la rubia de la puerta, Richard Curry entra en el auditorio. Docenas de cabezas se giran en la parte posterior de la sala. La mirada de Curry recorre la audiencia y enseguida se dirige al escenario.

–Este libro –continúa Taft al fondo, totalmente ajeno a la conmoción– es quizás el más grande misterio de la impresión occidental.

De todas partes surgen miradas incómodas que escrutan al intruso. El aspecto de Curry es desordenado: la corbata suelta, la americana en la mano, la mirada dislocada de sus ojos. Paul comienza a abrirse paso a través de una pequeña multitud de estudiantes.

–Fue publicado por la imprenta más famosa de toda la Italia renacentista, pero incluso la identidad de su autor sigue debatiéndose fuertemente.

–¿Qué hace ese tipo? –susurra Charlie.

Gil sacude la cabeza.

–¿No es Richard Curry?

Ahora Paul está en la fila posterior, tratando de llamar la atención de Curry.

–Muchos lo consideran no sólo el libro más malinterpretado del mundo, sino también, acaso superado sólo por la Biblia de Gutenberg, el más valioso.

Paul se detiene junto al hombre. Le pone una mano sobre la espalda, casi con cautela, y le dice algo en voz baja, pero el viejo niega.

–He venido –dice Curry, en voz tan alta que la gente de la

primera fila se da la vuelta para echar un vistazo– para dar mi opinión.

Taft ha dejado de hablar. Todos los espectadores miran al extraño. Curry se pasa una mano por el pelo. Mirando desafiante a Taft, vuelve a hablar.

–¿El lenguaje de la violencia? –dice con voz aguda y desconocida–. Yo ya he escuchado esta conferencia. Hace treinta años, Vincent, cuando me tenías por un espectador. –Se gira hacia el público y abre los brazos, dirigiéndose a todos los presentes–. ¿Os ha hablado de san Lorenzo? ¿De san Quintín? ¿De san Elmo y el cabrestante? ¿Es que no ha cambiado nada desde hace treinta años, Vincent?

Los murmullos recorren la sala de butacas a medida que la gente capta la burla de Curry. En una esquina, alguien ríe.

–Este hombre, amigos míos –dice Curry, señalando el escenario–, es un pirata. Un estúpido y un ladrón. –Se gira para concentrarse en Taft–. Hasta un charlatán puede engañar dos veces a la misma persona, Vincent. Pero ¿tú? Tú te aprovechas de los inocentes. –Se lleva los dedos a la boca y da un beso–. *Bravissimo, il Fraudolento!* –Con los brazos levantados, anima al público a que se ponga de pie–. Por favor, amigos míos, una ovación. Tres hurras por san Vicente, santo patrón de los ladrones.

Taft se enfrenta a la intrusión con tono forzado.

–¿Por qué has venido, Richard?

–¿Se conocen? –susurra Charlie.

Paul intenta distraer a Curry diciéndole que se detenga, pero Curry continúa.

–¿Por qué has venido tú, viejo? ¿Qué es todo esto, un montaje o una conferencia erudita? ¿Qué robarás esta vez, ahora que el libro del capitán se te ha ido de las manos?

Ante esto, Taft se inclina hacia delante y grita:

–No sigas. Pero ¿qué haces?

Pero a Curry se le escapa la voz como un espíritu exorcizado.

–¿Dónde has puesto el pedazo de cuero del diario, Vincent? Dímelo y me iré. Podrás seguir adelante con esta farsa.

Las sombras de la sala de conferencias se reflejan angustiosamente en el rostro de Curry. Al fin, la profesora Henderson se incorpora de un salto y ruge:

–¡Que alguien llame a los de Seguridad!

Un vigilante llega a tener a Curry al alcance de la mano, pero Taft le hace la señal de que se aleje. Ha recuperado el dominio de sí mismo.

–No –gruñe el ogro–. Dejad que se marche. Se irá solo, ¿no es así, Richard? ¿Antes de que se te lleven a rastras?

Curry permanece incólume.

–Míranos, Vincent. Veinticinco años y todavía estamos librando la misma guerra. Dime dónde está el plano y no volverás a verme. Nada más hay entre nosotros. El resto –el brazo de Curry barre el auditorio, abarcándolo todo– no vale nada.

–Vete, Richard –dice Taft.

–Ambos lo hemos intentado y ambos hemos fracasado –continúa Curry–. ¿Cómo lo dicen los italianos? «No hay peor ladrón que un mal libro.» Portémonos como hombres y quitémonos de en medio. ¿Dónde está el plano?

Hay susurros por todas partes. El vigilante se coloca entre Paul y Curry pero, para mi sorpresa, éste baja repentinamente la cabeza y comienza a caminar hacia el pasillo del extremo opuesto. El vigor ha desaparecido de su rostro.

–Viejo estúpido –dice, dirigiéndose a Taft aunque le esté dando la espalda al escenario–. Sigue actuando.

Los estudiantes que están apoyados en la pared se abren paso hacia el frente del auditorio, manteniendo la distancia. Paul se queda clavado en el suelo mientras observa cómo se marcha su amigo.

–Vete, Richard –ordena Taft desde el podio–. Y no vuelvas.

Todos seguimos el lento avance de Curry hacia la salida. La estudiante de la puerta lo observa con ojos grandes y asustados. Al cabo de unos pocos segundos, ha cruzado el umbral, ha entrado en el vestíbulo y se ha perdido de vista.

En cuanto desaparece, un murmullo intenso se adueña de la sala de conferencias.

–¿Qué diablos ha sido eso? –pregunto con la mirada fija en la entrada.

En nuestra esquina, Gil se ha acercado a Paul.

–¿Te encuentras bien?

–No lo entiendo... –titubea Paul.

Gil le pone una mano en el hombro.

–¿Qué le has dicho?

–Nada –dice Paul–. Tengo que ir a buscarlo. –Las manos le tiemblan; todavía lleva el diario entre ellas–. Necesito hablar con él.

Charlie empieza a protestar, pero Paul está demasiado alterado para discutir. Antes de que podamos insistir en lo contrario, se da la vuelta y se dirige a la puerta.

–Iré con él –le digo a Charlie.

Asiente. Al fondo, la voz de Taft ha comenzado a retumbar de nuevo; cuando me vuelvo hacia el escenario, el gigante parece estar mirándome directamente. Desde su silla, Katie me hace señas. Mueve los labios: es una pregunta sobre Paul, pero no logro entender lo que me dice. Me subo la cremallera de la chaqueta y salgo del auditorio.

En el patio, las carpas se tambalean como esqueletos en la oscuridad, balanceándose sobre las clavijas. El viento ha cesado, pero la nevada continúa, más fuerte que antes. Al doblar la esquina escucho la voz de Paul.

–¿Te encuentras bien? –pregunta.

Al asomarme, veo a Richard Curry, a menos de tres metros, con su chaqueta sacudiéndose al viento.

–¿Qué ocurre? –pregunta Paul.

–Vuelve adentro –dice Curry.

Me acerco para oír más, pero la nieve cruje bajo mis pies. Curry me mira y la conversación se detiene. Espero que dé muestras de haberme reconocido, pero es en vano. Tras poner una mano en el hombro de Paul, Curry se aleja lentamente.

–¡Richard! ¿No podemos ir a hablar a algún sitio?

Pero el viejo se aleja más rápido ahora, metiendo los brazos en la americana. No contesta.

Tardo un segundo en recuperarme y acercarme a Paul. Juntos vemos cómo Curry desaparece bajo la sombra de la capilla.

–Necesito averiguar dónde encontró Bill el diario –dice.

–¿Ahora mismo?

Paul asiente.

–¿Dónde está Bill?

–En el despacho de Taft, en el Instituto.

Miro hacia el extremo opuesto del patio. El único medio de transporte que tiene Paul es un viejo Datsun que compró con el estipendio de Curry. El Instituto queda lejos de aquí.

–¿Por qué has salido de la conferencia?

–He pensado que necesitarías ayuda.

Me tiembla el labio inferior. La nieve se acumula en el pelo de Paul.

–Estaré bien –dice.

Pero no lleva abrigo.

–Ven. Podemos ir juntos.

–Tengo que hablar con él a solas –dice Paul, mirándose los zapatos.

–¿Seguro?

Asiente.

–Al menos coge esto –le ofrezco, al tiempo que me quito el abrigo.

–Gracias –dice sonriendo.

–Llámanos si necesitas algo.

Paul se pone el abrigo y se mete el diario bajo el brazo. Después de un instante comienza a alejarse, caminando entre la nieve.

–¿Seguro que no necesitas ayuda? –le grito antes de que esté demasiado lejos para oírme. Él se da la vuelta y se limita a asentir–. Buena suerte –digo, hablando casi para mí mismo.

Y sé, mientras el frío penetra por el cuello de mi camisa,

que no hay nada que hacer. Cuando Paul desaparece en la distancia, decido volver a entrar.

De camino al auditorio paso junto a la rubia sin decir palabra y veo que Gil y Charlie no se han movido de su sitio en la parte posterior de la sala de conferencias. No me hacen ningún caso; Taft ha acaparado su atención. Su voz es hipnótica.

–¿Todo bien? –susurra Gil.

Le digo que sí. No quiero entrar en detalles.

–Algunos intérpretes modernos –está diciendo Taft– se han contentado con aceptar que el libro responde a muchas de las convenciones de un viejo género renacentista, el romance bucólico. Pero si la *Hypnerotomachia* es tan sólo una historia de amor convencional, ¿por qué hay sólo treinta páginas dedicadas al romance entre Polífilo y Polia? ¿Por qué las otras trescientas cuarenta páginas forman un laberinto de tramas subsidiarias, extraños encuentros con figuras mitológicas, disertaciones sobre temas esotéricos? Si tan sólo una de cada diez palabras se refiere al romance, ¿cómo explicamos el otro noventa por ciento del libro?

Charlie se gira nuevamente hacia mí.

–¿Tú sabes todo esto?

–Sí.

Oí la misma conferencia docenas de veces en el comedor de casa.

–En resumen, esto no es una simple historia de amor. La «búsqueda de amor en medio de un sueño» de Polífilo (es así como la define el título en latín) es mucho más compleja que un simple chico-conoce-chica. Durante quinientos años, los estudiosos han aplicado sobre este libro las más poderosas herramientas interpretativas de su época, y ninguno de ellos ha encontrado la salida del laberinto.

»¿Hasta qué punto es difícil la *Hypnerotomachia*? Considerad la suerte que han corrido sus traductores. El primer traductor francés condensó la primera frase del libro, que tenía originalmente más de setenta palabras, en menos de una docena. Robert Dallington, un contemporáneo de Shakespeare que intentó una traducción más fiel, simplemente perdió toda esperanza.

»Se dio por vencido antes de llegar a la mitad del texto. Desde entonces nadie ha intentado traducir el libro al inglés. Casi desde el momento mismo de su publicación, el libro ha sido considerado por los intelectuales de Occidente como sinónimo de oscuridad. Rabelais se burló de él. Castiglione aconsejó a los hombres del Renacimiento que no hablaran como Polífilo cuando cortejaran a una mujer.

»¿Por qué, entonces, resulta el libro tan difícil de entender? Porque está escrito no sólo en latín e italiano, sino en griego, hebreo, árabe, caldeo, y además en jeroglíficos egipcios. El autor escribió en varios de estos idiomas al mismo tiempo, y a veces de forma aleatoria.

»Cuando estas lenguas no eran suficientes, se inventaba sus propias palabras.

»Además, el libro está rodeado de misterios. Para empezar, hasta hace muy poco nadie sabía quién lo había escrito. El secreto de la identidad del autor estaba tan celosamente guardado que ni siquiera el gran Aldus, el impresor, supo quién había compuesto su libro más célebre. Uno de los editores de la *Hypnerotomachia* escribió una introducción para el libro en la que pide a las Musas que le revelen el nombre del autor. Las Musas se niegan. Le explican que "mejor es ser cauteloso, para evitar que cosas divinas sean devoradas por celos vengativos".

»La pregunta que os hago, entonces, es la siguiente: ¿por qué habría decidido el autor pasar por todo esto si no tenía otra intención que escribir un romance bucólico? ¿Por qué tantas lenguas? ¿Por qué doscientas páginas sobre arquitectura? ¿Por qué dieciocho páginas sobre un templo de Venus, o doce sobre un laberinto submarino? ¿Por qué cincuenta páginas sobre una pirámide? ¿O esas otras ciento cuarenta páginas sobre gemas y metales, ballet y música, comidas y cubiertos, flora y fauna?

»Y lo que tal vez sea más importante: ¿qué ciudadano

romano podía saber tanto de tantos temas, dominar tantas lenguas y convencer al mayor impresor de Italia de que publicara su misterioso libro sin ni siquiera mencionar su nombre?

»Sobre todo, ¿cuáles eran esas «cosas divinas» a las que se alude en la introducción y que las Musas se negaron a revelar? ¿Cuáles eran los celos vengativos que temían que esas cosas inspiraran?

»La respuesta es que esto no es un romance. La intención del autor debió de ser muy distinta: una intención que nosotros, los especialistas, no hemos logrado entender. Pero ¿dónde comenzar a buscarla?

»No pretendo responder esta pregunta aquí. Pero os plantearé una adivinanza, para que meditéis sobre ella. Resolvedla, y estaréis un paso más cerca de entender lo que la *Hypnerotomachia* significa.

Al terminar, Taft acciona el proyector de diapositivas golpeando el mando a distancia con la palma de la mano. En la pantalla aparecen tres maravillosas imágenes en blanco y negro.

–Se trata de tres grabados de la *Hypnerotomachia* que describen una pesadilla que tiene Polia al final del relato. Mientras Polia narra la pesadilla, el primer grabado muestra un niño que entra en un bosque montado en una carroza de fuego tirada por dos mujeres a las que azota como bestias. Polia lo observa todo escondida entre los árboles.

»El segundo grabado muestra al niño liberando a las mujeres, cortando las cadenas al rojo vivo con una espada de hierro. Enseguida las atraviesa con la espada y una vez que están muertas, las desmiembra.

»En el último grabado, el niño ha arrancado los corazones aún palpitantes de los cadáveres de las mujeres y se los ofrece a unas aves de presa. Las entrañas se las da a las águilas. Luego, tras descuartizar los cuerpos, echa el resto a los perros, lobos y leones que se han acercado.

»Cuando Polia despierta de su sueño, su nodriza le explica que el niño es Cupido, y las mujeres son jóvenes doncellas que lo ofendieron negándose a aceptar los afectos de sus pretendientes. Polia deduce que se ha equivocado al rechazar a Polífilo.

Taft hace una pausa y por un instante le da la espalda al auditorio mientras contempla las enormes imágenes, que parecen flotar en el aire.

–Pero ¿qué ocurre si suponemos que el significado explícito no es el significado real? –dice, todavía dándonos la espalda, con una voz incorpórea que resuena a través del micrófono del pecho–. ¿Y si la interpretación que da la nodriza del sueño no fuera, en realidad, la correcta? ¿Y si usáramos el castigo infligido a estas dos mujeres para descifrar cuál fue el crimen que en verdad cometieron?

»Consideremos un castigo legal por alta traición que existió en ciertas naciones europeas siglos antes y después de la redacción de la *Hypnerotomachia*. Un criminal condenado por alta traición era, en primer lugar, arrastrado, es decir, atado a la cola de un caballo que lo llevaba a rastras por toda la ciudad. De esta forma, el criminal era llevado a la horca, donde era ahorcado, no hasta su muerte, sino hasta que estuviera medio muerto. Entonces el verdugo le abría el cuerpo, le sacaba las entrañas y las quemaba frente a él. Le sacaba el corazón, que después se exhibía ante la multitud presente. Enseguida el verdugo decapitaba el cadáver, descuartizaba los restos y exponía las partes sobre picas colocadas en lugares públicos, para que sirvieran como disuasión a los futuros traidores.

Al decir esto, Taft vuelve a fijarse en los espectadores para ver su reacción. Ahora regresa a las diapositivas.

–Con esto en mente, volvamos a nuestras imágenes. Vemos que muchos de los detalles corresponden al castigo que acabo de describir. Las víctimas han sido arrastradas al lugar de su muerte, o mejor, de manera un tanto irónica, son ellas mismas quienes arrastran el carro del verdugo. Aparecen desmembradas y sus extremidades expuestas ante la multitud presente, que en este caso está compuesta de animales salvajes.

»En lugar de ahorcarlas, sin embargo, a las mujeres se las mata con una espada. ¿Cómo debemos interpretar esto? Una explicación posible es que la decapitación, con hacha o con espada, era un castigo reservado a ciudadanos de alto rango, para los cuales la horca era considerada demasiado innoble. Quizá, podamos pues, inferir que éstas eran damas distinguidas.

»Finalmente, los animales que aparecen entre la multitud os traerán a la memoria las tres bestias del primer canto del *Inferno* de Dante, o del sexto verso de Jeremías.

La mirada de Taft recorre la sala de conferencias.

–Estaba a punto de decir exactamente eso –susurra Gil con una sonrisa. Para mi sorpresa, Charlie le indica que se calle.

–El león significa el pecado del orgullo –continúa Taft–. Y el lobo representa la codicia. Éstos son los vicios de la alta traición, la de un Satán o un Judas, tal como parece sugerir el castigo. Pero aquí la *Hypnerotomachia* se desmarca, pues la tercera bestia de Dante es un leopardo, que representa la lujuria. En cambio Francesco Colonna hace aparecer un perro en lugar de un leopardo, sugiriendo que la lujuria no es uno de los pecados por los cuales las dos mujeres han sido castigadas. –Taft hace una pausa, permitiendo que el público digiera lo que acaba de decir–. Así pues –comienza de nuevo–, lo que estamos empezando a leer es el vocabulario de la crueldad. A pesar de lo que muchos de vosotros podáis pensar, no se trata de un lenguaje puramente primitivo. Como todos nuestros rituales, está lleno de significado. Simplemente tenemos que aprender a leerlo. En ese sentido, os ofreceré una información adicional que podéis utilizar para interpretar la imagen. Enseguida formularé una pregunta y os dejaré el resto a vosotros.

»La última pista que os daré es un hecho que probablemente conocéis pero habéis pasado por alto. Es éste: podemos darnos cuenta de que Polia se ha equivocado al identificar al niño simplemente advirtiendo el arma que éste lleva. Pues si el niño de la pesadilla hubiera sido en realidad Cupido, como afirma Polia, su arma no habría sido la espada. Habría sido el arco y la flecha. –Hay murmullos de asentimiento en el público, cientos de estudiantes que comienzan a ver el día de San Valentín con otros ojos–. Por lo tanto os pregunto: ¿quién es este niño que blande una espada, obliga a unas mujeres a arrastrar su carro de guerra a través de un bosque agreste y luego las masacra como si fueran culpables de traición?

Espera un instante, como si se preparara para dar la respuesta, pero en cambio dice:

–Resolved esto y empezaréis a comprender la verdad oculta de la *Hypnerotomachia.* Tal vez también empecéis a comprender el significado no sólo de la muerte, sino de la forma que la muerte adopta cuando llega. Todos nosotros, los que tenemos fe y los que carecemos de ella, nos hemos acostumbrado demasiado al signo de la cruz para comprender el verdadero significado del crucifijo. Pero la religión en general, y el cristianismo en particular, ha sido siempre la historia de la muerte en vida, de los sacrificios y los martirios. Esta noche, esta noche en especial, mientras conmemoramos el sacrificio del más famoso de esos mártires, éste es un hecho que debemos resistirnos a olvidar.

Tras quitarse las gafas y doblarlas para guardárselas en el bolsillo del pecho, Taft inclina la cabeza y dice:

–Esto es lo que os confío. Pongo mi fe en vosotros. –Da un paso lento y pesado hacia atrás y añade–: Gracias a todos y buenas noches.

Los aplausos estallan en cada esquina del salón, al principio forzados, pero luego elevándose en un fuerte *crescendo.* A pesar de la interrupción, el público se ha sentido seducido por este hombre extraño, cautivado por su fusión de intelecto y entrañas.

Taft hace pequeñas venias y se dirige arrastrando los pies a la mesa que hay junto al podio, con la intención de sentarse, pero el aplauso continúa. Algunos asistentes se ponen de pie y siguen aplaudiendo.

–Gracias –dice Taft de nuevo, todavía de pie, las manos apoyadas en el espaldar de la silla.

En ese mismo instante, la vieja sonrisa regresa a sus facciones. Es como si hubiera sido él quien observara al público durante todo este tiempo, y no al revés.

La profesora Henderson se levanta y camina hacia el atril, acallando el aplauso.

–Como es tradición –dice–, esta noche ofreceremos un refrigerio en el patio que hay entre este auditorio y la capilla. Me parece que los equipos de mantenimiento han colocado un cierto número de calentadores bajo las mesas. Por favor, acompañadnos. –Entonces se dirige a Taft, y añade–: Dicho lo cual, permitidme darle las gracias al doctor Taft por esta memorable conferencia. Nos ha causado usted una fuerte impresión.

Sonríe, pero guardando una cierta compostura. El público aplaude de nuevo y luego, lentamente, comienza a filtrarse a través de la salida.

Taft observa la salida del público; yo, a mi vez, lo observo a él. Vive tan recluido que ésta es una de las pocas veces en que le he visto. Ahora comprendo por fin por qué le resulta tan magnético a Paul. Aunque sepas que está jugando contigo, te es imposible quitarle los ojos de encima.

Lentamente comienza a cruzar el escenario, pesado como una mole. La pantalla blanca se repliega mecánicamente en el interior de una ranura del techo, y en ese momento las tres diapositivas se transforman en un gris difuminado sobre las pizarras de la pared. Apenas puedo distinguir los animales salvajes que devoran los restos de las mujeres, el niño que se va flotando en el aire.

–¿Vienes? –pregunta Charlie, que se ha entretenido un instante detrás de Gil, junto a la salida.

Me doy prisa para alcanzarlos.

Capítulo 11

No has podido encontrar a Paul? –me pregunta Charlie cuando los alcanzo.

–No ha querido que le ayudara.

Pero cuando menciono lo que he escuchado afuera, Charlie me mira como si hubiera sido mejor que no lo dejara marcharse. Alguien se detiene junto a nosotros para saludar a Gil y Charlie se vuelve hacia mí.

–¿Se ha ido detrás de Curry?

Le digo que no.

–Bill Stein.

–¿Vais a venir a la recepción? –dice Gil, intuyendo una huida rápida–. Necesitamos que haya gente.

–Claro –digo, y Gil parece quedarse más tranquilo. Tiene la cabeza en otra parte; estamos volviendo a ella.

–Habrá que evitar a Jack Parlow y a Kelly. Sólo quieren hablar del baile –dice volviendo a nuestro lado–. Pero el resto no tiene por qué estar mal.

Nos conduce escaleras abajo hacia el patio azul pálido, donde los claros que Paul y Curry han dejado en la nieve ya están cubiertos de nuevo. Las carpas están repletas de estudiantes, y casi de inmediato recuerdo lo fútil que es intentar evitar a alguien estando con Gil. Caminamos a través de la nieve hacia una carpa ubicada casi al pie de la capilla, pero Gil ejerce una especie de fuerza de gravedad social a la que no puede escapar.

La primera en llegar es la rubia de la puerta.

–Tara, ¿qué tal? –dice Gil con elegancia cuando la ve llegar bajo el techo de lona–. Más movimiento del que esperabas, ¿eh?

A Charlie le interesa poco la compañía de esta chica y, para evitar hacer una escena, se concentra en la mesa, donde los dispensadores de plata calientan poco a poco el chocolate recién hecho.

–Tara –dice Gil–, recuerdas a Tom, ¿no?

Tara encuentra una manera educada de decir que no.

–Ah, claro –dice Gil quitando importancia–. Sois de clases distintas.

Tardo un instante en darme cuenta de que se refiere a cursos académicos.

–Tom, te presento a Tara Pierson, miembro de la sección del 2001 –continúa al ver que Charlie nos está evitando–. Tara, te presento a Tom Sullivan, gran amigo mío.

La presentación sólo sirve para avergonzarnos. En cuanto Gil ha terminado de hablar, Tara encuentra el modo de que hablemos sin que Gil nos vea y señala a Charlie.

–Lo siento tanto... Lo que le dije a vuestro amigo –empieza–. No tenía ni idea de quiénes erais...

Y sigue hablando. Su principal argumento parece ser que nosotros merecemos mejor trato que los demás don nadies a los que no conoce y eso por el simple hecho de que Gil y yo nos cepillamos los dientes en el mismo lavabo. Cuanto más habla, más me pregunto cómo ha logrado que no la excluyeran entre risas del Ivy. Existe una leyenda –ignoro si verdadera o no– según la cual las chicas como Tara, que no tienen otra virtud que su físico, logran a veces conseguir el ingreso gracias a un proceso especial llamado «tercera planta». Se las invita a la tercera planta del club, que es un lugar reservado, y se les dice que no serán admitidas sin una demostración especial de buena voluntad de su parte. Sólo puedo imaginar la exacta naturaleza de esa demostración de buena voluntad y Gil, como es evidente, niega la existencia del proceso. Pero supongo que ésa es la magia de la «tercera planta»: cuanto menos se habla de ella, más inefable se vuelve.

Tal vez Tara adivina lo que pienso, o quizá simplemente se da cuenta de que he dejado de prestarle atención, porque acaba inventando una excusa y se marcha, caminando con afectación sobre la nieve. Tanto mejor, pienso mientras la veo escabullirse bajo otra carpa con el pelo flotando en el aire.

En ese momento veo a Katie. Está al otro lado del patio, junto a la carpa, y parece cansada de hablar. La taza de chocolate caliente que sostiene en la mano humea todavía, y de su cuello cuelga una cámara como si fuera un amuleto. Tardo un instante en comprender adónde está mirando. Hace uno o dos meses habría sospechado lo peor, y habría comenzado a buscar al hombre esquivo, el otro de su vida, el que encontraba tiempo para estar con ella mientras yo pasaba noches enteras con la *Hypnerotomachia*. Ahora nada de eso ocurre. En su mirada no hay más que una capilla, que se levanta como un acantilado junto a un mar blanco: el sueño de todo fotógrafo.

La atracción tiene algo curioso, algo que apenas comienzo a comprender. Cuando conocí a Katie, me pareció una de esas chicas que paran el tráfico. No todos estuvieron de acuerdo (Charlie, que prefiere mujeres más enjundiosas, apreciaba más el aire resuelto de Katie que su físico), pero yo quedé prendado para siempre. Ambos nos mostramos nuestra mejor cara –nuestras mejores ropas, nuestros mejores modales, nuestras mejores anécdotas– hasta que llegué a la conclusión de que eran los dos años que le llevaba, junto a mi amistad con el presidente de su club, lo que me otorgaba el poco misterio que tenía y me permitía aferrarme a una mujer como ella. En esa época, la mera idea de tocar su mano, de oler su pelo, bastaba para hacerme sudar y obligarme a tomar una ducha fría. Éramos como un trofeo uno para el otro y pasábamos los días subidos a nuestros respectivos pedestales.

Pero ya la he bajado de la repisa. Ahora discutimos porque subo demasiado la calefacción de mi cuarto; discutimos porque ella duerme con la ventana abierta; me censura por repetir postre, porque incluso a los hombres, dice, les llega el día en que pagan las pequeñas transgresiones. Gil dice en broma que me han domesticado, suponiendo con sarcasmo que alguna vez fui salvaje. La verdad es que estoy hecho para la vida marital. Subo el termostato cuando no tengo frío y como postres cuando no tengo hambre porque en la sombra de cada reprimenda está la insinuación de que en el futuro Katie no tolerará estas cosas, la insinuación, por lo tanto, de que habrá un futuro. Las fantasías que solía tener, propulsadas por la electricidad que siempre se produce entre desconocidos, se han debilitado ahora. Katie me gusta más así como está ahora, en este patio.

Hay tensión en sus ojos, síntoma de que un largo día está a punto de acabar. Lleva el pelo suelto y las ráfagas de viento juguetean con sus bucles. Me podría quedar así, mirándola desde lejos, empapándome de su imagen. Pero cuando doy un paso adelante, acercándome a ella, Katie me ve y me hace gestos de que vaya a su lado.

–¿Qué ha sido todo eso? –me pregunta–. ¿Quién era el tipo de la conferencia?

–Richard Curry.

–¿Curry? –Katie toma mi mano entre las suyas al tiempo que se muerde el labio–. ¿Y Paul está bien?

–Creo que sí.

Observamos la multitud en un instante de silencio. Hombres vestidos con anoraks de lona ceden sus chaquetas a sus novias desabrigadas. Tara, la rubia de la mesa, ha logrado que un desconocido le preste la suya.

Katie hace un gesto hacia el auditorio.

–¿Qué te ha parecido?

–¿La conferencia?

Katie asiente mientras empieza a recogerse el pelo en un moño.

–Un poco sangrienta.

–No seré yo quien elogie al ogro.

–Pero más interesante que de costumbre –dice ella, alargándome su taza de chocolate–. ¿Me la sostienes?

Se hace un nudo en el pelo y lo atraviesa con dos prendedores alargados que se saca de un bolsillo. La fácil destreza de sus manos al darle forma a algo que no puede ver me hace pensar en la forma en que mi madre se ponía detrás de mi padre para arreglarle la corbata.

–¿Qué ocurre? –dice, leyéndome el rostro.

–Nada. Estoy pensando en Paul, eso es todo.

–¿Crees que terminará a tiempo?

La fecha de entrega. Incluso ahora, Katie sigue pensando en la *Hypnerotomachia.* Mañana por la noche podrá, por fin, dar sepultura a mi antigua amante.

–Eso espero.

Sigue otro silencio, pero éste resulta menos agradable. Y justo cuando estoy intentando pensar en algo para cambiar de tema –algo relacionado con su cumpleaños, con el regalo que la espera en la habitación– llega un golpe de mala suerte en forma de Charlie. Después de dar veinte vueltas alrededor de la mesa donde está la comida, decide acercarse a nosotros.

–Llego tarde –anuncia–. ¿Recapitulamos?

De todas las cosas curiosas de Charlie, la más curiosa es cómo puede comportarse como un gladiador temerario entre hombres, pero como un perfecto zopenco entre mujeres.

–¿Que recapitulemos? –dice Katie, divertida.

Charlie se mete una galletita en la boca, luego otra, recorriendo con la mirada la multitud en busca de perspectivas.

–Ya sabéis. Cómo van las clases. Quién está saliendo con quién. Qué haces el año que viene. Lo de siempre.

Katie sonríe.

–Las clases van bien, Charlie. Tom y yo estamos saliendo todavía. –Le dedica una mirada de reprobación–. Y el año que viene haré tercero. O sea, que seguiré aquí.

–Ah –dice Charlie, porque nunca ha sido capaz de recordar su edad. Saca una galleta de entre sus manos de gigante y busca el registro idiomático apropiado entre un estudiante de cuarto y otra de segundo–. Tercero es tal vez el año más difícil –dice, optando por el peor registro: los consejos–. Dos trabajos. Los prerrequisitos de la especialización. Y hablar por conferencia con este tío –dice, señalándome con una mano y comiendo con la otra–. No, no será fácil. –Se pasa la lengua por el interior de la mejilla, saboreando todo lo que se ha metido en la boca y al mismo tiempo rumiando nuestro futuro–. No puedo decir que esté celoso.

Hace una pausa para que lo asimilemos. Es un verdadero milagro de economía verbal: Charlie ha empeorado las cosas con menos de veinte palabras.

–¿Te hubiera gustado correr esta noche? –dice ahora.

Katie, buscándole el lado bueno a la situación, espera que Charlie se explique. Pero yo estoy más acostumbrado a la forma en que funciona su cerebro.

–Las Olimpiadas al Desnudo –dice, tras ignorar las señas que le hago para que cambie de tema–. ¿No te hubiera gustado correr?

La pregunta es un tiro de gracia. Lo veo venir, pero soy incapaz de defenderme. Para demostrar que ha comprendido bien el hecho de que Katie esté en segundo, y acaso también el hecho de que vive en Holder, Charlie le ha preguntado a mi novia si no se ha sentido desilusionada por no poder desfilar desnuda frente al resto del campus. El piropo subyacente, me parece, es que una mujer con los atractivos de Katie debería estar muriéndose de ganas de enseñarlos. Charlie parece no ser consciente de las mil formas en que esta conversación puede acabar mal.

El rostro de Katie se tensa: ha seguido el hilo del razonamiento perfectamente.

–¿Por qué? ¿Debería?

–Es sólo que no conozco demasiados estudiantes de segundo que dejen pasar esta oportunidad –dice.

A juzgar por su tono, más diplomático, se ha dado cuenta de que ha metido la pata.

–¿Y de qué oportunidad se trata?

Trato de ayudar a Charlie, buscando eufemismos para hablar de un estado de desnudez ebria, pero mi cabeza es una bandada de palomas que levanta el vuelo. Las ideas que se me ocurren no son más que mierda y plumas.

–La de quitarse la ropa por lo menos una vez en cuatro años.

Katie nos mira a ambos, lentamente. Tras evaluar el atuendo de túnel de vapor que lleva Charlie y mi traje de fondo de armario, decide no gastar más palabras de las necesarias.

–Pues entonces creo que estamos en paz. Porque no hay demasiados estudiantes de último año que dejen pasar la oportunidad de cambiarse de ropa por lo menos una vez en cuatro años.

Reprimo el impulso de alisarme las arrugas de la camisa. Charlie interpreta los signos correctamente y decide darse otra vuelta por la mesa. Su trabajo aquí ha terminado.

–Qué par de tíos tan carismáticos que sois –dice Katie–. ¿Sabes qué?

Trata de parecer divertida, pero algo le pesa y no puede ocultarlo. Me pasa los dedos por el pelo, tratando de cambiar las cosas, pero en ese instante una chica del Ivy se presenta ante nosotros del brazo de Gil. Comprendo, por la expresión de disculpa que veo en el rostro de mi amigo, que ésta es la Kelly que nos había aconsejado evitar.

–Tom, conoces a Kelly Danner, ¿no es cierto?

Antes de que pueda decir que no, la cara de Kelly se llena de ira. Su atención está fija en algo que sucede al otro lado del patio.

–Esos mierdas –maldice, tirando al suelo su vaso de papel–. Sabía que tratarían de hacer algo así esta noche.

Todos nos damos la vuelta. Una *troupe* de hombres vestidos con túnicas y togas camina hacia nosotros procedente de los clubes.

Charlie silba y se acerca a nosotros para tener mejor vista.

–Decidles que se larguen de aquí –dice Kelly sin dirigirse a nadie en particular.

El grupo avanza por la nieve hasta que lo podemos distinguir con claridad. Ahora está claro que se trata exactamente de lo que Kelly temía: una gran broma coreografiada. Cada toga lleva sobre el pecho una serie de letras escritas en dos líneas distintas. Aunque todavía no puedo distinguir la línea inferior, la superior se compone de dos letras: «T. I».

T. I. es la abreviatura más común de Tiger Inn, el tercer club más antiguo y el único lugar del campus donde los locos están al mando del manicomio. El Ivy nunca parece tan vulnerable como cuando el T. I. concibe una nueva broma que gastarle a su venerable hermano. Esta noche es la oportunidad perfecta.

En el patio hay risas aisladas, pero no logro ver por qué hasta que entrecierro los ojos. El grupo entero se ha disfrazado con barbas y pelucas largas y grises; a nuestro alrededor, las carpas más cercanas se inundan de estudiantes ansiosos por ver.

Tras un breve abrazo, los hombres del T .I. se despliegan formando una larga fila india. En ese momento logro identificar la segunda línea de palabras escritas sobre las togas. Se trata, en todos los casos, de una sola palabra: un nombre. El nombre que lleva el más alto, el que ocupa el puesto central de la fila, es «Jesús». A su izquierda y a su derecha están los doce apóstoles, seis a cada lado.

Las risas y las ovaciones ya se han vuelto más sonoras.

Kelly aprieta la mandíbula. La expresión de Gil no permite saber si está intentando reprimir su regocijo para no ofenderla, o tratando de dar la impresión de que todo esto lo divierte aunque no sea así.

La figura de Jesús da un paso adelante y levanta los brazos para acallar a la audiencia. Cuando el patio queda en silencio, vuelve atrás, da una orden, y la fila se rompe para adoptar la disposición de un coro. Jesús dirige el coro desde un costado. Se saca una flauta de la toga y toca una nota solitaria para dar el tono. La fila sentada responde tarareando con la boca cerrada. La fila que está de rodillas se une con una tercera perfecta. Finalmente, justo cuando las dos filas parecen estar quedándose sin aliento, los apóstoles que están de pie contribuyen con una quinta.

La multitud, impresionada por la preparación que el espectáculo debe haber requerido, aplaude y vuelve a ovacionarlos.

–¡Bonita toga! –grita alguien desde una tienda cercana.

Jesús vuelve la cabeza, levanta una ceja en la dirección del sonido, y sigue dirigiendo. Finalmente, tras alzar la batuta tres veces en el aire con un giro de la muñeca, echa los brazos hacia atrás de manera teatral, los vuelca otra vez hacia delante, y el coro rompe a cantar. Sus voces llenan el patio con la música del *Himno de Batalla de la República*.

Os contaríamos la historia de la escuela del Señor,
Mas las uvas de la ira han fermentado en el alcohol.
Así pues, si estamos ebrios, perdonadnos, por favor.
Los santos son así.

Gloria, Gloria, somos fósiles,
De Nazaret los apóstoles,
Sin Cristo, estaríamos aún
Pescando en Cafarnaún.
Nuestra historia se canta así.

Jesús era un varón americano muy normal.
Asistió a la escuela pública, pero tenía su Santo Grial:
Yale o Harvard, para él, eran epítomes del mal.
La opción era una sola.

Gloria, Gloria, Dios lo convenció
Y Él en Princeton se inscribió.
Tomó la mejor decisión
Al graduarse en Religión,
Lo demás es pura historia.

En el otoño del 18 comenzó Cristo a estudiar,
Y en el campus no había nadie tan admirado y popular.
Los del Ivy nos tuvieron que envidiar
Cuando Cristo fue al T. I.

Ahora dos apóstoles de la primera fila se ponen de pie y dan un paso adelante. El primero despliega un rollo que pone «Ivy» y el segundo uno que pone «Cottage». Se hacen mutuamente una mueca de desprecio y se pavonean con aire arrogante alrededor de Jesús, y luego continúa la canción.

Coro: Gloria, Gloria, Jesús se presentaba,
Los infieles estirados se burlaban.
Ivy: Un judío no es lo que espero.
Cottage: Yo no quiero un carpintero.
Coro: Y el Señor se unió al T. I.

Kelly aprieta los puños con tanta fuerza que parece querer hacerse sangre. Ahora los doce apóstoles emergen de la formación coral y forman una línea de baile y con Jesús en el centro, se cogen de los brazos, levantan con destreza las piernas en el aire y concluyen:

Jesús, somos tu apostolado.
Gracias a Ti somos graduados.
No hay nada tan divino
Como cambiar agua por vino,
Tu verdad avanza así.

Tras lo cual, los trece hombres se dan la vuelta y con precisión coreográfica, se levantan la parte trasera de las togas para revelar un mensaje escrito en sus traseros a razón de una letra por nalga:

FELIZ SEMANA SANTA DEL T. I.

Sigue una combinación bulliciosa de aplausos desenfrenados, ovaciones escandalosas y abucheos aislados. Enseguida, justo cuando los trece hombres se disponen a marcharse, un ruido fuerte como un estallido cruza el patio, seguido del estrépito de cristales al romperse.

Las cabezas giran en dirección al sonido. En el último piso de Dickinson, el edificio del Departamento de Historia, una luz se enciende y se apaga enseguida. Uno de los cristales se ha roto. En medio de la oscuridad se alcanza a ver un movimiento.

Un apóstol del T. I. comienza a lanzar fuertes aclamaciones.

–¿Qué sucede? –pregunto.

Cerca del cristal roto se distingue la figura de una persona.

–Esto no tiene gracia –le gruñe Kelly a Judas, que está cerca de nosotros y la oye.

Judas piensa un instante.

–Va a mear. –Ríe achispadamente y luego repite–: Va a mear por la ventana.

Kelly se dirige, enfurecida, a la figura de Jesús.

–¿Qué coño pasa, Derek? –dice.

La figura de la oficina aparece y desaparece enseguida. Sus movimientos entrecortados me hacen pensar que quizás esté borracho. En cierto momento parece estar pasando la mano sobre los cristales rotos y luego desaparece.

–Creo que hay alguien más allá arriba –dice Charlie.

De repente, se hace visible todo el cuerpo del hombre. Está apoyado en los cristales emplomados de la ventana.

–Va a mear –repite Judas.

Los demás apóstoles se unen en un grito disparejo:

–¡Salta! ¡Salta!

Kelly se enfrenta a ellos.

–¡Callaos, maldita sea! ¡Bajadlo de ahí!

El hombre desaparece de nuevo.

–No creo que sea del T. I. –dice Charlie preocupado–. Creo que es algún borracho de las Olimpiadas al Desnudo.

Pero el hombre está vestido. Escruto la oscuridad, tratando de distinguir las formas, pero el hombre no regresa esta vez.

A mi lado, los apóstoles borrachos lo abuchean.

–¡Largaos de aquí! –les ordena Kelly.

–Cálmate, nena –dice Derek, y comienza a reagrupar a los discípulos que se han dispersado.

Gil observa todo esto con la misma mirada inescrutable y divertida que tenía antes, cuando los hombres llegaron al patio. Se mira el reloj y dice:

–Bueno, pues parece que en esta fiesta se ha acabado la div...

–¡Mierda! –grita Charlie.

Su voz llega casi a ahogar el eco del segundo estallido. Esta vez escucho la detonación claramente. Es un disparo.

Gil y yo nos damos la vuelta justo a tiempo para verlo. El hombre es propulsado hacia atrás, a través del cristal, y durante unos segundos lo vemos detenido en plena caída libre. Su cuerpo golpea la nieve con un ruido sordo y el impacto absorbe todo el sonido, toda la conmoción que hay en el patio.

Y luego no hay nada.

Lo primero que recuerdo es el sonido de los pies de Charlie al correr hacia el cuerpo. Luego lo sigue una gran multitud, que se agolpa alrededor de la escena y obstaculiza mi campo visual.

–Dios mío –susurra Gil.

–¿Se encuentra bien? –gritan las voces de la gente apiñada. Pero no hay señales de movimiento.

Finalmente oigo la voz de Charlie.

–Que alguien llame a una ambulancia. Decidles que tenemos a un hombre inconsciente en el patio de la capilla.

Gil saca su teléfono del bolsillo, pero antes de que marque, dos policías llegan a la escena. Uno de ellos se abre paso a empellones entre la multitud. El otro comienza a pedir a los espectadores que retrocedan. Durante un instante veo a Charlie agachado junto al hombre, masajeándole el pecho: el movimiento es perfecto, como el de un par de pistones. Qué extraño es ver, de repente, lo que hace todas las noches.

–¡La ambulancia está en camino!

A lo lejos, apenas perceptible, se oye la sirena.

Las piernas me comienzan a temblar. Tengo la creciente sensación de que algo aciago planea sobre nuestras cabezas.

Llega la ambulancia. Las puertas traseras se abren, dos enfermeros bajan, ponen al hombre en una camilla y aseguran su cuerpo con correas. Hay movimientos bruscos y espectadores que entran y salen de mi vista. Cuando las puertas se han cerrado, veo claramente la huella que el cuerpo ha dejado al caer. El trozo de losa tiene algo indecoroso, como un rasguño en la piel de una princesa de cuento. Comienzo a ver más claramente lo que en el momento del impacto he tomado por una salpicadura de barro. El negro es rojo; el barro es sangre. Arriba, en el despacho, todo está oscuro.

La ambulancia se aleja, y sus luces y sirenas se apagan a medida que avanza hacia Nassau Street. Vuelvo a mirar la huella, deforme como la silueta quebrada de un ángel sobre la nieve. El viento silba y me cruzo de brazos para protegerme. Sólo cuando la multitud del patio empieza a dispersarse me percato de que Charlie no está. Se ha ido con la ambulancia, y un silencio desagradable se produce allí donde yo esperaba encontrar su voz.

Los estudiantes abandonan el patio lentamente, entre voces sofocadas.

–Espero que esté bien –dice Gil, poniéndome una mano en el hombro. Durante un segundo creo que se refiere a Charlie–. Vamos a casa. Te llevo.

Agradezco la calidez de su mano, pero me quedo allí, mirando absorto. Vuelvo a ver al hombre cayendo y estrellándose contra el suelo. La secuencia se fragmenta, y escucho cómo estalla el cristal y luego el disparo.

Se me revuelve el estómago.

–Vamos –dice Gil–. Larguémonos de aquí.

El viento se levanta de nuevo y entonces acepto. Katie ha desaparecido en medio de la confusión de la ambulancia, y una amiga suya me dice que ha vuelto a Holder con sus compañeras de cuarto. Decido llamarla cuando llegue.

Gil me pone una mano amable en la espalda y me conduce al Saab, que espera bajo la nieve, cerca de la entrada del auditorio. Siguiendo su instinto infalible para hacer siempre lo mejor, Gil pone la calefacción a la temperatura adecuada, ajusta el volumen de una vieja balada de Frank Sinatra hasta que el viento no es más que un recuerdo, y emprende el camino hacia el campus con un breve acelerón que me confirma nuestra impunidad frente a los elementos. A nuestra espalda, todo se funde gradualmente con la nieve.

–¿Qué crees que ha sucedido allá arriba? –pregunta en voz baja cuando estamos ya en camino.

–Ha sonado como un disparo.

–Charlie ha dicho que había alguien más arriba.

–¿Y qué hacía?

–No estoy seguro.

–Me ha parecido ver que trataba de salir –le digo.

Gil tiene el rostro lívido.

–Nunca había visto nada semejante. ¿Crees que ha sido un accidente?

–No me lo ha parecido.

–¿Has reconocido a la persona que ha caído?

–No he podido ver nada.

–¿Crees que ha sido...? –Gil se acomoda en su asiento.

–¿Que ha sido quién?

–¿Crees que deberíamos llamar a Paul y asegurarnos de que está bien?

Gil me pasa su móvil, pero no hay cobertura.

–Seguro que está bien –dice.

–Seguro que sí –digo yo, jugueteando con el aparato.

Nos quedamos así, en el silencio del interior del coche, durante unos minutos, intentando alejar de nuestras mentes esa posibilidad. Al final, Gil desvía la conversación hacia otro tema.

–Cuéntame de tu viaje –dice. A principios de semana, fui a Columbus para celebrar la entrega de mi tesina–. ¿Cómo te ha ido en casa?

Logramos mantener una conversación fragmentaria, saltando de tema en tema, intentando sobreponernos a la corriente de nuestros pensamientos. Le cuento las últimas noticias de mis hermanas mayores –una veterinaria; la otra, a punto de comenzar un doctorado en empresariales– y Gil me pregunta por mi madre, cuyo aniversario acaba de recordar. Me dice que, a pesar del tiempo que ha dedicado a planear el baile, se las arregló para terminar su tesina mientras yo no estaba, pocos días antes de la fecha de entrega impuesta por el Departamento de Economía. Poco a poco llegamos a preguntarnos en voz alta en qué facultad de medicina habrán aceptado a Charlie e intentamos adivinar adónde tiene intención de ir, puesto que acerca de estos asuntos Charlie guarda un modesto silencio, incluso con nosotros.

Nos dirigimos al sur. En la oscuridad de la noche, los dormitorios parecen estar acuclillados a ambos lados de la calle. La noticia de lo ocurrido en la capilla debe de estar propagándose por el campus, porque no hay peatones y los únicos coches que vemos, aparte del nuestro, duermen silenciosamente sobre el arcén. El trayecto hacia el aparcamiento, a un kilómetro de Dod, me parece casi tan largo como el lento camino a pie. A Paul no se le ve por ningún lado.

Capítulo 12

Entre los estudiosos de *Frankenstein*, hay un viejo dicho según el cual el monstruo es una metáfora de la novela. Mary Shelley, que tenía diecinueve años cuando empezó a escribirla, alentó esa interpretación al llamarla su «horrorosa progenie», como si fuera un ser muerto con vida propia. Teniendo en cuenta que Mary Shelley perdió un hijo a los diecisiete y causó la muerte de su madre al nacer, puede pensarse que sabía de qué estaba hablando.

Durante un tiempo pensé que Mary Shelley era lo único que mi tesina tenía en común con la de Paul. Mary hacía una hermosa pareja con Francesco Colonna (que según algunos académicos tenía apenas catorce años cuando escribió la *Hypnerotomachia*): dos adolescentes más sabios de lo que su edad sugería. Antes de que conociera a Katie, Mary y Francesco eran para mí amantes contrariados, igualmente jóvenes, pero en épocas distintas. Para Paul, obligado a enfrentarse de igual a igual con los eruditos de la generación de mi padre, eran un emblema del poder de la juventud contra la obstinada inercia de la edad.

Paradójicamente, fue al sostener que Francesco Colonna era un hombre de edad, no un joven, cuando Paul logró su primer gran progreso con la *Hypnerotomachia.* Había llegado a la clase de Taft como un simple novato y el ogro alcanzó a oler en él la influencia de mi padre. Aunque sostuviera que había abandonado el estudio del libro, Taft se mostró muy dispuesto a demostrarle a Paul la insensatez de las teorías de mi padre. Todavía se inclinaba por la hipótesis de un Colonna veneciano, y a partir de ella explicó la prueba más fuerte que había a favor del Pretendiente.

La *Hypnerotomachia* fue publicada en 1499, dijo Taft, cuando el Colonna romano tenía cuarenta y dos años de edad. Hasta ahí, ningún problema. Pero la última página de la historia, que compuso el propio Colonna, afirma que el libro fue escrito en 1467, cuando el Francesco de mi padre habría tenido tan sólo catorce años. Por muy improbable que fuera la posibilidad de que el autor de la *Hypnerotomachia* fuera un monje criminal, la de que lo fuera un adolescente era francamente imposible.

Y así, como el rey canoso que inventaba nuevos trabajos para el joven Hércules, Taft dejó la carga de la prueba en manos de Paul. Hasta que su nuevo protegido pudiera sacarse de encima el problema de la edad de Colonna, Taft se negaría a asesorar cualquier investigación que tuviera como premisa la autoría del romano.

La manera en que Paul se negó a doblegarse bajo la lógica de esos datos desafía toda explicación. El reto de Taft lo inspiró, pero también lo hizo el propio Taft: aunque Paul rechazara la rígida interpretación que hacía aquel hombre de la *Hypnerotomachia,* decidió ser igual de implacable con sus fuentes. Si mi padre se había permitido seguir su intuición e inspiración, investigando sobre todo en lugares exóticos como monasterios y bibliotecas papales, Paul adoptó los métodos de Taft, mucho más exhaustivos. Ningún libro era demasiado humilde; ningún lugar, demasiado aburrido. Empezó a registrar el sistema bibliotecario de Princeton de arriba abajo. Y lentamente, su antigua concepción de los libros, como la concepción del agua que tiene un niño que ha pasado toda su vida junto a una laguna, quedó destronada por aquel repentino encuentro con el océano. El día en que entró a la universidad, su colección de libros contaba con poco menos de seiscientos ejemplares. La de Princeton, que sólo en la Biblioteca Firestone incluía más de ochenta kilómetros de estanterías, contaba con más de seis millones.

Al principio, aquella experiencia intimidó a Paul. La imagen pintoresca que mi padre había trazado –en la que uno se topaba por accidente con documentos importantes–

quedó desmentida de inmediato. Más doloroso, imagino, fue el cuestionamiento al que le obligó a enfrentarse, la introspección y la duda que le hicieron preguntarse si su genio no era más que un talento provinciano, una estrella débil en la esquina más oscura del cielo. Que los estudiantes de cuarto con los que compartía clases admitieran la ventaja que les llevaba, y que sus profesores le tuvieran un aprecio casi mesiánico, no significaba nada para Paul si no era capaz de progresar con la *Hypnerotomachia*.

Durante aquel verano en Italia, todo cambió. Paul descubrió el trabajo de los académicos italianos, a cuyos textos pudo acceder gracias a cuatro años de latín. Tras excavar en la biografía definitiva del Pretendiente veneciano, supo que ciertos elementos de la *Hypnerotomachia* se debían a un libro llamado *Cornucopiae*, publicado en 1489. Como simple detalle en la vida del Pretendiente, ese hecho no parecía importante; pero Paul, que se había aproximado al problema con el Francesco romano en mente, supo ver en él mucho más. Más allá de la fecha en que Colonna afirmara haber escrito el libro, ahora había una prueba de que la composición era posterior a 1489. En ese momento el Francesco romano tendría al menos treinta y seis años, no catorce. Y aunque Paul ignoraba por qué Colonna había mentido acerca del año de redacción de la *Hypnerotomachia*, se dio cuenta de que había respondido al reto de Taft. Para bien o para mal, había entrado en el mundo de mi padre.

Lo que siguió fue un periodo de inmensa confianza en sí mismo. Armado con cuatro idiomas (el quinto, el inglés, era inútil excepto para fuentes secundarias) y un extenso conocimiento de la vida y la época de Colonna, Paul llevó a cabo el asalto al texto. Cada día se dedicaba más al proyecto, tomando frente a la *Hypnerotomachia* una posición que me pareció incómodamente familiar: las páginas eran campos de batalla donde Colonna y él medían fuerzas; el ganador se lo llevaba todo. La influencia de Vincent Taft, que en los meses previos al viaje había permanecido inactiva, regresó entonces. A medida que el interés de Paul fue tomando tonos de obsesión,

Taft y Stein adquirieron una mayor importancia en su vida. Si no hubiera sido por la intervención de un hombre, creo que habríamos perdido irremediablemente a Paul.

Ese hombre fue Francesco Colonna, y su libro no resultó ser la mujer fácil que Paul había esperado. Por más que flexionara el músculo de su mente, se dio cuenta de que la montaña se negaba a moverse. A medida que sus progresos se hacían más y más lentos, y que el otoño del tercer año se convertía en invierno, Paul se volvió irritable, presto a comentarios hirientes y gestos groseros que sólo podía haber aprendido de Taft. Según me contaba Gil, los miembros del Ivy habían empezado a burlarse de Paul cada vez que lo veían sentado solo en la mesa del comedor, rodeado por pilas de libros, sin hablar con nadie. Cuanto más veía cómo flaqueaba su confianza en sí mismo, más comprendía algo que mi padre había dicho alguna vez: la *Hypnerotomachia* es una sirena: en la playa distante es un canto atractivo, y en persona es toda garras. Si decides cortejarla, lo haces bajo tu responsabilidad.

El tiempo pasó; llegó la primavera. Bajo la ventana de Paul chicas con camisetas de tirantes jugaban al *frisbee;* en las ramas de los árboles se acumulaban las flores y las ardillas; el eco de las bolas de tenis llenaba el aire; y Paul seguía en su habitación, solo, con las persianas bajadas, la puerta cerrada con llave y un letrero en su tablón de anuncios que decía «no molestar». Todo lo que a mí me encantaba de la nueva estación, a él le parecía una distracción: los olores y los sonidos, la impaciencia tras un invierno largo y libresco. Me di cuenta de que yo mismo me convertía, para él, en una distracción. Todo lo que me contaba empezaba a sonar como el pronóstico del tiempo de una ciudad extranjera. Nos veíamos con poca frecuencia.

Pero el verano lo transformó. A principios de septiembre del último curso, después de pasar tres meses en un campus desierto, nos dio la bienvenida y nos ayudó a instalarnos. De repente estaba abierto a cualquier interrupción, dispuesto a pasar tiempo con los amigos, menos obsesionado con el pasado. Durante los primeros meses de ese semestre, disfrutamos de un renacimiento de nuestra amistad mucho mejor de lo que yo hubiera podido esperar. Paul hizo caso omiso de los curiosos del Ivy, gente que lo escuchaba con atención, esperando oír de su boca algo ofensivo; pasaba cada vez menos tiempo con Taft y Stein; saboreaba las comidas y disfrutaba de los paseos entre clases. Incluso le veía la gracia a la forma en que todos los martes, a las siete de la mañana, los basureros vaciaban los contenedores bajo nuestra ventana. Me pareció que estaba mejor. Más aún: me pareció que había vuelto a nacer.

Pero más tarde, cuando Paul vino a verme en octubre, a altas horas de la noche y después de los exámenes parciales de otoño, comprendí el otro aspecto que nuestras tesinas tenían en común: ambas eran sobre muertos que se negaban a ser enterrados.

–¿Hay alguna forma de convencerte de que vuelvas a trabajar en la *Hypnerotomachia*? –me preguntó aquella noche.

Por la tensión de su rostro supe que había encontrado algo importante.

–No –dije, en parte porque era cierto y en parte para obligarlo a mostrar sus cartas.

–Creo que he descubierto algo. Pero necesito tu ayuda para entenderlo.

–Cuéntame –dije.

Ahora no importa cómo empezó mi padre, qué despertó su curiosidad por la *Hypnerotomachia*: éste es el modo en que empecé yo. Lo que Paul me explicó aquella noche dio nueva vida al mortecino libro de Colonna.

–El año pasado, cuando vio que yo estaba cada vez más frustrado, Vincent me presentó a Steven Gelbman, de Brown –empezó Paul–. Gelbman investiga en el campo de las matemáticas, la criptografía y la religión, todo junto. Es un experto en el análisis matemático de la Torá. ¿Has oído hablar de eso?

–Suena a cábala.

–Exacto. No hay que limitarse a estudiar lo que dicen las Escrituras; hay que estudiar lo que dicen los números. Cada letra del alfabeto hebreo tiene un número asignado. A través del orden de las letras se pueden buscar patrones matemáticos en el texto.

»Pues bien, al principio yo no estaba muy seguro. Ni siquiera después de diez horas de clases sobre las correspondencias sefiróticas logré creérmelo. Simplemente me parecía que aquello no guardaba ninguna relación con Colonna. Cuando llegó el verano, ya había terminado de estudiar las fuentes secundarias de la *Hypnerotomachia*, y empecé a trabajar en el libro en sí. Fue imposible. Si trataba de imponerle una interpretación, el libro me la arrojaba a la cara. Cuando pensaba que ciertas páginas se movían en una dirección determinada, con una determinada estructura, con una determinada intención, de repente la frase se acababa, y en la siguiente todo había cambiado.

»Estuve cinco semanas tratando de entender el primer laberinto que Francesco describe. Estudié a Vitruvio para entender los términos arquitectónicos. Busqué todos y cada uno de los laberintos antiguos que conocía: el de la Ciudad de los Cocodrilos, en Egipto, y los de Lemnos y Clusio y Creta, y media docena más. Entonces me percaté de que había cuatro laberintos distintos en la *Hypnerotomachia*: uno en un templo, uno en el agua, uno en un jardín y otro bajo tierra. Cuando creí que empezaba a dominar un cierto nivel de complejidad, éste se cuadruplicaba. Incluso Polífilo se pierde al principio del libro y dice: "Mi único recurso era rogar piedad a la Ariadna de Creta, que dio el hilo a Teseo para que éste escapara del difícil laberinto". Es como si el libro supiera lo que me estaba haciendo.

»Al final me di cuenta de que lo único que definitivamente funcionaba era el acróstico formado por la primera letra de cada capítulo. Así que hice lo que el libro me pedía que hiciera. Rogué piedad a la Ariadna de Creta, que era tal vez la única persona capaz de resolver el laberinto.

–Regresaste a Gelbman.

Paul asintió.

–Tuve que tragarme mis palabras. Estaba desesperado. En julio, Gelbman me permitió quedarme con él en Providence después de que Vincent insistiera en que estaba haciendo progresos con el método. Se pasó el fin de semana enseñándome las técnicas de decodificación más sofisticadas, y fue entonces cuando las cosas empezaron a marchar mejor.

Recuerdo que mientras Paul hablaba yo miraba por encima de su hombro, a través de la ventana, y sentía que el paisaje estaba transformándose. Estábamos en nuestra habitación, en Dod, solos, un viernes por la noche; Charlie y Gil estaban debajo de nosotros, bajo tierra, jugando a *paintball* en los túneles de vapor con un grupo de amigos del Ivy y del equipo de emergencias médicas. Al día siguiente, yo tenía que escribir un ensayo y estudiar para un examen. Una semana más tarde, conocería a Katie. Pero en ese momento Paul acaparaba por completo mi atención.

–El concepto más complicado que me enseñó –continuó Paul– era cómo decodificar un libro con la ayuda de algoritmos o claves sacadas del texto mismo. En esos casos, la clave está escondida en la narración. Buscas la clave, que es como una ecuación o un librito de instrucciones, y luego la utilizas para descifrar el texto. El libro se interpreta a sí mismo.

Sonreí.

–Esa idea es capaz de provocar la bancarrota del Departamento de Literatura.

–Sí, yo también era escéptico –dijo Paul–. Pero resulta que tiene una larga tradición. Los intelectuales de la Ilustración escribían tratados enteros con este método para divertirse. Los textos parecían relatos normales, novelas epistolares, ese tipo de cosas. Pero si conocías la técnica adecuada (tal vez reconocer erratas que resultaban ser intencionadas, o resolver puzzles incluidos en las ilustraciones), podías encontrar la clave. Algo así como: «Usa sólo números primos y cuadrados perfectos, y las letras que tengan en común cada décima palabra; excluye las palabras de lord Kinkaid y cualquier pregunta hecha por la criada». Si seguías las instrucciones, al final te encontrabas con un mensaje. La mayoría de las veces era un poema humorístico o un chiste de mal gusto. Pero uno de esos tíos llegó a escribir su testamento así. Quien pudiera descifrarlo, heredaría todas sus propiedades.

De entre las páginas de un libro, Paul sacó una hoja de papel. En ella, en dos párrafos distintos, había reproducido el texto de un pasaje escrito en clave y debajo, el mensaje decodificado, mucho más breve. Pero no logré entender cómo el primero se había convertido en el segundo.

–Al cabo del tiempo empecé a pensar que tal vez funcionara. Quizás el acróstico con las letras capitulares de la *Hypnerotomachia* fuera una pista. Tal vez su función fuera indicar cuál era la interpretación adecuada del resto del libro. A muchos humanistas les interesaba la cábala, y la idea de hacer juegos con el lenguaje y símbolos fue muy popular durante el Renacimiento. Tal vez Francesco había utilizado algún tipo de cifrado en la *Hypnerotomachia.*

»El problema fue que ignoraba por completo dónde buscar el algoritmo. Empecé a inventarme mis propias claves, sólo para ver si alguna funcionaba. Me enfrentaba al problema un día tras otro. Encontraba algo, luego me pasaba una semana escarbando en la Sala de Libros Raros y Antiguos, buscando una respuesta... y al final descubría que ese algo no tenía sentido, o que era una trampa o un callejón sin salida.

»Luego, a finales de agosto, me dediqué a un solo pasaje durante tres semanas. Aparece en el momento del relato en el que Polífilo está examinando las ruinas de un templo y encuentra un mensaje en un jeroglífico tallado en un obelisco. "Al divino y siempre augusto Julio César, gobernador del mundo" es la primera frase. Nunca la olvidaré, porque estuvo a punto de volverme loco. Las mismas páginas, un día tras otro. Pero lo había encontrado.

Abrió una carpeta que tenía en el escritorio. En el interior había reproducciones de todas las páginas de la *Hypnerotomachia*. Buscó el apéndice que había creado y me mostró una página en la que había pegado la primera letra de cada capítulo, formando lo que parecía una nota de secuestro. Las letras formaban el famoso mensaje sobre fra Francesco Colonna. *Poliam Frater Franciscus Columna Peramavit.*

–Partí de una premisa muy simple: el acróstico no podía ser tan sólo un truco, una forma barata de identificar al autor. Tenía que tener una función más amplia: las primeras letras no solo decodificaban ese mensaje inicial, sino todo el libro.

»Así que lo intenté. El pasaje que había estado estudiando comienza, en uno de los dibujos, con un jeroglífico: un ojo.

Pasó varias páginas hasta que al fin lo encontró.

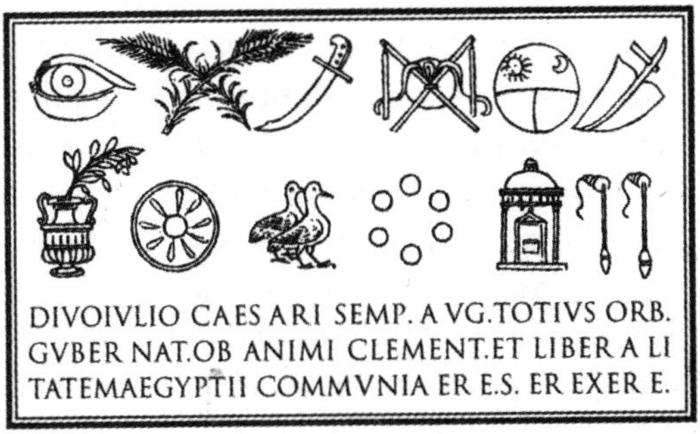

–Pensé que, al ser el primer símbolo del grabado, debía ser importante. El problema es que no me sirvió de nada. La definición del símbolo que da Polífilo (el ojo hace referencia a Dios, o la divinidad) no me conducía a ninguna parte.

»En ese momento tuve un golpe de suerte. Una mañana estaba trabajando en el centro de estudios, y no había dormido demasiado, así que decidí comprarme un refresco. El problema era que la máquina me devolvía el dinero una y otra vez. Estaba tan cansado que no lograba entender por qué, hasta que me di cuenta de que estaba metiendo mal el billete. Lo estaba metiendo con el reverso hacia arriba. Estaba a punto de darle la vuelta e intentarlo de nuevo cuando lo vi. Justo frente a mí, en el reverso del billete.

–El ojo –le dije–. Encima de la pirámide.

–Exactamente. Es parte del gran sello. Y entonces me di

cuenta. En el Renacimiento había un famoso humanista que utilizaba el ojo como símbolo personal. Incluso lo hacía imprimir en monedas y medallas.

Esperó como si yo supiera la respuesta.

–Alberti. –Paul señaló un pequeño volumen que había al otro lado de la estantería. En el lomo se leía: *De re aedificatoria*–. Eso es lo que Colonna quería decir. Estaba a punto de tomar prestada una idea del libro de Alberti, y quería que el lector lo supiera. Sólo tenías que descubrir de qué se trataba, y el resto encajaría perfectamente.

»En su tratado, Alberti crea equivalentes en latín para vocablos arquitectónicos derivados del griego. Francesco hace la misma sustitución a lo largo de toda la *Hypnerotomachia*, excepto en un lugar. Yo lo había notado la primera vez que traduje esa sección, porque empecé a encontrarme con términos vitruvianos que no había visto en mucho tiempo. Pero nunca pensé que fueran significativos.

»El truco, descubrí, consistía en encontrar todos los términos arquitectónicos griegos y sustituirlos por sus equivalentes en latín, tal y como aparecen en el resto del texto. Si lo hacías, y utilizabas la regla del acróstico –leer la primera letra de cada palabra, del mismo modo que lees la primera letra de cada capítulo– el puzzle se resolvía y dabas con un mensaje en latín. El problema es que si cometes un solo error traduciendo del griego al latín, el mensaje se hace pedazos. Si sustituyes *entasi* por *ventris diametrum* en lugar de simplemente *venter*, la D que te queda al principio de *diametrum* lo cambia todo.

Buscó otra página, hablando más rápido.

–Por supuesto que cometí errores. Por suerte, no fueron tan graves como para impedirme construir la frase en latín. Me tomó tres semanas; terminé justo el día antes de que vosotros regresarais al campus. Finalmente lo descubrí. ¿Sabes qué dice? –Se rascó nerviosamente algo que tenía en la cara–. Dice: «¿Quién le puso los cuernos a Moisés?».

Soltó una risa hueca.

–Te lo juro por Dios, casi puedo oír a Francesco riéndose

de mí. Tengo la sensación de que todo el libro se reduce a una gran broma que alguien me ha gastado. En serio, lo digo de verdad. «¿Quién le puso los cuernos a Moisés?»

–No lo entiendo.

–En otras palabras, ¿quién traicionó a Moisés?

–Ya, ya sé qué es poner los cuernos.

–La verdad es que literalmente dice: «¿Quién le dio cuernos a Moisés?». Los cuernos, desde Artemidorus, se emplean para sugerir la infidelidad. Vienen de...

–Pero ¿qué tiene que ver esto con la *Hypnerotomachia*?

Esperé a que me lo explicara, o que dijera que había leído mal el acertijo. Pero cuando Paul se levantó y empezó a caminar de un lado al otro, supe que el asunto era más complicado.

–No lo sé. No logro descubrir cómo encaja con el resto del libro. Pero lo extraño es esto: creo que he resuelto el acertijo.

–¿Alguien le puso los cuernos a Moisés?

–Bueno, más o menos. Al principio pensé que podía tratarse de un error. Moisés es una figura demasiado importante en el Antiguo Testamento como para que alguien la asocie a la infidelidad. Por lo que sé, tenía esposa, una midianita llamada Zipora, pero ella apenas aparece en el Éxodo, y no pude encontrar ninguna referencia al hecho de que le fuera infiel.

»Pero luego, en Números 12:1, sucede algo inusual. El hermano y la hermana de Moisés se pronuncian en su contra por haberse casado con una mujer cushita. Los detalles no se explican nunca, pero algunos expertos sugieren que al ser Midian y Cush áreas geográficas completamente distintas, Moisés debió de tener dos mujeres. El nombre de la mujer cushita nunca aparece en la Biblia, pero un historiador del siglo primero, Flavio Josefo, escribe su propia versión de la vida de Moisés, y sostiene que el nombre de la mujer cushita, o etíope, era Tarbis.

Los detalles estaban empezando a abrumarme.

–¿Así que ella le puso los cuernos?

–No. Al tomar una segunda mujer, Moisés le puso los cuernos a ella, o a Zipora, dependiendo de con cuál se casara primero. La cronología es difícil de establecer, pero en algunos casos los cuernos aparecen en la cabeza del infiel, no sólo de su pareja. A eso debe de referirse el acertijo. La respuesta es Zipora o Tarbis.

–¿Y qué hacemos con eso?

Su excitación pareció disiparse.

–Ahí es donde me he topado con un muro. He intentado utilizar Zipora y Tarbis para encontrar la solución de todas las formas posibles, aplicándolas como claves para descifrar el resto del libro. Pero nada funciona.

Esperó, como si creyera que yo iba a darle alguna idea.

–Vincent no lo sabe. Cree que estoy perdiendo el tiempo. En cuanto decidió que las técnicas de Gelbman no me estaban permitiendo hacer grandes avances, me dijo que debía volver a seguir su pista. Concentrarme más en las fuentes primarias venecianas.

–¿No vas a hablarle de esto?

Paul me miró como si no lo entendiera.

–Te estoy hablando de esto a ti –me dijo.

–Pero yo no tengo ni la menor idea.

–Tom, algo tan grande no puede ser una coincidencia. Esto es lo que tu padre estaba buscando. Debemos descubrir de qué se trata. Quiero que me ayudes.

–¿Por qué?

En aquel momento, me habló con una certidumbre curiosa, como si hubiera entendido algo de la *Hypnerotomachia* que antes había pasado por alto.

–El libro recompensa distintas formas de pensar. Algunas veces funciona la paciencia, la atención al detalle. Pero en otras ocasiones, lo que se requiere es instinto e inventiva. He leído algunas de tus conclusiones sobre *Frankenstein*. Son buenas. Son originales. Y no has tenido que hacer el menor esfuerzo para llegar a ellas. Sólo piensa en ello. Piensa en el acertijo. Tal vez se te ocurra algo. Eso es todo lo que te pido.

Aquella noche rechacé la oferta de Paul por una razón muy simple. En el paisaje de mi niñez, el libro de Colonna fue una mansión desierta sobre una colina, una sombra que cubría de presagios cada pensamiento situado en sus aledaños. Todos los desagradables misterios de mi juventud parecían tener su origen en aquellas páginas ilegibles: la inexplicable ausencia de mi padre en la mesa del comedor, todas las noches que se pasaba trabajando en su escritorio; las viejas peleas en que se enzarzaban él y mi madre, como santos caídos en pecado; incluso la inhóspita excentricidad de Richard Curry, que fue seducido por el libro de Colonna como ningún otro hombre y nunca llegó a recuperarse. Yo no lograba entender el poder que la *Hypnerotomachia* ejercía sobre quienes la leían, pero me parecía que ese poder siempre acababa obrando de la peor manera. Ver a Paul trabajar en él durante tres años, aunque su trabajo se viera culminado por estos descubrimientos, me había ayudado a mantener la distancia.

Si bien puede resultar sorprendente que a la mañana siguiente cambiara de opinión y me uniera a Paul en su trabajo, puedo excusarme atribuyendo el cambio a un sueño que tuve la noche en que me habló del acertijo. Hay en la *Hypnerotomachia* un grabado que permanecerá para siempre entre los recuerdos de mi más temprana niñez y con el cual me topé muchas veces tras entrar a hurtadillas en el despacho de mi padre para investigar qué estaba estudiando. No todos los días un niño ve a una mujer desnuda y reclinada bajo un árbol; una mujer que lo mira mientras él la está mirando. Y supongo que nadie, fuera del círculo de estudiosos de la *Hypnerotomachia,* puede decir que ha visto a un sátiro desnudo a los pies de dicha mujer, con el pene en forma de cuerno enhiesto apuntándola como la aguja de una brújula. Yo tenía doce años cuando vi esa ilustración por primera vez; estaba solo en el despacho de mi padre, y de repente imaginé por qué a veces llegaba tarde a cenar. Fuera lo que fuese aquello, era extraño y maravilloso, y el estofado familiar no podía hacerle competencia.

Esa noche soñé con el grabado de mi niñez –la mujer reclinada, el sátiro al acecho, el miembro erecto–, y debí de moverme mucho en mi litera, porque Paul se asomó desde la suya y me preguntó:

–¿Estás bien, Tom?

Al volver en mí, me levanté y empecé a registrar los libros que había sobre su mesa. Ese pene, ese cuerno en el lugar equivocado, me recordaban algo. Había una conexión en alguna parte. Colonna sabía lo que decía. Alguien le había puesto los cuernos a Moisés.

Encontré la respuesta en la *Historia del Arte del Renacimiento*, de Hartt. Había visto esa imagen antes, pero nunca la había entendido.

–¿Qué es eso? –le pregunté a Paul, poniendo el libro sobre su litera y señalando la página con el dedo.

Él entrecerró los ojos.

–La estatua de Moisés, de Miguel Ángel –dijo, mirándome como si me hubiera vuelto loco–. ¿Qué ocurre, Tom?

Enseguida, aun antes de que yo tuviera que explicárselo, se detuvo y encendió la lámpara de cabecera.

–Claro... –susurró–. Dios mío, claro.

En la foto de la estatua que le había mostrado, había dos pequeñas protuberancias que salían de la parte superior de la cabeza, como cuernos de sátiro.

Paul bajó de su litera de un salto, tan ruidosamente que creí que Charlie y Gil aparecerían en cualquier momento.

–Lo has conseguido –me dijo con los ojos como platos–. Tiene que ser esto.

Continuó así durante un instante, hasta que comencé a tener la incómoda sensación de estar fuera de lugar; me preguntaba cómo habría podido Colonna poner la respuesta de su acertijo en una escultura de Miguel Ángel.

–¿Y por qué están allí? –pregunté finalmente.

Pero Paul ya se me había adelantado. De un tirón bajó el libro de su litera y me enseñó la explicación que aparecía en el texto.

–Los cuernos no tienen nada que ver con la infidelidad. El acertijo era literal: «¿Quién le puso cuernos a Moisés?». Todo viene de una traducción equivocada de la Biblia. Cuando Moisés baja del monte Sinaí, dice el Éxodo, su cara brilla con rayos de luz. Pero la palabra hebrea «rayos» puede también traducirse como «cuernos»: *karan* o *keren*. Cuando san Jerónimo tradujo el Antiguo Testamento al latín, pensó que nadie salvo Cristo debía brillar con rayos de luz. Así que escogió la acepción secundaria. Y así fue como Miguel Ángel talló a su *Moisés*. Con cuernos.

En medio de toda aquella excitación, no creo que me percatara de lo que estaba ocurriendo. La *Hypnerotomachia* había regresado a mi vida, entrando en ella a hurtadillas, y me llevaba por un río que nunca había sido mi intención atravesar. Sólo nos faltaba descubrir la trascendencia de san Jerónimo, que había aplicado la palabra latina *cornuta* a Moisés, otorgándole así un par de cuernos. Pero durante la semana siguiente, aquélla fue una tarea que Paul asumió de buena gana. A partir de aquella noche, y a lo largo de cierto tiempo, fui tan sólo un mercenario contratado, su último recurso contra la *Hypnerotomachia.* Pensé que podría mantener esa posición, que podría conservar aquella distancia con el libro, dejando al mismo tiempo que Paul hiciera el papel de intermediario. Y así, mientras Paul regresaba a Firestone, embriagado por las posibilidades de nuestro hallazgo, yo llevé a cabo mi propio descubrimiento. Todavía me estaba poniendo medallas por mi encuentro con Francesco Colonna, y apenas alcanzo a imaginar la impresión que causé en ella.

Nos conocimos en un lugar en el que ambos éramos extraños pero en el cual ambos nos sentíamos a gusto: el Ivy. Por mi parte, puedo decir que había pasado allí tantos fines de semana como en mi propio club. En cuanto a ella, ya para entonces se había vuelto una de las favoritas de Gil (esto pasaba meses antes de que comenzaran los procesos de selección en su clase), y lo primero que se le ocurrió fue presentarnos.

–Katie –dijo, tras propiciar que ambos fuéramos al club la misma noche de sábado–, te presento a Tom; compartimos habitación.

Le mostré una sonrisa perezosa, convencido de que no era necesario mover demasiado los músculos para cautivar a una estudiante de segundo.

Enseguida habló. Y como una mosca en un panal, que busca miel y encuentra la muerte, descubrí quién estaba cazando a quién.

–Así que tú eres Tom –dijo, como si yo respondiera a la descripción de un convicto colgada en la pared de una oficina de correos–. Charlie me ha hablado de ti.

Lo mejor de que alguien sepa de ti a través de Charlie es que a partir de entonces las cosas sólo pueden mejorar. Al parecer, él y Katie se habían conocido en el Ivy varias noches atrás, y al darse cuenta de que Gil tenía intenciones de hacer de celestino, Charlie aportó detalles de su cosecha.

–¿Qué te dijo? –pregunté, intentando no parecer demasiado preocupado.

Pensó un instante, mientras hallaba las palabras precisas.

–Algo sobre astronomía. Sobre las estrellas.

–Enano blanco –le dije–. Es una broma para científicos.

Katie frunció el ceño.

–Yo tampoco la entiendo –admití, tratando de reparar la primera impresión–. No me gustan demasiado ese tipo de cosas.

–¿Eres de Literatura? –preguntó como si se notara.

Asentí. Gil me había dicho que a ella le gustaba la filosofía.

Katie me miró con suspicacia.

–¿Quién es tu escritor favorito?

–Pregunta imposible. ¿Quién es tu filósofo favorito?

–Camus –dijo, aunque mis intenciones fueran retóricas–. Y mi escritor favorito es H. A. Rey.

Las palabras me llegaron como un examen. Nunca había oído hablar de Rey; sonaba como un modernista, un T. S. Eliot más oscuro, como e.e. cummings pero en mayúsculas.

–¿Escribía poesía? –aventuré, porque podía imaginármela leyendo a escritores franceses a la luz de una vela.

Katie parpadeó. Luego, por primera vez desde que nos habíamos conocido, sonrió.

–Escribió *George el curioso* –dijo, y soltó una carcajada cuando traté de no sonrojarme.

Ésa, creo, era la receta de nuestra relación. Nos dábamos lo que nunca esperábamos encontrar en el otro. Durante mis primeros días en Princeton, yo había aprendido a no hablar de cosas serias con las chicas; incluso la poesía puede matar la relación, me había enseñado Gil, si se la confunde con la conversación. Pero Katie había aprendido la misma lección, y a ninguno nos gustaba. En primero, ella había salido con un jugador de *lacrosse* a quien yo conocí en uno de mis seminarios de literatura. Era un tío inteligente, interesado en Pynchon y en DeLillo de un modo en el que yo nunca lo estuve, pero se negaba a hablar de ellos fuera del aula. A Katie la sacaban de quicio esas fronteras que él trazaba en su vida, los muros que levantaba entre el trabajo y el placer. La noche del Ivy, ambos vimos, en veinte minutos de conversación, algo que nos gustaba, una voluntad de no levantar muros, o de no dejar que los muros ya levantados se tuvieran en pie. A Gil le satisfacía haber formado una pareja tan buena. Al cabo de poco, yo ansiaba la llegada del fin de semana, esperaba encontrarme con ella entre dos clases, pensaba en ella antes de acostarme, o en la ducha, o en medio de un examen. En cuestión de un mes estábamos saliendo juntos.

Durante un tiempo pensé que, siendo yo el mayor de los dos, debía aplicar la sabiduría de mi experiencia a todo lo que hacíamos. Me aseguré de que nos limitáramos a lugares conocidos y a multitudes amistosas, porque había aprendido de otras relaciones que la familiaridad siempre llega después del amor: dos personas que se creen enamoradas pueden darse cuenta, al quedarse solas, de lo poco que saben del otro. Así que insistí en sitios públicos –los fines de semana en los clubes, las noches de entre semana en el centro estudiantil– y aceptaba que nos viéramos en los dormitorios o en los rincones de las bibliotecas sólo cuando creía detectar algo distinto en la voz de Katie, los registros «ven a mí» que me jactaba de ser capaz de distinguir.

Como de costumbre, fue Katie quien tuvo que resolverme los problemas.

–Ven –me dijo una noche–. Vamos a cenar juntos.

–¿A qué club? –pregunté.

–A un restaurante. Tú eliges.

Llevábamos menos de dos semanas saliendo; aún había demasiadas cosas que no sabía de ella. Una larga cena solos era demasiado arriesgada.

–¿Quieres invitar a Karen o a Trish? –pregunté.

Sus dos compañeras de habitación de Holder habían sido hasta entonces nuestras carabinas. Trish, en especial, parecía no comer nunca, y se podía confiar en ella para que hablara durante toda la cena.

Katie me estaba dando la espalda.

–Podríamos decírselo también a Gil –dijo.

–Vale.

Me pareció una combinación curiosa. A más gente, más seguridad.

–¿Y Charlie? –preguntó–. Él siempre tiene hambre.

Al final me di cuenta de que estaba siendo sarcástica.

–¿Cuál es el problema, Tom? –me dijo, dándose la vuelta–. ¿Tienes miedo de que otra gente nos vea solos?

–No.

–¿Te aburro?

–Claro que no.

–Entonces ¿qué? ¿Crees que vamos a darnos cuenta de que no nos conocemos lo suficiente?

Dudé un instante.

–Sí.

A Katie pareció sorprenderla que lo dijera en serio.

–¿Cómo se llama mi hermana? –me dijo al fin.

–No lo sé.

–¿Soy una persona religiosa?

–No estoy seguro.

–¿Robo dinero de la jarra de las propinas cuando me hace falta suelto?

–Probablemente.

Katie se inclinó hacia mí, sonriendo.

–Pues ahí lo tienes. No ha pasado nada.

Nunca había estado con una chica que se enfrentara con tanta seguridad al hecho de conocerme. Parecía no dudar nunca de que las piezas encajarían bien.

–Ahora vamos a cenar –dijo, tirándome de la mano.

Nunca miramos hacia atrás.

Ocho días después de mi sueño con el sátiro, Paul vino a verme. Traía noticias.

–Tenía razón –dijo con orgullo–. Algunas partes del libro están escritas en clave.

–¿Cómo lo has descubierto?

–*Cornuta*, la palabra que usó Jeremías para darle cuernos a Moisés, es la respuesta que Francesco quería. Pero la mayor parte de las técnicas normales para usar una palabra en clave no funcionan en la *Hypnerotomachia*. Mira...

Me enseñó una hoja de papel que había preparado, en la cual había dos líneas de letras paralelas.

a b c d e f g h i j k l m n o p q r s t u v w x y z
c o r n u t a b d e f g h i j k l m p q s v w x y z

–Éste es un alfabeto cifrado muy básico –dijo–. La fila superior es lo que llamamos «texto simple», la inferior el «texto cifrado». ¿Ves que el texto cifrado comienza con nuestra palabra clave, *cornuta*? Después, no es más que un alfabeto normal, sin las letras de *cornuta*, para que no se repitan.

–¿Cómo funciona?

Paul cogió un lápiz de su escritorio y comenzó a dibujar círculos alrededor de las letras.

–Digamos que quieres escribir «hola» usando la clave *cornuta*. Comenzarías con el alfabeto de texto simple y encontrarías la H, y luego buscarías su equivalente en el texto cifrado. En este caso, la H corresponde a la B. Haces lo mismo con el resto de las letras, y «hola» se transforma en «bjgc».

–¿Y es así como Colonna usó la *cornuta*?

–No. En los siglos quince y dieciséis, las cortes italianas ya tenían sistemas mucho más sofisticados. Alberti, el autor del tratado de arquitectura que te mostré la semana pasada, también inventó la criptografía polialfabética. El alfabeto cifrado cambia cada cierto número de palabras. Es mucho más difícil.

Señalé su hoja de papel.

–Pero Colonna no pudo utilizar algo así. Esto sólo forma palabras incoherentes. El libro entero estaría lleno de palabras como «bjgc».

Sus ojos se iluminaron.

–Exacto. Los métodos de cifrado complejos no producen textos legibles. Pero la *Hypnerotomachia* es distinta. Su texto cifrado se lee como un libro.

–De manera que Colonna usó acertijos en vez de cifrado.

Asintió.

–Se llama esteganografía. Como cuando escribes un mensaje en tinta invisible: la idea es que nadie sepa que el mensaje existe. Francesco combinó la criptografía con la esteganografía. Escondió acertijos en una historia aparentemente normal en la cual no se percibieran. Luego usó los acertijos para crear técnicas de descifrado, y de esa manera hacer aún más difícil la comprensión del mensaje. En este caso, todo lo que hay que hacer es contar el número de letras que hay en «*cornuta*», es decir siete, y luego unir cada séptima letra del texto. El método no es muy distinto al de usar la primera letra de cada capítulo. Es sólo cuestión de saber cuál es el intervalo adecuado.

–¿Y te ha funcionado así? ¿Con cada séptima letra del libro?

Paul negó con la cabeza.

–No para todo el libro. Sólo para una parte. Y no, al principio no funcionó. Continuamente me salían cosas sin sentido. El problema es descubrir por dónde empezar. Si escoges cada séptima letra comenzando por la primera, el resultado es muy distinto de si escoges cada séptima letra comenzando por la segunda. Ahí es cuando la respuesta del acertijo vuelve a entrar en juego.

Sacó otro papel de su montón, una fotocopia de una página original de la *Hypnerotomachia*.

–Aquí, en medio de este capítulo, aparece la palabra «*cornuta*», escrita en el texto del libro. Si empiezas con la C de cornuta y sacas cada séptima letra durante los tres capítulos siguientes, llegas al texto simple de Francesco. El original estaba en latín, pero lo he traducido. –Me entregó otra hoja–. Mira.

> Buen lector, el año último ha sido el más difícil que me ha tocado soportar. Separado como estoy de mi familia, no he tenido más que la bondad humana como apoyo, y tras recorrer los mares he visto las carencias que tal bondad acusa. Si es verdad, como dijo Pico, que el hombre lleva en sí el germen de todas las posibilidades, que el hombre es un gran milagro, como pudo asegurar Hermes Trismegisto, ¿qué pruebas tenemos de

ello? Me rodean, por un costado, los codiciosos y los ignorantes, que desean beneficiarse del hecho de seguirme, y, por el otro, los celosos y los falsos píos, que desean beneficiarse de mi destrucción.

Pero tú, lector, eres fiel a mis creencias; de otro modo, no habrías encontrado aquello que aquí he escondido. No estás entre quienes destruyen en nombre de Dios, pues mi texto es su enemigo, y ellos lo son míos. Mucho he viajado en busca de una nave que transportase mi secreto, de una forma de preservarlo contra el paso del tiempo. Romano de nacimiento, crecí en una ciudad construida para la eternidad. Los muros y los puentes de los emperadores permanecen tras mil años, y las palabras de mis antiguos compatriotas se han multiplicado, reimpresas hoy por las imprentas de Aldus y sus colegas. Inspirado en aquellas criaturas del viejo mundo, he escogido parejas naves: un libro y una gran obra de piedra. Juntos darán acogida a aquello que te daré, lector, si capaz eres de entender mi mensaje.

Para saber lo que deseo decirte, debes conocer el mundo tal como lo hemos conocido nosotros, que lo hemos estudiado más que ningún otro en nuestro tiempo. Habrás de probar tu amor por la sabiduría, por el potencial humano, y sabré así que no eres mi enemigo. Pues afuera existe el mal, y aun nosotros, los príncipes de nuestro tiempo, le tememos.

Continúa, pues, lector. Invierte sabios esfuerzos en buscar mi mensaje. El viaje de Polífilo se hace más difícil, tal como el mío, pero aún tengo mucho por contar.

Le di la vuelta a la página.

–¿Dónde está el resto?

–Eso es todo –dijo Paul–. Para conseguir más, hay que resolver más.

Miré la página y luego, sorprendido, lo miré a él. Desde el fondo de mi cerebro, desde una esquina de pensamientos agitados, me llegó un tamborileo, el ruido que mi padre hacía siempre que estaba excitado. Sus dedos marcaban el ritmo del *Concerto* de Navidad de Corelli sobre cualquier superficie que pudiera encontrar y al doble de la velocidad de un movimiento *allegro*.

–¿Qué harás ahora? –pregunté, tratando de permanecer a flote en el presente.

Pero aun así, me llegó una idea que devolvió el descubrimiento a sus justas dimensiones: Arcangelo Corelli terminó su *concerto* en los primeros días de la música clásica, más de cien años antes de la *Novena Sinfonía* de Beethoven. Ya en tiempos de Corelli, pensé, el mensaje de Colonna llevaba esperando más de dos siglos a su primer lector.

–Lo mismo que tú –dijo Paul–. Vamos a encontrar el siguiente acertijo de Francesco.

Capítulo 13

Cuando Gil y yo regresamos a la habitación entumecidos por la larga caminata desde el aparcamiento, todos los pasillos de Dod están desiertos. Un silencio etéreo domina el edificio. Entre las Olimpiadas al Desnudo y las festividades de Pascua, todas las almas han recibido su merecido.

Enciendo el televisor, buscando noticias de lo que acaba de ocurrir. Las cadenas locales dan cuenta de las Olimpiadas al Desnudo en el telediario de la noche. Ha habido tiempo de editar las secuencias, y los corredores de Holder flotan de un lado al otro de la pantalla en un borrón de blancos, encendiéndose y apagándose bajo el cristal como luciérnagas atrapadas en una jarra.

Finalmente, la presentadora regresa a la pantalla.

–Tenemos información de última hora sobre nuestra noticia principal.

Gil emerge de su habitación para escuchar.

–A primera hora de la noche les informamos de un incidente. El hecho ha ocurrido en la Universidad de Princeton. En estos instantes, el accidente de Dickinson Hall, que algunos testigos describen como una simple broma de fraternidad que ha salido mal, ha tomado un giro trágico. Las autoridades del Centro Médico de Princeton confirman que el hombre, que según los informes era un estudiante universitario, ha muerto. En una declaración preparada al efecto, el jefe de la Policía del Distrito, Daniel Stout, ha repetido que los investigadores continuarían examinando la posibilidad de que, cito, «factores no accidentales hubiesen intervenido». Entretanto, los administradores de la universidad piden a los estudiantes que permanezcan en sus habitaciones, o que vayan en grupos si necesitan salir esta noche.

En el estudio, la presentadora se dirige a su compañero.

–Se trata, claramente, de una situación difícil, dado lo que hemos visto antes en Holder Hall. –Hablando de nuevo hacia la cámara, añade–: Más tarde volveremos a esta noticia.

–¿Ha muerto? –repite Gil, incapaz de creérselo–. Pero pensaba que Charlie... –Y deja que la idea se desvanezca.

–Un estudiante –digo.

Gil me mira después de un largo silencio.

–No pienses esas cosas, Tom. Charlie habría llamado.

En la pared está la foto enmarcada que le he comprado a Katie, inclinada en un ángulo incómodo. Llamo al despacho de Taft justo cuando Gil regresa de su habitación trayendo una botella de vino.

–¿Qué es esto? –pregunto.

El teléfono del Instituto suena una y otra vez. Nada.

Gil se dirige al bar improvisado que tiene en una esquina de la sala y coge dos copas y un sacacorchos.

–Necesito relajarme.

Aún no hay respuesta en el despacho de Taft, de manera que cuelgo el teléfono a regañadientes. Estoy a punto de decirle a Gil lo mal que me siento cuando me doy cuenta, al mirarlo, de que su aspecto es aún peor.

–¿Qué ocurre? –pregunto.

Llena los vasos hasta arriba. Coge uno, lo levanta hacia mí y bebe un sorbo.

–Bebe un poco –dice–. Está bueno.

–Vale –digo, preguntándome si tan sólo quiere alguien con quien beber. Pero la idea de tomar una copa de vino ahora me revuelve el estómago.

Gil se queda esperando, así que tomo un traguito. El borgoña me arde al bajar, pero tiene el efecto contrario sobre Gil. Cuanto más bebe, mejor es su aspecto.

Dejo la copa. A lo lejos, la nieve se extiende como una piscina de luz desde el pie de las farolas. Gil ha vaciado su segunda copa.

–Tranquilo, jefe –digo, tratando de sonar amable–. No querrás estar resacoso en pleno baile.

–Sí, es cierto –dice él–. Tengo que ir a ver a los encargados de la comida mañana a las nueve. Debería haberles dicho que no me levanto a esa hora ni para ir a clase.

Las palabras salen demasiado bruscas, y Gil parece contenerse. Recogiendo del suelo el mando a distancia, dice:

–Veamos si dan algo más en la tele.

Hay tres cadenas diferentes transmitiendo desde algún lugar del campus, pero no parece haber nuevas informaciones. Gil se levanta y pone una película.

–*Vacaciones en Roma* –dice, volviendo a sentarse.

Una calma distante se adueña de su rostro. Otra vez Audrey Hepburn. Gil suelta la botella de vino.

Cuanto más dura la película, más siento que Gil está en lo cierto. No importa lo pesarosos que sean mis pensamientos: tarde o temprano, mi mente regresa a Audrey. No puedo quitarle los ojos de encima.

Después de un rato, la mirada de Gil parece nublarse un poco. El vino, supongo. Pero cuando se frota la frente y se concentra un instante más de lo normal sobre sus manos, presiento que se trata de algo más. Tal vez piensa en Anna, que rompió con él mientras yo estaba en casa. La entrega de la tesina más la organización del baile fueron, según Charlie, responsables de la tragedia, pero Gil nunca ha querido hablarme del asunto. Desde el principio, Anna fue un misterio para nosotros: Gil no la traía casi nunca a la habitación, aunque en el Ivy, según los rumores, no se separaban ni un instante. Entre sus novias, Anna fue la única incapaz de reconocer quién contestaba el teléfono, la única que olvidaba a veces el nombre de Paul y nunca pasaba por la habitación si sabía que Gil estaba ausente.

–¿Sabes quién se parece un poco a Audrey Hepburn? –pregunta Gil de repente, cogiéndome desprevenido.

–¿Quién? –digo mientras llamo nuevamente al despacho de Taft.

Gil me sorprende.

–Katie.

–¿Qué te ha hecho pensar en eso?

–No lo sé. Esta noche os he estado observando. Hacéis buena pareja.

Lo dice como si tratara de recordar la existencia de algo fiable. Quiero decirle que también Katie y yo hemos tenido nuestros altibajos, que él no es el único que ha tenido que luchar en una relación, pero no sería lo más adecuado.

–Es tu tipo, Tom –continúa–. Es una chica inteligente. Ni siquiera yo entiendo la mayor parte de las cosas que dice.

Cuelgo el teléfono cuando nadie contesta.

–¿Dónde está?

–Ya llamará. –Gil respira hondo, intentando ignorar las posibilidades–. ¿Cuánto tiempo llevas con Katie?

–Cuatro meses el próximo miércoles.

Gil mueve la cabeza. Él, en cambio, ha roto tres veces desde que Katie y yo nos conocimos.

–¿Te has preguntado si es la definitiva?

Es la primera vez que alguien formula esa pregunta.

–A veces. Me gustaría que pasáramos más tiempo juntos. Me preocupa el año que viene.

–Tendrías que oírla hablar de ti. Es como si os conocierais desde niños.

–¿A qué te refieres?

–Una vez me la encontré en el Ivy. Estaba grabándote un partido de baloncesto en el televisor de arriba. Dijo que era porque tú y tu padre siempre ibais juntos al partido entre Michigan y Ohio State.

Ni siquiera le había pedido que lo hiciera. Hasta que nos conocimos, a Katie nunca le había interesado el baloncesto.

–Tienes suerte –me dice.

Asiento en señal de acuerdo.

Hablamos un poco más de Katie, y luego Gil regresa a Audrey. Su expresión se hace leve, pero al cabo de un rato veo que los viejos pensamientos están de vuelta. Paul. Anna. El baile. En poco tiempo ha retomado la botella. Estoy a punto de sugerir que ya ha bebido suficiente cuando llega del vestíbulo un sonido de arrastre. La puerta se abre y aparece Charlie, de pie a la luz amarillenta del vestíbulo. Tiene mal aspecto. Y en los puños de su chaqueta hay manchas del color de la sangre.

–¿Estás bien? –pregunta Gil, poniéndose de pie.

–Tenemos que hablar –dice Charlie en tono amenazador.

Gil silencia el televisor.

Charlie se dirige a la nevera y saca una botella de agua. Se bebe la mitad, luego se echa un poco sobre las manos para mojarse la cara. Tiene la mirada inestable. Al final, se sienta y dice:

–El hombre que se cayó de Dickinson era Bill Stein.

–Dios mío –susurra Gil.

Sus palabras me paralizan.

–¿Qué dices?

–No lo entiendo –dice Gil.

Charlie lo confirma con la expresión de su rostro.

–¿Estás seguro? –es todo lo que consigo preguntar.

–Estaba en su despacho del Departamento de Historia. Alguien ha entrado y le ha disparado.

–¿Quién?

–No se sabe.

–¿Qué quieres decir con «no se sabe»?

Hay un instante de silencio. Charlie concentra su mirada en mí.

–¿Qué ha pasado con lo del mensaje del busca? ¿Para qué quería Bill Stein hablar con Paul?

–Ya te lo he dicho. Quería darle a Paul un libro que había encontrado. No lo puedo creer, Charlie.

–¿No ha dicho nada más? ¿Adónde iba? ¿A quién iba a ver?

Niego con la cabeza. Luego, poco a poco, recuerdo todo aquello que equivocadamente interpreté como paranoia: las llamadas que Bill había recibido, los libros que alguien más estaba sacando de la biblioteca. Cuando se lo explico, una ola de miedo desciende sobre mí.

–Mierda –gruñe Charlie. Coge el teléfono.

–¿Qué haces? –pregunta Gil.

–La policía querrá hablar contigo –me dice Charlie–. ¿Dónde está Paul?

–Dios mío. No lo sé, pero tenemos que encontrarlo. He estado tratando de comunicar con el despacho de Taft en el Instituto. No contestan.

Charlie nos mira con impaciencia.

–Paul está bien –dice Gil, pero es obvio que es el vino el que habla–. Calmaos.

–No te estaba hablando a ti –dice bruscamente Charlie.

–Tal vez está en casa de Taft –sugiero–. O en el despacho de Taft en el campus.

–Los polis lo encontrarán cuando sea necesario –dice Gil, con el rostro endurecido–. Nosotros deberíamos mantenernos al margen de este asunto.

–Pues dos de nosotros ya estamos dentro.

Gil hace una mueca burlona.

–No me jodas, Charlie. ¿Desde cuándo estás tú en esto?

–Yo no, pedazo de borracho, yo no. Tom y Paul. En «nosotros» no estás sólo tú, ¿sabes?

–No te pongas moralista conmigo. Estoy harto de que te metas en los problemas de los demás.

–¿De qué coño hablas? Bill Stein ha sido asesinado. ¿Dónde diablos tienes la cabeza?

–¿Por qué no piensas menos en mis errores y más en cómo puedes ayudar a Paul?

Charlie se inclina, levanta la botella y la arroja a la basura.

–Ya has bebido suficiente.

En ese instante temo que el vino lleve a Gil a decir algo que todos lamentaremos. Pero, tras mirar fijamente a Charlie, se levanta del sofá.

–Dios mío –dice–. Me voy a la cama.

Lo veo retroceder hacia la habitación sin decir una palabra más. Un segundo después, la luz bajo la puerta se oscurece.

Pasan los minutos, pero parecen horas. Llamo nuevamente al Instituto, sin suerte, así que Charlie y yo nos sentamos a esperar en el salón. Ninguno de los dos habla. Mi mente está demasiado acelerada como para que pueda organizar las ideas. Miro por la ventana, y la voz de Stein me vuelve a la cabeza.

«He recibido ciertas llamadas. Contesto y cuelgan, contesto y cuelgan.»

Finalmente, Charlie se pone de pie. Encuentra una toalla en el armario y empieza a organizar su neceser. En calzoncillos y sin decir palabra, se dirige a la puerta. El baño de los hombres está al fondo del corredor; entre el baño y nuestra habitación viven media docena de mujeres de cuarto curso, pero Charlie sale de todas formas, con la toalla alrededor del cuello como una yunta y con el neceser en la mano.

Me recuesto en el sofá y cojo el *Daily Princetonian*. Paso las páginas para distraerme, buscando algún crédito fotográfico de Katie en las esquinas inferiores del diario, allí donde van a parar los colaboradores marginados. Sus fotos siempre me provocan curiosidad: los nuevos temas que escoge, los que le parecen demasiado banales para plasmarlos. Después de salir con alguien durante cierto tiempo, empiezas a creer que esa persona lo ve todo igual que tú. Las fotos de Katie son un correctivo, un vistazo a lo que es el mundo a través de sus ojos.

Pronto me llega un sonido desde la puerta: es Charlie, que regresa de la ducha. Pero cuando escucho una llave golpear sobre la cerradura, me doy cuenta de que es otra persona. La puerta se abre y es Paul quien entra. Está pálido y tiene los labios morados de frío.

–¿Estás bien? –es lo único que consigo preguntar.

Charlie llega justo a tiempo.

–¿Y tú dónde te habías metido? –pregunta en tono exigente.

Considerando su estado, es normal que tardemos quince minutos en sacarle los detalles. Después de la conferencia, Paul fue al Instituto y buscó a Bill Stein en la sala de ordenadores. Una hora después, como Stein no se presentaba, Paul decidió regresar al dormitorio. Iba en coche, pero al llegar a un semáforo, a un par de kilómetros del campus, éste se averió; así que tuvo que volver caminando bajo la nieve.

«El resto de la noche –dice–, es una masa borrosa.» Llegó al norte del campus y encontró los coches de la policía cerca del despacho de Bill, en Dickinson. Después de hacerle las preguntas necesarias, fue llevado al centro médico, donde le pidieron que identificara el cadáver. Poco después se presentó Taft e hizo una segunda identificación, pero antes de que Paul y él pudieran hablar, la policía los separó para interrogarlos. La policía quería saber acerca de su relación con Stein y Taft, acerca de la última vez que había visto a Bill, quería saber dónde estaba Paul a la hora del crimen. Paul cooperó en medio de su aturdimiento. Cuando por fin lo soltaron, le pidieron que no saliera del campus y le dijeron que estarían en contacto. Al final pudo llegar a Dod, pero se quedó un rato en las escaleras exteriores. Simplemente quería estar solo.

Finalmente hablamos de la conversación que tuvimos con Stein en la Sala de Libros Raros y Antiguos, de la cual, dice Paul, la policía tomó atenta nota. Mientras habla de Bill, de lo agitado que estaba en la biblioteca, del amigo que acaba de perder, Paul muestra escasas señales de emoción. Aún no se ha recuperado del impacto.

–Tom –dice al final, cuando estamos ya en nuestra habitación–, necesito un favor.

–Por supuesto –digo–. Lo que sea.

–Necesito que vengas conmigo.

Dudo un instante.

–¿Adónde?

–Al Museo de Arte –dice mientras se pone ropa seca.

–¿Ahora mismo? ¿Por qué?

Paul se frota la frente como aliviando un dolor.

–Te lo explicaré por el camino.

Cuando regresamos al salón, Charlie nos mira como si hubiéramos perdido la cabeza.

–¿A estas horas? –dice–. El museo está cerrado.

–Sé lo que hago –dice Paul, dirigiéndose ya al pasillo.

Charlie me lanza una mirada intensa, pero no dice nada, y yo salgo detrás de Paul.

Cruzando el patio desde Dod, el Museo de Arte se erige como un viejo palacio mediterráneo. Desde el frente, por donde hemos entrado hace apenas unas horas, tiene el aspecto de un edificio achaparrado y moderno con una escultura de Picasso en el jardín delantero que parece una pileta con pretensiones. Cuando uno se aproxima desde el costado, sin embargo, los nuevos elementos ceden su espacio a los más antiguos: bellas ventanas bajo pequeños arcos románicos, tejas rojas que esta noche se asoman bajo una cubierta de nieve. En circunstancias diferentes, sería una foto que a Katie le gustaría tomar.

–¿Qué estamos haciendo? –pregunto.

Delante de mí, Paul camina arrastrando los pies, abriéndose paso con sus viejas botas de obrero.

–He encontrado lo que Richard pensaba que estaba en el diario.

Suena como el desarrollo de una idea cuyo comienzo Paul se ha guardado para sí mismo.

–¿El plano?

Niega con la cabeza.

–Te lo mostraré adentro.

Ahora camino poniendo los pies en sus huellas para evitar que la nieve me moje los bajos. Los ojos se me van una y otra vez hacia sus botas. Durante el verano del primer curso, Paul trabajó en la zona de carga del museo, trasladando las exposiciones entrantes y las salientes entre el camión y el edificio. En ese momento las botas eran una necesidad, pero esta noche dejan rastros sucios en el blanco lunar del patio. Paul parece un chico con zapatos de hombre.

Llegamos a una puerta del lado oeste del museo. Junto a la puerta hay un teclado diminuto. Paul teclea su contraseña de auxiliar docente y espera a ver si funciona. Solía hacer visitas guiadas en el Museo de Arte, pero finalmente tuvo que aceptar un empleo en la biblioteca de diapositivas, porque a los auxiliares no se les pagaba.

Para mi sorpresa, la puerta se abre con un «bip» y un «clic» débiles como un susurro. Estoy tan acostumbrado al sonido medieval de los pasadores que hay en las puertas de los dormitorios, que casi no lo oigo. Paul me conduce a una pequeña antecámara, una habitación de seguridad supervisada por un guardia detrás de una ventana de vidrio blindado, y de repente me siento preso. Tras firmar un impreso de visita sobre una carpeta con sujetapapeles y mostrar nuestras identificaciones universitarias a través del cristal, se nos permite entrar a la biblioteca de auxiliares que hay al otro lado de la puerta siguiente.

–¿Eso es todo? –digo, porque esperaba algo más de control a estas horas.

Paul señala una cámara que hay en la pared, pero no dice nada.

La biblioteca de auxiliares es más bien mediocre –algunas estanterías de libros de historia del arte donados por otros guías como ayuda para la preparación de las visitas guiadas– pero Paul continúa hacia el ascensor de la esquina. Sobre las puertas metálicas hay un gran cartel que dice «Sólo facultad, personal y seguridad. Acceso prohibido a estudiantes y auxiliares sin acompañantes». Las palabras «estudiantes» y «auxiliares» han sido subrayadas en rojo.

Paul mira hacia otra parte. Saca un llavero del bolsillo y mete una de las llaves en una ranura que hay en la pared. Cuando la hace girar, las puertas de metal se abren.

–¿Dónde has conseguido eso?

Me conduce al ascensor y presiona un botón.

–Es mi trabajo –dice.

La biblioteca de diapositivas le permite el acceso a los archivos del museo. Paul es tan cuidadoso con su trabajo que se ha ganado la confianza de casi todo el mundo.

–¿Adónde vamos? –digo.

–A la sala de imágenes. Donde Vincent guarda algunos de sus carretes de diapositivas.

El ascensor nos deja en la planta principal del museo. Paul me guía ignorando los cuadros que antes me ha señalado una docena de veces: el inmenso Rubens con su Júpiter de ceño oscuro, la inacabada *Muerte de Sócrates* con el viejo filósofo alargando una mano hacia su copa de cicuta. Sus ojos sólo recorren las paredes de la sala cuando pasamos junto a los cuadros que Curry ha traído para la exposición de los miembros del consejo.

Llegamos frente a la puerta de la biblioteca de diapositivas, y Paul saca de nuevo las llaves. Una de ellas entra calladamente en su cerradura; ingresamos en la oscuridad.

–Por aquí –dice Paul, apuntando hacia un pasillo de estanterías llenas de cajas polvorientas.

Cada caja contiene un carrete de diapositivas. Tras otra puerta cerrada con llave, en una amplia habitación en la que sólo he estado una vez, está la mayor parte de la colección universitaria de diapositivas de arte.

Paul encuentra el grupo de cajas que ha estado buscando, saca una del montón y la deja delante de él, en la estantería. Una nota pegada con celo al costado, escrita con letra descuidada, dice «Mapas: Roma». Paul la destapa y la lleva al pequeño espacio abierto de la entrada. De otra estantería saca un proyector y lo conecta a un enchufe que hay en la pared, cerca del suelo. Finalmente, con sólo apretar un botón, una imagen borrosa aparece en el muro de enfrente. Paul ajusta el enfoque hasta que cobra nitidez.

–Vale –digo–. Ahora dime qué hacemos aquí.

–¿Y si Richard tuviera razón? –dice Paul–. ¿Y si Vincent le hubiera robado el diario hace treinta años?

–Probablemente lo hizo. ¿Qué importa eso ahora?

Paul me pone al tanto.

–Imagina que estás en la posición de Vincent. Richard te dice una y otra vez que el diario es la única forma de entender la *Hypnerotomachia*. Te parece que sólo está fanfarroneando, que no es más que un muchachito graduado en Historia del Arte. Y en ese momento se presenta otra persona. Otro experto.

Paul lo dice con un cierto respeto. Comprendo que se refiere a mi padre.

–De repente, eres tú el que está en el alero. Ambos dicen que el diario es la respuesta. Pero tú te has puesto en evidencia. Le has dicho a Richard que el diario es inútil, que el capitán de puerto era un charlatán. Y más que nada, detestas estar equivocado. ¿Qué haces ahora?

Paul trata de convencerme de una posibilidad que nunca he tenido ningún problema en aceptar: que Vincent Taft sea un ladrón.

–Entendido –digo–. Continúa.

–Así que robas el diario. Pero no logras sacar nada en claro, porque has estado leyendo la *Hypnerotomachia* de forma equivocada. Sin los mensajes cifrados de Francesco, no sabes qué hacer con el diario. ¿Entonces qué?

–No lo sé.

–No vas a tirarlo –dice, ignorándome–, sólo porque no lo entiendes.

Asiento en señal de acuerdo.

–Así que lo conservas –dice Paul–. En algún lugar seguro. Tal vez en la caja fuerte de tu despacho.

–O en tu casa.

–Correcto. Luego, años después, aparece este chico, y él y su amigo comienzan a hacer progresos con la *Hypnerotomachia.* Más de lo que te esperabas. En realidad, más de los que tú hiciste en tus mejores días. El chico empieza a encontrar los mensajes de Francesco.

–Y tú empiezas a pensar que tal vez el diario sea útil, después de todo.

–Exacto.

–Y no le dices nada al chico, porque entonces éste sabría que lo has robado.

–Pero –continúa Paul, llegando a la conclusión–, supón que algún día llega alguien y lo encuentra.

–Bill.

Paul asiente.

–Bill estaba siempre en el despacho de Vincent, en casa de Vincent, ayudándole con todos los pequeños proyectos que Vincent le obligaba a hacer. Y él sabía lo que el diario significaba. Si se lo hubiera encontrado, no se habría limitado a volverlo a poner en su sitio.

–Te lo habría traído.

–Correcto. Y nosotros fuimos a mostrárselo a Richard. Y Richard se enfrentó a Vincent en la conferencia.

Yo no estoy muy seguro.

–Pero ¿no es más lógico pensar que Taft se habría dado cuenta antes de la conferencia de que el diario había desaparecido?

–Claro. Debía de saber que Bill se lo había llevado. Pero ¿cuál crees que fue su reacción cuando se dio cuenta de que también Richard lo sabía? Lo primero que se le hubiera ocurrido en ese caso habría sido ir a buscar a Bill.

Ahora lo entiendo.

–¿Crees que fue a buscar a Stein después de la conferencia?

–¿Estaba Vincent en la recepción?

La tomo como una pregunta retórica hasta que recuerdo que Paul no estaba allí: ya se había ido a buscar a Stein.

–No, yo no lo vi.

–Hay un pasillo que conecta Dickinson con el auditorio –dice–. Vincent ni siquiera hubiera tenido que salir del edificio para llegar allí.

Paul deja que digiera esa información. La hipótesis vagabundea torpemente por mis pensamientos, amarrada a otros mil detalles.

–¿De verdad crees que Taft lo ha matado? –pregunto.

En las sombras de la habitación se forma una extraña silueta: Epp Lang enterrando a un perro debajo de un árbol.

Paul fija la mirada en los contornos negros proyectados sobre la pared.

–Creo que es capaz de hacerlo.

–¿Por ira?

–No lo sé. –Pero ya parece haber repasado todos los escenarios posibles–. Escucha –dice–, mientras esperaba a Bill en el Instituto, comencé a leer el diario con más cuidado, buscando todas las menciones a Francesco.

Lo abre. En el interior de la tapa delantera hay una página de notas con el membrete del Instituto.

–Encontré la entrada en la que el capitán de puerto anota las indicaciones que el ladrón copió de los papeles de Francesco. El Genovés dice que estaban escritas en un pedazo de papel, y debían formar algún tipo de ruta náutica, algo relacionado con el rumbo que siguió el barco de Francesco. El capitán trató de descubrir de dónde podía venir el cargamento siguiendo el rastro en dirección inversa, partiendo desde Génova.

Cuando Paul desdobla la página, veo un grupo de flechas dibujado junto a una brújula.

–Éstas son las indicaciones. Están en latín. Dicen: «Cuatro sur, diez este, dos norte, seis oeste». Luego dicen *«De Stadio»*.

–¿Qué es *«De Stadio»*?

Paul sonríe.

–Creo que ésta es la clave. El capitán se la llevó a su primo, que le explicó que *«De Stadio»* era la escala que iba con las indicaciones. Quiere decir que las indicaciones deben medirse en estadios.

–No lo entiendo.

–El estadio es una unidad de medida del mundo antiguo basada en la longitud de una carrera de los Juegos Olímpicos griegos. De ahí viene la palabra moderna. Un estadio son, más o menos, ciento ochenta metros, de manera que en un kilómetro hay entre cinco y seis estadios.

–Así que «cuatro sur» quiere decir cuatro estadios hacia el sur.

–Luego diez al este, dos al norte y seis al oeste. Son cuatro indicaciones. ¿Te recuerda algo?

Sí: en su acertijo final, Colonna se refería a lo que llamaba la Regla o el Enigma del Cuatro, un sistema que llevaría a los lectores directamente a su cripta secreta. Pero abandonamos la búsqueda cuando el texto mismo se negó a proporcionarnos nada remotamente geográfico.

–¿Crees que es eso? ¿Estas cuatro indicaciones?

Paul asiente.

–Pero el capitán buscaba algo a una escala mucho más

grande, un viaje de cientos y cientos de kilómetros. Si las indicaciones de Francesco están en estadios, el barco no podía haber partido de Francia o de Holanda. Debió de comenzar su viaje a menos de un kilómetro al sureste de Génova. El capitán sabía que eso no podía ser correcto.

Noto la emoción de Paul al pensar que ha superado en astucia al capitán.

–Dices que las indicaciones están ahí por otra alguna otra razón.

Apenas si hace una pausa.

–*De Stadio* no sólo significa «en estadios». *De* también puede significar «desde».

Me mira, expectante, pero la belleza de esta nueva traducción me pasa desapercibida.

–Tal vez las medidas no son sólo de estadios, tal vez no se han medido sólo en esas unidades –dice–. Tal vez se han tomado también desde un estadio. Un estadio puede ser el punto de partida. *De Stadio* puede tener un significado doble: se siguen las indicaciones desde un estadio, un edificio físico, y se siguen en estadios, en esas unidades.

El mapa de Roma proyectado en la pared empieza a estar mejor enfocado. La ciudad está cubierta de antiguos estadios. Colonna la debió de conocer mejor que cualquier otra ciudad del mundo.

–Esto resuelve el problema de escalas que tenía el capitán –continúa Paul–. Uno no puede medir la distancia entre países en unos pocos estadios. Pero sí que puedes medir así la distancia en el interior de una ciudad. Plinio dice que la circunferencia de las murallas de Roma en el año 75 d.C. era de cerca de veintiún kilómetros. Entre un extremo y otro de la ciudad debía de haber veinticinco o treinta estadios.

–¿Crees que eso nos llevará a la cripta?

–Francesco habla de construirla donde nadie pueda verla. No quiere que nadie sepa lo que hay dentro. Ésta puede ser la única forma de encontrar la ubicación.

En un instante, me vienen a la memoria meses de especulaciones. Paul y yo pasamos varias noches preguntándonos por qué Colonna construiría su cripta en los bosques romanos, lejos de su familia y sus amigos, pero nunca nos pusimos de acuerdo en nuestras conclusiones.

–¿Y si la cripta fuera más de lo que creemos? –dice–. ¿Y si la ubicación fuera el secreto?

–En ese caso, ¿qué habría dentro? –digo, recuperando la pregunta.

Todo su porte se transforma en frustración.

–No lo sé, Tom. Aún no lo he descubierto.

–Sólo pregunto si no crees que Colonna habría...

–¿Dicho lo que había en la cripta? Claro que sí. Pero la segunda mitad del libro depende de la última clave, y no logro resolverla. No puedo hacerlo sólo. Así que este diario es la respuesta. ¿De acuerdo?

Dejo de insistir.

–De manera que lo único que tenemos que hacer –continúa Paul– es echar un vistazo a algunos de estos mapas. Empezamos en las zonas de los principales estadios: el Coliseo, el Circo Máximo, etcétera, y nos movemos cuatro estadios al sur, diez al este, dos al norte y seis al oeste. Si cualquiera de esos lugares queda en lo que en tiempos de Colonna era un bosque, lo marcamos.

–Bien –digo.

Paul presiona el botón de avance pasando por una serie de mapas de los siglos XV y XVI. Tienen la calidad de una caricatura arquitectónica, edificios dibujados sin guardar ninguna proporción con sus alrededores, cada uno apiñado contra los demás de manera que los espacios entre ellos son imposibles de juzgar.

–¿Cómo mediremos las distancias entre ellos?

Me responde dándole al mando varias veces más. Después de tres o cuatro mapas renacentistas, aparece uno moderno. La ciudad se parece más a la que recuerdo a partir de las guías que me dio mi padre antes de nuestro viaje al Vaticano. La muralla de Aurelio al norte, al este y al sur, y el río Tíber al oeste, crean el perfil de una cabeza de mujer anciana mirando al resto de Italia. La iglesia de San Lorenzo, donde

Colonna mandó matar a los dos hombres, flota como una mosca justo delante del puente de la nariz de la anciana.

–Éste tiene la escala apropiada –dice Paul, señalando las medidas de la esquina superior izquierda.

En una línea con la leyenda «Antigua milla romana» hay marcados ocho estadios. Camina hacia la imagen de la pared y pone la mano junto a la escala. Los ocho estadios equivalen a la distancia que hay entre la base de su palma y la punta del dedo corazón.

–Comencemos con el Coliseo. –Se pone de rodillas en el suelo y pone la mano junto a un óvalo oscuro del centro del mapa, cerca de la mejilla de la anciana–. Cuatro sur –dice, desplazándose hacia abajo la longitud de media mano– y diez este. –Se mueve un palmo en esa dirección y añade medio dedo índice–. Luego dos norte y seis oeste.

Cuando termina, su mano señala en el mapa un punto llamado «M. Celius».

–¿Crees que está ahí?

–Ahí no –dice, deprimido. Señalando un círculo oscuro sobre el mapa, a muy poca distancia hacia el suroeste del punto de llegada, añade–: Aquí hay una iglesia. San Stefano Rotondo. –Desplaza el dedo hacia el nordeste–. Aquí hay otra, Santi Quattro Coronati. Y aquí –mueve el dedo hacia el sureste– está San Juan Laterano, donde vivieron los papas hasta el siglo catorce. Si Francesco hubiera construido aquí su cripta, lo habría hecho a menos de medio kilómetro de tres iglesias distintas. Es imposible.

Comienza de nuevo.

–El Circus Flaminius –dice–. Este mapa es viejo. Creo que Gatti lo ubicó más cerca de aquí.

Acerca el dedo al río, y luego repite las indicaciones.

–¿Bien o mal? –digo, mirando fijamente la ubicación: cae en alguna parte de la cima del monte Palatino.

Paul frunce el ceño.

–Mal. Esto está casi en la mitad de San Teodoro.

–¿Otra iglesia?

Asiente.

–¿Estás seguro de que Colonna no la construyó cerca de una iglesia?

Me mira como si hubiera olvidado la regla de oro.

–Todos sus mensajes hablan del miedo que tiene de que lo sorprendan los fanáticos. Los «hombres de Dios». ¿Cómo interpretas tú eso?

A punto de perder la paciencia, intenta dos posibilidades más: el Circo de Adriano y el viejo Circo de Nerón, sobre el cual se construyó el Vaticano. Pero en ambos casos, el rectángulo de veintidós estadios aterriza casi en medio del río Tíber.

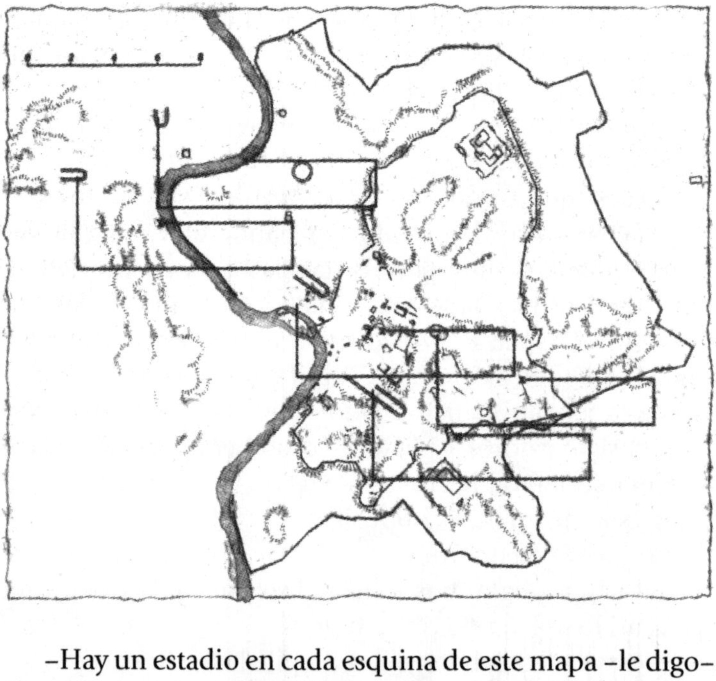

–Hay un estadio en cada esquina de este mapa –le digo–. ¿Por qué no pensamos dónde podría estar la cripta, y luego hacemos el proceso a la inversa para ver si hay algún estadio cerca?

Paul reflexiona un instante.

–Tendría que revisar mis otros atlas en el Ivy.

–Podemos regresar mañana.

Paul, cuya reserva de optimismo está disminuyendo, mira el mapa un momento y luego asiente. Colonna lo ha derrotado de nuevo. Incluso el capitán espía fue burlado.

–¿Y ahora qué? –pregunto.

Se abrocha el abrigo y apaga el proyector.

–Quiero revisar el escritorio de Bill. En la biblioteca de abajo.

Vuelve a poner la máquina en la estantería, tratando de dejarlo todo como estaba.

–¿Para qué?

–Para ver si hay algo más del diario. Richard insiste en que había un plano doblado en el interior.

Abre la puerta y me la sostiene. Echa una mirada a la habitación antes de cerrar.

–¿Tienes una llave de la biblioteca?

Paul niega.

–Bill me dio el código de la escalera.

Regresamos a la oscuridad del vestíbulo y Paul me guía por el pasillo. En la oscuridad parpadean luces de seguridad de color naranja, como aviones cruzando la noche. Llegamos a una puerta que da a una escalera. Bajo el pomo hay una caja con cinco botones numerados. Paul piensa un instante y luego marca los números de una breve secuencia. El pomo gira en su mano y en ese momento nos quedamos paralizados. En el silencio, alcanzamos a oír un ruido de pies que se arrastran.

Capítulo 14

Vámonos –le digo, moviendo la boca sin hablar, mientras lo empujo hacia la puerta de la biblioteca.

Una lámina de cristal de seguridad hace las veces de pequeña ventana en el panel. Nos asomamos a la oscuridad de la habitación.

Hay una sombra moviéndose en una de las mesas privadas. El rayo de luz de una linterna flota sobre la superficie. Alcanzo a distinguir una mano que se pierde en uno de los cajones.

–Ése es el escritorio de Bill –susurra Paul.

Su voz se desplaza por el hueco de la escalera. La trayectoria de la luz de la linterna se paraliza y enseguida se mueve en nuestra dirección.

Empujo a Paul y nos agachamos debajo de la ventana.

–¿Quién es? –pregunto.

–No he podido verlo.

Escuchamos el ruido de pasos. Cuando oigo que se alejan, me asomo de nuevo a la ventana. La habitación está vacía.

Paul empuja la puerta. El área entera está sumida en las largas sombras de los anaqueles. La luz de la luna se refleja en los cristales de las ventanas que dan al norte. Los cajones del escritorio de Stein siguen abiertos.

–¿Hay otra salida? –digo en susurros mientras nos acercamos.

Paul asiente y señala un punto detrás de una serie de estanterías que se alzan hasta el techo.

De repente, ahí están de nuevo los pasos, arrastrándose en dirección a la salida, seguidos de un «clic». El pestillo de la puerta se cierra suavemente.

Me muevo hacia el sonido.

–¿Qué haces? –susurra Paul.

Me hace señas de que vuelva a su lado, junto al escritorio. Escudriño el hueco de la escalera a través del cristal de seguridad, pero no logro distinguir nada.

Paul ya ha empezado a hurgar en los papeles de Stein, esparciendo la luz de su linterna de bolsillo sobre un amasijo de notas y cartas. Señala con el dedo un cajón cerrado con llave que ha sido forzado. Los archivos que contenía están fuera, desparramados sobre el escritorio, y los bordes de los papeles se doblan como hierba descuidada. Parece haber una carpeta para cada profesor del Departamento de Historia.

RECOMENDACIÓN: PRESIDENTE WORTHINGTON

REC (A-M): BAUM, CARTER, GODFREY, LI

REC (N-Z): NEWMAN, ROSSINI, SACKLER, WORTHINGTON (ANTES DE PRESIDENCIA)

REC (OTROS DEPARTAMENTOS): CONNER, DELFOSSE, LUTKE, MASON, QUINN

CORRESPONDENCIA ANTIGUA: HARGRAVE/WILLIAMS, OXFORD

CORRESPONDENCIA ANTIGUA: APPLETON, HARVARD

Para mí, aquello no tiene significado alguno, pero Paul no puede quitarle los ojos de encima.

–¿Pasa algo?

Paul recorre la superficie del escritorio con su linterna.

–¿Para qué necesita todas estas recomendaciones?

Hay otros dos archivos abiertos. Uno se llama «Rec/Correspondencia: Taft». El otro es «Influencias/Posibilidades».

La carta de Taft ha sido relegada a una esquina. Paul se cubre los dedos con la manga de la camisa y empuja el papel hasta que queda a la vista.

William Stein es un joven competente. Ha trabajado bajo mi supervisión durante cinco años, y me ha sido de utilidad sobre todo en cuestiones administrativas y de oficina. Estoy seguro de que podrá realizar trabajos similares dondequiera que vaya.

–Dios mío –susurra Paul–, Vincent lo traicionó. –Lee la carta de nuevo–. Bill parece un secretario.

Cuando desdobla la esquina de la página, encontramos una fecha del mes pasado. Levanta la carta y vemos una posdata manuscrita.

> Bill: escribo esto para ti a pesar de todo. Mereces menos todavía. –Vincent.

–Hijo de puta –susurra Paul–. Bill estaba intentando alejarse de ti.

Con la luz de la linterna recorre la carpeta «Influencias/Posibilidades». Lo primero es una serie de borradores de una carta de Stein, cada uno escrito con un bolígrafo distinto. Hay líneas interpoladas y eliminadas, de manera que es difícil seguir el texto. Mientras Paul lo lee, veo que la linterna empieza a temblarle en la mano.

> Profesor Hargrave [comienza la carta]:
>
> Me place informarle de que mi investigación sobre la *Hypnerotomachia Poliphili* ~~está terminada~~ se aproxima a su finalización. Tendré los resultados disponibles para finales de abril, o acaso antes. Le aseguro que la espera ha valido la pena. Ya que no he tenido noticias suyas ni del profesor Williams desde mi carta del 17 de enero, por favor confirme que ~~la cátedra~~ el empleo del que hablamos continúa disponible. Mi corazón está en Oxford, pero puede que me sea imposible descartar otras universidades cuando mi artículo se publique y tenga otras ofertas.

Paul pasa a la página siguiente. Ahora oigo su respiración.

> Presidente Appleton:
>
> Le escribo con buenas noticias. Mi trabajo en la *Hypnerotomachia* se acerca satisfactoriamente a su fin. ~~Como le he prometido,~~ Los resultados opacarán cualquier otro descubrimiento en el campo de los estudios sobre el Renacimiento –o sobre

cualquier otra época histórica– durante este año y el siguiente. Antes de publicar mis resultados, quiero confirmar que el puesto de profesor asistente sigue disponible. Mi corazón está en Harvard, pero puede que me sea imposible descartar otras tentaciones cuando mi artículo se publique y tenga otras ofertas.

Paul la lee por segunda vez, luego por tercera.

–Iba a tratar de robármelo –susurra débilmente, apartándose del escritorio para apoyarse en la pared.

–Pero ¿cómo es posible?

–Tal vez pensó que nadie creería que era el trabajo de un estudiante.

Vuelvo a concentrarme en la carta.

–¿Cuándo se ofreció a mecanografiar tu tesina?

–El mes pasado.

–¿Y durante todo este tiempo su intención ha sido robártela?

Paul me mira intensamente y mueve la mano por el escritorio.

–Por supuesto. Ha estado escribiéndole a esta gente desde enero.

Cuando deja las cartas sobre el escritorio, asoma una última página debajo de las cartas a Oxford y Harvard. Al ver un extremo de la hoja, Paul la saca de un tirón.

Richard [comienza]:

Espero que esta carta te encuentre bien. Tal vez hayas tenido mejor suerte en Italia que en Nueva York. Si no ha sido así, ambos sabemos en qué situación te encuentras. Ambos, también, conocemos a Vincent. Creo que podemos decir que Vincent tiene sus propios planes con respecto a todo lo que salga de esto. Por lo tanto, tengo una propuesta que hacerte. Aquí hay más que suficiente para satisfacernos a ambos y he diseñado una división del trabajo que creo te parecerá justa. Por favor llámame pronto para discutirlo. Déjame tu número de teléfono en Florencia y también en Roma: el correo allá es poco fiable, y prefiero arreglar esto tan pronto como sea posible. –B.

La respuesta, en otra tinta y otra caligrafía, está escrita en la parte inferior de la misma carta. Hay dos números de teléfono, uno precedido de la letra F, el otro de la R. Después se añade una nota final:

Solicitud atendida. Llama después del trabajo, hora italiana. ¿Y de Paul qué? –Richard.

Paul se ha quedado sin habla. Escarba nuevamente entre los papeles, pero no hay nada más. Cuando trato de consolarlo, me indica que me aparte.

–Deberíamos explicárselo al decano –le digo al fin.

–¿Explicarle qué? ¿Que hemos estado husmeando en las cosas de Bill?

De repente, un reflejo luminoso traza una curva en la pared de enfrente, seguido de luces de colores que relampaguean a través de las láminas de cristal de las ventanas. Un coche de policía ha llegado con la sirena apagada al patio que hay frente al museo. Dos agentes salen de él. Las luces rojas y azules se apagan justo cuando llega un segundo coche y aparecen otros dos agentes.

–Alguien ha debido decirles que estábamos aquí –digo.

La nota de Curry se agita en la mano de Paul, que se ha quedado clavado en el suelo, observando las formas oscuras que se apresuran hacia la entrada principal.

–Vamos. –Tiro de él hacia las estanterías de la salida trasera.

En ese instante, la puerta principal de la biblioteca se abre y la luz de una linterna cruza la habitación. Nos escondemos en una esquina. Entran dos agentes.

–Allí –dice el primero, haciendo un gesto en dirección a donde estamos.

Cojo el pomo y abro la puerta trasera. A gachas, Paul sale al vestíbulo, justo cuando el primer policía se acerca. Mientras tanto, yo salgo caminando de cuclillas, y luego logro ponerme de pie. Nos deslizamos con la espalda pegada a la pared; corriendo, Paul me conduce a la escalera que da a la planta baja. Cuando regresamos al espacio abierto del vestíbulo principal, veo una luz de linterna bordeando una pared cercana.

–Abajo –dice Paul–. Hay un ascensor de servicio.

Entramos en el ala asiática del museo. Hay esculturas y vasijas detrás de fantasmales paredes de vidrio. Hay rollos chinos que yacen en sus vitrinas, desenrollados y montados junto a figuras mortuorias. La sala es de un opaco tono verde.

–Por aquí –me urge Paul mientras se acercan los pasos.

Me guía, tras doblar una esquina, a un callejón cuya única salida son las grandes puertas metálicas del ascensor de servicio.

Las voces se hacen más fuertes. Al pie de la escalera, dos policías tratan de avanzar en la oscuridad. De repente la planta entera se ilumina.

–Hay luz. –Nos llega la voz de un tercero.

Paul mete la llave en la ranura de la pared. Cuando las puertas se abren, me mete de un tirón en el ascensor. Enseguida nos llega un aluvión de pasos que se mueven en nuestra dirección.

–Vamos, vamos...

Las puertas permanecen abiertas. Durante un instante creo que le han cortado la corriente al ascensor. En ese momento, justo cuando el primer agente dobla la esquina, las puertas metálicas se cierran de un golpe. Una mano golpea las puertas, pero el ruido se desvanece a medida que se mueve la cabina.

–¿Adónde vamos? –pregunto.

–A la zona de carga.

Salimos a una especie de área de almacenamiento, y Paul abre a la fuerza una puerta que da a una habitación inmensa y fría. Espero a que mis ojos se acostumbren a la luz. Ante nosotros se levantan las puertas de garaje de la plataforma de carga. El viento del exterior pasa tan cerca que hace temblar los paneles metálicos. Imagino pasos que corren hacia nosotros bajando la escalera, pero nada puede oírse a través de aquella gruesa puerta.

Paul se apresura y hace girar el pomo de un interruptor: un motor se despierta y la puerta retráctil comienza a moverse.

–Con eso basta –digo cuando la apertura es lo bastante grande para dejarnos pasar a ambos.

Pero Paul niega con la cabeza y la puerta sigue levantándose.

–¿Qué haces?

El espacio entre el suelo y el borde inferior de la puerta se ensancha hasta permitirnos una vista completa del campus sur. Durante un segundo, me quedo paralizado por lo bello, lo desierto que se ve.

De repente Paul hace girar el botón del motor en la dirección opuesta y la puerta empieza a cerrarse.

–¡Vamos! –grita.

Se lanza como una flecha desde la pared hacia la plataforma, y yo intento torpemente rodar sobre mi espalda. Paul ya está delante de mí. Pasa rodando por debajo de la puerta, y luego tira de mí justo antes de que el metal conecte con el suelo.

Me incorporo tratando de recobrar el aliento. Cuando empiezo a moverme en dirección a Dod, Paul me da otro tirón.

–Nos verán desde arriba. –Señala las ventanas del extremo oeste del edificio. Tras escudriñar el camino que se dirige al este, dice–: Por aquí.

–¿Te encuentras bien? –le pregunto mientras lo sigo.

Paul inclina la cabeza mientras avanzamos en mitad de la noche, alejándonos de nuestro dormitorio y también del campo visual de los policías. El viento se mete bajo el cuello de mi abrigo y me enfría el sudor de la nuca. Cuando miro hacia atrás, Dod y Brown Hall están casi totalmente oscuros, al igual que todos los dormitorios que se ven en la distancia. La noche ha llegado a todos los rincones del campus. Sólo las ventanas del Museo de Arte están inyectadas de luz.

Seguimos hacia el este a través de Prospect Gardens, un paraíso botánico ubicado en el corazón del campus. Las diminutas plantas primaverales están salpicadas de blanco y resultan casi invisibles, pero el haya americana y el cedro libanés se alzan como ángeles guardianes con las alas extendidas para protegerlas de la nieve. Un coche de la policía patrulla por una de las calles laterales, y Paul y yo aceleramos el paso.

La cabeza me da vueltas mientras me esfuerzo por entender lo que hemos visto. Tal vez el hombre que vimos en el escritorio de Stein era Taft, que revolvía sus papeles para hacer desaparecer toda conexión entre ellos. Tal vez ha sido él quién ha llamado a la policía. Miro a Paul y me pregunto si se le habrá pasado por la cabeza la misma idea, pero tiene una expresión vacía.

A lo lejos, aparece el nuevo departamento.

–Podemos entrar un rato –sugiero.

–¿Dónde?

–A las salas de ensayo del sótano. Hasta que haya desaparecido el peligro.

Al acercarnos oímos notas perdidas flotando en el aire: músicos noctámbulos que vienen a Woolworth para ensayar en privado. Vemos pasar otro coche de policía en dirección a Prospect que salpica barro y sal sobre el bordillo. Me obligo a caminar más rápido.

La construcción de Woolworth ha terminado muy recientemente y el edificio que ha emergido de los andamios es muy curioso: visto de fuera parece una fortaleza, pero el interior es inerte y frágil. El atrio se curva como un río a través de la biblioteca de música y las aulas de la planta baja y se levanta tres plantas hasta las claraboyas del techo. A su alrededor, el viento aúlla celosamente. Paul abre la puerta de entrada con su carnet, y sostiene la puerta para que yo pase.

–¿Por dónde? –pregunta.

Lo guío a la escalera más próxima. Gil y yo hemos venido dos veces desde la inauguración del edificio, en ambas ocasiones en aburridas noches de sábado, después de tomarnos unas copas. La segunda esposa de su padre se empeñó en que

Gil aprendiera a tocar algo de Duke Ellington del mismo modo en que mi padre insistió para que yo aprendiera algo de Arcangelo Corelli. Entre los dos hemos recibido no menos de ocho años de clases de música, pero no tenemos con qué demostrarlo. Azotando un piano de media cola, Gil echó a perder *'A' Train*, yo destrocé *La follia*, y ambos fingimos seguir un ritmo que ninguno de los dos había interiorizado jamás.

Paul y yo caminamos sin hacer ruido por el vestíbulo del sótano y nos encontramos con que sólo un piano está siendo utilizado. Alguien está tocando *Rapsody in Blue* en una remota sala de ensayo. Entramos en un estudio pequeño e insonorizado, y Paul se desliza cuidadosamente frente al piano alto y se sienta en el banco. Observa las teclas, que le resultan misteriosas como las de un ordenador, pero no las toca. La luz del techo chisporrotea un instante y después se extingue. Da igual.

–No lo puedo creer –dice al fin, respirando hondo.

–¿Por qué iban a hacerlo? –pregunto.

Paul pasa el dedo índice sobre una tecla, acariciando el ébano. Cuando me doy cuenta de que no ha escuchado la pregunta, se la repito.

–¿Qué quieres que te diga, Tom?

–Tal vez por eso Stein quería ayudarte.

–¿Cuándo? ¿Esta noche, con lo del diario?

–No. Desde hace meses.

–¿Desde que tú dejaste de trabajar en la *Hypnerotomachia*?

La cronología es un puñetazo en la mandíbula: el recuerdo de que yo soy el responsable último de la aparición de Stein.

–¿Crees que todo esto es culpa mía?

–No –dice Paul en voz baja–. Claro que no.

Pero la acusación flota en el aire. El mapa de Roma, al igual que el diario, me han recordado todo lo que abandoné, todos los progresos que hicimos antes de mi marcha y cuánto disfruté. Me miro las manos; las tengo enroscadas entre las piernas. Fue mi padre quien dijo que tenía las manos perezosas. Cinco años de clases de música no lograron producir una sonata de Corelli más o menos presentable. Entonces, mi padre optó por el baloncesto.

«Los fuertes se aprovechan de los débiles, pero los astutos se aprovechan de los fuertes.»

–¿Qué me dices de la nota de Curry? –le pregunto.

Al mismo tiempo, me fijo en la parte posterior del piano. El lado que da a la pared está sin barnizar. Es una extraña noción de la economía, como si un profesor no se peinara el pelo del cogote porque no se lo ve en el espejo. Mi padre lo hacía. Siempre pensé que se trataba de un defecto de perspectiva: el error de alguien que sólo ve el mundo desde un ángulo. Sus estudiantes debieron de notarlo con la misma frecuencia que yo: cada vez que les daba la espalda.

–Richard nunca trataría de robarme –dice Paul, mordiéndose una uña–. Se nos ha debido de escapar algo.

Se produce un silencio. La sala de ensayo es cálida, y cuando nos quedamos callados no se oye ningún sonido salvo un tarareo ocasional procedente del vestíbulo, donde Gershwin ha sido reemplazado por una sonata de Beethoven que resuena a lo lejos. El ambiente me hacer recordar los días en que, de niño, esperaba que pasara una tormenta de verano. Se ha ido la luz, la casa está en silencio, y no se oye nada salvo el rugido de un trueno remoto. Mi madre me lee a la luz de una vela –Bartholomew Cubbins o un Sherlock Holmes ilustrado– y lo único que se me ocurre es que las mejores historias son siempre las de hombres que llevan sombreros graciosos.

–Creo que el que estaba allí era Vincent –dice Paul–. En la comisaría mintió acerca de su relación con Bill. Dijo que Bill había sido el mejor estudiante de posgrado que había tenido en muchos años.

«Ambos conocemos a Vincent –decía la carta de Stein–. Creo que podemos decir que tiene sus propios planes con respecto a todo lo que salga de esto.»

–¿Crees que Taft lo quiere para él? –le pregunto–. Hace muchos años que no publica nada sobre la *Hypnerotomachia*.

–No se trata de publicar, Tom.

–¿De qué se trata, entonces?

Paul se queda un momento callado, y luego dice:

–Ya has escuchado lo que dijo Vincent esta noche. Nunca antes había admitido que Francesco fuera romano. –Paul baja la mirada hacia los pedales del piano, que asoman bajo el marco de madera como si fueran unos zapatitos de oro–. Trata de robármelo.

–¿Robarte qué?

Paul vacila de nuevo.

–No importa. Olvídalo.

–¿Y si fuera Curry el que estaba en el museo? –le sugiero cuando se da la vuelta.

La carta de Stein a Curry ha enturbiado la imagen que tengo de este hombre. Me ha recordado el hecho de que nadie ha estado más obsesionado con la *Hypnerotomachia* que él.

–Él no está metido en esto, Tom.

–Pero ya has visto cómo ha reaccionado cuando le has mostrado el diario. Curry todavía pensaba que le pertenecía.

–No. Yo lo conozco, Tom. ¿Vale? Tú no.

–Y eso ¿qué significa?

–Tú nunca confiaste en Richard. Ni siquiera cuando trató de ayudarte.

–No necesitaba su ayuda.

–Y sólo odias a Vincent por lo de tu padre.

Me doy la vuelta hacia él, sorprendido.

–Él llevó a mi padre a…

–¿A qué? ¿A salirse de la carretera?

–No. A la distracción. Pero ¿qué diablos te pasa?

–Escribió una reseña, Tom.

–Arruinó su vida.

–Arruinó su carrera. Es distinto.

–¿Por qué lo defiendes?

–No lo defiendo. Defiendo a Richard. Pero a ti Vincent nunca te ha hecho nada.

Estoy a punto de responderle cuando veo el efecto que nuestra conversación tiene en él. Se pasa la palma de la mano por las mejillas, secándoselas. En ese momento sólo veo faros en una carretera. Oigo el estruendo de una bocina.

–Richard siempre ha sido muy bueno conmigo –dice Paul.

No recuerdo que mi padre hiciera el menor ruido. Ni durante el trayecto, ni cuando derrapamos y nos salimos de la carretera.

–No los conoces –dice–. A ninguno de los dos.

No sé con certeza cuándo comenzó a llover: cuando íbamos a la feria del libro a ver a mi madre, o de camino al hospital, cuando yo estaba ya en la ambulancia.

–Una vez encontré una reseña del primer libro importante de Vincent –continúa Paul–. Un recorte que había en su casa. Era de principios de los años setenta, cuando Vincent era el personaje de moda en Columbia, antes de que llegara al Instituto y su carrera se viniera abajo. Era un texto brillante, el tipo de reseña que los profesores sueñan. Al final decía: «Vincent Taft ya ha emprendido su próximo proyecto: una historia definitiva del Renacimiento italiano. A juzgar por su obra existente, será ciertamente un *opus magnum*; uno de esos raros logros en los cuales escribir sobre historia se transforma en hacer historia». Lo recuerdo palabra por palabra. Lo encontré en la primavera de segundo, antes de conocerlo realmente. En ese momento comprendí por primera vez quién era.

Una reseña. Como la que le mandó a mi padre, sólo para asegurarse de que la viera. *La patraña Belladonna*, por Vincent Taft.

–Era una estrella, Tom. Tú lo sabes. Tenía más ideas que toda la facultad junta. Pero se vino abajo. No se quemó, simplemente se vino abajo.

Las palabras ganan impulso, acumulándose en el aire como si pudiera lograrse un equilibrio entre la presión que Paul lleva dentro y el silencio que reina fuera. Me siento como si intentara nadar, como si agitara brazos y piernas mientras me arrastra la marea. Paul comienza de nuevo a hablar de Taft y Curry, y me digo que no son más que personajes de otro libro, hombres con sombreros, producto de una imaginación agotada. Pero cuanto más habla Paul, más los veo como él los ve.

Tras la debacle que rodeó al diario del capitán de puerto, Taft abandonó Manhattan y se instaló en una casa de listones de madera blanca perteneciente al Instituto, a poco más de un kilómetro al suroeste del campus de Princeton. Tal vez le afectó la soledad, la ausencia de colegas contra los cuales probar su fuerza, pero en cuestión de meses comenzaron a circular en la comunidad académica rumores acerca de sus problemas con la bebida. La historia definitiva del Renacimiento que había planeado expiró silenciosamente. Su pasión, su dominio sobre su propio talento, se derrumbó.

Tres años después, con motivo de su siguiente publicación –un delgado volumen sobre el papel de los jeroglíficos en el arte del Renacimiento–, resultó evidente que la carrera de Taft se había estancado. Siete años después, cuando se publicó su siguiente artículo en una revista menor, un reseñista dijo que su decadencia era una tragedia. Según Paul, la pérdida de lo que Taft tuvo con mi padre y con Curry siguió persiguiéndolo. En los veinticinco años que pasaron entre su llegada al Instituto y su encuentro con Paul, Vincent Taft publicó sólo en cuatro ocasiones; prefirió pasar el tiempo escribiendo críticas sobre las obras de otros, y en particular de mi padre. Ni una sola vez recuperó el fogoso genio que había tenido en su juventud.

Debió de ser la entrada de Paul en su vida, en la primavera de nuestro primer curso, lo que le llevó de vuelta a la *Hypnerotomachia*. Poco después de que Taft y Stein empezaran a colaborar en su tesina, Paul me habló de los sorprendentes momentos de brillantez que tenía su mentor. El viejo oso trabajó varias noches a su lado, recitando largos pasajes de herméticos textos primarios cuando Paul no lograba encontrarlos en la biblioteca.

–Ése fue el verano en que Richard me pagó el viaje a Italia

–dice Paul, frotando una mano contra el borde del taburete–. Estábamos tan emocionados... Incluso Vincent. Él y Richard seguían sin hablarse, pero sabían que yo me acercaba a algo importante. Empezaba a comprender algunas cosas.

»Me alojé en un piso de Richard, la última planta de un viejo palacio renacentista. Era un lugar fantástico, muy hermoso. Había pinturas en las paredes, en el techo, en todas partes. En hornacinas, sobre las escaleras: Tintorettos, Caraccis, Peruginos. Era como estar en el paraíso, Tom. Era tan bello que te dejaba sin aliento. Y él se levantaba por la mañana y decía, con aires de hombre de negocios: "Paul, hoy tengo que trabajar un poco". Luego comenzábamos a conversar, y media hora después se quitaba la corbata y decía: "Qué diablos. Tomémonos el día libre". Terminábamos caminando por las plazas, simplemente hablando, los dos solos, horas y horas caminando y hablando.

»Fue entonces cuando empezó a hablarme de sus días en Princeton, del Ivy, de las aventuras que había vivido, las locuras que había hecho, la gente que había conocido. De tu padre, sobre todo. Su relato era tan vivo, tan vívido... Quiero decir que era algo muy distinto de lo que Princeton había sido siempre para mí. Me sentía completamente hipnotizado. Era como vivir un sueño, un sueño perfecto. Richard llegó incluso a llamarlo así. Durante todo el tiempo que pasamos en Italia parecía vivir entre las nubes. Empezó a salir con una escultora veneciana, y llegó a hablar de pedirle que se casara con él. Después de ese verano, pensé que trataría incluso de reconciliarse con Vincent.

–Pero nunca se reconciliaron.

–No. Cuando volvimos a Estados Unidos, todo volvió a ser como antes. Vincent y él no volvieron a hablar. La mujer con la que salía rompió con él. Richard empezó a venir al campus, tratando de recordar la pasión de la época en que tu padre y él estudiaban con McBee. Desde entonces vive cada vez más sumido en el pasado. Vincent trató de que me alejara de él, pero este año de quien me he alejado es de Vincent: he tratado de evitar el Instituto, de trabajar en el Ivy cuando me es posible. No quería hablarle de lo que habíamos encontrado hasta que fuera necesario.

»Y entonces Vincent me obligó a que le mostrara mis conclusiones y me exigió un informe semanal de mis progresos. Tal vez creyó que era su única oportunidad de recuperar la *Hypnerotomachia*. –Paul se pasa una mano por el pelo–. Tendría que haberlo previsto. Debería haber escrito una tesina de notable y luego haberme largado de aquí. "Son las casas más grandes y los árboles más altos los que derriban los dioses con sus rayos y truenos. Pues a los dioses les agrada frustrar lo que es más grande que el resto. No soportan el orgullo ajeno, tan sólo el propio." Esto lo escribió Herodoto. Debo de haber leído cincuenta veces estas líneas, y nunca me detuve ni un instante en ellas. Vincent me hizo percatarme de su sentido. Él sabía muy bien lo que significaban.

–¿En serio piensas eso?

–Ya no sé lo que pienso. Debería haber vigilado más de cerca a Vincent y a Bill. Si no hubiera estado tan pendiente de mí mismo, habría podido anticipar todo esto.

Miro la luz que entra por debajo de la puerta. El piano del pasillo se ha quedado en silencio.

Paul se levanta y se dirige hacia la entrada.

–Vámonos de aquí –dice.

Capítulo 15

Apenas si hablamos mientras nos alejamos de Woolworth. Paul camina un par de pasos por delante, a suficiente distancia para que cada uno piense por su cuenta. A lo lejos alcanzo a distinguir la torre de la capilla. A sus pies, los coches de la policía se acuclillan como sapos que esperan bajo un roble a que pase la tormenta. Las cintas de la policía se sacuden en el viento moribundo. El ángel de nieve de Bill Stein debe de haber desaparecido: tal vez ya no quede ni un claro en la nevada.

Cuando llegamos a Dod, Charlie está despierto aún, pero se está preparando para acostarse de nuevo. Ha estado limpiando el salón, ordenando papeles sueltos y poniendo el correo en montones, tratando así de liberarse de lo que ha visto en la ambulancia. Tras mirar el reloj, nos lanza una mirada de desaprobación, pero está demasiado cansado para hacer preguntas. Me hago a un lado y me limito a escuchar mientras Paul le cuenta lo que hemos visto en el museo, consciente de que Charlie insistirá en que llamemos a la policía. Sin embargo, cuando le explico que mientras estábamos registrando las pertenencias de Stein encontramos las cartas, incluso Charlie parece pensárselo dos veces.

Paul y yo nos retiramos a nuestra habitación y nos desvestimos sin mediar palabra, y enseguida nos vamos cada uno a su litera. Ya acostado, recuerdo la emoción que había en su voz mientras describía a Curry, y se me ocurre algo que nunca antes había comprendido. Aunque breve, la relación entre ellos dos llegó a tener una sosegada perfección: Curry no había logrado entender la *Hypnerotomachia* hasta que

Paul entró en su vida y resolvió lo que él no había logrado resolver, de manera que pudieron compartirlo. Paul, por su parte, siempre había sido muy ambicioso, hasta que Curry entró en su vida y le mostró todo lo que hasta entonces le había faltado, de manera que pudieron compartirlo. Como Della y James en el viejo cuento de O. Henry –James, que vendió su reloj de oro para comprarle a Della peinetas para el pelo, y Della que vendió su pelo para comprarle a James una cadena para su reloj–, sus dones y sus sacrificios encajan perfectamente. Pero esta vez con final feliz. Lo único que ambos podían ofrecer era precisamente lo que al otro le faltaba.

No puedo reprocharle a Paul que haya tenido esta suerte. Si alguien la merece, sin duda es él. Paul nunca tuvo familia, un rostro enmarcado, una voz al otro lado de la línea. Aun después de la muerte de mi padre, yo he tenido esas cosas, por muy imperfectas que hayan sido. Y sin embargo, aquí hay en juego algo más grande. El diario del capitán de puerto puede probar que mi padre tenía razón sobre la *Hypnerotomachia*: que la vio como lo que era en realidad, a través del polvo y el tiempo, a través del bosque de lenguas muertas, de los grabados. Yo no le creí; pensé que la idea misma de que hubiera algo especial en un libro tan viejo y aburrido era ridícula y vana y miope. Y durante todo ese tiempo, mientras acusaba a mi padre de un error de perspectiva, resultaba que el único error de perspectiva era el mío.

–No te hagas esto, Tom –dice Paul desde arriba, inesperadamente, en voz tan baja que apenas alcanzo a escucharlo.

–¿El qué?

–No te compadezcas.

–Estaba pensando en papá.

–Lo sé. Trata de pensar en otra cosa.

–¿Cómo qué?

–No lo sé. En nosotros, por ejemplo.

–No te entiendo.

–En los cuatro. Trata de dar las gracias por lo que tenemos. –Titubea un instante–. ¿Qué hay del año que viene? ¿Qué has decidido?

–No lo sé aún.

–¿Texas?

–Tal vez. Pero Katie seguirá aquí.

Al cambiar de posición en la cama, sus sábanas crujen.

–¿Y si te dijera que yo quizá voy a Chicago?

–¿Qué quieres decir?

–Para hacer un doctorado. Recibí la carta un día después que tú.

Me quedo atónito.

–¿Adónde creías que iría el año que viene? –pregunta.

–A trabajar con Pinto en Yale. ¿Por qué Chicago?

–Pinto se jubila este año. Y además, el programa de Chicago es mejor. Melotti sigue ahí.

Melotti. Uno de los pocos estudiosos de la *Hypnerotomachia* que recuerdo haber oído en boca a mi padre.

–Además –añade Paul–, si a tu padre le fue bien, a mí también puede irme bien, ¿no?

La misma idea se me ocurrió antes de presentar mi solicitud, pero lo que yo quise decir fue: si aceptaron a mi padre, también me aceptarán a mí.

–Supongo que sí.

–Entonces ¿qué opinas?

–¿De ir a Chicago?

Titubea de nuevo. Me he perdido algo.

–De ir a Chicago juntos.

El techo cruje, pero el sonido nos llega como si fuera de otro mundo.

–¿Por qué no me lo habías dicho?

–No sabía cómo te lo tomarías –dice.

–Y seguirías el mismo programa que él.

–En la medida de lo posible.

No estoy seguro de que pueda soportar que mi padre me persiga cinco años más. Lo vería en la sombra de Paul aún más de lo que lo veo ahora.

–¿Es tu primera opción?

Tarda un largo rato en responder.

–Sólo quedan Taft y Melotti.

Se refiere a estudiosos de la *Hypnerotomachia*.

–Podría trabajar aquí, en el campus, con alguien que no sea especialista –dice–. Batali o Todesco.

Pero escribir una tesis doctoral sobre la *Hypnerotomachia* para un no especialista sería como escribir música para sordos.

–Deberías ir a Chicago –le digo, tratando de sonar como si lo sintiera de corazón. Y tal vez sea así.

–¿Quieres decir que tú irás a Texas?

–No lo he decidido aún.

–No todo tiene que ver con él.

–Lo sé.

–Bien –dice Paul, que ha decidido no presionarme más–. Supongo que tenemos la misma fecha límite.

Los dos sobres están donde los dejé, el uno al lado del otro, en el escritorio de Paul. El escritorio –pienso ahora– en el cual Paul empezó a descifrar la *Hypnerotomachia*. Durante un instante imagino a mi padre flotando encima como un ángel guardián, guiando a Paul hacia la verdad cada noche desde que todo comenzó. Es curioso pensar que yo estaba aquí mismo, a un par de metros, y dormido la mayor parte del tiempo.

–Descansa un poco –dice Paul, y oigo cómo se da la vuelta sobre su litera con un largo y trabajoso suspiro. La fuerza de lo que ha ocurrido empieza a regresar.

–¿Qué harás por la mañana? –le pregunto, sin saber si quiere hablar del tema.

–Tengo que preguntarle a Richard sobre esas cartas.

–¿Quieres que vaya contigo?

–Prefiero ir solo.

Esa noche no volvemos a hablar.

A juzgar por su respiración, Paul se queda rápidamente dormido. Ojalá pudiera hacer lo mismo, pero tengo la cabeza demasiado atestada. Me pregunto qué habría pensado mi padre al saber que hemos encontrado el diario del capitán después de todos estos años. Tal vez esto hubiera aligerado la soledad que siempre supuse que sentía, la soledad de trabajar tanto en algo que significaba tan poco para tan pocos. Tal vez saber que su hijo lo había logrado finalmente hubiera cambiado las cosas.

–¿Por qué has llegado tarde? –le pregunté una noche, después de que se presentara durante el descanso al último partido de baloncesto que jugué en mi vida.

–Lo siento –dijo–. He tardado más de lo que esperaba.

Caminaba hacia el coche delante de mí, íbamos a regresar a casa. Me fijé en el mechón de pelo que siempre olvidaba peinarse, el que no se veía en el espejo. Era mediados de noviembre, pero mi padre había venido al partido con una chaqueta de primavera; estaba tan volcado en su trabajo que había cogido del armario la chaqueta equivocada.

–¿En qué? –presioné–. ¿Tu trabajo?

«Trabajo» era el eufemismo que yo solía usar para evitar el título que tanto me avergonzaba frente a mis amigos.

–No –dijo él en voz baja–. El tráfico.

En el camino de regreso mi padre mantuvo el velocímetro dos o tres kilómetros por hora por encima del límite de velocidad, igual que siempre. Aquella diminuta desobediencia, su manera de no dejarse encasillar por las reglas unida a su incapacidad de quebrarlas, me irritaba todavía más una vez me hube sacado el carnet de conducir.

–Has jugado bien –dijo girando la cabeza hacia el puesto del copiloto para mirarme–. Has encestado los dos tiros libres que he visto.

–En la primera mitad he hecho cero de cinco. Le he dicho al entrenador Ames que no quiero seguir jugando.

Mi padre no hizo pausa alguna, y eso me demostró que ya lo había previsto.

–¿Lo dejas? ¿Por qué?

–Los astutos se aprovechan de los fuertes –dije, consciente de que ésta sería su próxima frase–. Pero los altos se aprovechan de los bajos.

Desde entonces, mi padre pareció culparse por mi decisión, como si el baloncesto hubiera sido el último vínculo entre ambos. Dos semanas más tarde, cuando regresé de la escuela, el tablero y el aro de nuestro garaje ya no estaban: mi padre los había regalado a una organización benéfica local. Mi madre dijo no saber por qué lo había hecho. Lo único que dijo fue: «Quizá pensó que eso te facilitaría las cosas».

Con esto en mente, trato de imaginar el regalo más grande que hubiera podido hacerle a mi padre. Y mientras el sueño me envuelve, la respuesta parece extrañamente clara: tener fe en sus ídolos. Eso fue lo que quiso siempre: sentir que algo permanente nos unía, saber que mientras creyéramos en las mismas cosas, nunca nos separaríamos. La verdad es que tuve éxito en mi empeño por que eso nunca ocurriera. La *Hypnerotomachia* no se diferenciaba en nada de las clases de piano o del baloncesto o de la forma en que mi padre se peinaba: todo era culpa suya. Luego, tal y como él debió de prever, tan pronto como perdí la fe en el libro comenzamos a distanciarnos más y más, siempre sentados alrededor de la misma mesa. Él había hecho su mejor esfuerzo para atarnos con un nudo sólido, y yo me las arreglé para deshacerlo.

«La esperanza –me dijo Paul en alguna oportunidad–, que habló desde la caja de Pandora sólo cuando las demás plagas y tristezas hubieron salido, es el mejor y el último de los sentimientos. Sin ella, no hay más que tiempo. Y el tiempo nos empuja por la espalda con una fuerza centrífuga, alejándonos hacia fuera hasta lanzarnos de un empujón al olvido.» Ésta, creo, es la única explicación para lo que nos sucedió a mi padre y a mí, igual que a Taft y a Curry, igual que nos sucederá a los cuatro que estamos aquí, en Dod, a pesar de lo inseparables que parecemos ahora. Es una ley del movimiento, un hecho físico cuyo nombre Charlie nos podría decir, y que no es para nada distinto de las enanas blancas y las gigantes rojas. Como todas las cosas del universo, estamos destinados a divergir desde nuestro nacimiento. El tiempo no es más que la medida de esa separación. Si somos partículas en un océano de distancia, si somos el resultado de la explosión de un todo original, es posible decir que existe una ciencia de nuestra soledad. Estamos solos en proporción a nuestros años de vida.

Capítulo 16

Un verano, después de sexto grado, mi padre me mandó a un campamento de dos semanas de duración para antiguos Boy Scouts díscolos, cuyo propósito, ahora me doy cuenta, era reintegrarme entre mis compañeros más meritorios. Me habían retirado el pañuelo de Scout el año anterior por tirar petardos dentro de la tienda de campaña de Willy Carlson y, más concretamente, por seguir opinando que aquello tenía su gracia incluso después de que me explicaran lo de la constitución débil y la vejiga excitable de Willy. El tiempo había pasado, y mis padres esperaban que las indiscreciones hubieran quedado en el olvido. En medio del alboroto que rodeó a Jake Ferguson, el muchacho de doce años cuyo negocio de tiras cómicas pornográficas transformó la experiencia moralmente estreñida del campamento en una empresa lucrativa que nos ampliaría horizontes, fui degradado al nivel de un mal menor. Catorce días a orillas del lago Eire, parecían pensar mis padres, me devolverían al seno del rebaño.

En menos de noventa y seis horas se demostró lo equivocados que estaban. Mediada la primera semana, un jefe de grupo me dejó en casa y se largó enojado y sin mediar palabra. Me habían despedido deshonrosamente, esta vez por enseñarles a mis compañeros de campamento una canción inmoral. Una carta de tres páginas del director, poblada de adjetivos penitenciarios y judiciales, me ubicaba entre los peores Scouts reincidentes del centro de Ohio. Como no sabía a ciencia cierta qué era un reincidente, les expliqué a mis padres lo que había hecho.

Nos habíamos reunido con una tropa de Girl Scouts para

navegar en canoa. Iban cantando una canción que yo conocía de las oscuras épocas que mi hermana había pasado entre campamentos y escudos: «Haz nuevos amigos, conserva a los viejos; los unos son plata, los otros son oro». Tras heredar de ella una letra alternativa, decidí compartirla con mis compañeros:

> No hagas amigos, patea a los viejos.
> Sólo quiero plata, sólo quiero oro.

Estas líneas difícilmente podían ser motivo de expulsión, pero Willy Carlson, en un brillante arrebato de venganza, le propinó al instructor más viejo una patada mientras éste se agachaba para encender una fogata. Luego dijo que la culpa la tenía mi mala influencia: la nueva letra había hechizado su pie, proyectándolo contra el culo del viejo instructor. En cuestión de horas, la maquinaria de la justicia Scout se había puesto en marcha, y ambos estábamos haciendo las maletas.

Esta experiencia no tuvo más que dos consecuencias (aparte de mi abandono definitivo de los Boy Scouts). Primero, una estrecha amistad con Willy Carlson, cuya vejiga excitable, según supe después, no era más que una mentira inventada para conseguir que me echaran por primera vez. ¿Cómo no iba a caerte bien un tío así? Y segundo, un serio sermón de mi madre, cuyo argumento no entendí hasta que mis años en Princeton estaban a punto de llegar a su fin. No tenía ninguna objeción al primer verso de la letra reformada, a pesar de que técnicamente fuese el pateo de ancianos lo que me condenó. Lo que más la preocupó fue la extraña obsesión del segundo verso.

–¿Por qué plata y oro? –dijo, tras sentarme en la pequeña trastienda de la librería, donde almacenaba los libros y los viejos archivadores.

–¿Qué quieres decir? –pregunté.

En la pared había un calendario viejo del Museo Columbus de Arte, abierto en la página del mes de mayo en la que había un cuadro de Edward Hopper: una mujer sentada sola en su cama. No podía quitarle la mirada de encima.

–¿Por qué no cohetes? –preguntó–. ¿O fogatas?

–Porque eso no sirve. –Recuerdo haberme sentido irritado; las respuestas me parecían evidentes–. El último verso tiene que ser parecido al original.

–Escúchame bien, Tom. –Mi madre me puso una mano en el mentón y me giró la cara para que la mirara. Según con qué luz, su pelo parecía dorado, como el de la mujer del cuadro de Hopper–. Esto no es normal. A un chico de tu edad no deberían importarle la plata y el oro.

–Si a mí no me importan. ¿Qué importancia tiene eso?

–Cada deseo tiene su objeto adecuado.

Se parecía a algo que me habían dicho en catequesis.

–¿Y eso qué quiere decir?

–Quiere decir que la gente se pasa la vida deseando las cosas equivocadas. El mundo confunde a la gente, y la gente ama y desea lo que no debería. –Se ajustó el cuello del vestido de tirantes y se sentó a mi lado–. Lo único que se necesita para ser feliz es desear lo adecuado en la medida adecuada. No el dinero, ni los libros, sino la gente. Los adultos que no comprenden esto nunca logran sentirse satisfechos. No quiero que a ti te pase lo mismo.

Nunca entendí por qué le parecía tan importante que mis pasiones se encauzaran en la dirección apropiada. Me limité a asentir de manera solemne, prometí que jamás volvería a cantar canciones que hablaran de metales preciosos, y noté que había logrado apaciguar a mi madre.

Pero el problema no eran los metales preciosos. Ahora me doy cuenta de que mi madre estaba librando una batalla de mayor envergadura para salvarme de algo peor: de convertirme en mi padre. La obsesión de mi padre por la *Hypnerotomachia* era, para ella, el mejor ejemplo de una pasión insensata, y luchó contra esa obsesión hasta el día de su muerte. Sospecho que mi madre consideraba el amor de mi padre por el libro una perversión, una desviación de su amor por su esposa y su familia. Pero ninguna fuerza, ningún intento de persuasión podían evitarlo. En ese momento, cuando mi madre se dio cuenta de que había perdido la batalla para corregir la vida de mi padre, decidió empezar a batallar por la mía.

No estoy muy seguro de haber cumplido mis promesas. La persistencia de los niños en sus comportamientos infantiles debe de ser asombrosa para las mujeres, que aprenden a comportarse bien más rápido que nosotros. A lo largo de mi niñez, hubo en casa un monopolio de los errores, y yo fui su Rockefeller. Nunca imaginé la magnitud del error del que me advertía mi madre hasta que tuve la mala fortuna de cometerlo. Pero entonces, sin embargo, fue Katie y no mi familia quien sufrió las consecuencias.

Llegó enero, y el primer acertijo de Colonna dio paso a otro, y luego a un tercero. Paul sabía dónde buscarlos, pues había detectado un patrón en la *Hypnerotomachia:* siguiendo un ciclo regular, la extensión de los capítulos aumentaba de cinco o diez páginas a veinte, treinta o incluso cuarenta. Los capítulos más cortos estaban agrupados en series de tres o cuatro, mientras que los largos eran más independientes. Tras hacer un gráfico con la extensión de los capítulos, advertimos que los largos periodos de poca intensidad quedaban interrumpidos por picos de larga extensión, creándose así un perfil visual que Paul y yo acabamos considerando el pulso de la *Hypnerotomachia.* Ese diseño continuaba hasta el final de la primera parte del libro, punto en el que comenzaba una secuencia extraña y confusa en la cual ningún capítulo superaba las once páginas.

Paul comprendió rápidamente el sistema, utilizando nuestro éxito con Moisés y sus cuernos: cada pico de capítulos largos e independientes proporcionaba un acertijo; la solución al acertijo, su clave, se aplicaba luego a la serie de capítulos cortos que lo seguían, y eso proporcionaba la siguiente parte del mensaje de Colonna. La segunda parte del libro, aventuró Paul, debía de ser mero relleno, igual que parecían serlo los primeros capítulos de la primera mitad: una distracción para mantener la apariencia narrativa de una historia que por lo demás era fragmentaria.

Nos dividimos el trabajo. Paul buscaba los acertijos de los capítulos largos y me los dejaba para que yo los resolviera. El primero al que me enfrenté fue éste: «¿Cuál es la armonía más pequeña de una gran victoria?».

–Me hace pensar en Pitágoras –me dijo Katie cuando se lo expliqué mientras comíamos pastel y bebíamos chocolate caliente en un Small World Coffee–. En Pitágoras, todo tiene armonías. La astronomía, la virtud, las matemáticas...

–Yo creo que tiene que ver con la guerra –repliqué.

Había pasado un buen rato revisando textos sobre ingeniería del Renacimiento en Firestone. En una carta al duque de Milán, Leonardo aseguraba ser capaz de construir carros impenetrables, como tanques renacentistas, al igual que morteros portátiles e inmensas catapultas para utilizar durante los cercos. La filosofía y la tecnología se confundían poco a poco: había una matemática de la victoria, un conjunto de proporciones que el arma perfecta debía tener.

A la mañana siguiente, Katie me despertó a las 7.30 para ir a correr antes de su clase de las 9.00.

–Lo de la guerra no tiene sentido –me dijo, empezando a analizar la sintaxis del acertijo como sólo podía hacerlo un estudiante especializado en filosofía–. La pregunta tiene dos partes: la armonía más pequeña y una gran victoria. Lo de la gran victoria puede significar cualquier cosa. Deberías concentrarte en la parte más clara. «La armonía más pequeña» tiene menos significados concretos.

Pasábamos frente a la Estación de Dinky, de camino al extremo oeste del campus, y me limité a refunfuñar, envidiando a los pocos pasajeros que esperaban el tren de las 7.43. Correr y pensar antes de que el sol haya acabado de salir me parecían actividades anormales, y Katie sabía que la niebla no se disiparía de mis pensamientos hasta el mediodía. Aquello era aprovecharse, castigarme por no tomar en serio a Pitágoras.

–Y entonces ¿qué sugieres?

Ella ni siquiera parecía tener dificultades para respirar.

–Pasaremos por Firestone a la vuelta. Te mostraré dónde creo que deberías buscar.

Así continuó el asunto durante dos semanas: me levantaba al amanecer para mi sesión de calistenia y rompecabezas, le explicaba a Katie mis ideas acerca de Colonna de tal modo que ella tuviera que bajar el ritmo para escucharme, y después corría más rápido para que ella tuviera menos tiempo de decirme en qué me equivocaba. Pasábamos juntos las últimas horas de la noche y las primeras horas de la mañana con tanta frecuencia que, siendo tan racional como era, acabaría por ocurrírsele que pasar la noche en Dod sería mucho más fácil que cruzar el campus desde y hacia Holder. Cada mañana, al verla en sus shorts de lycra y su camiseta, trataba de pensar en una nueva forma de hacerle la invitación, pero Katie parecía esforzarse por no entenderme. Gil me había contado que su ex novio, el jugador de *lacrosse* de uno de mis seminarios, había transformado su relación con ella en un juego: no forzaba sus afectos cuando estaba borracha, de manera que ella se derretía de gratitud cuando estaba sobria. A Katie le costó tanto tiempo darse cuenta de la manipulación, que durante el primer mes que pasamos juntos siguió con mal sabor de boca.

–¿Qué debo hacer? –pregunté una noche, una vez Katie se hubo ido, cuando ya la frustración se había vuelto casi insoportable.

Cada mañana, después del ejercicio matutino, recibía un diminuto beso en la mejilla, lo cual, dadas las circunstancias, no alcanzaba a cubrir mis gastos; y ahora que había empezado a pasar más y más tiempo con la *Hypnerotomachia* y a sobrevivir con cinco o seis horas de sueño cada noche, estaba acumulando una nueva deuda. Tántalo y sus uvas no eran nada para mí: cuando quería a Katie, recibía a Colonna; cuando quería concentrarme en Colonna, sólo podía pensar en dormir; y cuando por fin trataba de dormir, venían los golpes en la puerta, y era el momento de salir a correr con

Katie. La comedia de llevar siempre un retraso crónico con respecto a mi vida no me hacía la menor gracia. Me merecía algo mejor.

Por primera vez, sin embargo, Gil y Charlie hablaron con una misma voz:

–Ten paciencia –dijeron–. Katie lo merece.

Y, como de costumbre, tenían razón. Una noche, durante nuestra quinta semana juntos, Katie nos eclipsó a todos. Regresaba de un seminario de Filosofía y decidió pasar por Dod y explicarnos su idea.

–Escuchad esto –dijo sacando de su mochila una copia de la *Utopía* de Tomás Moro y leyendo un pasaje.

> Los habitantes de Utopía tienen dos juegos similares al ajedrez. El primero es una suerte de concurso aritmético en el cual ciertos números «se toman» a otros. El segundo es una batalla campal entre virtudes y vicios, que ilustra, de manera bastante ingeniosa, la forma en que los vicios viven en conflicto mutuo, pero se combinan en contra de las virtudes. Demuestra lo que determina, en última instancia, la victoria de un lado o del otro.

Me cogió la mano y puso el libro en ella, esperando a que leyera el pasaje de nuevo.

Le eché un vistazo a la contraportada.

–Escrito en 1516 –dije–. Menos de veinte años después de la *Hypnerotomachia.*

La diferencia cronológica no era excesiva.

–Una batalla campal entre virtudes y vicios –repitió Katie– que muestra lo que determina la victoria de un lado o del otro.

Y comencé a caer en la cuenta de que tal vez tuviera razón.

Mientras salimos juntos, Lana McKnight tenía una regla. Nunca mezclar los libros con la cama. En el espectro de la emoción, el sexo y el pensamiento estaban en extremos opuestos: ambos existían para ser disfrutados, pero no al mismo tiempo. Me sorprendía que una chica tan inteligente pudiera volverse tan desaforadamente estúpida en la oscuridad: iba por la habitación agitándose en su salto de cama con estampado de leopardo como una cavernícola a la que yo hubiera golpeado con un palo, o diciéndome cosas que habrían escandalizado incluso a la jauría de lobos que la había criado. Nunca me atreví a decirle a Lana que tal vez gemir menos significara más, pero desde la primera noche imaginé lo maravilloso que sería si mi mente y mi cuerpo pudieran sentirse excitados al mismo tiempo. Probablemente intuí esa posibilidad en Katie desde el principio, después de esas mañanas que pasábamos ejercitando ambos músculos al mismo tiempo. Pero aquello no ocurrió hasta esa noche: mientras trabajábamos en las implicaciones de su descubrimiento, desapareció el último residuo de su viejo jugador de *lacrosse*, y tuvimos que empezar de cero.

Lo que recuerdo más claramente de esa noche es que Paul tuvo la delicadeza de dormir en el Ivy, y que las luces permanecieron encendidas durante todo el tiempo que Katie pasó conmigo. Estaban encendidas mientras leíamos a Tomás Moro, tratando de entender qué juego era ése en el cual las grandes victorias eran posibles cuando había armonía entre las virtudes. Estaban encendidas cuando descubrimos que uno de los juegos que Moro mencionaba, llamado el Juego de los Filósofos, o *Rithmomachia*, era precisamente del estilo preferido por Colonna, y tal vez el más difícil de todos los juegos jugados por los hombres medievales o renacentistas. Estaban encendidas cuando Katie me besó por decir que tal vez ella tuviera razón después de todo, porque *Rithmomachia* resultó ser un juego que sólo puede ganarse creando una armonía entre números, la más perfecta de las cuales produce el inusual resultado conocido como «gran victoria». Y estaban encendidas cuando me besó de nuevo por admitir que mis otras ideas debían de estar equivocadas y que habría debido hacerle caso desde el principio. Me di cuenta, finalmente, del malentendido que había persistido entre nosotros desde la mañana en que salimos a correr por primera vez: mientras yo me esforzaba por tratarla de igual a igual, ella intentaba ir un paso por delante. Había intentado demostrar que los estudiantes de cuarto no la intimidaban, que merecía que la tomaran en serio... y no se había dado cuenta, hasta esa noche, que lo había logrado.

Cuando llegó el momento de ir a la cama, tras dejar de fingir que seguíamos leyendo, mi colchón estaba cubierto de una escarpada montaña de libros. Tal vez era cierto que en la habitación hacía demasiado calor para el suéter de Katie. Y tal vez es cierto que habría hecho demasiado calor en la habitación para su suéter aunque el aire acondicionado hubiera estado encendido y estuviera nevando como en Semana Santa. Katie llevaba una camiseta debajo del suéter, y debajo de la camiseta, un sujetador negro, pero al verla quitarse el suéter, y ver el desorden en que quedó su pelo, los mechones flotando en un halo de electricidad estática, sentí lo que Tántalo nunca logró que sintiera: que un futuro sensacional había desplazado finalmente un presente difícil y esperanzado, dando el viraje que completa el círculo del tiempo.

Cuando me llegó el turno de quitarme la ropa, de compartir con Katie los escombros de mi pierna izquierda, con cicatrices y todo, no lo dudé ni un instante; y cuando ella las vio, tampoco lo hizo. Si hubiéramos pasado esas horas en la oscuridad, creo que no le hubiera dado importancia al asunto. Pero aquella noche no estuvimos a oscuras en ningún momento. Rodamos, el uno sobre el otro, sobre san Tomás Moro y las páginas de su *Utopía*, adoptamos las nuevas posturas de nuestra relación, y las luces siempre estuvieron encendidas.

La primera señal de que había entendido mal las fuerzas que obraban sobre mi vida me llegó a la semana siguiente. Paul y yo pasamos buena parte del lunes y el martes debatiendo el significado del nuevo acertijo: «¿Cuántos brazos hay de tus pies al horizonte?».

–Creo que tiene que ver con la geometría –dijo Paul.

–¿Euclides?

–No. Medidas terrestres. Eratóstenes calculó aproximadamente la circunferencia de la tierra averiguando los distintos ángulos de las sombras que se proyectan en Syene y Alejandría al mediodía del solsticio de verano. Luego usó los ángulos...

Sólo mediada su explicación me di cuenta de que Paul utilizaba una acepción etimológica de la palabra «geometría»: literalmente, como dijo, «medición de la tierra».

–Así que al conocer la distancia entre dos ciudades, podía encontrar, triangulando, la curvatura de la tierra.

–¿Y esto qué tiene que ver con el acertijo?

–Francesco te pregunta la distancia que hay entre tú y el horizonte. Calcula cuánto hay entre un punto dado de la tierra y la línea en que la tierra se curva, y tendrás la respuesta. O simplemente búscala en un libro de texto de física. Lo más probable es que sea una constante.

Lo decía como si la respuesta fuera una conclusión cantada de antemano, pero yo sospechaba algo distinto.

–¿Por qué pide Colonna esa distancia en brazos? –pregunté.

Paul se inclinó, tachó la palabra «brazos» en mi copia y la reemplazó por algo en italiano.

–Probablemente eran *braccia* –dijo–. Es la misma palabra, pero el *braccio* era una unidad de medición florentina. Un *braccio* tiene más o menos la misma longitud que un brazo.

Por primera vez estaba durmiendo menos que él: este repentino colocón vital me aguijoneaba para que siguiera subiendo las apuestas, mezclando las bebidas, porque este cóctel de Katie y Francesco Colonna parecía ser exactamente lo que el doctor había ordenado. Me pareció toda una revelación el hecho de que mi regreso a la *Hypnerotomachia* le hubiera dado una nueva estructura al mundo en que vivía. Comencé rápidamente a caer en la trampa de mi padre, aquella de la que mi madre tanto había intentado advertirme.

El miércoles por la mañana, cuando le conté a Katie que había soñado con mi padre, hizo algo que no había hecho antes: se detuvo.

–Tom, no quiero seguir hablando de esto –dijo.

–¿De qué?

–De la tesina de Paul. Hablemos de otra cosa.

–Te estaba hablando de mi padre.

Pero ya estaba muy acostumbrado a las conversaciones con Paul, en las que invocaba el nombre de mi padre en cualquier situación con la esperanza de que fuera suficiente para desmontar cualquier crítica.

–Tu padre trabajó en el libro que Paul está estudiando –dijo ella–. Es lo mismo.

Malinterpreté el sentimiento que había tras sus palabras. Creí que era miedo: miedo a ser incapaz de resolver un nuevo acertijo como había resuelto el primero, y de que mi interés en ella se esfumara entonces.

–Bien –dije, convencido de que así la salvaba de eso–. Hablemos de otra cosa.

Y así empezó un periodo agradable, pero construido sobre un malentendido absoluto. Durante el primer mes, hasta la noche que durmió en Dod, Katie me mostró una fachada en la que trataba de exhibir lo que –pensó– yo deseaba; y durante el segundo mes le devolví el favor, evitando en su presencia toda mención a la *Hypnerotomachia*, no porque la importancia del libro en mi vida hubiera disminuido, sino porque creía que los acertijos de Colonna la incomodaban.

Si hubiera sabido la verdad, Katie habría tenido motivos para preocuparse. La *Hypnerotomachia* empezaba a desplazar el resto de mis pensamientos e intereses. El equilibrio que creí lograr entre la tesina de Paul y la mía –el vals entre Mary Shelley y Francesco Colonna, que, cuanto más tiempo pasaba con Katie, más vívidamente imaginaba– degeneró en un tira y afloja que Colonna fue ganando poco a poco.

De todas formas, antes de que Katie y yo nos diéramos cuenta, ya habíamos establecido vínculos en todos los ámbitos de nuestra experiencia compartida. Recorríamos los mismos senderos cada mañana; parábamos en los mismos cafés antes de clase; y yo la metía a hurtadillas en mi club cuando se me acababan las invitaciones. Los jueves por la noche bailábamos con Charlie en el Cloister Inn; los sábados por la noche jugábamos a billar con Gil en el Ivy; y los viernes por la noche, cuando los clubes de Prospect quedaban en silencio, íbamos a ver a nuestros amigos actuar en comedias de Shakespeare o en conciertos orquestales o en coros a capella que se hacían por todo el campus. La aventura de nuestros primeros días juntos floreció poco a poco hasta convertirse en algo muy distinto: una sensación que yo nunca había tenido con Lana ni con ninguna de sus predecesoras, y que sólo podía comparar con la de regresar a casa y unirme a un equilibrio que no necesita ningún ajuste, como si la balanza de mi vida hubiera estado esperando a Katie desde siempre.

Cuando Katie se dio cuenta por primera vez de mi insomnio, me recitó una obra de su autor favorito, y yo seguí a George el Curioso hasta los confines de la tierra, donde el peso de los párpados pudo conmigo. Después pasé muchas noches dando vueltas en la cama hasta que Katie encontraba una solución que era distinta cada vez. Episodios de medianoche de *M*A*S*H*; largas lecturas de Camus; programas de radio que ella escuchaba en casa y que ahora recibía en una débil emisión realizada desde la costa. A veces dejábamos las ventanas abiertas para escuchar la lluvia de finales de febrero, o las conversaciones de los novatos ebrios. Teníamos incluso un juego de rimas que inventamos especialmente para las noches de insomnio, algo que Francesco Colonna no habría encontrado tan edificante como la *Rithmomachia*, tal vez, pero que nosotros disfrutábamos igual.

–Había un hombre que escribió *El extranjero* –decía yo, para empezar.

Cuando Katie sonreía de noche, era como un gato Cheshire en la oscuridad.

–Que se fue de Argelia en enero –contestaba ella.

–Tenía un gran potencial.

–Pero no existencial.

–Y para Sartre era un pobre altanero.

Pero a pesar de todas las formas para hacerme dormir que descubrió Katie, la *Hypnerotomachia* me seguía robando el sueño casi todas las noches. Ya había descubierto en qué consistía la armonía más pequeña de una gran victoria: en *Rithmomachia*, donde el objetivo es establecer patrones numéricos que contengan armonías aritméticas, geométricas o musicales. Sólo tres secuencias producen las tres armonías al mismo tiempo: el requisito para una gran victoria. La más pequeña de ellas, es decir, la que Colonna quería, era la secuencia 3-4-6-9.

Rápidamente, Paul cogió los números y los convirtió en una clave. En los capítulos apropiados, leyó la tercera letra, luego la cuarta, seguidas de la sexta y la novena; y en cuestión de una hora recibimos un nuevo mensaje de Colonna:

> Comienzo mi relato con una confesión. Muchos hombres han muerto para conservar este secreto. Algunos han perecido en la construcción de mi cripta, la cual, imaginada por Bramante y ejecutada por Terragni, mi hermano romano, es, en cuanto a sus propósitos, un artilugio inigualable, impermeable a todas las cosas, sí, pero sobre todo al agua. Muchas víctimas se ha cobrado, aun entre los más experimentados de los hombres. Tres han muerto mientras movían gruesas piedras, dos en la tala de árboles, cinco en el proceso mismo de la construcción. Otros de los muertos no los menciono, pues han perecido en la vergüenza y serán olvidados.
>
> Aquí transmitiré la naturaleza del enemigo al que me enfrento, cuyo poder creciente yace en el corazón de mis acciones. Te preguntarás, lector, por qué he fechado este libro en 1467, poco más de treinta años antes de escribir estas palabras. La razón es ésta: fue en ese año cuando empezó la guerra que aún libramos, y que ahora hemos empezado a perder. Tres años antes, su Santidad Pablo Segundo había expulsado a los abreviadores de la corte, poniendo en claro, al hacerlo, sus intenciones con respecto a mi hermandad. Sin embargo, los miembros de la generación de mi tío eran hombres con poder, con amplias influencias, y los hermanos expulsados se congregaron en la Accademia Romana, liderada por el buen Pompo-

nio Leto. Pablo vio que nuestros números persistían, y su furia aumentó. En ese año, 1467, aplastó por la fuerza la Academia. Y para que todos conociesen la solidez de su determinación, encarceló a Pomponio Leto, e hizo que lo acusaran de sodomía. Otros de nuestro grupo fueron torturados. Uno, al menos, habría de morir.

Ahora nos enfrentamos a un viejo enemigo, repentinamente vuelto a la vida. Este nuevo espíritu crece, se hace fuerte, encuentra una voz más potente, de manera que no he tenido más opción que construir, con la ayuda de amigos más sabios que yo, este artefacto cuyo secreto he guardado aquí. Aun el sacerdote, por más filósofo que sea, no está a su altura.

Continúa, lector, y te contaré más.

–Los abreviadores de la corte eran humanistas –explicó Paul–. El Papa creía que el humanismo engendraba corrupción moral. No quería ni siquiera que los niños escucharan las obras de los poetas de la antigüedad. El papa Pablo dio ejemplo con Leto. Por alguna razón, Francesco tomó aquello como una declaración de guerra.

Las palabras de Colonna se quedaron conmigo esa noche, y todas las noches siguientes. Por primera vez falté a una carrera matutina con Katie: estaba demasiado cansado para salir de la cama. Algo me decía que Paul se equivocaba con respecto al nuevo acertijo –«¿Cuántos brazos hay de tus pies al horizonte?»– y que Eratóstenes y la geometría no eran la solución. Charlie confirmó que la distancia hasta el horizonte dependía de la estatura del observador; y aunque pudiéramos encontrar una única respuesta y calcularla en *braccia,* esa respuesta sería enorme, demasiado grande para ser usada como clave.

–¿Cuándo hizo este cálculo Eratóstenes? –pregunté.

–Alrededor del 200 a.C.

Eso lo confirmó.

–Creo que te equivocas –dije–. Hasta ahora, todos los acertijos han estado relacionados con el conocimiento renacentista, con descubrimientos renacentistas. Colonna nos está examinando sobre lo que los humanistas sabían en el siglo quince.

–Moisés y *cornuta* tenían que ver con la lingüística –dijo Paul, ensayando la idea–. Con la corrección de traducciones defectuosas, como lo que hizo Valla con la Donación de Constantino.

–Y el acertijo de la *Rithmomachia* tenía que ver con las matemáticas –continué–. Así que Colonna no utilizará las matemáticas de nuevo. Creo que cada vez escoge una disciplina distinta.

En ese instante, a Paul pareció sorprenderlo tanto la claridad de mis razonamientos que me di cuenta de que mi papel había cambiado. Ahora éramos iguales, socios de una misma empresa.

Empezamos a encontrarnos por las noches en el Ivy. En esa época, Paul todavía mantenía ordenado el Salón Presidencial, temiendo que en cualquier momento Gil fuera a ver cómo iban las cosas. Yo cenaba en la planta de arriba con Gil y Katie, que estaba a pocas semanas de iniciar las pruebas de acceso al club, y luego bajaba para unirme a Paul y a Colonna. Me parecía incluso conveniente dejarla sola, pues por esa época Katie intentaba hacer méritos para ser admitida en el club. Ocupada como estaba con los rituales, no parecía dar demasiada importancia a mis ausencias.

Pero la noche tras la que falté por tercera vez a nuestra carrera matutina, todo eso cambió. Estaba a punto de solucionar el acertijo, o eso creía yo, cuando Katie supo, por puro accidente, en qué estaba yo invirtiendo las horas que no pasaba con ella.

–Esto es para ti –dijo, entrando sin llamar en nuestra habitación del Dod.

Gil había dejado nuevamente la puerta cerrada sin llave, y Katie ya no llamaba cuando creía que yo estaba solo.

Era una taza de sopa que me había traído de una charcutería. Durante todo este tiempo había creído que yo estaba enfrascado en mi tesina.

–¿Qué haces? –preguntó–. ¿Más *Frankenstein*?

Enseguida vio los libros desparramados a mi alrededor: todos ellos tenían en el título alguna referencia al Renacimiento.

Nunca pensé que fuera posible mentir sin saberlo. Durante semanas le había tomado el pelo con una sarta de pretextos –Mary Shelley; insomnio; las presiones a las que ambos estábamos sometidos y que nos impedían pasar tiempo juntos–, y los pretextos acabaron por arrastrarme, alejándome de la verdad tan lentamente que cada día la distancia no parecía mayor que la víspera. Creía que ella sabía de mi trabajo en la tesina de Paul; era sólo que prefería no oír hablar del tema. A ese acuerdo habíamos llegado sin tener que ponerlo en palabras.

La conversación que siguió estuvo llena de silencios: la discusión tuvo lugar en la forma en que Katie me miraba y yo trataba de sostener su mirada. Finalmente, Katie puso la taza de sopa sobre mi tocador y se abrochó el abrigo. Echó una mirada alrededor de la habitación, como para recordar los detalles de la ubicación de las cosas, y luego volvió a la puerta, salió y la cerró.

Iba a llamarla esa noche –sabía que ella esperaba mi llamada, que volvería sola a su habitación y se sentaría junto al teléfono, tal como me contarían después sus compañeras–, pero algo se interpuso en mi camino. Qué maravillosa amante era aquel libro: sabía exactamente cuándo tenía que levantarse la falda. En cuanto se fue Katie, me llegó la solución al acertijo de Colonna; y, como el olor de un perfume y la visión de un escote, me hizo perder de vista todo lo demás.

La solución estaba en el horizonte de un cuadro: el punto de convergencia en un sistema de perspectivas. El acertijo no era sobre matemáticas, sino sobre arte. Aquello encajaba en el perfil de los demás acertijos, que se basaban en una disciplina propia del Renacimiento y desarrollada por los mismos humanistas que Colonna defendía. La medida que necesitábamos era la distancia, en *braccia*, entre el primer plano de la pintura, donde estaban los personajes, y la línea teórica del horizonte, donde el cielo se encontraba con la tierra. Y al acordarme de la predilección que sentía Colonna por la arquitectura de Alberti y recordar que Paul había utilizado *De re aedificatoria* para descifrar el primer acertijo, acudí a Alberti en primer lugar. «Acerca de la superficie que me propongo pintar», escribió Alberti en el tratado que encontré entre los libros de Paul.

> Decido cuál será el tamaño de las figuras que aparecerán en el primer plano de la pintura. Divido la estatura de ese hombre en tres partes, que serán proporcionales a la medida comúnmente llamada «*braccio*», pues, como puede verse por la relación entre sus extremidades, tres *braccia* son más o menos la estatura media del cuerpo de un hombre. La ubicación adecuada del punto céntrico no debe ser más alta con respecto a la línea de base que la estatura del hombre que será representado en el cuadro. Enseguida dibujo una línea a través del punto céntrico, y esta línea constituye para mí un límite o frontera, que ninguna cantidad excede. Por eso un hombre dibujado a más distancia es bastante más pequeño que los más cercanos.

La línea céntrica de Alberti, tal como lo prueban las ilustraciones que acompañan el texto, era el horizonte. Según este sistema, el horizonte se ubicaba a la misma altura que un hombre dibujado en primer plano, el cual, a su vez, debía ser de tres *braccia* de alto. La solución al acertijo –el número de *braccia* que había de los pies del hombre al horizonte– era simplemente ésta: tres.

Paul tardó sólo media hora en descubrir cómo aplicarla. Al poner en fila la primera letra de cada tercera palabra de los siguientes capítulos, aparecía el siguiente pasaje de Colonna:

> Ahora, lector, te explicaré la naturaleza de la composición de esta obra. Con ayuda de mis hermanos, he estudiado los libros de códigos de los árabes, los judíos y los antiguos. He aprendido de los cabalistas la práctica denominada «gematria», según la cual, cuando en el Génesis se escribe que Abraham trajo 318 sirvientes para ayudar a Lot, vemos que el número 318 representa tan sólo a Eliezer, pues ésta es la suma de las letras hebreas de su nombre. He aprendido las prácticas de los griegos, cuyos dioses hablaban en acertijos, y cuyos generales, tal

como explica en su Historia el Hacedor de Mitos, ocultaban astutamente sus significados, como cuando Histiaeo hizo tatuar un mensaje sobre el cuero cabelludo de su esclavo, de manera que Aristágoras pudiera afeitarle la cabeza y leerlo.

Te revelaré los nombres de esos sabios cuya sabiduría forjó mis acertijos: Pomponio Leto, maestro de la Academia Romana, pupilo de Valla y viejo amigo de mi familia, me instruyó en cuestiones de lenguaje y traducción, donde mis propios ojos y oídos me fallaban. En el arte y la armonía de los números, mi guía fue el francés Jacques Lefèvre d'Etaples, admirador de Roger Bacon y Boecio, que conocía bien todas las formas de la enumeración que mi propio intelecto no podía iluminar. El gran Alberti, que a su vez aprendió su arte de los maestros Masaccio y Brunelleschi (que su genio nunca se olvide), me instruyó hace tiempo en la ciencia de los horizontes y las pinturas; lo alabo ahora y siempre. El conocimiento de las escrituras sagradas de los descendientes de Hermes, el Tres Veces Grande, primer profeta de Egipto, se lo debo al sabio Ficino, maestro de los lenguajes y la filosofía, que no tiene igual entre los seguidores de Platón. Finalmente, tengo con Andrea Alpago, discípulo del venerable Ibn al-Nafis, una deuda por asuntos que serán revelados más tarde; que su aportación sea observada aún con más favor que el resto, pues es en el estudio que hace el hombre de sí mismo, en el cual los demás estudios tienen su origen, en el que más se acerca el hombre a contemplar la perfección.

Éstos, lector, son mis amigos más sabios; entre ellos he aprendido todo lo que ignoro, conocimientos que en otros tiempos eran extraños a los hombres. Uno a uno han accedido a mi única petición: cada hombre, sin que lo sepan los demás, ha diseñado un acertijo cuya respuesta sólo él y yo conocemos y que sólo otro amante del conocimiento podrá resolver. Estos acertijos, a su vez, los he dispuesto en fragmentos dentro de mi texto, siguiendo un diseño que a ningún hombre he revelado; y sólo la respuesta puede reproducir mis verdaderas palabras.

Todo esto he llevado a cabo, lector, para proteger mi secreto, pero también para transmitírtelo, en el caso de que llegases a encontrar lo que he escrito. Resuelve dos acertijos más, sólo dos, y empezaré a revelarte la naturaleza de mi cripta.

A la mañana siguiente, Katie no me despertó para salir a correr. De hecho, el resto de esa semana lo pasé hablando con sus compañeras de habitación y con su contestador automático, pero nunca con ella en persona. Enceguecido por los progresos que estaba logrando con Paul, no vi cómo el paisaje de mi vida se estaba erosionando. A medida que la distancia entre nosotros crecía, se desvanecían los senderos en los que corríamos y los cafés matutinos. Katie ya no comía conmigo en el Cloister, pero apenas si me percaté de ello, porque yo mismo pasé varias semanas sin ir a comer allí: Paul y yo nos movíamos como ratas por los túneles que había entre Dod y el Ivy, evitando la luz del día, ignorando los sonidos de las pruebas a aspirantes que se llevaban a cabo sobre nuestras cabezas, comprando café y sándwiches envasados en las tiendas abiertas veinticuatro horas que había fuera del campus, de manera que pudiéramos trabajar y comer según nuestros propios horarios.

Durante todo este tiempo, Katie estaba a tan sólo una planta de distancia, tratando de no morderse las uñas mientras se movía entre camarilla y camarilla, buscando el equilibrio adecuado entre firmeza y aquiescencia, de manera que los de último año la miraran con buenos ojos. Que en ese momento ella prefería que yo no interfiriera en su vida era una conclusión a la que había llegado desde casi el principio, otra excusa para pasar en compañía de Paul largos días hasta altas horas de la noche. Tan preocupado estuve con mis cosas, que no consideré la posibilidad de que Katie hubiera agradecido algo de compañía –una cara amiga a la cual acudir por las noches, un compañero para sus mañanas, que se volvían más oscuras y frías–, que tal vez hubiera esperado mi apoyo ahora que se enfrentaba a su primera encrucijada importante en Princeton. Nunca imaginé que las pruebas de entrada al club pudieran representar un reto para ella, una experiencia que ponía a prueba su tenacidad mucho más que su encanto. Me porté con ella como un extraño; nunca llegué a saber por qué cosas tuvo que pasar durante esas noches en el Ivy.

La semana siguiente, Gil me dijo que el club la había aceptado. Se estaba preparando para una larga noche en la que tendría que dar las noticias, las buenas y las malas, a todos los candidatos. Parker Hassett le había puesto a Katie algunos obstáculos en el camino, la había convertido en objeto especial de su ira, tal vez por el hecho de que fuera una de las favoritas de Gil; pero incluso Parker acabó convencido al final. La ceremonia de presentación de los nuevos miembros tendría lugar la semana siguiente, después de las iniciaciones, y el baile anual del Ivy estaba programado para el fin de semana de Pascua. Gil hizo una lista tan cuidadosa de los acontecimientos, que me di cuenta de que me estaba tratando de decir algo. Ésta era mi oportunidad de arreglar las cosas con Katie. Ése era el calendario de mi rehabilitación.

Si así era, no fui mejor novio que Boy Scout. El amor, desviado de su objeto adecuado, había encontrado uno nuevo. En las semanas que siguieron, vi a Gil cada vez con menos frecuencia, y a Katie no la vi nunca. Me llegó el rumor de que había empezado a interesarse por un estudiante de cuarto, miembro del Ivy –una nueva versión de su viejo jugador de *lacrosse*–, que hacía el papel del hombre con el sombrero amarillo mientras yo hacía de George el Curioso. Pero para entonces Paul había descubierto otro acertijo, y ambos empezamos a preguntarnos qué secretos yacían en la cripta de Colonna. Un antiguo mantra, que había pasado tanto tiempo dormido, despertó de su sueño y se preparó para una nueva época de mi vida.

No hagas amigos, patea a los viejos.
Sólo quiero plata, sólo quiero oro.

Capítulo 17

El sonido de un teléfono me despierta a plena luz del día. El reloj marca las nueve y media.

Salgo a trompicones de la cama y llego al inalámbrico antes de que Paul se despierte.

–¿Estabas durmiendo? –es lo primero que dice Katie.

–Más o menos.

–No puedo creer que fuera Bill Stein.

–Ni yo. ¿Qué pasa?

–Estoy en la sala de redacción. ¿Puedes venir?

–¿Ahora?

–¿Estás ocupado?

Hay algo en su voz que no me gusta, un toque de distancia que estoy lo bastante despierto como para notar.

–Deja que me dé una ducha. Estaré allí en quince minutos.

Cuando Katie cuelga ya he comenzado a desvestirme.

Mientras me preparo, tengo en mente dos cosas: Stein y Katie. Aparecen y desaparecen en mis pensamientos como si alguien accionara un interruptor para confirmar que una bombilla funciona.

En la luz la veo a ella, pero en la oscuridad veo el patio de Dickinson como un lienzo cubierto de nieve, sumido en el silencio una vez la ambulancia se ha ido.

Me visto en el salón, tratando de no despertar a Paul. Mientras busco mi reloj me percato de algo: la habitación está más limpia que cuando me fui a la cama. Alguien ha arreglado las alfombras y vaciado los botes de basura. Mala señal: Charlie ha pasado la noche sin dormir.

En ese momento veo un mensaje escrito en el tablero:

Tom:

No podía dormir. Me he ido al Ivy a trabajar un poco más. Llama cuando te despiertes.

P.

Al volver a la habitación, veo que la litera de Paul esta vacía. Al mirar de nuevo el tablero, veo los números que hay encima del texto: 2.15. Ha estado fuera toda la noche.

Levanto el auricular de nuevo. Antes de que pueda marcar el número del Salón Presidencial, oigo el tono del contestador.

«Viernes», dice la voz automática cuando presiono los dígitos. «Veintitrés horas, cincuenta y cuatro minutos.»

Lo que sigue es la llamada que no me encontró, la que debió de entrar mientras Paul y yo estábamos en el museo.

«Tom, soy Katie. –Pausa–. No sé muy bien dónde estás. Tal vez ya estás en camino. Karen y Trish quieren servir el pastel de aniversario, les he dicho que te esperen. –Otra pausa–. Bueno, supongo que te veré cuando llegues.»

El teléfono me arde en la mano. Allí, en su marco, la fotografía en blanco y negro que compré para el aniversario de Katie tiene un aspecto soso: parece más barata que ayer. Si me pidieran que nombrara a un fotógrafo que no fuera Ansel Adams o Mathew Brady, tendría que preguntarle a alguien. Nunca me he interesado lo suficiente en el pasatiempo de Katie para conocer sus gustos. Tras pensarlo dos veces, decido no llevar la foto.

De camino a la sede del Prince, acelero el paso. Katie me recibe en la entrada y me conduce al cuarto oscuro, cerrando y abriendo puertas a medida que avanzamos. Lleva puesto lo mismo que llevaba en Holder –una camiseta y unos vaqueros– y el pelo recogido de manera descuidada, como si no esperara compañía. Lleva el cuello de la camiseta arrugado. Veo un collar de oro sobre su clavícula, y mis ojos se enredan después en un roto diminuto que hay sobre el muslo de sus vaqueros, a través del cual asoma el blanco de su piel.

–Tom –dice, señalando a una chica que está sentada frente al ordenador de la esquina–, quiero presentarte a alguien. Sam Felton.

Sam sonríe como si me conociera. Lleva pantalones de hockey sobre hierba y una camiseta de manga larga en la que pone «Si el periodismo fuera fácil, *Newsweek* lo practicaría». Después de buscar un botón en la micrograbadora que tiene al lado, se quita el auricular de la oreja.

–¿Tu cita de esta noche? –le dice a Katie sólo para asegurarse de haber escuchado bien.

Katie dice que sí, pero no añade lo que yo esperaba: mi novio.

–Sam está trabajando en la noticia de Bill Stein –dice.

–Que disfrutéis el baile –me dice Sam antes de echar mano nuevamente de la grabadora.

–¿No vendrás? –pregunta Katie.

Comprendo que también se conocen del Ivy.

–Lo dudo.

–Sam hace un movimiento hacia el ordenador, sobre cuya pantalla se mezclan filas y filas de palabras, un nido de hormigas tras el cristal. Ya ha empezado a recordarme a Charlie en su laboratorio: inspirado por todo lo que queda por hacer. Siempre habrá más noticias que escribir, más teorías que probar, más fenómenos que observar. La deliciosa futilidad de las tareas imposibles es la delicia de los que rinden más de lo esperado.

Katie le dedica una mirada de simpatía, y Sam vuelve a la transcripción.

–¿De qué querías hablarme? –pregunto.

Pero Katie me conduce al cuarto oscuro.

–Aquí dentro hace un poco de calor –dice, abriendo una puerta y apartando unas gruesas cortinas negras–. Puedes quitarte el abrigo, si quieres.

Lo hago, y ella lo cuelga de un gancho oculto junto a la puerta. Desde que la conocí he evitado entrar en este cuarto por miedo a arruinar sus carretes.

Katie se dirige a una cuerda de colgar la ropa que bordea una pared. Las fotografías cuelgan de ella, sujetas con pinzas.

–No deberíamos estar a más de veinticuatro grados aquí –dice–. La sopa puede reticular los negativos.

Es como si me hablara en griego. Hay una vieja regla que mis hermanas me enseñaron: cuando salgas con una chica, trata de estar en lugares que conozcas bien. Los restaurantes franceses no impresionan a nadie si eres incapaz de leer la carta, y una peli intelectual puede explotarte en la cara si no entiendes la trama. Aquí, en el cuarto oscuro, mis posibilidades de fracasar son espectaculares.

–Dame un segundo –dice, yendo de un extremo al otro de la habitación, rápida como un colibrí–. Ya casi estoy.

Abre la tapa de un pequeño tanque, pone el carrete debajo de un grifo y deja correr el agua. Empiezo a sentirme hostigado. El cuarto oscuro es pequeño y está abarrotado, los mesones están cubiertos de bandejas y bateas, y los estantes llenos de fijadores y otros líquidos. Aquí, Katie hace gala de una destreza perfecta. Esto me hace pensar en la forma en que se hizo un moño en el cóctel, recogiéndolo alrededor de un par de alfileres como si pudiera ver lo que hacía.

–¿Enciendo las luces? –pregunto. Ya he empezado a sentirme inútil.

–Como quieras. Los negativos ya se han fijado.

Así que me quedo como un espantapájaros en el centro de la sala.

–¿Cómo está Paul? ¿Cómo lo lleva?

–Bien.

Sigue un respetuoso silencio, y Katie parece perder el hilo de la conversación cuando pasa a ocuparse de otro grupo de fotos.

–Pasé ayer por Dod, poco después de las 12.30 –empieza de nuevo–. Charlie dijo que estabas con Paul.

Hay una simpatía inesperada en su voz.

–Hiciste muy bien en acompañarlo –dice–. Debe de ser terrible para él. Para todos.

Quiero hablarle de las cartas de Stein, pero me doy cuenta de la cantidad de explicaciones que eso requeriría. Luego ella vuelve a mi lado con un manojo de fotografías.

–¿Qué son?

–He revelado nuestro carrete.

–¿Del campo de película?

Asiente.

El campo de película es un lugar que Katie me llevó a ver, un terreno abierto en el parque Battlefield de Princeton que parece más extenso y más llano que cualquier pedazo de tierra de Kansas. En el medio se levanta un roble solitario, como un centinela que se niega a dejar su puesto y se hace eco del último gesto de un general que murió bajo las ramas del árbol durante la guerra de la Independencia. Katie vio este lugar por primera vez en una película de Walter Matthau, y desde entonces el árbol la tiene hechizada, hasta el punto de convertirse en uno de los contados lugares que visita una y otra vez, un rosario de paisajes que a medida que regresa a ellos van anclando su vida. Una semana después de su primera noche en Dod, me llevó a verlo, como si el viejo roble Mercer fuera pariente suyo y los tres pasáramos por el trascendental momento de la primera impresión. Llevé un mantel, una linterna y una canasta de pícnic; Katie llevó un carrete y su cámara.

Las fotos siempre me sorprenden, son una pequeña parte de nosotros mismos encerrada en ámbar. Las repasamos juntos, compartiéndolas, pasándolas entre nuestras manos.

–¿Qué te parecen? –dice ella.

Al verlas recuerdo lo cálido que fue aquel invierno. La luz apagada de enero es casi del color de la miel, y allí estamos, ambos vestidos con jerséis ligeros, sin abrigo ni sombrero ni guantes. Las muescas del árbol tienen la textura de la edad.

–Son maravillosas –le digo.

Katie sonríe con torpeza; todavía no sabe muy bien cómo tomar un cumplido. Observo manchas en las yemas de sus dedos: manchas del color de la tinta, rastros de alguno de los agentes de revelado que se alinean en la pared. Sus dedos son largos y delgados, pero tienen un toque profesional, residuo de demasiadas películas hundidas en demasiados baños químicos.

–Así éramos –dice Katie, a mil palabras por segundo–. ¿Te acuerdas?

–Lo siento –le digo.

Se me empiezan a caer las fotos, pero Katie alarga la otra mano y las sostiene.

–No se trata de mi cumpleaños –dice, preocupada porque no comprendo el mensaje. Me limito a esperar–. ¿Adónde fuiste con Paul anoche, después de salir de Holder?

–A ver a Bill Stein.

Se queda con el nombre, pero luego sigue adelante.

–¿Para algo relacionado con la tesina de Paul?

–Era urgente.

–¿Y dónde estabais cuando pasé por tu habitación a media noche?

–En el Museo de Arte.

–¿Por qué?

Me incomoda la dirección que la conversación está tomando.

–Siento mucho no haber ido a verte. Paul creyó que podía encontrar la cripta de Colonna y necesitaba ver algunos de los mapas más antiguos.

Katie no parece sorprendida. Un silencio se agazapa tras sus siguientes palabras, y comprendo que ésta es la conclusión hacia la que se ha estado dirigiendo.

–Creía que habías dejado de trabajar en la tesina de Paul –dice.

–También yo.

–No puedes esperar que me quede así, viendo cómo vuelves a las andadas, Tom. La última vez dejamos de hablarnos durante semanas enteras. –Duda un instante, sin saber cómo expresarlo–. Me merezco algo mejor.

La reacción instintiva de todo chico es discutir, encontrar una postura defendible y conservarla, aunque no crea en ella de corazón. Siento cómo los argumentos se agolpan en mi boca, el pequeño impulso de supervivencia, pero Katie me detiene.

–No lo hagas –dice–. Quiero que pienses en ello.

No es necesario que me repita. Nuestras manos se separan; Katie deja las fotografías en la mía. El zumbido del cuarto oscuro vuelve a sonar. Como si fuera un perro al que le he pegado una patada, el silencio siempre está del lado de ella.

«Ya he escogido –quiero decirle–. No necesito pensarlo. Te amo a ti más que al libro.»

Pero decirlo ahora sería un error. Lo importante de todo esto radica, más que en dar la respuesta correcta, en demostrar que soy corregible; que, a pesar de haberme roto dos veces, aún puedo ser arreglado. Hace doce horas me olvidé de su cumpleaños por culpa de la *Hypnerotomachia*. En este momento, cualquier promesa sonaría vacía, incluso para mí.

–Vale –digo.

Katie se lleva una mano a la boca y se muerde una uña, luego se contiene.

–Tengo que trabajar un poco –dice, tocándome los dedos otra vez–. Sigamos hablando esta noche.

Me quedo mirando su uña. Ojalá pudiera inspirarle más confianza.

Katie me empuja hacia las cortinas negras, me da mi abrigo, y regresamos a la oficina principal.

–Tengo que terminar con el resto de los carretes antes de que los fotógrafos de último año se queden con el cuarto –dice mientras salimos, dirigiéndose más a Sam que a mí–. Me estás distrayendo.

La última frase no surte efecto. Los auriculares de Sam siguen en su sitio; ella, concentrada en el teclado, no se da cuenta de mi salida.

En la puerta, Katie me quita las manos de la espalda. Parece ir a decir algo, pero no lo hace. En cambio, se inclina y me da un beso en la mejilla, como los que me daba al principio, a modo de recompensa por el ejercicio matutino. Me sostiene la puerta mientras salgo.

Capítulo 18

El amor todo lo puede.»

En séptimo compré, en una pequeña tienda de souvenirs de Nueva York, un brazalete de plata con esta inscripción para una chica llamada Jenny Harlow. Me pareció que era, al mismo tiempo, un retrato del hombre con el cual ella querría salir: cosmopolita, por su pedigrí de Manhattan; romántico, por su poético lema; y sofisticado, por su brillo sutil. El día de San Valentín, dejé el brazalete en la taquilla de Jenny, y luego me pasé el resto del día esperando una respuesta. Estaba convencido de que ella sabría quién lo había dejado allí.

Cosmopolita, romántico y sofisticado: desafortunadamente, no eran éstas las migajas que formaban el rastro que conducía directamente a mí. Un estudiante de octavo llamado Julius Grady debía de tener esa combinación de virtudes a mayor escala que yo, pues fue él quien recibió un beso de Jenny Harlow al final del día, mientras yo me quedaba con la oscura sospecha de que el viaje familiar a Nueva York no había servido de nada.

Toda la experiencia, como tantas otras de la niñez, se había basado en un malentendido. Mucho más tarde comprendí que el brazalete no había sido fabricado en Nueva York y que, por supuesto, tampoco era de plata. Pero aquella misma noche de San Valentín mi padre me explicó el malentendido que le parecía más revelador: el poético lema no era tan romántico como Julius, Jenny y yo habíamos creído.

–Tal vez te hayas llevado una impresión equivocada por culpa de Chaucer –comenzó, con la sonrisa de la sabiduría paterna–. La historia de «el amor todo lo puede» es mucho más larga de lo que esta pulsera pueda sugerir.

Intuí que aquello se parecería mucho a la conversación que habíamos mantenido sobre bebés y cigüeñas algunos años atrás: bien intencionada, pero basada en una concepción equivocada de lo que me enseñaban en la escuela.

Siguió una extensa explicación acerca de la décima égloga de Virgilio y el *omnia vincit amor*, con digresiones sobre nieves de Sidón y ovejas etíopes, todo lo cual me importaba mucho menos que averiguar por qué Jenny Harlow no me consideraba romántico y por qué había tirado doce dólares a la basura. Si el amor todo lo podía, decidí, es que el amor no conocía a Julius Murphy.

Pero mi padre era sabio a su manera y cuando vio que no comprendía sus explicaciones, abrió un libro y buscó una imagen que pudiera transmitir el mensaje mejor que él.

–Agostino Caracci es el autor de este grabado, que se titula *El amor todo lo puede* –dijo–. ¿Qué ves en él?

A la derecha de la imagen había dos mujeres desnudas. A la izquierda, un niño pequeño derrotaba a golpes a un sátiro mucho más grande y musculoso.

–No lo sé –dije, ignorando en qué lado de la imagen estaba la lección.

–Eso –me dijo mi padre, señalando al niño– es el Amor.

Me dejó digerir la información.

–No siempre está de tu lado. Luchas contra él; tratas de deshacer lo que ha hecho a los demás. Pero es demasiado poderoso. No importa cuánto suframos, dice Virgilio, nuestras dificultades no le conmueven.

No sé si entendí del todo la lección que mi padre me explicó. Pero creo que sí comprendí lo básico: que al tratar de hacer que Jenny Harlow se enamorara perdidamente de mí, estaba echando un pulso contra el amor, lo cual, según decía el brazalete, era inútil. Pero incluso entonces intuí que mi padre utilizaba a Jenny y Julius como meros ejemplos de lo que me quería decir. Lo que en verdad quería ofrecerme era un trozo de la sabiduría a la que él había accedido por el camino más difícil, y hacerlo mientras mis fracasos fueran todavía pequeños. Mi madre me había advertido acerca del amor equivocado, siempre pensando en la infidelidad de mi padre con la *Hypnerotomachia;* y ahora mi padre me ofrecía su contrapunto, entremezclado con Virgilio y Chaucer. Él, me decía, sabía exactamente cómo se sentía mi madre; incluso estaba de acuerdo con ella. Pero ¿cómo iba a detenerlo, qué poder tenía él contra la fuerza a la que se enfrentaba, si el amor todo lo puede?

Nunca he sabido cuál de los dos tenía razón. El mundo es una Jenny Harlow, pienso; todos somos pescadores que se cuentan historias acerca del pez que se les ha escapado. Pero a día de hoy no estoy seguro de cómo interpretó la abadesa de Chaucer a Virgilio, ni cómo interpretó Virgilio el amor. Lo que se me ha quedado de la imagen que mi padre me mostró es la parte sobre la cual no dijo ni una palabra: las dos mujeres desnudas que observan cómo el amor ataca al sátiro. Siempre me he preguntado por qué Carracci puso dos mujeres en ese grabado si sólo necesitaba una. Aquí, en alguna parte, está la moraleja que he sacado de la historia: en la geometría del amor, todo es triangular. Por cada Tom y Jenny, hay un Julius; por cada Katie y Tom, hay un Francesco Colonna; y la lengua del deseo es bífida, pues besa a dos mientras que ama a uno. El amor traza líneas entre nosotros como un astrónomo que dibuja una constelación a partir de las estrellas, uniendo puntos para formar dibujos que no tienen base alguna en la naturaleza. El vértice de un triángulo es el corazón del siguiente, hasta que el techo de la realidad se vuelve un mosaico de relaciones amorosas. Juntas, esas relaciones tienen el diseño de una red; y tras ellas, creo, está el amor. El amor es el único pescador perfecto, el que lanza la red más ancha, a la cual ningún pez puede escapar. Su recompensa es sentarse a solas en la taberna de la vida, siempre niño entre los hombres, esperando poder contar algún día la historia del pez que se le escapó.

Se rumoreaba que Katie había conocido a otra persona. Me había sustituido por un estudiante de primero llamado Donald Morgan, un hombre alto y nervudo que llevaba blazer aun cuando bastara con una camisa de vestir, y que ya se estaba jactando de ser el sucesor de Gil como presidente del Ivy. Una noche de febrero me topé con la nueva pareja en el Small World Coffee, el mismo lugar en el que había conocido a Paul tres años antes. Cruzamos algunos comentarios fríos. Donald dijo dos o tres frases enrolladas e inocuas antes de darse cuenta de que yo no era un votante potencial en las elecciones del club, y enseguida sacó a Katie de la cafetería y la metió en el viejo Shelby Cobra que tenía aparcado en la calle.

Fue una tortura china verlo girar la llave tres veces antes de que el motor cobrara vida. Fuera por mi bien o por su vanidad, siguió detenido un minuto y sólo arrancó cuando la calle estuvo completamente vacía. Me di cuenta de que Katie no me había mirado en ningún momento, ni siquiera mientras se alejaban; peor aún, parecía ignorarme más por ira que por vergüenza, como si fuera culpa mía, no suya, que hubiésemos llegado a esto. Mi indignación siguió enconándose hasta que decidí que no había nada que hacer, salvo rendirme. «Que se quede con Donald Morgan –pensé–. Que duerma en el Ivy.»

Obviamente, Katie tenía razón. Era culpa mía. Durante

semanas había estado peleándome con el cuarto acertijo –«¿Qué tienen en común un escarabajo ciego, una lechuza y un águila de pico curvo?»– y comenzaba a intuir que la suerte se me había acabado. En el mundo intelectual del Renacimiento, los animales eran un tema difícil. El mismo año en que Carracci hizo su grabado, *Omnia vincit amor*, un profesor italiano llamado Ulisse Aldrovandi publicó el primero de sus catorce volúmenes de Historia Natural. Uno de los más famosos ejemplos de su metodología es el siguiente: Aldrovani dedica sólo dos páginas a identificar las diferentes variedades de pollos, y enseguida añade otras trescientas páginas sobre la mitología de los pollos, recetas con pollo, e incluso tratamientos cosméticos basados en el pollo.

Mientras tanto, Plinio el Viejo, la autoridad en animales del Mundo Antiguo, ubicó a los unicornios, basiliscos y manticoras entre los rinocerontes y los lobos, y ofreció su propio relato acerca de la forma en que los huevos de gallina podían predecir el sexo de un bebé nonato. Me bastó con mirar diez días seguidos el acertijo para sentirme como uno de los delfines descritos por Plinio, hechizado por la música humana pero incapaz de hacer mi propia música. Sin lugar a dudas, Colonna estaba pensando en algo muy ingenioso cuando escribió este acertijo; yo, simplemente, resulté ser sordo a sus encantos.

Tres días después incumplí la primera fecha de entrega. Me di cuenta, medio hundido en una pila de fotocopias de Aldrovandi, de que encima de mi escritorio estaba el borrador incompleto del último capítulo de mi tesina sobre *Frankenstein*. Mi asesor de tesina, el profesor Montrose, un catedrático de Literatura Inglesa viejo y ladino, notó mi aspecto agotado y supo que estaba tramando algo. Sin sospechar siquiera que no era Mary Shelley quien me robaba el sueño, pasó por alto mi incumplimiento. Pero también incumplí la siguiente fecha límite, y así, calladamente, comenzó el peor periodo de mi último año, una secuencia de semanas en las que nadie parecía percatarse de mi lento alejamiento de mi propia vida.

Me quedaba dormido en las clases de la mañana y me pasaba las conferencias de la tarde resolviendo acertijos mentalmente.

Más de una noche observé a Paul darse un descanso más temprano que de costumbre, apenas pasadas las once, para ir con Charlie a comer un bocadillo tardío al Hoagie Heaven. Siempre me invitaban a ir con ellos, luego preguntaban si quería que me trajeran algo, pero siempre me negué, al principio porque me enorgullecía del rigor monástico con que vivía, y después porque noté un cierto abandono en la manera en que parecían ignorar su trabajo. La noche en que Paul fue con Gil a buscar helado en lugar de seguir investigando sobre la *Hypnerotomachia*, se me ocurrió por primera vez que no estaba haciendo su parte del trato.

–Has perdido el norte –le dije.

Mis ojos empeoraban de tanto leer en la oscuridad, y aquello no hubiera podido llegar en peor momento.

–¿Que he perdido qué? –dijo Paul, dándose la vuelta antes de subir a su litera. Pensó que había oído mal.

–¿Cuántas horas al día estás invirtiendo en esto?

–No lo sé. Tal vez ocho.

–Yo he trabajado diez horas al día durante toda esta semana. ¿Y encima te vas a comprar helado?

–He estado diez minutos fuera, Tom. Y esta noche he hecho muchos progresos. ¿Qué problema hay?

–Ya casi estamos en marzo. Tenemos que entregar el trabajo dentro de un mes.

Paul ignoró la persona del verbo.

–Pediré un aplazamiento.

–Quizá debieras trabajar más.

Probablemente era la primera vez que alguien había pronunciado esas palabras en presencia de Paul. Yo sólo lo había visto enfadado un par de veces, pero nunca como entonces.

–Estoy trabajando mucho. ¿Con quién te crees que estás hablando?

–Estoy a punto de resolver el acertijo. ¿Y tú? ¿Dónde estás tú?

–¿A punto? –Paul sacudió la cabeza–. No me estás diciendo esto porque estés a punto. Sino porque estás perdido. Estás tardando mucho en resolver este acertijo. No tiene por qué ser tan difícil. Simplemente has perdido la paciencia.

Lo miré intensamente.

–Así es –dijo, como si hubiera esperado días para decirlo–. Yo casi he resuelto el siguiente acertijo, y tú todavía estás trabajando en el último. Pero he intentado mantenerme al margen. Cada uno trabaja a su ritmo, y tú ni siquiera has querido que te eche una mano. Pues muy bien, hazlo por tu cuenta. Pero no trates de echarme la culpa.

Aquella noche no volvimos a hablar.

Si le hubiera escuchado, tal vez habría aprendido antes la lección. En cambio, hice lo indecible para demostrar que estaba equivocado. Empecé a trabajar hasta más tarde y a levantarme más temprano: cada día ponía el despertador quince minutos antes, con la esperanza de que Paul notara la continua imposición de disciplina en los aspectos más descuidados de mi vida. Cada día encontraba una nueva forma de pasar más tiempo con Colonna, y cada noche llevaba la cuenta de las horas como un pordiosero que cuenta monedas. Ocho el lunes; nueve el martes; diez el miércoles y el jueves; casi doce el viernes.

«¿Qué tienen en común un escarabajo ciego, una lechuza y un águila de pico curvo?» A los niños se les colgaban del cuello escarabajos cornudos para prevenir enfermedades, escribió Plinio; los escarabajos dorados producen una miel venenosa, y son incapaces de sobrevivir en una localidad cercana a Tracia llamada Cantaroletus; los escarabajos negros se congregan en las esquinas oscuras, y se encuentran sobre todo en los baños. Pero ¿los escarabajos ciegos?

Pude dedicar más tiempo al estudio renunciando a comer en el Cloister: tardaba media hora en ir y volver, y otra media en comer en compañía en lugar de solo. Dejé de trabajar en el Salón Presidencial del Ivy, tanto para evitar encontrarme con Paul como para ahorrar los minutos que habría tardado en hacer el trayecto. Reduje las llamadas telefónicas al mínimo, me afeitaba y duchaba sólo cuando era necesario, dejaba que Charlie y Gil se ocuparan de abrir la puerta, y transformé en verdadera ciencia el ahorro mediante la supresión de mis modestas costumbres.

«¿Qué tienen en común un escarabajo ciego, una lechuza y un águila de pico curvo?» De las criaturas que pueden volar y carecen de sangre, escribió Aristóteles, algunas son coleópteros, que tienen las alas cubiertas como los escarabajos; de los pájaros que vuelan de noche, algunos tienen el talón torcido, como el cuervo nocturno y la lechuza; y en la vejez, el pico superior del águila se vuelve cada vez más largo y más curvo, de tal manera que el pájaro muere lentamente de inanición. Pero ¿qué tienen en común los tres?

Katie, decidí, era una causa perdida. No importaba qué hubiera representado para mí; ahora sería otra cosa para Donald Morgan. El hecho de que los viera con tanta frecuencia a pesar de que salía de mi habitación con muy poca se debía a mis pensamientos y mis sueños, en los cuales ellos dos aparecían constantemente, siempre haciendo el ridículo. Los veía en esquinas y en callejones, en las sombras y en las nubes: cogidos de la mano, besándose y hablándose cariñosamente, y todo eso en mi favor, para alardear de que un corazón frívolo se cura con la misma facilidad con que se rompe. En mi habitación había un sujetador negro que Katie se había dejado tiempo atrás y que nunca me había acordado de devolverle, y se convirtió en una especie de trofeo para mí, un símbolo de la parte de Katie que se había quedado conmigo y que Donald nunca podría poseer.

Tenía visiones de Katie desnuda en mi habitación, recuerdos del día en que disfrutamos tanto de nuestra compañía que ella se olvidó de sí misma, olvidó que yo era otra persona y abandonó todas sus inhibiciones. Se quedaron conmigo todos los detalles de su anatomía, todas las graduaciones de la sombra bajo sus senos. Bailó con la música que salió de mi reloj despertador, pasándose una mano por el pelo, manteniendo la otra sobre el micrófono invisible que había frente a su boca, y yo era su único espectador.

«¿Qué tienen en común un escarabajo ciego, una lechuza y un águila de pico curvo?» Todos vuelan, pero Plinio dice que algunas veces los escarabajos cavan. Todos respiran, pero Aristóteles dice que los insectos no inhalan. Nunca aprenden de sus errores, pues Aristóteles dice que muchos animales tienen memoria... pero ninguna criatura, salvo el hombre, puede recordar el pasado a voluntad. Pero también los hombres pueden ser incapaces de aprender del pasado. Según esos parámetros, todos somos escarabajos ciegos y lechuzas nocturnas.

El jueves, 4 de marzo, alcancé el récord de horas dedicadas a la *Hypnerotomachia*. Ese día pasé catorce horas releyendo pasajes de seis historiadores naturales del Renacimiento y redactando veintiuna páginas de notas (a espacio sencillo). No fui a ninguna clase, hice las tres comidas en mi escritorio y aquella noche dormí exactamente tres horas y media. No había puesto un ojo sobre *Frankenstein* en varias semanas. Los otros pensamientos que me cruzaba por la mente estaban relacionados con Katie, y sólo me compelían a seguir haciendo de mi vida un caos. Mi dominio de mí mismo era adictivo. Algo de eso había, en todo caso, porque no lograba avanzar en lo más mínimo con el acertijo.

–Cierra los libros –me dijo Charlie la noche del viernes, asumiendo finalmente una posición firme. Me llevó frente al espejo arrastrándome del cuello de la camisa–. Mírate.

–Estoy bien... –comencé, ignorando al ser lobuno que me miraba con ojos rojos, nariz rosada y dejadez general.

Pero Gil se puso del lado de Charlie.

–Tom, tienes una pinta horrible. –Entró en la habitación, algo que no había hecho en varias semanas–. Mira, Katie quiere hablar contigo. Deja de ser tan terco.

–No es terquedad. Es que tengo otras cosas que hacer.

Charlie hizo una mueca.

–¿Como qué? ¿Como la tesina de Paul?

Fruncí el ceño con la esperanza de que Paul me defendiera. Pero él se quedó a un lado, en silencio. Durante más de una semana, Paul había albergado la esperanza de que hubiera una respuesta a la vuelta de la esquina, de que yo estuviera progresando con el acertijo, aunque el progreso fuera doloroso.

–Vamos a ir al concierto de Blair –dijo Gil, refiriéndose al concierto del viernes, a capella y al aire libre.

–Los cuatro –añadió Charlie.

Gil cerró suavemente el libro que había a mi lado.

–Katie estará allí. Le he dicho que irías.

Pero cuando abrí de nuevo el libro y le dije que no pensaba ir, recuerdo la expresión que atravesó su cara. Era una mirada que Gil nunca me había dedicado antes, que había reservado para Parker Hassett y el payaso de la clase que no sabe cuándo callarse.

–Vendrás –dijo Charlie, dando un paso hacia mí.

Pero Gil lo apartó con un gesto.

–Olvídalo. Vámonos.

Y me quedé solo.

No fue la terquedad ni el orgullo, ni siquiera la devoción a Colonna, lo que me impidió ir a Blair. Fue el dolor, creo, y también la derrota. Amaba a Katie igual que, de manera curiosa, amaba la *Hypnerotomachia*, y había fracasado en mi intento por conquistarlas a ambas. La mirada que me lanzó Paul al salir significaba que había perdido mi oportunidad con el acertijo, lo supiera o no; y la que me lanzó Gil significaba que había hecho lo mismo con Katie. Sentado frente a un grupo de grabados de la *Hypnerotomachia* –los mismos que Taft usaría en su conferencia un mes más tarde, los de Cupido llevando a las mujeres a un bosque sobre un carro de fuego–, pensé en el grabado de Carracci. Me vi recibiendo una paliza de aquel niño mientras mis dos amores me observaban. A esto se refería mi padre, ésta era la lección que había esperado que yo aprendiera. «Nuestras dificultades no lo conmueven. El amor todo lo puede.»

Las dos cosas más difíciles de contemplar en la vida, le dijo una vez Richard Curry a Paul, son el fracaso y la vejez; y ambas son lo mismo. La perfección es consecuencia natural de la eternidad: basta con esperar el tiempo suficiente y todo llega a realizar su potencial. El carbón se convierte en diamante, la arena se convierte en perla, los monos se convierten en hombres. Pero no nos es dado ver esos logros durante nuestra vida, y cada fracaso se convierte en un recordatorio de la muerte.

Pero el amor perdido es un tipo especial de fracaso, me parece. Es un recordatorio de que algunos logros nunca llegan, no importa con qué devoción los hayamos deseado; de que algunos monos jamás serán hombres, aunque pasen todas las edades del mundo. ¿Qué debe pensar un chimpancé, que ni siquiera armado de una máquina de escribir y de la eternidad podrá escribir la obra de Shakespeare? Oír a Katie decir que prefería tomar una decisión definitiva, que las cosas entre ella y yo habían terminado, hubiera atrofiado mi percepción de mis posibilidades. Verla allí, bajo las arcadas de Blair, calentándose entre los brazos de Donald Morgan, hubiera despojado mi futuro de todas sus perlas y diamantes.

Y luego sucedió: en cuanto llegué a un perfecto estado de autocompasión, alguien llamó a la puerta. Después, el pomo giró y, como había hecho tantas veces con anterioridad, entró Katie. Debajo del abrigo llevaba puesto el suéter que más me gustaba, el de color esmeralda que hacía juego con el color de sus ojos.

–¿No ibas al concierto? –fue lo primero que logré decir.

De todas las combinaciones que podían resultar del chimpancé y su máquina, aquélla era tal vez la peor.

–¿Y tú? –dijo, mirándome de arriba abajo.

Imaginé el aspecto que debía de tener para ella. El lobo que Charlie me había mostrado en el espejo era el lobo que Katie veía en este momento.

–¿Qué haces aquí? –dije, mirando hacia la puerta.

–Ellos no van a venir. –Katie acaparó a la fuerza mi atención–. He venido para que puedas disculparte.

Pensé brevemente que Gil la había enviado, inventando algo acerca de lo mal que me sentía, que no sabía qué decir. Pero otra mirada me transmitió el mensaje contrario. Katie sabía que yo no tenía la más mínima intención de disculparme.

–¿Y bien?

–¿Crees que todo esto es culpa mía?

–Todo el mundo lo cree.

–¿Quién es todo el mundo?

–Hazlo, Tom. Discúlpate.

Discutir con ella no hacía más que irritarme conmigo mismo.

–Vale. Te quiero. Me hubiera gustado que las cosas funcionaran. Siento mucho que no haya sido así.

–Si te hubiera gustado que las cosas funcionaran, ¿por qué no hiciste nada al respecto?

–Mírame –le dije. La barba de cuatro días, el pelo descuidado–. Esto es lo que hice.

–Esto lo hiciste por el libro.

–Es lo mismo.

–¿Yo soy lo mismo que el libro?

–Sí.

Me miró fijamente, como si acabara de cavar mi propia tumba. Pero sabía bien lo que estaba a punto de decirle; era sólo que nunca había logrado aceptarlo.

–Mi padre dedicó su vida a la *Hypnerotomachia* –le dije–. Nunca me he sentido tan excitado como trabajando en este libro. Pierdo el sueño por este libro, dejo de comer por este libro, sueño con este libro. –Me di cuenta de que estaba mirando a mi alrededor en busca de palabras–. No sé cómo explicártelo. Es como ir al Battlefield a ver tu árbol. Estar cerca del libro me hace sentir que todo está bien, que ya no estoy perdido. –Mantuve la mirada lejos de la suya–. Entonces, ¿eres igual que el libro para mí? Sí. Por supuesto que sí. Eres lo único en el mundo que es igual que el libro para mí.

«Cometí un error. Pensé que podría teneros a los dos. Estaba equivocado.»

–¿Por qué he venido, Tom?

–Para refregármelo por las narices.

–¿Por qué?

–Para obligarme a discul…

–Tom. –Me paró en seco con una mirada–. ¿Por qué he venido?

«Porque sientes lo mismo que yo.»

«Sí.»

«Porque esto era demasiado importante como para dejarlo todo en mis manos.»

«Sí.»

–¿Qué quieres? –dije.

–Quiero que dejes de trabajar en el libro.

–¿Eso es todo?

–¿Todo? ¿«Eso es todo», preguntas?

Ahora, de repente, había emoción.

–Qué, ¿debo tener lástima de ti porque decidiste pasar de nosotros para portarte como un cerdo y vivir en ese libro? Mira, imbécil, yo llegué a pasar cuatro días con las persianas bajadas y la puerta cerrada con llave. Karen llamó a mis padres. Mamá vino desde New Hampshire.

–Lo sien…

–Cállate. Todavía no es tu turno. Fui al Battlefield para ver mi árbol, y no pude hacerlo. No pude, porque ahora es nuestro árbol. No puedo oír música, porque hemos cantado todas las canciones en el coche, o en mi habitación, o aquí. Tardo una hora en prepararme para ir a clase, porque la mitad del tiempo me siento mareada. No puedo encontrar mis calcetines, no puedo encontrar mi sujetador negro, que es mi favorito. Donald me pregunta todo el tiempo: «Cariño, ¿qué te pasa?, cariño, ¿qué te pasa?». –Katie se cubrió las muñecas con los puños de la camisa y se secó los ojos.

–No es por eso que… –comencé de nuevo.

Pero todavía no era mi turno.

–Con Peter, al menos podía entender lo que ocurría. No éramos perfectos como pareja. Él amaba el *lacrosse* más de lo que me amaba a mí; yo lo sabía. Quería acostarse conmigo, y después de eso, perdió todo interés. –Se pasa una mano por el pelo, intentando apartarse el flequillo, que le ha quedado enmarañado entre las lágrimas–. Pero tú... Yo luché por ti. Esperé un mes antes de dejarte besarme por primera vez. Lloré la noche después de que nos acostáramos, porque pensé que iba a perderte. –Se detuvo, irritada por la idea–. Y ahora te pierdo por culpa de un libro. Un libro. Al menos dime que no es así, Tom. Dime que todo este tiempo has estado saliendo también con una chica mayor. Dime que es porque ella no hace todas las cosas estúpidas que hago yo, no te baila desnuda como una idiota porque cree que te gusta su forma de cantar, ni te despierta a las seis de la mañana para ir a correr porque quiere estar segura, cada mañana, de que todavía existes. Dime algo.

Me miró, destrozada hasta un punto que le resultaba vergonzoso, y yo sólo podía pensar en una cosa. Hubo una noche, poco después del accidente, en que acusé a mi madre de no preocuparse por mi padre. «Si lo hubieras amado –le dije–, le habrías apoyado en su trabajo.» La expresión de su rostro (no puedo ni siquiera describirla) me reveló que no había nada más vergonzoso en el mundo que lo que acababa de decir.

–Te quiero –le dije a Katie, dando un paso hacia ella para que pudiera apoyar su cara en mi camisa y ser invisible durante un instante–. Lo siento mucho.

Y fue en ese momento, creo, cuando la marea empezó a cambiar. Mi estado terminal, el adulterio que había creído llevar en los genes, empezó a perder fuerza sobre mí. El triángulo comenzaba a derrumbarse. En su lugar quedaron dos puntos, una estrella binaria, separados por la distancia más pequeña posible.

Siguió un embrollo de silencios, todas las cosas que Katie necesitaba decir pero sabía innecesarias, todo lo que yo quería decir pero no sabía cómo.

–Se lo diré a Paul –le dije. Era lo mejor, lo más honesto que podía hacer–. Dejaré de trabajar en el libro.

Redención. Percatarse de que no era mi intención dar pelea, de que por fin me había dado cuenta de lo que realmente le convenía a mi felicidad, fue suficiente para que Katie hiciera algo que tenía guardado para después, cuando yo hubiera vuelto al redil definitivamente. Me besó. Y ese instante de contacto, como el rayo que le dio al monstruo la segunda vida, generó un nuevo comienzo.

Esa noche no vi a Paul; la pasé con Katie, y acabé por informarle a él de mi decisión a la mañana siguiente, en Dod. Tampoco él pareció sorprendido. Me había visto sufrir tanto con Colonna, que imaginaba que arrojaría la toalla a la primera señal de alivio. Charlie y Gil lo habían persuadido de que era lo mejor que se podía hacer, de todas formas, y no me lo reprochó. Tal vez pensó que volvería. Tal vez había avanzado tanto con los acertijos que se creyó capaz de resolverlos solo. Fuera lo que fuese, cuando por fin le hablé de mis razones –la lección de Jenny Harlow y el grabado de Carracci– se mostró de acuerdo. Por su expresión era evidente que sabía más que yo de Carracci, pero nunca me corrigió. Paul, que tenía más razones que cualquiera para considerar una interpretación mejor que otra, y para saber que entre la correcta y las demás hay una diferencia inmensa, se portó con generosidad ante mi forma de ver las cosas, igual que lo había hecho siempre. Era más que su forma de demostrar respeto, me parece: era su forma de demostrar amistad.

–Es mejor amar algo que pueda corresponderte –me dijo.

No necesitó añadir nada más.

Así pues, lo que comenzó como la tesina de Paul volvió a ser la tesina de Paul. Al principio parecía que lograría terminarla por su cuenta. El cuarto acertijo, que me había derrotado estrepitosamente, lo resolvió Paul en tres días. Sospecho que ya antes tenía su propia teoría, pero me la había ocultado porque sabía que de todas formas yo no hubiera aceptado sus consejos. La respuesta estaba en un libro titulado *Hierogliphica*, de un hombre llamado Horapollo. El libro salió a la luz en la Italia renacentista en la década de 1420; su autor se decía capaz de resolver los eternos problemas de interpretación de los jeroglíficos egipcios. Horapollo, a quien los humanistas recibieron como una especie de antiguo sabio egipcio, era en realidad un erudito del siglo v que escribía en griego y probablemente no sabía de jeroglíficos más de lo que sabe un esquimal de veranos. Algunos de los símbolos de su *Hieroglíphica* incluyen animales que ni siquiera son egipcios. De todas formas, en medio del fervor humanista por todo nuevo conocimiento, el texto fue extremadamente popular, al menos en los pequeños círculos donde la popularidad extrema y las lenguas muertas no se excluían mutuamente.

La lechuza, según Horapollo, es un símbolo de la muerte, «pues la lechuza desciende súbitamente sobre los cuervos más jóvenes en medio de la noche, tal como desciende la muerte sobre los hombres». El águila de pico curvo, escribió Horapollo, representa un viejo muriendo de hambre, «pues cuando el águila envejece, curva su pico y muere de hambre». El escarabajo ciego, finalmente, es un jeroglífico que representa a un hombre muerto de insolación, «pues el escarabajo muere cuando el sol lo ciega». A pesar de lo críptico que pueda parecer el razonamiento de Horapollo, lo cierto es que Paul supo inmediatamente que había llegado a la fuente correcta. Y pronto vio lo que los tres animales tenían en común: la muerte. Aplicando la palabra latina, *mors*, como clave, descubrió el cuarto mensaje de Colonna.

> Tú que tan lejos has llegado estás en compañía de los filósofos de mi época, que en tu época son quizá polvo del tiempo, pero en la mía fueron gigantes de la humanidad. Pronto he de entregarte la carga de lo restante, pues hay mucho que contar y temo que mi secreto se propague con demasiada facilidad. Pero antes, por deferencia a tus logros, te ofrezco los inicios de mi historia, y así sabrás que no te he conducido en vano hasta aquí.
>
> Hay en la tierra de mis hermanos un predicador que ha cubierto con gran pestilencia a los amantes del conocimiento. Lo

hemos combatido con todo nuestro ingenio, con toda nuestra influencia, pero este hombre solo ha levantado a nuestros compatriotas en contra nuestra. En las plazas, desde los púlpitos, los arenga, y los hombres vulgares de todas las naciones se alzan en armas para embestirnos. Igual que Dios, por celos, echó abajo la torre de la llanura de Shinar, que los hombres construyeron para llegar al cielo, así él levanta el puño contra nosotros, que intentamos algo semejante. Hace mucho tiempo tuve la esperanza de que los hombres desearan liberarse de su ignorancia, igual que el esclavo desea liberarse de su esclavitud. Es ésta una condición que no conviene a nuestra dignidad y es contraria a nuestra naturaleza. Sin embargo, descubro ahora que la raza de los hombres es cobarde, una perversión como la lechuza de mi acertijo, la cual, aunque pueda disfrutar del sol, prefiere la oscuridad. Tras la terminación de mi cripta, lector, dejarás de oír de mí. Ser príncipe entre gentes como éstas es ser un pordiosero en un castillo. Este libro será mi único hijo; quiérase que viva largo tiempo y que te sirva bien.

Paul se detuvo a duras penas a contemplar el texto y siguió con el quinto y último acertijo, que había encontrado mientras yo todavía me peleaba con el cuarto: «¿Dónde se encuentran la sangre y el espíritu?».

–Es el asunto filosófico más viejo del libro –me dijo, mientras yo me entretenía en la habitación preparándome para una noche con Katie.

–¿Qué asunto?

–La intersección de mente y cuerpo, la dualidad entre la carne y el espíritu. La vemos en Agustín, en *Contra Manichaeos*. La vemos en la filosofía moderna. Descartes pensó que podía ubicar el alma en los alrededores de la glándula pineal, en el cerebro.

Continuó en ese sentido, pasando las páginas de un libro de Firestone y farfullando filosofía, mientras yo preparaba las cosas.

–¿Qué lees? –le pregunté, sacando mi copia del *Paraíso perdido* para llevármela conmigo.

–Galeno –dijo Paul.

–¿Quién?

–El segundo padre de la medicina occidental después de Hipócrates.

Lo recordaba bien. Charlie había estudiado a Galeno en clase de Historia de la Ciencia. Según los estándares del Renacimiento, sin embargo, Galeno ya no era ningún niño: había muerto mil trescientos años antes de la publicación de la *Hypnerotomachia*.

–¿Para qué?

–Creo que el acertijo es sobre anatomía. Colonna debió de creer que había un órgano en el cuerpo donde se encontraban la sangre y el espíritu.

Charlie apareció en la puerta con los restos de una manzana en la mano.

–¿De qué habláis, aficionados? –dijo al oír que se hablaba de medicina.

–Un órgano como éste –dijo Paul, ignorándolo–. La *rete mirabile*. –Señaló un diagrama del libro–. Una red de nervios y vasos sanguíneos en la base del cerebro. Galeno pensaba que era aquí donde los espíritus de la vida se transformaban en espíritus animales.

–¿Y por qué no funciona? –pregunté, al tiempo que me miraba el reloj.

–No lo sé. No funciona como clave.

–Porque no existe en los humanos –dijo Charlie.

–¿Qué quieres decir?

Charlie levantó la cara y dio un último mordisco a su manzana.

–Galeno sólo diseccionó animales. La *rete mirabile* la encontró en un buey, o en una oveja.

La expresión de Paul se apagó.

–También armó un lío con la anatomía cardiaca –continuó Charlie.

–¿No hay septum? –dijo Paul, como si supiera a qué se refería Charlie.

–Sí que hay. Pero no tiene poros.

–¿Qué es el septum? –pregunté.

–La pared de tejido entre las dos mitades del corazón. –Charlie se acercó al libro de Paul y pasó las páginas hasta encontrar un diagrama del sistema circulatorio–. Galeno se equivocó de cabo a rabo. Dijo que había en el septum unos hoyos pequeñitos por los que la sangre pasaba de una cámara a la otra.

–¿Y no los hay?

–No –ladró Paul, que parecía haber trabajado en todo esto más tiempo del que yo creía–. Pero Mondino cometió el mismo error acerca del septum. Lo descubrieron Vesalio y Serveto, pero eso no ocurrió hasta mediados del siglo dieciséis. Leonardo siguió a Galeno. Harvey no describió el sistema circulatorio hasta el siglo diecisiete. Este acertijo es de finales del quince, Charlie. Tiene que ser la *rete mirabile* o el septum. Nadie sabía que el aire se mezclaba con la sangre en los pulmones.

Charlie soltó una risita.

–Nadie en Occidente. Los árabes lo averiguaron doscientos años antes de que tu amigo escribiera este librito.

Paul comenzó a buscar entre sus papeles. Creí que el asunto quedaba cerrado, y me di la vuelta para salir.

–Tengo que irme. Os veo más tarde, chicos.

Pero justo cuando me dirigía a la puerta, Paul encontró lo que había estado buscando: el texto en latín que había traducido semanas atrás, el texto del tercer mensaje de Colonna.

–El médico árabe –dijo–, ¿no se llamaría Ibn al-Nafis?

–El mismo –asintió Charlie.

Paul estaba emocionado.

–Francesco debió de recibir el texto de Andrea Alpago.

–¿De quién?

–El hombre que menciona en el mensaje. «Discípulo del venerable Ibn al-Nafis». –Antes de que cualquiera de nosotros pudiera hablar, Paul había comenzado a hablar solo–. ¿Cómo se dice pulmón en latín? *¿Pulmo?*

Me encaminé hacia la puerta.

–¿No te esperas para ver lo que dice?

–Tengo que ver a Katie en diez minutos.

–Sólo tardaré quince. Tal vez media hora.

Creo que fue justo en ese momento cuando se dio cuenta de cómo habían cambiado las cosas.

–Os veré por la mañana –dije.

Charlie, que lo entendía todo, sonrió y me deseó buena suerte.

Fue una noche especial para Paul, me parece. Se dio cuenta de que me había perdido definitivamente. También intuyó que no importaba cuál fuera el mensaje final de Colonna: era imposible que contuviera el secreto entero de aquel hombre, tan poco había sido revelado en las primeras cuatro partes. La segunda mitad de la *Hypnerotomachia* que, según habíamos asumido siempre, no era más que relleno, debía de contener en realidad más textos cifrados. Y el poco consuelo que Paul recibió de los conocimientos médicos de Charlie se disipó rápidamente, cuando vio el mensaje de Colonna y se dio cuenta de que tenía razón.

> Temo por ti, lector, como temo por mí mismo. Como has percibido hasta ahora, ha sido mi intención desde el comienzo de este texto revelarte mis secretos, sin importar cuán profundamente los envolviera en sus cifras. He deseado que encuentres lo que buscas, y he actuado para ti como guía.
>
> Ahora, sin embargo, encuentro que no tengo fe suficiente en mi propia creación para continuar de este modo. Quizá no estoy en capacidad de juzgar la verdadera dificultad de los acertijos aquí contenidos, aun si sus creadores me aseguran que sólo un verdadero filósofo logrará resolverlos. Quizá también estos sabios envidian mi secreto, y me han engañado de manera que puedan robar después lo que por derecho nos pertenece. Nuestro predicador es hombre en verdad astuto, y sus seguidores se encuentran por doquier; temo que envíe a sus soldados contra mí.
>
> Es pues para defenderte, lector, que emprendo mi curso presente. Entre mis capítulos, allí donde te has acostumbrado a encontrar un acertijo, en adelante no encontrarás ninguno, y

no habrá soluciones que puedan guiarte. Emplearé tan sólo mi Regla del Cuatro durante el viaje de Polífilo, pero no te ofreceré sugerencia alguna acerca de su naturaleza. Sólo tu intelecto te guiará de ahora en adelante. Que Dios y el genio, amigo mío, te lleven por el buen camino.

Sólo la confianza en sí mismo impidió que Paul sintiese su propio abandono hasta que hubieron transcurrido varios días. Yo lo había abandonado; Colonna lo había abandonado; ahora, navegaba solo. Trató, al principio, de volver a involucrarme en el proceso. Juntos habíamos resuelto tantas cosas que le pareció egoísta permitir que me ausentase en el último minuto. Estábamos tan cerca de lograrlo, pensó; nos quedaba tan poco por hacer.

Pasó una semana, y luego otra. Mi relación con Katie empezaba de nuevo: volví a aprenderla; la amaba sólo a ella. Tanto había sucedido en las semanas que habíamos pasado separados, que mis intentos por ponerme al día me absorbían totalmente. Alternábamos las comidas entre el Cloister y el Ivy. Ella tenía nuevos amigos; ambos teníamos nuevos hábitos. Empecé a interesarme en sus asuntos familiares. Sentía que estaba deseosa de contarme cosas, y que lo haría cuando hubiera recuperado por completo la confianza en mí.

Todo lo que Paul había aprendido a través de los acertijos de Colonna, mientras tanto, comenzó a fallarle. Como un cuerpo cuyas funciones comienzan lentamente a decaer, la *Hypnerotomachia* se resistía a las medicinas más fiables. La Regla del Cuatro era esquiva; Colonna no había dado indicación alguna de su origen. Charlie, el héroe del quinto acertijo, pasó algunas noches en vela acompañando a Paul y preocupado por el efecto de mi partida. Nunca me pidió ayuda, sabedor de lo que el libro me había hecho antes, pero era evidente que se movía alrededor de Paul como un médico que vigila a un paciente cuya salud, se teme, empeora gravemente. Le sobrevenía una cierta oscuridad –el corazón roto de un amante libresco– y Paul era impotente frente a ella. Sufriría, sin mi ayuda, hasta el fin de la Semana Santa.

Capítulo 19

En el camino de vuelta a Dod, barajo las fotografías del Princeton Battlefield. Foto tras foto he sorprendido a Katie en pleno movimiento, corriendo hacia mí con el pelo flotando en el aire y la boca medio abierta, con las palabras atrapadas en el registro de la experiencia que la cámara es incapaz de capturar. La alegría de estas fotos consiste en el placer de imaginar su voz en ellas. Dentro de doce horas la veré en el Ivy; la llevaré al baile que ha estado esperando casi desde que nos conocimos, y sé lo que quiere que le diga. Que he tomado una decisión y soy capaz de cumplirla; que he aprendido la lección. Que no regresaré a la *Hypnerotomachia*.

Cuando llego a la habitación, esperando encontrar a Paul en su escritorio, su litera sigue vacía, y ahora los libros de su tocador han desaparecido. Pegada con celo a la parte superior del marco de la puerta hay una nota redactada en letras grandes y rojas:

> Tom,
>
> ¿Dónde estás? He vuelto para buscarte. ¡He resuelto 4S-10E-2N-6O! Voy a buscar un topógrafo en Firestone, luego a McCosh. Vincent dice tener el plano. 10.15.
>
> P.

Leo el mensaje de nuevo, tratando de hacer encajar las piezas. El sótano de McCosh Hall es donde está el despacho de Taft. Pero la última línea me deja paralizado: *Vincent dice tener el plano.* Levanto el teléfono y llamo a la sede de los servicios médicos. Charlie se pone al teléfono en cuestión de segundos.

–¿Qué hay, Tom?

–Paul ha ido a ver a Taft.

–¿Qué? Pensaba que iba a hablar de Stein con el decano.

–Tenemos que encontrarlo. ¿Puedes buscar a alguien que te...?

Antes de que pueda terminar la frase, un sonido ahogado interrumpe la llamada, y escucho a Charlie hablando con alguien al otro lado de la línea.

–¿Cuándo se ha ido Paul? –dice al volver.

–Hace unos diez minutos.

–Voy para allá. Lo alcanzaremos.

El Volkswagen Karmann Ghia modelo 1973 de Charlie llega a la parte posterior de Dod más de quince minutos después. El viejo coche parece un sapo de metal que se ha quedado oxidado en mitad de un salto. Antes de que me agache para sentarme en el asiento del copiloto, Charlie ya ha metido la marcha atrás.

–¿Por qué has tardado tanto?

–Una periodista llegó cuando ya estaba saliendo –dice–. Quería hablarme de lo de anoche.

–¿Y?

–Alguien del Departamento de Policía le contó lo que dijo Taft en su interrogatorio. –Entramos en Elm Drive, donde pequeñas crestas de nieve fangosa le dan al asfalto una superficie dispareja, como la del océano por la noche–. ¿No me dijiste que Taft conoció a Richard Curry hace mucho tiempo?

–Sí. ¿Por qué?

–Porque le dijo a los policías que sólo conocía a Curry a través de Paul.

Apenas entramos en la zona norte del campus diviso a Paul en el patio que hay entre la biblioteca y el Departamento de Historia, caminando hacia McCosh.

–¡Paul! –grito por la ventanilla.

–¿Qué haces? –le dice bruscamente Charlie mientras aparca junto al bordillo.

–¡Lo he resuelto! –dice Paul, sorprendido de vernos–. Todo. Sólo necesito el plano. Tom, no vas a creer esto. Es la cosa más sor...

–¿Qué? Dímelo.

Pero Charlie no está dispuesto a escuchar.

–No irás a ver a Taft –dice.

–No entiendes. He terminado...

–Escúchame –interrumpe Charlie–. Paul, sube al coche. Nos vamos a casa.

–Tiene razón –digo–. No debiste haber venido solo.

–Iré a ver a Vincent –dice Paul en voz baja, y comienza a caminar en dirección del despacho de Taft–. Sé lo que hago.

Charlie empieza a conducir marcha atrás, manteniéndose junto a Paul.

–¿Crees que simplemente te dará lo que quieres?

–Es él quien me ha llamado, Charlie. Me ha dicho que lo haría.

–¿Ha admitido que se lo robó a Curry? –pregunto–. ¿Por qué iba a darte el plano ahora?

–Paul –dice Charlie, parando el coche–. Taft no te dará nada.

Lo dice de tal forma que Paul se detiene.

Charlie baja la voz y explica lo que ha sabido por la periodista.

–Anoche, cuando la policía le preguntó a Taft si se le ocurría quién podía haberle hecho esto a Bill Stein, Taft dijo que se le ocurrían dos personas.

La expresión de Paul empieza a apagarse, el entusiasmo por el descubrimiento a decaer.

–El primero era Curry –dice Charlie–. El segundo eras tú. –Hace una pausa para que el énfasis cale–. Así que no me importa qué te haya dicho por teléfono. Tienes que alejarte de él.

Una vieja furgoneta blanca pasa rugiendo junto a nosotros. Bajo sus ruedas, la nieve cruje.

–Ayudadme, entonces –dice Paul.

–Lo haremos. –Charlie abre la puerta–. Te llevaremos a casa.

Paul se aprieta el abrigo.

–Ayudadme viniendo conmigo. Cuando Vincent me dé el plano, no lo necesitaré más.

Charlie lo mira fijamente.

–Pero ¿es que no me has oído?

Sin embargo, hay un aspecto de todo esto que Charlie no comprende. No sabe lo que significa que Taft haya escondido el plano durante todo este tiempo.

–Estoy a punto de tenerlo en mis manos, Charlie –dice Paul–. Lo único que debo hacer es defender lo que he encontrado. ¿Y tú me dices que me vaya a casa?

–Mira –comienza Charlie–, sólo digo que necesitamos...

Pero lo interrumpo.

–Paul, iremos contigo.

–¿Qué? –dice Charlie entre dientes.

–Vamos.

Abro la puerta del copiloto. Paul se vuelve. No esperaba esto.

–Si está decidido a ir, con o sin nosotros –le digo a Charlie en voz baja, entrando de nuevo en el coche–, yo voy con él.

Paul comienza a caminar hacia McCosh mientras Charlie reconsidera su posición.

–Si estamos los tres, Taft no puede hacer nada –digo–. Lo sabes.

Charlie exhala lentamente, dejando en el aire una nube de vapor. Al final, abre un espacio en la nieve para el coche y saca la llave del contacto.

Nos abrimos paso aceleradamente entre la nieve hacia el edificio gris, pero tardamos una eternidad en llegar al despacho de Taft. La habitación está en las entrañas de McCosh, donde los pasillos son tan estrechos y las escaleras tan empinadas que tenemos que avanzar en fila india. Es difícil creer que

Vincent Taft pueda respirar aquí dentro, no digamos ya moverse. Incluso yo tengo la sensación de ser demasiado grande para el lugar. Charlie debe de sentirse atrapado.

Miro hacia atrás, sólo para asegurarme de que sigue ahí. Su presencia tras nosotros, llenando los umbrales y cubriéndonos las espaldas, me da la confianza necesaria para seguir adelante. Ahora me doy cuenta de lo que antes fui incapaz de admitir: si Charlie no hubiera venido con nosotros, yo no podría haber seguido adelante.

Paul nos conduce por el último pasillo hacia la solitaria habitación del fondo. Como es fin de semana y estamos de vacaciones, la mitad de los despachos están cerrados y a oscuras. Sólo bajo la puerta blanca en la que hay una placa con el nombre de Taft se ve el desbordante resplandor de la luz. La pintura de la puerta está desconchada y en los bordes, donde se une a la jamba, se dobla sobre sí misma. En la parte inferior del panel hay una leve línea que ha perdido el color: la marca de la altura a la que llegó el agua tras una vieja inundación de los conductos de vapor que hay bajo el suelo del sótano. La mancha no ha sido repintada desde la llegada de Taft, hace una eternidad.

Cuando Paul levanta la mano para llamar, nos llega una voz de adentro.

–Llegas tarde –gruñe Taft.

El pomo chirría cuando Paul lo hace girar. Siento que Charlie se me pega a la espalda.

–Venga –susurra, empujándome hacia delante.

Taft está solo, sentado tras un gran escritorio antiguo, hundido en una silla de cuero. Ha puesto su abrigo de *tweed* sobre el espaldar de la silla y, con las mangas levantadas hasta los codos, corrige las páginas de un manuscrito con un bolígrafo rojo que en su puño parece diminuto.

–¿Por qué han venido ellos? –pregunta.

–Dame el plano –dice Paul, yendo al grano.

Taft mira a Charlie y luego a mí.

–Sentaos –dice, señalando un par de sillas con dos dedos gruesos.

Echo una mirada alrededor, tratando de ignorarlo. Todas las paredes de este diminuto despacho están cubiertas de anaqueles de madera. En los espacios vacíos de los que se ha extraído un volumen hay un rastro de polvo. Hay un sendero gastado sobre la alfombra: marca el camino de Taft entre su escritorio y la puerta.

–Sentaos –repite Taft.

Paul está a punto de negarse cuando Charlie le da un leve empujón hacia la silla, ansioso por terminar con esto de una vez.

Taft hace una bola con un trapo que lleva en la mano y se limpia con él la boca.

–Tom Sullivan –dice, al notar por fin el parecido.

Asiento, pero no digo nada. Detrás de él, en la pared, hay una picota montada con las mandíbulas abiertas. El único toque de luz o de color de toda la habitación es el rojo del cuero marroquí de los libros encuadernados y el dorado de las páginas.

–Déjalo en paz –dice Paul, inclinándose hacia delante sobre la silla–. ¿Dónde está el plano?

Me sorprende la contundencia con que habla.

Taft chasquea la lengua y se lleva una taza de té a la boca. Tiene una expresión desagradable en los ojos, como si esperara que alguno de nosotros iniciase una discusión. Finalmente se levanta de la silla de cuero, se sube aún más las mangas de la camisa, y se dirige pesadamente a un espacio entre las estanterías donde hay una caja fuerte empotrada en la pared. Introduce la combinación con una mano velluda, mueve la palanca y la puerta gira sobre sus bisagras. Mete la mano y saca un cuaderno de cuero.

–¿Es eso? –dice Paul débilmente.

Sin embargo, cuando Taft lo abre y le entrega algo a Paul, se trata sólo de una página con el membrete del Instituto, mecanografiada y fechada hace dos semanas.

–Quiero que conozcas el estado de las cosas –dice Taft–. Lee.

Cuando me doy cuenta del efecto que el papel tiene sobre Paul, me inclino para leerlo también.

Estimado Meadows:

De conformidad con nuestra conversación del 12 de marzo relacionada con Paul Harris, le envío la información solicitada. Como sabe, el señor Harris ha solicitado varias prórrogas del día de entrega, y ha sido altamente reservado en lo concerniente al contenido de su trabajo. Sólo la semana pasada, cuando presentó, por insistencia mía, un informe final de sus progresos, comprendí la razón. Por favor encuentre adjunta una copia de mi artículo de próxima publicación, «El misterio desvelado: Francesco Colonna y la *Hypnerotomachia Poliphili*», programado tentativamente para la edición de otoño de la *Renaissance Quarterly*. También adjunto una copia del informe del señor Harris para efectos de comparación. Por favor contácteme en caso de cualquier duda. Atentamente,

Prof. Vincent Taft

Nos quedamos sin habla.

El ogro se vuelve hacia nosotros.

–He trabajado treinta años en esto –dice, con una extraña serenidad en la voz–. Y ahora los resultados ni siquiera llevan mi nombre. Nunca me has agradecido nada, Paul. Ni cuando te presenté a Steven Gelbman. Ni cuando recibiste acceso especial a la Sala de Libros Raros y Antiguos, ni cuando te concedí múltiples prórrogas para tu inútil trabajo. Nunca.

Paul está demasiado sorprendido para responder.

–No aceptaré que me quites esto –continúa Taft–. He esperado demasiado tiempo.

–Tienen mis otros informes –tartamudea Paul–. Tienen los registros de Bill.

–Nunca han visto ninguno de tus informes –dice Taft, abriendo un cajón y sacando un fajo de impresos–. Y mucho menos los registros de Bill.

–Sabrán que no es tuyo. No has publicado nada sobre Francesco en veinticinco años. Ya ni siquiera trabajas en la *Hypnerotomachia*.

Taft se acaricia la barba.

–La *Renaissance Quarterly* ha visto tres borradores preliminares de mi artículo. Y he recibido varias llamadas felicitándome por mi conferencia de anoche.

Recordando las fechas de las cartas de Stein, me doy cuenta de que el plan se remonta a hace mucho tiempo, a meses de sospechas entre Stein y Taft sobre quién robaría primero la investigación de Paul.

–Pero él ya ha llegado a algunas conclusiones –digo cuando veo que Paul no parece percatarse de ello–. No le ha hablado a nadie de ellas.

Espero que Taft reaccione de mala manera, pero parece divertido.

–¿Conclusiones tan pronto, Paul? –dice–. ¿A qué podemos atribuir este repentino éxito?

Taft sabe lo del diario.

–Dejaste que Bill lo encontrara –dice Paul.

–Pero tú todavía no sabes lo que Paul ha encontrado –insisto.

–Y tú –dice Taft, volviéndose hacia mí– eres tan iluso como tu padre. Si un chico puede resolver el significado del diario, ¿crees que yo no puedo?

Paul está aturdido. Sus ojos dan vueltas por la habitación.

–Para mi padre, usted no era más que un imbécil –digo.

–Tu padre se murió esperando que una Musa le susurrara al oído –ríe Taft–. La erudición es rigor, no inspiración. Nunca quiso escucharme y sufrió las consecuencias.

–Él tenía razón sobre el libro. Tú estabas equivocado.

El odio baila en sus ojos.

–Sé muy bien lo que hizo, niño. No estés tan orgulloso.

Miro a Paul, sin entender, pero él ha dado varios pasos hacia la estantería.

Taft se inclina hacia mí.

–Pero ¿cómo juzgarlo? Había fracasado, caído en desgracia... El rechazo de su libro fue el *coup de grâce*.

Me doy la vuelta, estupefacto.

–Y lo hizo con su propio hijo en el coche –continúa Taft–. Qué significativo.

–Fue un accidente... –digo.

Taft sonríe, y en su sonrisa hay mil dientes.

Doy un paso hacia él. Charlie me pone una mano en el pecho, pero me la sacudo de encima. Lentamente, Taft se levanta de su silla.

–Fue culpa tuya –digo, vagamente consciente de estar gritándole.

La mano de Charlie está de nuevo sobre mí, pero me aparto, caminando hacia delante hasta que la esquina de la mesa me roza la cicatriz de la pierna.

Taft rodea el escritorio y se pone a mi alcance.

–Te está provocando, Tom –dice Paul en voz baja desde el otro extremo de la habitación.

–No, se lo hizo él solo –dice Taft.

Y lo último que recuerdo, antes de empujarlo con todas mis fuerzas, es la sonrisa de su rostro. Taft cae –se desploma sobre su propio peso– y en el suelo de la habitación resuena un trueno. Todo parece escindirse: las voces que gritan, las imágenes que se hacen borrosas, y en ese momento las manos de Charlie están de nuevo tirando de mí.

–Vamos –dice. Trato de zafarme, pero Charlie es más fuerte. –Vamos –le repite a Paul, que sigue mirando a Taft, que está tirado en el suelo.

Pero es demasiado tarde. Taft se levanta, tambaleante, y avanza hacia mí.

–No te acerques –dice Charlie, extendiendo una mano en dirección a Taft.

Taft me mira fijamente desde el otro extremo del brazo de Charlie. Paul, ajeno a ellos, mira alrededor de la habitación, buscando algo. Finalmente, Taft recobra la cordura y coge el teléfono.

Un golpe de terror se registra en el rostro de Charlie.

–Vámonos –dice, dando un paso atrás–. Ahora.

Taft pulsa tres números, tres números que Charlie ha visto demasiado a menudo para no reconocerlos.

–Policía –dice, mirándome a los ojos–. Vengan de inmediato, por favor. Me están atacando en mi despacho.

Charlie me empuja hacia fuera.

–Vamos –dice.

En ese momento, Paul se lanza hacia la caja abierta y saca todo lo que queda en su interior. Luego empieza a sacar papeles y libros de las estanterías, arrancando sujetalibros, dándole la vuelta a todo lo que encuentra a su paso.

Cuando tiene en su mano una pila de papeles de Taft, retrocede y sale disparado por la puerta, sin ni siquiera mirarnos a Charlie o a mí.

Lo perseguimos. El último sonido que sale del despacho es el de Taft al teléfono, anunciando nuestros nombres a la policía. Su voz sale por la puerta y hace eco en el pasillo.

Nos apresuramos a través del pasillo hacia las oscuras escaleras del sótano cuando una bocanada de aire frío llega desde arriba. Dos oficiales del campus han llegado al pie de la escalera, encima de nosotros.

–¡Quédense donde están! –grita uno de ellos a través de la estrecha escalera.

Nos paramos en seco.

–¡Policía del campus! ¡No se muevan!

Paul mira por encima de mi hombro hacia el extremo opuesto del pasillo, aferrado a los papeles que lleva en la mano izquierda.

–Obedece –le dice Charlie.

Pero sé bien lo que ha llamado la atención de Paul. Hay un armario de conserje. Y dentro, una de las entradas a los túneles.

–No es seguro –dice Charlie en voz baja, poniéndose delante de Paul para impedir que siga corriendo–. Están construyen…

Los vigilantes interpretan el movimiento como un intento de huida y uno baja la escalera a toda velocidad mientras Paul se dirige a la puerta.

–¡Deténganse! –grita el vigilante–. ¡No entren allí!

Pero Paul ya está en la entrada, abriendo de un tirón el panel de madera. Luego, desaparece.

Charlie no lo duda. Antes de que cualquiera de los policías se dé cuenta, se adelanta y se dirige con rapidez hacia la puerta. Oigo un golpe seco cuando Charlie salta al suelo del túnel, tratando de detener a Paul.

Enseguida su voz, gritando el nombre de Paul, hace un eco que me llega desde abajo.

–¡Salgan! –ruge el vigilante, pero su voz no hace más que empujarme hacia delante.

El agente se inclina hacia dentro y vuelve a llamar, pero sólo hay silencio.

–Llámalo... –comienza a decir el primero, pero entonces un ruido atronador sube rugiendo desde los túneles, y la caldera, junto a nosotros, comienza a silbar.

De inmediato me doy cuenta de lo que ha ocurrido: un tubo de vapor ha estallado. Y en ese instante oigo a Charlie gritar.

Un momento después llego al umbral del armario. La alcantarilla es pura oscuridad, de manera que doy un salto al vacío. Cuando toco tierra, la adrenalina atraviesa mis venas, viva como un relámpago, y el dolor de la caída se desvanece antes de expandirse. Me obligo a levantarme. Charlie gime a lo lejos, y al hacerlo me conduce a donde está, mientras los vigilantes gritan desde arriba. Uno de los agentes tiene la sensatez de percatarse de lo que ha pasado.

–Llamaremos una ambulancia –grita al interior del túnel–. ¿Me oyen?

Me muevo a través de una niebla densa como la sopa. El calor se hace más intenso, pero sólo puedo pensar en Charlie. El silbido del tubo ahoga los demás sonidos a intervalos regulares.

Los gemidos de Charlie se han vuelto más claros. Avanzo intentando llegar hasta él, y al final, tras una curva de los tubos, lo encuentro. Está doblado sobre sí mismo, inmóvil. Tiene la ropa destrozada y el pelo pegado a la cabeza. Desde lejos, mientras mis ojos se ajustan a la luz, alcanzo a ver un hoyo abierto en un tubo del tamaño de un barril que hay cerca del suelo.

–Hum –gime Charlie.

No le entiendo.

–Hum…

Me doy cuenta de que trata de decir mi nombre.

Tiene el pecho empapado. El vapor lo ha golpeado en pleno estómago.

–¿Puedes ponerte en pie? –pregunto, tratando de poner su brazo alrededor de mi hombro.

–Hum… –murmura, y enseguida pierde el conocimiento.

Aprieto los dientes y trato de levantarlo, pero es como tratar de mover una montaña.

–Vamos, Charlie –le ruego, levantándolo un poco–. No te desmayes.

Pero intuyo que a cada segundo me escucha menos. Su peso es más mortecino.

–¡Socorro! –grito al vacío–. ¡Ayúdenme!

Tiene la camisa hecha jirones en el lugar en el que ha recibido el impacto del vapor, y la piel empapada. A duras penas lo oigo respirar.

–Mmm… –gorjea, tratando de enroscar un dedo alrededor de mi mano.

Lo cojo por los hombros y lo sacudo de nuevo. Al final oigo pasos. Un rayo de luz penetra la niebla y logro ver a un médico –dos, en realidad– apresurándose hacia mí.

Un segundo después están tan cerca que puedo distinguir sus rostros. Pero cuando los rayos de luz de las linternas pasan sobre el cuerpo de Charlie, uno de ellos dice:

–Dios mío.

–¿Está herido? –me dice el otro, dándome pequeñas palmadas en el pecho.

Lo miro fijamente, pero no puedo entender lo que dice. Enseguida, cuando miro el círculo de mi estómago iluminado por la linterna, lo entiendo todo. El agua que cubría el pecho de Charlie no era agua. Estoy cubierto con su sangre.

Ambos enfermeros están con él, tratan de reanimarlo.

Un tercero llega y trata de moverme, pero lo rechazo para quedarme junto a Charlie. Lentamente siento que me desvanezco. En medio de la oscuridad y del calor, comienzo a perder la noción de la realidad. Un par de manos me conducen fuera del túnel, y veo a los dos agentes, acompañados ahora de otros dos policías: todos observan mientras el equipo de enfermeros me saca a la superficie.

Lo último que recuerdo es la expresión del rostro del vigilante que me observa surgir de la oscuridad, ensangrentado desde la cara hasta la punta de los dedos. Al principio parece aliviado de verme salir a trompicones del desastre. Enseguida su expresión cambia, y el alivio desaparece de sus ojos cuando se da cuenta de que la sangre no es mía.

Capítulo 20

Recobro el conocimiento en una cama del Centro Médico Princeton varias horas después del accidente. Paul está sentado a mi lado, contento de verme despertar, y fuera hay un policía. Alguien me ha cambiado la ropa y me ha metido en una bata de papel que cruje como un pañal cuando me siento en la cama. Tengo sangre debajo de las uñas, negra como la tierra, y hay en el aire un olor familiar, algo que recuerdo de mi pasado hospitalario. El olor de la enfermedad limpiada con desinfectante. El olor de la medicina.

–¿Tom? –dice Paul.

Me yergo para darle la cara, pero una punzada de dolor me recorre el brazo.

–Con cuidado –dice, inclinándose–. El doctor dice que te has hecho daño en el hombro.

Ahora, a medida que recupero la conciencia, siento el dolor bajo el vendaje.

–¿Qué te ha pasado allá abajo? –le pregunto.

–Ha sido estúpido. Una simple reacción. Después de la explosión del tubo, no he podido volver con Charlie. Todo el vapor venía hacia mí. He regresado por la salida más cercana y la policía me ha traído aquí.

–¿Dónde está Charlie?

–En Urgencias. No dejan que lo vea nadie.

Su voz se ha vuelto llana. Tras frotarse un ojo, echa una mirada por la puerta. Una vieja pasa en su silla de ruedas, ágil como un niño en un cochecito. El policía la observa, pero no sonríe. En el suelo hay un pequeño triángulo amarillo que dice «Cuidado: superficie resbaladiza».

–¿Está bien?

Paul mantiene la mirada en la puerta.

–No lo sé. Will ha dicho que estaba justo enfrente del tubo roto cuando lo han encontrado.

–¿Will?

–Will Clay, el amigo de Charlie. –Paul pone una mano sobre la barandilla de la cama–. Es él quien te ha sacado.

Trato de recordarlo, pero no veo más que siluetas en los túneles, iluminadas en los bordes por las linternas.

–Charlie y él cambiaron de turno cuando decidisteis ir a buscarme –añade Paul.

Hay una gran tristeza en su voz. Cree que todo esto es culpa suya.

–¿Quieres que llame a Katie?

Le indico que no. Antes quiero estar más consciente.

–La llamaré después –digo.

La anciana pasa por segunda vez, y ahora veo la escayola de su pierna izquierda, entre la rodilla y los dedos de los pies. Está despeinada y lleva los pantalones arremangados por encima de la rodilla, pero en sus ojos hay un brillo leve, y al pasar le muestra al agente una sonrisa desafiante, como si hubiera quebrantado la ley en lugar de haberse quebrantado un hueso. Charlie me dijo una vez que a los pacientes geriátricos les gusta sufrir una caída pequeña o una enfermedad menor de vez en cuando. Perder una batalla les recuerda que aún están ganando la guerra. Y de repente me golpea la ausencia de Charlie, el vacío existente donde tendría que estar su voz.

–Debe de haber perdido mucha sangre –digo.

Paul se mira las manos. En el silencio, oigo a alguien que respira con dificultad al otro lado de la mampara que separa mi cama de la siguiente. En ese momento una doctora entra en la habitación. El agente le toca el codo de la bata blanca; cuando la doctora se detiene, los dos intercambian frases en voz baja.

–¿Thomas? –dice, acercándose a la cama con una carpeta y el ceño fruncido.

–¿Sí?

–Soy la doctora Jansen. –Se dirige al lado opuesto de la cama para examinarme el brazo–. ¿Cómo te encuentras?

–Bien. ¿Cómo está Charlie?

Me palpa el hombro levemente, lo suficiente para hacerme reaccionar.

–No lo sé. Ha estado en Urgencias desde su llegada.

No tengo la cabeza lo bastante clara para saber qué puede significar el hecho de que reconozca a Charlie por su nombre de pila.

–¿Se pondrá bien?

–Es demasiado pronto –dice, sin levantar la mirada.

–¿Cuándo podremos verlo? –pregunta Paul.

–Cada cosa a su tiempo –dice ella, poniendo una mano entre mi espalda y la almohada, y luego levantándome–. ¿Duele?

–No.

–¿Y esto?

Me pone dos dedos sobre la clavícula.

–No.

La presión de los dedos continúa en mi espalda, mi codo, mi muñeca, mi cabeza. La doctora hace uso del estetoscopio, por si acaso, y finalmente se sienta. Los médicos son como la gente que hace apuestas: siempre andan buscando la combinación correcta. Los pacientes son como las máquinas tragaperras: si les tuerces el brazo lo suficiente, acaban dando el premio gordo.

–Tienes suerte de que no haya sido peor –dice–. No hay fractura, pero los tejidos han sido dañados. Lo sentirás cuando los analgésicos ya no te hagan efecto. Ponte hielo dos veces al día. Luego tendrás que volver para que podamos echarle otra mirada.

La doctora despide un olor terrenal, como de sudor y jabón. Al recordar el botiquín de medicamentos que almacené después del accidente, se me ocurre que ahora sacará un bloc de recetas, pero no lo hace.

–Hay alguien que quiere hablar contigo –me dice en cambio.

En ese momento, debido al tono agradable en que lo dice, me imagino a un amigo en el pasillo, tal vez Gil, que ha regresado de los clubes, o incluso mi madre, que ha venido desde Ohio. De repente me doy cuenta de que ignoro cuánto tiempo ha pasado desde que me sacaron a rastras del subsuelo.

Pero en el umbral aparece una cara distinta, una cara que nunca he visto antes. Es una mujer, pero no es la doctora, y definitivamente no es mi madre. Es pesada y pequeña; lleva una falda redonda y negra que le llega a las pantorrillas y unas medias negras y opacas. La blusa blanca y la chaqueta roja le dan un aire maternal, pero lo primero que se me ocurre es que es una administradora de la universidad.

La doctora y la mujer intercambian miradas, luego intercambian posiciones: una entra y la otra sale. La mujer de las medias negras se detiene a poca distancia de la cama y le hace un gesto a Paul, pidiéndole que se acerque. Hablan sin que pueda oír lo que dicen, y luego, inesperadamente, Paul me pregunta si estoy bien, espera a que se lo confirme, y se va con un hombre que está junto a la puerta.

–Agente –dice la mujer–, ¿le importaría cerrar la puerta al salir?

Para mi sorpresa, el agente asiente y cierra la puerta, dejándonos a solas.

La mujer se acerca al lado de la cama, moviéndose como un pato, deteniéndose para echar una mirada a la cama que hay al otro lado de la cortina.

–¿Cómo te encuentras, Tom?

Se sienta en la silla donde estaba Paul, y la silla desaparece. Tiene mejillas de ardilla; cuando habla, parece tenerlas llenas de nueces.

–No muy bien –digo con recelo.

Inclino mi lado derecho hacia ella para mostrarle el vendaje.

–¿Puedo traerte algo?

–No, gracias.

–Mi hijo estuvo aquí el mes pasado –dice distraídamente mientras se busca algo en el bolsillo de la chaqueta–. Para una apendectomía.

Estoy a punto de preguntarle quién es cuando se saca una pequeña cartera de cuero del bolsillo del pecho.

–Tom, soy la detective Gwynn. Quisiera que habláramos acerca de lo que ha sucedido hoy.

Abre la cartera para enseñarme la insignia, después se la vuelve a meter en el bolsillo.

–¿Dónde está Paul?

–Hablando con el detective Martin. Me gustaría hacerte algunas preguntas acerca de Bill Stein. ¿Sabes quién era?

–El que murió anoche.

–Fue asesinado. –La detective deja que un silencio puntúe la última palabra–. ¿Lo conocía alguno de tus compañeros de habitación?

–Paul lo conocía. Trabajaban juntos en el Instituto de Estudios Avanzados.

La detective saca un bloc de notas del bolsillo de la chaqueta.

–¿Conoces a Vincent Taft?

–Más o menos –digo, intuyendo algo más grande en el horizonte.

–¿Has estado en su despacho esta mañana?

La presión se acumula en mis sienes.

–¿Por qué?

–¿Te has peleado con él?

–Yo no lo llamaría pelea.

Ella toma nota.

–¿Estuvisteis en el museo anoche, tú y tu compañero de habitación?

La pregunta parece tener mil consecuencias posibles. Trato de recordar. Paul se cubrió las manos con los puños de la camisa cuando tocó las cartas de Stein. Nadie hubiera podido reconocernos las caras en la oscuridad.

–No.

La detective mueve los labios como hacen algunas mujeres para arreglarse el pintalabios. Soy incapaz de interpretar su lenguaje corporal. Al final, saca una hoja de papel de una carpeta y me la pasa. Es una fotocopia del registro que Paul y yo firmamos frente al guardia del museo. La fecha y la hora aparecen junto a nuestros nombres.

–¿Cómo entrasteis a la biblioteca del museo?

–Paul tenía el código –digo, dándome por vencido–. Bill Stein se lo dio.

–El escritorio de Stein era parte de la escena del crimen. ¿Qué estabais buscando?

–No lo sé.

La detective me regala una mirada de simpatía.

–Creo que tu amigo Paul –dice– te ha metido en más problemas de los que crees.

Espero a que le ponga un nombre al asunto, un nombre legal, pero no lo hace. En cambio, dice:

–Es tu nombre el que aparece en la hoja de seguridad, ¿no es cierto? –Levanta el papel y me lo quita–. Y has sido tú quien ha agredido al profesor Taft.

–No lo he…

–Es curioso que tu amigo Charlie fuera quien trató de reanimar a Bill Stein.

–Charlie es estudiante de…

–Pero ¿dónde estaba Paul Harris?

Durante un momento desaparece la fachada. Una cortina se alza sobre sus ojos, y la matrona amable ha desaparecido.

–Tienes que comenzar a preocuparte por ti mismo, Tom.

No logro saber si es una amenaza o un consejo.

–Tu amigo Charlie está en el mismo barco –dice–. Si sobrevive. –Espera un instante para que sus palabras surtan efecto–. Sólo dime la verdad.

–Eso he hecho.

–Paul Harris salió del auditorio antes de que se acabara la conferencia del profesor Taft.

–Sí.

–Y sabía dónde estaba el despacho de Stein.

–Trabajaban juntos. Sí.

–¿Fue idea suya que os introdujerais en el Museo de Arte?

–Paul tenía las llaves. No «nos introdujimos».

–Y fue idea suya hurgar en el escritorio de Stein.

Mejor no seguir contestando. No hay respuestas correctas en este momento.

–Cuando salisteis del despacho del profesor Taft, Paul huyó de la policía del campus, Tom. ¿Por qué lo hizo?

Pero no entendería las explicaciones, no quiere entenderlas. Sé bien adónde se dirige todo esto, pero sólo puedo pensar en lo que ha dicho de Charlie.

Si sobrevive.

–Es un estudiante de sobresalientes, Tom. Y así es conocido en el campus. Y luego el profesor Taft descubrió lo del plagio. ¿Quién crees que se lo dijo a Taft?

Un ladrillo tras otro, como si se tratara de construir una pared entre dos amigos.

–William Stein –dice, consciente de que ya he perdido todo interés en ayudarla–. Imagina cómo se habrá sentido Paul, la furia que debe de haber sentido.

De repente llaman a la puerta. Antes de que ninguno pueda decir una palabra, la puerta se abre.

–¿Detective? –dice otro agente.

–¿Qué pasa?

–Hay alguien aquí que quiere hablar con usted.

–¿Quién?

Echa una mirada a la tarjeta que lleva en la mano.

–Un decano de la universidad.

La detective permanece un instante sentada, luego se levanta y se dirige a la puerta.

Cuando se ha ido, se produce un tenso silencio en la habitación. Después de un rato, cuando ha pasado tiempo suficiente y no ha regresado, me incorporo en la cama y busco mi camisa. Estoy harto de los hospitales, y soy capaz de cuidarme el brazo por mi cuenta. Quiero ver a Charlie; quiero saber qué le han dicho a Paul. Veo que mi chaqueta cuelga del perchero. Comienzo a desplazarme con cautela para salir de la cama.

En ese instante, la puerta se abre. La detective Gwynn está de vuelta.

–Puedes irte. La oficina del decano se pondrá en contacto contigo. –Tan sólo puedo especular acerca de lo que ha ocurrido allá fuera. La mujer me entrega su tarjeta y me mira de cerca–. Pero quiero que pienses en lo que te he dicho, Tom.

Le indico que así lo haré. Parece que le gustaría añadir algo más, pero decide callarse. Sin decir otra palabra, se da la vuelta y se va.

Cuando la puerta se cierra, otra mano la abre. Me paralizo esperando ver entrar al decano, pero esta vez es una cara amable. Gil ha llegado, y trae regalos. Lleva en la mano izquierda exactamente lo que necesito en este momento: una muda de ropa limpia.

–¿Cómo estás?

–Bien. ¿Qué está pasando?

–Me ha llamado Will Clay. Me ha dicho lo que ha ocurrido. ¿Cómo está tu hombro?

–Bien. ¿Ha dicho algo de Charlie?

–Un poco.

–¿Está bien?

–Mejor de lo que estaba al llegar.

Hay algo en su forma de decirlo.

–¿Qué pasa? –pregunto.

–Nada –dice Gil finalmente–. ¿Han hablado contigo los polis?

–Sí. También con Paul. ¿Lo has visto allá fuera?

–Está en la sala de espera. Richard Curry está con él.

Intento salir de la cama.

–¿De verdad? ¿Por qué?

Gil se encoge de hombros mientras mira la comida.

–¿Necesitas ayuda?

–¿Para qué?

–Para vestirte.

No estoy seguro de que esté bromeando.

–Creo que me las puedo arreglar.

Gil sonríe mientras yo lucho por sacarme de encima la bata de hospital.

–Vamos a ver a Charlie –digo, acostumbrándome poco a poco a estar de pie.

Pero Gil vacila.

–¿Qué pasa? –digo.

Hay una curiosa expresión en su rostro, avergonzada y llena de furia al mismo tiempo.

–Anoche tuvimos una pelea muy fuerte, Tom.

–Lo sé.

–Quiero decir, después de que tú y Paul os fuerais. Le dije algunas cosas que no debería haberle dicho.

Recuerdo lo limpia que estaba la habitación esta mañana. Por eso Charlie no ha dormido.

–No importa –digo–. Vamos a verlo.

–No creo que él quiera verme ahora mismo.

–Claro que sí.

Gil se pasa un dedo por la nariz y luego dice:

–De todas formas, los médicos no quieren que lo molesten. Volveré más tarde.

Se saca las llaves del bolsillo. Hay algo triste en su mirada. Finalmente, pone una mano sobre el pomo de la puerta.

–Llámame al Ivy si necesitas algo –dice.

La puerta se abre, girando calladamente sobre sus goznes, y Gil sale al pasillo.

El agente se ha ido, e incluso la anciana de la silla de ruedas ha desaparecido ya. Alguien se ha llevado el pequeño triángulo amarillo. Espero a que Gil mire hacia atrás, pero no lo hace. Antes de que pueda decirle otra palabra, ha doblado la esquina hacia la salida, y desaparece.

Una vez, Charlie me describió lo que las epidemias causaban en las relaciones humanas en siglos pasados, la forma en que las enfermedades llevaban a los hombres a evitar a los infectados y temer a los sanos, hasta tal punto que padres e hijos dejaban de sentarse en la misma mesa y las reglas de cortesía de la sociedad comenzaban a pudrirse. «Pero si estás solo no caes enfermo», le dije, simpatizando con aquellos que huían a las montañas. Luego Charlie me miró y en seis palabras me dio el mejor argumento que he oído jamás a favor de los médicos. Me parece que también puede aplicarse a las amistades. «Tal vez no –me dijo–. Pero tampoco mejoras.»

La sensación que he tenido al ver a Gil marcharse –y que me ha hecho pensar en lo que Charlie había dicho– es la misma que tengo al entrar en la sala de espera y ver a Paul sentado y solo: ahora, todos nosotros estamos solos en este asunto, y todo puede empeorar. Allí, la figura de Paul es extraña: una silueta solitaria en una fila de sillas de plástico blanco, con la cabeza entre las manos y la mirada fija en el suelo. Es una postura que siempre adopta cuando está hundido en pensamientos profundos: inclinado hacia delante con los dedos entrelazados sobre la nuca y ambos codos sobre las rodillas. Varias noches, más de las que puedo recordar, lo he encontrado, al despertar, sentado de esta forma frente a su escritorio, con un bolígrafo entre los dedos y una vieja lámpara arrojando un poco de luz sobre las páginas de su cuaderno.

Mi primer instinto, al pensar en eso, es preguntarle qué ha encontrado en el diario. Aun después de todo lo ocurrido, quiero saberlo; quiero ayudar; quiero recordarle la existencia de nuestra vieja camaradería, para que no se sienta solo. Pero viéndolo así doblado, luchando consigo mismo por una idea, recapacito. Tengo que recordar la disciplina de esclavo con que se dedicó a su tesina después de mi partida, recordar cuántas mañanas se sentó a desayunar con los ojos enrojecidos, cuántas noches le llevamos tazas de café solo del WaWa. Si alguien pudiera contar los sacrificios que ha hecho por el libro de Colonna, si alguien pudiera ponerles un número igual que un preso deja muescas en la pared, ese número eclipsaría por completo el mínimo esfuerzo que yo he añadido al balance. Hace meses, lo que Paul quería era camaradería, y me negué a dársela. Ahora sólo puedo ofrecerle mi compañía.

–Hola –digo en voz baja cuando llego a su lado.
–Tom... –dice, poniéndose de pie.
Tiene los ojos enrojecidos.
–¿Estás bien? –pregunto.
Se pasa una manga por la cara.
–Sí. ¿Y tú?
–Estoy bien.
Me mira el brazo.
–Me pondré bien.
Antes de que pueda hablarle de Gil, un médico joven con barba recortada entra en la sala de espera.
–¿Cómo está Charlie? –pregunta Paul.
Mientras miro al médico siento una especie de golpe fantasma, como si estuviera de pie en medio de la vía en el momento en que pasa el tren. Lleva guantes de color verde claro, el mismo color de las paredes del hospital en que hice la rehabilitación después del accidente. Es un color amargo, como de olivas mezcladas con limas. El fisioterapeuta me decía que dejara de mirar al suelo, que nunca volvería a aprender a caminar si no dejaba de mirarme los tornillos de la pierna. «Mira hacia delante –decía–. Siempre hacia delante.» Así que me concentraba en el verde de las paredes.
–Su estado es estacionario –dice el hombre de los guantes verdes.
«Estacionario», pienso. Una palabra de médico. Yo estuve «estacionario» durante los dos días posteriores a la interrupción de la hemorragia de mi pierna. Sólo significaba que me estaba muriendo más despacio que antes.
–¿Podemos verlo?
–No –dice el hombre–. Charlie está inconsciente todavía.
Paul vacila, como si «estacionario» e «inconsciente» fueran excluyentes.
–Pero ¿se pondrá bien?
El médico inventa una especie de mirada amable pero llena de certidumbre y dice:
–Creo que lo peor ya ha pasado.
Paul le sonríe débilmente. Prefiero no explicarle a Paul lo

que eso quiere decir en realidad. En la sala de Urgencias están lavándose las manos y fregando los suelos, esperando que bajen otra camilla de la ambulancia. Para los médicos, lo peor ha pasado. Para Charlie, está apenas comenzando.

–Gracias a Dios –dice Paul casi para sí mismo.

Y viéndolo ahora, observando la manera en que el alivio le llena el rostro, me doy cuenta de algo. Nunca creí que Charlie pudiera morir a consecuencia de lo que ha ocurrido allá abajo. Nunca creí que eso fuera posible.

Mientras me doy de baja en el hospital, Paul no dice gran cosa, excepto algo acerca de la crueldad de lo que Taft me ha dicho en su despacho. Apenas si hay papeles que llenar, tan sólo hay que firmar uno o dos impresos y enseñar mi carnet del campus. Mientras me esfuerzo por escribir mi nombre con el brazo herido, intuyo que el decano ya ha estado aquí, ejerciendo su influencia. Me pregunto de nuevo qué le habrá dicho a la detective para lograr que nos dejen marcharnos.

En ese momento recuerdo lo que Gil me ha contado.

–¿Ha venido Curry?

–Se ha ido justo antes de que salieras. No tenía buen aspecto.

–¿Por qué no?

–Llevaba el mismo traje que anoche.

–¿Sabía lo de Bill?

–Sí. Era casi como si pensara… –Paul deja la frase incompleta–. Me ha dicho: «Tú y yo nos entendemos, hijo mío».

–¿Y eso qué significa?

–No lo sé. Creo que me estaba perdonando.

–¿Perdonándote? ¿A ti?

–Me dijo que no me preocupara. Que todo iba a salir bien.

No sé qué decir.

–¿Cómo ha podido pensar que tú habías hecho algo semejante? ¿Qué le has dicho?

–Le he dicho que no lo había hecho. –Paul vacila–. No sabía qué más decirle, así que le he explicado lo que encontré.

–¿En el diario?

–No se me ha ocurrido nada más. Parecía tan excitado... Dijo que estaba tan preocupado que no podía dormir.

–¿Preocupado por qué?

–Por mí.

–Mira –le digo, porque ya he empezado a escuchar en su voz la influencia de Curry–, ese tipo no sabe de qué habla.

–«Si hubiera sabido lo que harías, habría hecho las cosas de otra forma.» Eso es lo último que me ha dicho.

Siento deseos de arremeter contra Curry, pero me obligo a recordar que el hombre que ha dicho estas cosas es lo más parecido a un padre que tiene Paul.

–¿Qué te ha dicho la detective? –pregunta Paul, cambiando de tema.

–Ha tratado de asustarme.

–¿Pensaba lo mismo que Richard?

–Sí. ¿Han tratado de que lo admitieras?

–El decano ha llegado antes de que me pudieran hacer preguntas y me ha dicho que no respondiera a nada.

–¿Qué harás ahora?

–Me ha aconsejado que busque un abogado.

Lo dice como si fuera más fácil encontrar un basilisco o un unicornio.

–Ya nos las arreglaremos –le digo.

Cuando he terminado el papeleo de la baja, nos dirigimos al exterior. Cerca de la entrada hay un agente de policía que nos mira cuando caminamos hacia él. Un viento frío nos envuelve en cuanto ponemos un pie fuera del edificio.

Emprendemos solos la breve caminata de vuelta al campus. Las calles están desiertas, el cielo se oscurece, y ahora una bicicleta pasa por la acera llevando un pedido a domicilio de una pizzería. El repartidor deja tras de sí un rastro de olores, una nube de almidón y vapor y al levantarse de nuevo el viento, que remueve la nieve como si fuera polvo, me suenan las tripas, recordatorio de que nos encontramos nuevamente en el mundo de los vivos.

–Acompáñame a la biblioteca –dice Paul al acercarnos a Nassau Street–. Quiero enseñarte algo.

Se detiene en el cruce. En el otro extremo del patio blanco está Nassau, y me viene a la cabeza la imagen de los pantalones aleteando en la cúpula, del badajo que no estaba allí.

–¿Enseñarme qué?

Paul tiene las manos en los bolsillos y camina con la cabeza gacha, enfrentándose al viento. Atravesamos la puerta Fitz-Randolph sin mirar atrás. Dice la leyenda que puedes cruzar la puerta cuantas veces quieras para entrar al campus, pero si la cruzas para salir, aunque sólo sea una vez, nunca te graduarás.

–Vincent me decía que nunca confiara en los amigos –dice Paul–. Decía que los amigos eran inconstantes.

Un guía turístico cruza con su pequeño grupo frente a nosotros. Parecen un coro de villancicos. «Nathaniel Fitz-Randolph donó los terrenos en los que se construyó Nassau –explica el guía–. Está enterrado en el lugar que ahora ocupa el patio de Holder.»

–Cuando ha estallado ese tubo, no he sabido qué hacer. No me he dado cuenta de que Charlie sólo había entrado en el túnel para ir a buscarme.

Cruzamos hacia East Pyne de camino a la biblioteca. A lo lejos se levantan los salones de mármol de las antiguas sociedades de debates. Whig, el club de James Madison, y Cliosophic, el de Aaron Burr. La voz del guía perdura en el aire una vez lo hemos dejado atrás. De repente tengo la sensación creciente de ser un visitante en este lugar, un turista, de que he caminado en la oscuridad de un túnel desde mi primer día en Princeton, al igual que lo hicimos por las entrañas de Holder, rodeados de tumbas.

–Luego he escuchado que ibas tras él. No te importaba qué hubiera allá abajo. Sólo sabías que Charlie estaba herido. –Paul me mira por primera vez–. Yo te oía pedir ayuda, pero no podía ver nada. No podía moverme, tenía demasiado miedo. Lo único que me pasaba por la cabeza era esto: ¿qué clase de amigo soy? Yo soy el amigo inconstante.

–Paul –le digo, parándome en seco–. No tienes por qué hacer esto.

Estamos en el patio de East Pyne, un edificio en forma de claustro. La nieve cae por el espacio abierto del centro. Mi padre ha vuelto a mi lado inesperadamente, como una sombra en las paredes, porque me doy cuenta de que él caminó por estos senderos antes de que yo naciera, y vio estos mismos edificios. Sigo sus pasos sin siquiera saberlo, porque ninguno de los dos ha dejado la más mínima impronta en este lugar.

Paul se da la vuelta cuando ve que me detengo, y durante un instante somos los únicos seres vivos entre estas paredes de piedra.

–Sí, sí que tengo –dice, volviéndose hacia mí–. Porque cuando te diga lo que he encontrado en el diario, todo lo demás va a parecer pequeño. Y no todo lo demás es pequeño.

–Sólo dime que es algo tan grande como lo que habíamos esperado.

Porque si así es, por lo menos la sombra que mi padre proyecta será una sombra larga.

Mira hacia delante, me dice la voz del fisioterapeuta. Siempre hacia delante. Pero ahora, igual que entonces, me veo rodeado de paredes.

–Sí –dice Paul, perfectamente consciente de lo que quiero decir–. Lo es.

Hay en su rostro una chispa que me transmite el significado de esas tres palabras, y de nuevo me siento golpeado, sacudido por la misma sensación que había esperado encontrar. Es como si mi padre hubiera atravesado un obstáculo inconcebible, como si hubiera regresado y logrado reivindicarse de un solo golpe.

Ignoro lo que me dirá Paul, pero la idea de que su revelación pueda ser más grande de lo que he imaginado es suficiente para hacerme sentir algo que ha estado ausente durante más tiempo del que hubiera creído. Me hace mirar hacia delante otra vez y ver frente a mí algo real, algo distinto de una pared. Me hace sentir esperanzado.

Capítulo 21

De camino a Firestone nos cruzamos con Carrie Shaw, una estudiante de tercero que reconozco por una clase de Literatura a la que fuimos juntos el año pasado. Carrie pasa frente a nosotros, nos saluda. Durante semanas, antes de que yo conociera a Katie, ella y yo intercambiamos miradas de un lado a otro de la mesa del seminario. Me pregunto cuánto habrá cambiado su vida desde entonces. Me pregunto si podrá ver cuánto ha cambiado la mía.

–Me parece tan accidental la forma en que me absorbió la *Hypnerotomachia* –dice Paul mientras seguimos hacia el este, hacia la biblioteca–. Todo fue tan indirecto, tan fortuito. Igual que le ocurrió a tu padre.

–Te refieres a lo de conocer a McBee.

–Y a Richard. ¿Qué habría pasado si ellos dos no se hubieran conocido? ¿Y si no hubieran ido juntos a esa clase? ¿Y si yo no hubiera cogido nunca el libro de tu padre?

–No estaríamos aquí.

Paul toma esto como un comentario informal, pero enseguida se da cuenta de lo que quiero decir. Sin Curry, sin McBee, sin *El documento Belladonna*, Paul y yo nunca nos habríamos conocido. Nos habríamos cruzado en el campus igual que nos acabamos de cruzar con Carrie, saludándonos, preguntándonos dónde nos hemos visto antes, pensando de manera distante: es una lástima que hayan pasado cuatro años y siga habiendo tantas caras desconocidas.

–A veces –dice– me pregunto: ¿por qué tuve que conocer a Vincent? ¿Por qué tuve que conocer a Bill? ¿Por qué siempre tengo que tomar el camino más largo para llegar a donde quiero?

–¿A qué te refieres?

–¿Te has fijado en que tampoco las indicaciones del capitán de puerto van directamente al grano? Cuatro sur, diez este, dos norte, seis oeste. Se mueven en un gran círculo. Uno casi acaba llegando al punto de partida.

Al final entiendo la conexión: la extensa curva de las circunstancias, la manera en que su viaje con la *Hypnerotomachia* ha serpenteado en el tiempo y en el espacio, a partir de los dos amigos de Princeton en la época de mi padre, llegando a los tres hombres en Nueva York, y ahora de vuelta a otros dos amigos en Princeton: todo se parece al extraño acertijo de Colonna, a las indicaciones que se curvan sobre sí mismas.

–¿No crees que tiene sentido que fuera tu padre quien me inició en la *Hypnerotomachia*? –pregunta Paul.

Llegamos a la entrada y, mientras nos protegemos de la nieve, Paul me abre la puerta de la biblioteca. Ahora estamos en el viejo corazón del campus, un lugar hecho a base de piedras. En verano, cuando pasan coches con las ventanillas bajadas y la música a todo volumen, cuando todos los estudiantes llevan shorts y camisetas, edificios como Firestone y la capilla y Nassau Hall parecen cuevas en una metrópolis. Pero cuando cae la temperatura y comienza a nevar, no hay lugar más reconfortante.

–Anoche estuve pensando –continúa Paul– en que los amigos de Francesco le ayudaron a diseñar los acertijos, ¿correcto? Ahora nuestros amigos nos ayudan a resolverlos. Tú resolviste el primero. Katie dio la respuesta al segundo. Charlie desentrañó el último. Tu padre descubrió *El documento Belladonna*. Richard encontró el diario.

Nos detenemos en la entrada giratoria y les enseñamos nuestras identificaciones a los guardias de la puerta. Mientras esperamos a que llegue el ascensor que nos llevará a la planta C, la inferior del edificio, Paul señala una placa de metal que hay en la puerta del ascensor. Hay en ella un símbolo que no había advertido antes.

–La Imprenta Aldina –digo. Lo reconozco por el viejo despacho de mi padre.

El impresor de Colonna, Aldus Manutius, tomó su famoso emblema del delfín con el ancla, uno de los más famosos de la historia de la imprenta, de la *Hypnerotomachia*.

Paul asiente, e intuyo que esto forma parte de lo que quiere transmitirme. Durante esta espiral de cuatro años que nos ha llevado de vuelta al principio, Paul ha sentido, en todas partes, la presencia de una mano sobre su espalda. Aun en los detalles más silenciosos, su mundo entero lo ha estado empujando hacia delante, ayudándolo a resolver el libro de Colonna.

Las puertas del ascensor se abren y entramos.

–En fin: anoche estuve pensando en todo esto –dice, presionando el botón de la planta C; enseguida comenzamos el descenso–. En la forma en que todo parece trazar un círculo completo. Y entonces me di cuenta.

Una campana tintinea sobre nuestras cabezas, y la puerta se abre frente al más desolado paisaje de toda la biblioteca, metros y metros bajo tierra. Las estanterías de la planta C llegan hasta el techo, y están tan atiborradas que parecen diseñadas para soportar el peso de las cinco plantas que hay encima. A nuestra izquierda está Microform Services, la gruta oscura donde los profesores y los estudiantes se agolpan ante macizos grupos de máquinas de microfilms y miran con ojos entrecerrados aquellos paneles de luz. Paul comienza a conducirme a través de las pilas de libros, pasando el dedo por los lomos empolvados mientras camina. Me doy cuenta de que me lleva a su cubículo.

–Hay una razón para que todo en este libro vuelva a su punto de partida. Los principios son la clave de la *Hypnerotomachia.* La primera letra de cada capítulo crea el acróstico de fra Francesco Colonna. Las primeras letras de los términos arquitectónicos forman el primer acertijo. No es coincidencia que Francesco hiciera que todo regresara a sus orígenes.

A lo lejos veo largas hileras de puertas verdes y metálicas casi tan apiñadas como taquillas de instituto. Las habitaciones a las que dan paso no son más grandes que un armario. Pero cientos de estudiantes de último año se encierran durante semanas en estos lugares para terminar su tesina en paz. El cubículo de Paul, que no he visitado en meses, está cerca de la esquina más remota del pasillo.

–Tal vez era sólo el cansancio, pero empecé a preguntarme: ¿Y si Francesco sabía exactamente lo que hacía? ¿Y si la forma de descifrar la segunda parte del libro fuera concentrarse en el primer acertijo? Francesco dijo que no había dejado ninguna solución, pero no dijo que no hubiera dejado pistas. Y ahí estaban las indicaciones del diario del capitán para ayudarme.

Llegamos frente a su cubículo y Paul introduce la combinación del candado. En la pequeña ventana rectangular hay una cartulina negra que impide ver el interior.

–Pensé que las indicaciones hacían referencia a una ubicación física. Cómo llegar de un estadio a una cripta, todo medido en *stadia*. Incluso el capitán creyó que las indicaciones eran geográficas. –Niega con la cabeza–. No estaba pensando como Francesco.

Paul abre el candado y empuja la puerta. La pequeña habitación está llena de libros, montañas y montañas de libros, una versión en miniatura del Salón Presidencial del Ivy. El suelo está cubierto de envoltorios de comida. En las paredes hay pegadas innumerables hojas de papel con mensajes garabateados. En una se lee: «Fineo, hijo de Belo, no era Fineo, rey de Salmideso». En otro: «Revisar Hesíodo: ¿Hesperetousa o Hesperia y Aretousa?». En un tercero: «Comprar más galletas».

Quito un montón de fotocopias de una de las dos sillas que se apiñan en el cubículo, y trato de sentarme sin tirar nada.

–Así que regresé a los acertijos –dice Paul–. ¿De qué iba el primero?

–Moisés. Cuernos en latín.

–Correcto. –Me da la espalda un instante para cerrar la puerta–. Era acerca de una traducción errónea. Filología, lingüística histórica. Era acerca del lenguaje.

Comienza a buscar en una pila de libros que hay en su minúscula mesa. Al final encuentra lo que quiere: la *Historia del Arte del Renacimiento* de Hartt.

–¿Por qué tuvimos suerte con el primer acertijo? –dice.

–Porque soñé…

–No –dice Paul, al tiempo que encuentra la página con la escultura del Moisés de Miguel Ángel, la imagen que dio comienzo a nuestra colaboración–. Tuvimos suerte porque el acertijo era sobre algo verbal, y nosotros buscábamos algo físico. A Francesco no le importaban los cuernos físicos, los cuernos reales: le preocupaba una palabra, una traducción equivocada. Tuvimos suerte porque esa mala traducción se manifestó eventualmente de forma física. Miguel Ángel talló su *Moisés* con cuernos, y tú lo recordaste. Si no hubiera sido por la manifestación física, nunca habríamos encontrado la respuesta lingüística. Pero la clave era ésa: las palabras.

–Así que buscaste una representación lingüística de las indicaciones.

–Exacto. Norte, sur, este y oeste no son pistas físicas. Son verbales. Cuando miré la segunda parte del libro, supe que estaba en lo cierto. La palabra *stadia* aparece cerca del principio del primer capítulo. Mira esto –dice, tras encontrar una hoja de papel en la que ha estado trabajando.

Hay tres frases escritas sobre la página: «Gil y Charlie van al estadio a ver Princeton vs. Harvard. Tom busca la pluma de Paul. Katie toma fotos mientras le sonríe encantadoramente y dice: "Yo te amo"».

–¿Encantadoramente? –digo.

–No parece gran cosa, ¿no? Parece divagar, simplemente, como la historia de Polífilo. Pero si pones el párrafo en una cuadrícula –dice Paul, dándole la vuelta al papel–, te encuentras con esto:

G	i	l	y	C	h	a	r	l	i	e	v	a	n	a	l
e	s	t	a	d	i	o	a	v	e	r	P	r	i	n	c
e	t	o	n	v	s	·	H	a	r	v	a	r	d	·	T
o	m	b	u	s	c	a	l	a	P	l	u	m	a	d	e
P	a	u	l	·	K	a	t	i	E	t	o	m	a	f	o
t	o	s	m	i	e	n	t	r	a	s	l	e	s	o	n
r	í	e	e	n	c	a	n	t	a	d	o	r	a	m	e
n	t	e	y	d	i	c	e	:	y	O	t	e	a	m	o

Algo debería parecerme evidente, pero no veo nada.

–¿Eso es todo? –pregunto.

–Eso es todo. Simplemente sigue las indicaciones. Cuatro sur, diez este, dos norte, seis oeste. *De Stadio*. Comienza por la «s» que hay en «estadio».

Encuentro un bolígrafo en su escritorio y lo intento, moviéndome cuatro hacia abajo, diez a la derecha, dos hacia arriba y seis a la izquierda.

```
G i l y C h a r l I e v A n a l
e S t a d i o a v E r P R i n c
e | o n v s · H a R v a R d · T
o | b u s C — — — — — U M a d e
P | u l · K a t i E t | M a f o
t O — — — — — — — — — L E s o n
r í e e n c a n t A d o R a m e
n t e y d i c e : Y o t E a m o
```

Escribo las letras S-O-L-U-C.

–Ahora repite el proceso –dice Paul–, comenzando por la última letra.

Comienzo de nuevo por la C.

```
G i l y C h a r l I E v A n a l
e S t a d i o a v E R P R i n c
e | o n v s · H a R V a R d · T
o | b u s C — — — — — U M a d e
P | u l · | a t i E T | M a f o
t O — — — + — — — — — L E s o N
r í e e n | a n t A D o R a m |
n t e y d I — — — — — — — — — O
```

Y ahí está, bien claro sobre la página: S-O-L-U-C-I-Ó-N.

–Ésta es la Regla de Cuatro –dice Paul–. Cuando comprendes cómo funciona la mente de Colonna, es muy simple. Cuatro indicaciones dentro del texto. Sólo tienes que repetirlas una y otra vez y luego averiguar dónde están las divisiones entre palabras.

–Pero esto debió de costarle meses de escritura a Colonna.

Paul asiente.

–Lo gracioso es que yo siempre había notado que ciertas líneas de la *Hypnerotomachia* eran todavía más desorganizadas que las otras, que había lugares donde las palabras no encajaban, donde había cláusulas puestas de forma extraña, donde de repente aparecían los neologismos más raros. Ahora, todo eso tiene sentido. Francesco tuvo que escribir el texto para cumplir con el diseño. Eso explica que haya utilizado tantos idiomas. Si la palabra vernácula no entraba en los espacios, tenía que intentarlo con la palabra latina, o inventarse una palabra él mismo. Incluso me parece que tomó una decisión equivocada al hacer el diseño. Mira.

Paul señala la línea en donde aparecen la O, la L y la N.

–¿Ves cuántas letras cifradas hay en esta línea? Y habrá otra línea igual cada vez que hagas las seis al oeste. La secuencia cuatro sur dos norte se dobla sobre sí misma, de manera que cada dos líneas de la *Hypnerotomachia* Francesco tenía que encontrar un texto que se acomodara a cuatro letras distintas. Pero funcionó. Nadie en quinientos años lo ha descubierto.

–Pero las letras no están impresas de esta forma en el libro –digo, preguntándome cómo ha hecho Paul para aplicar la técnica al texto real–. Las letras no están espaciadas regularmente sobre una cuadrícula. ¿Cómo puede saberse dónde exactamente queda el norte y dónde el sur?

Paul asiente.

–No se puede, porque es difícil saber qué letra va directamente encima o debajo de otra. Tuve que resolverlo matemáticamente en lugar de gráficamente.

Todavía me sorprende el modo en que une en una misma idea la simplicidad y la complejidad.

–Mira lo que escribí, por ejemplo. En este caso, hay –saca una cuenta– dieciséis letras por línea, ¿correcto? Eso quiere decir, si lo resuelves correctamente, que «cuatro sur» siempre estará cuatro líneas hacia abajo, en línea recta, lo cual es igual a setenta y dos letras a la derecha del punto de partida original. Usando la misma fórmula matemática, «dos norte» será lo mismo que treinta y seis letras a la izquierda. Y cuando sabes qué extensión tiene la línea estándar de Francesco, sólo tienes que sacar las cuentas y simplemente puedes hacerlo todo así. Después de un rato, empiezas a contar las letras con mucha rapidez.

Se me ocurre que durante nuestra colaboración, mi única aportación comparable con la velocidad de los razonamientos de Paul era mi intuición: suerte, sueños, asociaciones libres. No es muy justo para él que trabajáramos como iguales.

Paul dobla la hoja de papel y la tira a la papelera. Echa una mirada alrededor de su cubículo, levanta una pila de libros y me los pone en las manos, y luego coge otra pila para él. El analgésico debe de seguir funcionando todavía, porque el peso no me afecta al hombro.

–Me sorprende que hayas descubierto algo así –digo–. ¿Qué ponía en el mensaje?

–Primero, ayúdame a devolver estos libros a las estanterías –responde–. Quiero vaciar este lugar.

–¿Por qué?

–Para estar a salvo.

–¿De qué?

Me enseña media sonrisa.

–De las multas de la biblioteca.

Salimos del cubículo y Paul me conduce hacia un largo corredor que se extiende hasta perderse en la oscuridad. A ambos lados hay estanterías que se ramifican formando sus propios pasillos, en los que cada callejón sin salida genera otros callejones sin salida. Estamos en un rincón de la biblioteca tan poco frecuentado que los bibliotecarios mantienen las luces apagadas: los visitantes deben encender las luces de cada estantería cuando quieran usarla.

–Cuando acabé, no me lo podía creer –dice–. Antes de descifrar el código, ya estaba temblando. Terminado. Después de todo este tiempo, aquello estaba terminado.

Se detiene frente a una de las estanterías del fondo. Alcanzo a distinguir tan sólo la silueta de su cara.

–Y valió la pena, Tom. No hubiera podido prever siquiera lo que había en la segunda parte del libro. ¿Recuerdas lo que vimos en la carta de Bill?

–Sí.

–La mayor parte de esa carta era una gran mentira. Tú sabes que este trabajo es mío, Tom. Lo más que Bill llegó a hacer fue traducir unos cuantos caracteres árabes. Hizo algunas copias y revisó algunos libros. Lo demás lo hice yo por mi cuenta.

–Lo sé –digo.

Paul se cubre la boca con la mano durante un segundo.

–No, no es cierto. Sin todo lo que encontraron tu padre y Richard, y todo lo que vosotros resolvisteis, y en particular tú, no hubiera podido hacerlo. No lo hice todo por mi cuenta. Vosotros me enseñasteis el camino.

Paul invoca el nombre de mi padre y el de Richard Curry como si fueran un par de santos, dos mártires salidos de la conferencia de Taft. Durante un instante me siento como Sancho Panza oyendo a Don Quijote. Los gigantes que ve no son más que molinos, lo sé y, sin embargo, es él quien puede ver en la oscuridad y yo soy el que no doy crédito a mis ojos. «Tal vez éste ha sido el meollo del asunto todo el tiempo –pienso–: somos animales con imaginación.» Sólo el hombre que ve gigantes es capaz de encaramarse a sus hombros.

–Pero Bill tenía razón sobre una cosa –dice Paul–. Los resultados sí que opacarán cualquier otra cosa en el campo de los estudios históricos. Durante un largo tiempo.

Me quita la pila de libros de las manos y de repente me siento leve. Detrás de nosotros, el pasillo se extiende hacia una luz lejana, y a cada lado los corredores abiertos se pierden en el espacio. Incluso en medio de la oscuridad puedo ver a Paul sonreír.

Capítulo 22

Comenzamos a hacer viajes de ida y vuelta entre el cubículo y las estanterías, devolviendo docenas de libros, la mayoría a los estantes equivocados. Paul sólo parece preocupado por esconderlos.

–¿Recuerdas lo que estaba sucediendo en Italia justo antes de que se publicara la *Hypnerotomachia*? –pregunta.

–Sólo lo que había en el libro del Vaticano.

Paul me pone otra pila de libros en las manos antes de regresar a la oscuridad.

–En la época de Francesco, la vida intelectual de Italia gira alrededor de una sola ciudad –dice.

–Roma.

Pero Paul niega.

–Más pequeña. Una ciudad del tamaño de Princeton, no el pueblo, sino el campus.

Veo lo feliz que está por lo que acaba de descubrir, lo real que se ha vuelto aquello en su vida.

–En esa ciudad –dice–, hay más intelectuales de los que cualquier persona puede necesitar. Genios. Eruditos. Pensadores que apuntan a las grandes respuestas de las grandes preguntas. Autodidactas que han aprendido lenguas muertas que nadie más conoce. Filósofos que combinan pasajes religiosos de la Biblia con ideas sacadas de textos romanos y griegos, de la mística egipcia, de manuscritos persas tan viejos que nadie sabe cómo fecharlos. La vanguardia absoluta del humanismo. Piensa en los acertijos. Profesores de universidad jugando a la *Rithmomachia*. Traductores interpretando a Horapollo. Anatomistas que corrigen a Galeno.

En mi mente aparece la cúpula de Santa Maria del Fiore. A mi padre le gustaba llamarla «la ciudad madre» de todos los estudios modernos.

–Florencia –digo.

–Correcto. Pero eso es tan sólo el comienzo. En cualquier disciplina tienes a los nombres más grandes de Europa. En arquitectura, tienes a Brunelleschi, que consiguió la cúpula de catedral más grande que se había visto en mil años. En escultura tienes a Ghiberti, creador de un conjunto de relieves tan bello que se lo conoce como las Puertas del Paraíso. Y tienes al ayudante de Ghiberti, que crece hasta convertirse en el padre de la escultura moderna: Donatello.

–Los pintores tampoco eran malos –le recuerdo.

Paul sonríe.

–La concentración de genios más grande en la historia del arte occidental, y toda en esta pequeña ciudad. Aplicaron nuevas técnicas, inventaron nuevas teorías de la perspectiva, y transformaron la pintura, que pasó de ser un simple oficio a ser una ciencia y un arte. Debió de haber una docena de pintores como Alberti, pintores que habrían sido considerados de primer nivel en cualquier parte del mundo. Pero en esta ciudad, son de segunda. Porque deben competir con los grandes: Masaccio. Botticelli. Miguel Ángel.

A medida que crece el impulso de sus ideas, sus pies se mueven con más velocidad por los oscuros pasillos.

–¿Quieres científicos? –dice–. ¿Qué me dices de Leonardo da Vinci? ¿Quieres políticos? Ahí está Maquiavelo. ¿Poetas? Boccaccio y Dante. Y muchos de estos tipos eran contemporáneos. Y además de todo eso, ahí tienes a los Medici, una familia tan rica que podía permitirse patrocinar a tantos artistas e intelectuales como produjera la ciudad.

»Todos ellos juntos en la misma ciudad, y casi al mismo tiempo. Los mayores héroes culturales de toda la historia de Occidente se cruzaban por la calle, se conocían, algunos se tuteaban. Hablaban entre sí, competían, se influenciaban y se empujaban mutuamente para obligarse a ir más lejos de lo que hubieran podido llegar solos. Y todo eso en un lugar donde la belleza y la verdad eran reyes, donde las principales familias se enfrentaban por ver quién podía encargar el mejor arte, quién podía subsidiar a los más brillantes pensadores, quién podía ser dueño de la biblioteca más grande. Imagínatelo. Es como un sueño. Un imposible.

Regresamos al cubículo y Paul se sienta por fin.

–Luego, en los últimos años del siglo quince, poco antes de que la *Hypnerotomachia* sea escrita, ocurre algo incluso más sorprendente. Algo que todo erudito del Renacimiento conoce, pero que nadie ha conectado jamás con el libro. El acertijo de Francesco habla una y otra vez de un poderoso predicador de la tierra de sus hermanos. Pero yo no lograba encontrar la conexión.

–Yo creía que Lutero no fue a Florencia hasta 1517. Colonna escribe en la década de 1490.

–No es Lutero –dice Paul–. A finales de 1400, un monje dominico fue enviado a Florencia para unirse a un monasterio llamado San Marco.

De repente me doy cuenta.

–Savonarola.

El gran predicador evangélico que, tratando de restaurar la fe de la ciudad, azuzó a Florencia durante el cambio de siglo.

–Exacto –dice Paul–. Savonarola es un tipo que se fija un objetivo y lo persigue en línea recta. La línea más recta que verás jamás. Y cuando llega a Florencia, comienza a predicar. Le dice a la gente que su comportamiento es malvado, su cultura y su arte profanos, su gobierno injusto. Dice que Dios los mira con malos ojos. Les dice que se arrepientan.

Sacudo la cabeza.

–Sí, sé cómo suena –continúa Paul–, pero Savonarola tiene razón. En cierto modo, el Renacimiento es una época sin dioses. La Iglesia está corrupta. El papado es un puesto político. Próspero Colonna, tío de Francesco, muere supuestamente de gota, pero algunos creen que el papa Alejandro lo envenenó porque venía de una familia enemiga. Ése es el mundo del momento: un mundo en que se sospecha que el Papa es un asesino. Y eso era sólo el comienzo: se temía que había cometido sadismo, incesto, cualquier cosa que se te pueda ocurrir.

»Mientras tanto, a pesar de todo su vanguardismo en el arte y en los estudios, Florencia está en estado de constante agitación política. En las calles, las facciones se pelean, las familias más notables conspiran unas contra las otras para ganar poder y, aunque la ciudad es supuestamente una república, los Medici lo controlan todo. La muerte es algo normal, la extorsión y la coerción lo son todavía más, la injusticia y la desigualdad son ley de vida. Se trata de un lugar bastante incómodo, considerando las cosas tan bellas que produjo.

»Así que Savonarola llega a Florencia y ve el mal dondequiera que mira. Urge a los ciudadanos a que limpien sus vidas, a que dejen el juego, a que comiencen a leer la Biblia, a que ayuden a los pobres y den comida a los hambrientos. En San Marcos, comienza a ganar seguidores. Incluso algunos de los principales humanistas lo admiran. Se dan cuenta de que es un tipo culto y versado en filosofía. Poco a poco, Savonarola va en ascenso.

Lo interrumpo.

–Yo pensaba que todo esto había sucedido cuando los Médicis todavía controlaban la ciudad.

–No. Desafortunadamente para ellos, su último heredero, Piero, era un ingenuo. Era incapaz de gobernar la ciudad. La gente comenzó a reclamar libertad, lo cual era un grito sagrado en Florencia, y al final los Medici fueron expulsados. ¿Recuerdas el grabado número cuarenta y ocho? ¿El niño del carro descuartizando a las dos mujeres?

–El que Taft mostró en su conferencia.

–Exacto. Vincent siempre lo interpretó así. El castigo tenía que deberse a una traición. ¿Dijo lo que creía que significaba?

–No. Quería que lo resolviera el público.

–Pero preguntó acerca del niño del grabado. Por qué lleva una espada, o algo así, ¿no es verdad?

Imagino a Taft debajo de la imagen con su sombra proyectándose sobre la pantalla.

–«¿Por qué obliga a las mujeres a tirar del carro a través del bosque para luego matarlas de esta manera?» –recuerdo.

–La teoría de Vincent era que la figura de Cupido representaba a Piero, el heredero de los Medici. Piero se comportaba como un niño, de manera que el artista lo representó así. Por su culpa, los Medici perdieron su dominio sobre Florencia y fueron expulsados. Así que los grabados lo muestran en retirada a través de los bosques.

–Pero ¿quiénes son las mujeres?

–Florencia e Italia, según Vincent. Al comportarse como un niño, Piero las destruyó a ambas.

–Parece posible.

–Es una interpretación coherente –acepta Paul, tanteando el lado inferior de su escritorio en busca de algo–. Pero no es la correcta. Vincent se negó a aceptar que la regla del acróstico fuera la clave. Nunca quiso creer que la primera de esas imágenes fuera la más importante. Sólo pudo ver las cosas a su manera.

»El asunto es que, cuando los Medici fueron expulsados, las otras familias principales se reunieron para discutir acerca de un nuevo gobierno para Florencia. El único problema era que nadie confiaba en nadie. Al final terminaron por ponerse de acuerdo en darle a Savonarola una posición de autoridad. Él era el único incorruptible, y eso lo sabía todo el mundo.

»Así que la popularidad de Savonarola crece todavía más. La gente comienza a tomarse a pecho sus sermones. Los tenderos comienzan a leer la Biblia en su tiempo libre. Los jugadores dejan de hacer ostentación de sus partidas de cartas. La bebida y el desorden parecen entrar en decadencia. Pero Savonarola se da cuenta de que el mal persiste. Así que lleva su programa de mejoras cívicas y espirituales un paso más allá.

Paul estira el brazo bajo el escritorio para llegar más al fondo. Se oye el ruido de la cinta que se desprende; enseguida, Paul saca un sobre de papel de Manila. Dentro del sobre hay un calendario que ha diseñado de su puño y letra. Cuando pasa las páginas, veo una secuencia de festividades religiosas desconocidas, marcadas con bolígrafo rojo –días de santos, días de fiesta– y en negro, una serie de notas que no logro distinguir.

–Es febrero de 1497 –dice, señalando ese mes–, dos años antes de la publicación de la *Hypnerotomachia*, y se acerca la Cuaresma. Ahora bien, la tradición era ésta: puesto que la Cuaresma era un periodo de ayuno y abnegación, los días inmediatamente anteriores eran un periodo de celebración, un gigantesco festival, de manera que la gente pudiera disfrutar antes del comienzo de la Cuaresma. Igual que ahora, ese periodo se llamaba Carnaval. Puesto que los cuarenta días de la Cuaresma comienzan siempre el Miércoles de Ceniza, el Carnaval culmina el día antes: el Martes Gordo, o *Mardi Gras*.

En lo que me dice hay fogonazos de cosas que me resultan familiares. Mi padre debió de hablarme de todo esto alguna vez, antes de darse por vencido conmigo o de que yo me diera por vencido con él. O quizás es que aprendí algo en la iglesia, antes de tener edad suficiente para decidir por mi cuenta cómo pasar las mañanas de domingo.

Paul saca otro diagrama. En el título se lee: «Florencia, 1500».

–El Carnaval en Florencia era un periodo de gran desorden, ebriedad, libertinaje. Había pandillas de jóvenes que cerraban las bocacalles y obligaban a la gente a pagar peajes para pasar. Luego se gastaban el dinero en alcohol y en juego.

Señala un espacio amplio en medio del dibujo.

–Cuando ya estaban completamente borrachos, acampaban alrededor de hogueras en la plaza principal, y terminaban la noche con una inmensa pelea en la cual cada grupo arrojaba piedras a los demás. Cada año había heridos, incluso muertos.

»Savonarola, por supuesto, es el opositor más ferviente del Carnaval. En su opinión, ha surgido un reto contra la cristiandad que amenaza con hacer que la gente de Florencia caiga en la tentación. Y reconoce que hay una fuerza más poderosa que las demás, una fuerza que contribuye como ninguna a la corrupción de la ciudad. Esa fuerza enseña a los hombres que las autoridades paganas pueden competir con la Biblia, que la sabiduría y la belleza de cosas no cristianas debería ser venerada también. Esa fuerza lleva a los hombres a creer que la vida humana es una búsqueda de conocimientos y satisfacciones terrenales, y los distrae del único objeto que en verdad importa: la salvación. Esa fuerza es el humanismo. Y sus más grandes defensores son los principales intelectuales de la ciudad, los humanistas.

»Entonces se le ocurre a Savonarola la idea que constituye probablemente su más grande legado histórico. Decide que el Martes de Carnaval, el último día de las fiestas, pondrá en escena un evento gigantesco: algo que mostrará el progreso y la transformación de la ciudad, pero al mismo tiempo recordará a los florentinos sus pecados. Deja que las pandillas de jóvenes recorran la ciudad, pero ahora les da un propósito. Les dice que recojan objetos no cristianos de todos los barrios y los lleven a la plaza principal. Hace una gigantesca pirámide con los objetos. Y ese día, Martes de Carnaval, en un momento en que las pandillas normalmente estarían sentadas alrededor de sus hogueras y enfrentándose a pedradas, Savonarola consigue que construyan otro tipo de hoguera.

Paul mira el mapa, y enseguida sus ojos se fijan en mí.

–La hoguera de las vanidades –digo.

–Correcto. Las pandillas regresaban a la plaza con una carreta tras otra de cartas y dados, tableros de ajedrez, sombras para los ojos, carmín de labios, redecillas para el pelo, joyas, máscaras de carnaval y disfraces. Pero lo más importante es que traían libros paganos. Manuscritos de escritores griegos y romanos. Esculturas y pinturas clásicas.

Paul devuelve el dibujo al sobre. Su voz se torna sombría.

–El Martes de Carnaval, el siete de febrero de 1497, la ciudad entera salió a mirar. Los registros dicen que la pirámide tenía veinte metros de alto, y que su base tenía un perímetro de noventa metros. Y todo aquello ardió en llamas.

»La hoguera de las vanidades se convierte en un momento inolvidable de la historia del Renacimiento. –Paul hace una pausa, mira los recortes de papel que cubren la pared y que se levantan levemente cuando el aire del ventilador recorre el cubículo–. Savonarola se hace famoso. Poco tiempo después, ya es conocido en toda Italia y más allá. Sus sermones se imprimen y se leen en media docena de países. Es admirado y odiado. Miguel Ángel se sentía cautivado por él. Maquiavelo lo consideraba un impostor. Pero todo el mundo tenía su propia opinión, y todo el mundo admitía su poder. Todo el mundo.

Ya veo adónde me está llevando.

–Incluyendo a Francesco Colonna –digo.

–Y aquí entra en juego la *Hypnerotomachia*.

–Entonces ¿es un manifiesto?

–De alguna manera, sí. Francesco no soportaba a Savonarola. Para él, Savonarola representaba el peor tipo de fanatismo, todo lo que el cristianismo tenía de equivocado. Era destructor. Vengativo. Se negaba a permitir que los hombres usaran los dones que Dios les había dado. Francesco era un humanista, un amante de la Antigüedad. Él y sus primos habían pasado sus años de juventud estudiando con los grandes maestros de prosa y poesía antigua. Cuando cumplió los treinta años, ya había amasado una de las más importantes colecciones de manuscritos originales de toda Roma.

»Mucho antes de la primera hoguera, Francesco se había dedicado a recopilar arte y libros. Había contratado a mercaderes de Florencia para que compraran lo que pudieran y lo enviaran a una de las propiedades de su familia en Roma. Esto causó una ruptura importante entre Francesco y su familia: la familia consideraba que Francesco estaba despilfarrando el dinero en cachivaches florentinos. Pero a medida que Savonarola ganaba poder, Francesco actuaba con más decisión: no soportaba pensar en la pirámide que se desvanecía en el humo, y poco importaba el coste que aquello pudiera tener para él o su familia. Bustos de mármol, cuadros de Botticelli, cientos de objetos de valor incalculable. Y sobre todo, libros. Aquellos libros raros e irremplazables. Francesco y Savonarola estaban en extremos opuestos del universo intelectual. Para Francesco, la violencia más grande era la que se ejercía contra el arte, contra el conocimiento.

»En el verano de 1497, Francesco viaja a Florencia para verlo todo con sus propios ojos. Y lo que todos los demás admiran de Savonarola (su santidad, su capacidad para pensar únicamente en la salvación) a Francesco le hace sentir el miedo y el odio más profundos. Ve lo que Savonarola es capaz de hacer: destruir los mayores logros del primer resurgimiento del saber clásico desde los tiempos de la Roma antigua. Ve la muerte del arte, la muerte del conocimiento, la muerte del espíritu clásico. Y la muerte del humanismo: el fin de ese impulso por cruzar fronteras, por sobrepasar las limitaciones, por ver las plenas posibilidades del pensamiento.

–¿Y escribió sobre esto en la segunda parte del libro?

Paul asiente.

–Francesco lo escribió todo en la segunda parte, todas las cosas que tenía miedo de decir en la primera. Registró lo que había visto en Florencia y lo que temía. Que la influencia de Savonarola aumentaba. Que lograría, de alguna manera, atraer la atención del rey de Francia. Que tenía admiradores en Alemania e Italia. A medida que Francesco escribe, uno siente el desarrollo de esa influencia. Francesco se convencía más y más de que había legiones enteras de seguidores apoyando a Savonarola en todos los países de la Cristiandad. «Este predicador –escribió– es tan sólo el comienzo de un nuevo espíritu cristiano. Habrá levantamientos de predicadores fanáticos, estallarán las hogueras a lo largo y ancho de Italia.» Dice que Europa está a punto de sufrir una revolución religiosa. Y si consideramos que ya se acerca la Reforma, comprendemos que tenía razón. Savonarola no vivirá para verla, pero, tal como has dicho, cuando Lutero ponga en marcha su plan, pocos años después, recordará a Savonarola como un héroe.

–Así que Colonna lo previó todo.

–Sí. Y después de ver a Savonarola con sus propios ojos,

Francesco toma una posición más firme. Decide utilizar sus contactos para hacer lo que muy pocas personas en Roma, o en cualquier otra parte del mundo occidental, hubieran podido hacer. Usando una pequeña red de amigos fiables, comienza a coleccionar todavía más obras de arte y manuscritos raros. Se comunica con una gigantesca red de humanistas y pintores para recoger tantos tesoros, tantos logros del conocimiento y la imaginación como sea posible. Soborna a abates y bibliotecarios, a aristócratas y negociantes. Los mercaderes viajan a ciudades del otro lado del continente sólo para él. Van a las ruinas del Imperio bizantino, donde el saber antiguo se conserva todavía. Van a tierra de infieles a buscar textos árabes. Van a monasterios de Alemania, Francia y el Norte. Y durante todo este tiempo, Francesco mantiene su identidad en secreto, protegido por sus amigos más cercanos, por sus hermanos humanistas. Sólo ellos saben lo que pretende hacer con todos esos tesoros.

De repente recuerdo el diario del capitán de puerto. El Genovés se pregunta qué puede transportar un barco tan pequeño procedente de un puerto tan oscuro. Se pregunta por qué un noble como Francesco Colonna estaría tan interesado en aquello.

–Encuentra obras maestras –continúa Paul–. Obras que nadie ha visto en cientos de años. Títulos que nadie sabía que existían. El *Eudemo*, el *Protréptico* y el *Grillo* de Aristóteles. Imitaciones grecorromanas de Miguel Ángel. Los cuarenta y dos volúmenes de Hermes Trismegisto, el profeta egipcio al que se cree más viejo que Moisés. Encuentra treinta y ocho obras de teatro de Sófocles, doce de Eurípides, veintitrés de Esquilo: hoy en día, todas ellas se consideran perdidas. En un solo monasterio alemán encuentra tratados filosóficos de Parménides, Empédocles y Demócrito, que durante años han sido puestos a buen recaudo por los monjes. Un enviado del Adriático encuentra obras de Apeles, el pintor de la Antigüedad: el retrato de Alejandro, la Afrodita Anadiómena, la línea de Protogenes. Y Francesco está tan emocionado que ordena a su enviado comprarlas todas, aunque después resulten ser falsificaciones. Un bibliotecario de Constantinopla le vende los *Oráculos caldeos* a cambio del peso en plata de un cerdo pequeño, y a Francesco le parece una ganga, pues el autor del oráculo, Zoroastro el Persa, es el único profeta conocido más antiguo que Hermes Trismegisto. Al final de la lista de Francesco, como si no tuvieran ninguna importancia, aparecen siete capítulos de Tácito y un libro de Livy. Casi se olvida de mencionar media docena de obras de Botticelli.

Paul mueve la cabeza imaginando todo aquello.

–En menos de dos años, Francesco Colonna llega a armar una de las mayores colecciones de arte y literatura antiguos del mundo renacentista. Permite la entrada en su círculo de dos marinos para que capitaneen sus barcos y transporten su carga. Emplea a los hijos de los miembros fiables de la Academia Romana para que protejan las caravanas que viajan por los caminos de Europa. Pone a prueba a los hombres sospechosos de traición, registrando cada uno de sus movimientos para poder después volver sobre sus huellas. Francesco sabía que sólo podía confiar su secreto a una minoría selecta, y estaba dispuesto a hacer lo que fuera necesario para protegerlo.

Ahora comprendo plenamente la importancia de lo que mi padre y yo encontramos: un hilo suelto en la red de comunicaciones entre Colonna y sus asistentes, una red diseñada con el único propósito de proteger el secreto del noble.

–Tal vez Rodrigo y Donato no fueron los únicos que puso a prueba –sugiero–. Tal vez hay más cartas Belladonna.

–Es posible –dice Paul–. Y cuando Francesco hubo terminado, lo puso todo en un lugar donde nadie pensaría en buscar. Un lugar en el cual, según dice, su tesoro estará a salvo de sus enemigos.

Sé a qué se refiere aun antes de que lo mencione.

–Formula a los miembros de su familia una petición de acceso a las inmensas extensiones de tierra que poseen fuera de Roma, todo bajo el pretexto de una empresa que generará ganancias. Pero en vez de construir sobre el terreno, en medio de los bosques donde sus ancestros iban de cacería, Francesco diseña su cripta. Una gigantesca bóveda subterránea. Sólo cinco de sus hombres conocen su ubicación.

»Luego, a medida que se acerca el año de 1498, Francesco toma una decisión crucial. En Florencia, Savonarola parece más popular que nunca. Declara que el Martes de Carnaval construirá una hoguera aún más grande que la última. Francesco transcribe parte del discurso en la *Hypnerotomachia*. Dice que toda Italia está enfebrecida con esta nueva especie de locura religiosa... y teme por sus tesoros. Ya se ha gastado prácticamente la totalidad de su fortuna y con Savonarola afianzándose en la mente de Europa Occidental, siente que cada vez es más difícil transportar y esconder sus artículos. Así que recoge todo lo que ha coleccionado, lo pone en la cripta y la sella de forma permanente.

Poco a poco se me ocurre que uno de los detalles más raros del segundo mensaje empieza a tener sentido. *Mi cripta,* escribió Colonna, *es un artilugio inigualable, impermeable a todas las cosas, sí, pero sobre todo al agua*. Colonna mandó hacer una cripta a prueba del agua, consciente de que de otra manera allí, bajo tierra, sus tesoros acabarían por pudrirse.

–Decide que días antes de que se encienda la hoguera –continúa Paul– viajará a Florencia. Irá a San Marcos. Y, en un intento final por defender su causa, se enfrentará a Savonarola. Apelando al amor del hombre por el saber, a su respeto por la belleza y la verdad, Francesco lo persuadirá de que retire de la hoguera los objetos de valor perdurable. Evitará que el predicador destruya lo que los humanistas consideran sagrado.

»Pero Francesco es realista. Tras escuchar los sermones de Savonarola sabe lo fogoso que es el hombre, sabe qué fuerte es su convicción de que las hogueras están justificadas. Si Savonarola no se une a él, Francesco sabe que sólo tendrá una opción. Mostrará a Florencia lo bárbaro que es en realidad este profeta. Irá a la hoguera y retirará los objetos de la pirámide con sus propias manos. Si Savonarola intenta encender la hoguera de todas formas, Francesco morirá como mártir en la pira, delante de toda la ciudad. Obligará a Savonarola a convertirse en un asesino. Sólo esto, dice, hará que Florencia se enfrente al fanatismo, y con Florencia, el resto de Europa.

–Estaba dispuesto a morir por ello –digo, en parte para mí mismo.

–Estaba dispuesto a matar por ello –dice Paul–. Francesco tenía cinco buenos amigos humanistas en su fraternidad. Uno era Terragni, el arquitecto. Dos eran hermanos, Matteo y Cesare. Los otros dos eran Rodrigo y Donato, y murieron por traicionarlo. Francesco hubiera hecho cualquier cosa por proteger aquello en lo que creía.

El diminuto espacio del cubículo parece combarse en un instante; sus ángulos chocan entre sí como fragmentos de tiempo que se cruzan. Veo de nuevo a mi padre escribiendo el manuscrito de *El documento Belladonna* en la vieja máquina de escribir de su despacho. Sabía exactamente qué quería decir esa carta, pero ignoraba su contexto. Ahora, Paul ha encontrado el lugar que le corresponde. Aunque siento una satisfacción repentina, mientras Paul continúa con su relato también noto una creciente tristeza. Cuanto más oigo hablar de Francesco Colonna, más pienso en Paul trabajando en la *Hypnerotomachia* como un esclavo, igual que Colonna, cada uno en un extremo del hilo del tiempo, escritor y lector. Vincent Taft ha intentado envenenar a Paul y ponerlo en contra nuestra diciéndole que los amigos son inconstantes; pero cuanto más veo lo que Paul ha hecho por este libro –ha vivido en él años enteros con una actitud que yo sólo pude asumir durante meses–, mejor lo entiendo. Fue Francesco Colonna, tanto como cualquier otro hombre sobre la tierra, quien le hizo dudar.

Capítulo 23

En los meses previos a su viaje a Florencia –dice Paul–, Francesco toma la única precaución que considera infalible. Decide escribir un libro. Un libro que revelará la ubicación de la cripta, pero sólo a unos pocos eruditos: no a los profanos y, sobre todo, tampoco a los fanáticos. Está convencido de que nadie podrá resolverlo, excepto un verdadero amante del conocimiento, alguien que tema a Savonarola tanto como él y que nunca permitiría que los tesoros fuesen quemados. Y sueña con un tiempo en que el humanismo reine de nuevo y la colección quede a salvo.

»Así que termina el libro y le pide a Terragni que lo haga enviar, de forma anónima, a Aldus. Fingiendo ser mecenas del libro, dice que solicitará a Aldus que lo mantenga en secreto. No se identificará como su autor para que nadie sospeche lo que el libro contiene.

»Luego, a medida que se acerca el Carnaval, Francesco recluta al arquitecto y a los dos hermanos, los únicos tres miembros restantes de su círculo de la Academia Romana, y viaja a Florencia. Se trata de hombres de principios, pero Francesco comprende lo difícil que es su tarea, de manera que insiste en que todos ellos hagan el juramento de morir en la Piazza della Signoria si es necesario.

»En la víspera de la hoguera, pide a sus tres amigos que lo acompañen a cenar y orar. Se cuentan historias de sus aventuras juntos, de sus viajes, de las cosas que han hecho en sus vidas. Durante toda la tarde, sin embargo, Francesco ve, según dice, que una sombra oscura cuelga sobre sus cabezas. Pasa esa noche en vela. A la mañana siguiente, va a verse con Savonarola.

»A partir de ese momento, todo el texto está escrito por el arquitecto. Francesco dice que Terragni es el único hombre en quien puede confiar para semejante tarea. Consciente de que necesitará a alguien que supervise sus intereses si algo le sucediera en Florencia, Francesco le da a Terragni un voto de confianza. Le revela al arquitecto la clave final del libro y le pide que añada un *post scriptum,* codificado en los párrafos finales, que describa la suerte final de los amigos de la Academia Romana. Le asigna a Terragni la responsabilidad de supervisar la *Hypnerotomachia* después de que ésta llegue a manos de Aldus, de asegurarse de que el libro llegue a la imprenta. Francesco dice haber tenido una visión de su propia muerte, y sabe que no puede lograr todo lo que quisiera solo. Se lleva consigo a Terragni para que registre el encuentro con Savonarola.

»Para entonces, Savonarola los espera en su celda del monasterio. La cita ha sido acordada con antelación, de manera que ambas partes están preparadas. Francesco, tratando de ser diplomático, dice admirar a Savonarola, dice que comparte muchos de sus fines, que siente el mismo odio hacia el pecado. Menciona una frase de Aristóteles sobre la virtud.

»Savonarola responde citando a Aquino, un pasaje casi idéntico. Le pregunta a Francesco por qué prefiere una fuente pagana a una cristiana. Francesco elogia a Aquino, pero dice que Aquino bebió de Aristóteles. Savonarola pierde la paciencia. Pronuncia una línea del Evangelio según san Pablo: "Destruiré la sabiduría de los sabios y anularé el entendimiento de aquellos que entienden. ¿No habéis visto acaso cómo Dios revela que la sabiduría del hombre es necedad?".

»Francesco escucha, aterrorizado. Le pregunta a Savonarola por qué no acepta el arte y la erudición, por qué está decidido a destruirlos. Le dice a Savonarola que los dos deberían unirse contra el pecado, que la fe es la fuente de la verdad y la belleza, que no pueden ser enemigos. Pero Savonarola lo niega. Dice que la verdad y la belleza son tan sólo sirvientes de la fe. Cuando llegan a ser algo más, el orgullo y el afán de lucro llevan a los hombres al pecado.

»–De manera que –le dice a Francesco– no seré disuadido. Hay más maldad en esos libros y lienzos que en los demás objetos de la hoguera. Pues mientras que jugar con cartas o con dados puede distraer a los necios, vuestra "sabiduría" es la tentación de los poderosos y los soberanos. Las más grandes familias de esta ciudad compiten entre sí por ser vuestros mecenas. Vuestros filósofos predican a los poetas, que son ampliamente leídos. Contamináis a los pintores con vuestras ideas, y sus pinturas cuelgan en los palacios de los príncipes, mientras sus frescos se agolpan en las paredes y los techos de todas las iglesias. Llegáis a los duques y a los reyes, pues éstos se rodean de vuestros seguidores, solicitando consejo de los astrólogos y los ingenieros que están en deuda con vosotros, contratando a vuestros eruditos para que traduzcan sus libros. No –dice–, no permitiré que el orgullo y la codicia sigan gobernando Florencia. La verdad y la belleza que adoráis son ídolos falsos, vanidades, y llevarán a los hombres a la maldad.

»Francesco está a punto de marcharse, consciente de que su causa nunca podrá reconciliarse con la de Savonarola, pero, en un último segundo de ira, se da la vuelta y le dice a Savonarola lo que piensa hacer.

»–Si no accedes a mis peticiones –dice Francesco–, demostraré al mundo que eres un demente, no un profeta. Retiraré cada libro y cada pintura de la pirámide hasta que su fuego me consuma, y mi sangre ensuciará tus manos. Y el mundo se volverá contra ti.

»De nuevo se dispone a marcharse, pero en ese momento Savonarola dice algo que Francesco no se espera.

»–Mis convicciones no cambiarán –dice–, pero si estás dispuesto a morir por las tuyas, te ofrezco mi respeto, y te recibo en mi seno. Toda causa que sea verdadera a los ojos de Dios renacerá, y todo mártir que sea fiel a una causa santa se levantará de sus cenizas y entrará en el reino de los cielos. No deseo ver morir a un hombre de convicciones tan fuertes, pero los hombres a los que representas, los propietarios de los objetos que pretendes salvar, actúan llevados sólo por la codicia y la vanidad. Nunca se reconciliarán con la voluntad de Dios, excepto por la fuerza. A veces es voluntad de Dios sacrificar al inocente para probar al fiel, y acaso es esto lo que ocurre ahora mismo.

»Francesco está a punto de contradecirlo, de argumentar que el conocimiento y la belleza no deberían sacrificarse para salvar las almas de hombres corruptos, cuando piensa en sus propios hombres, Donato y Rodrigo, y ve la verdad de las palabras de Savonarola. Se da cuenta de que la vanidad y la avaricia existen incluso en las filas de los humanistas, y comprende que no habrá solución posible. Savonarola le pide que salga del monasterio, pues los monjes deben prepararse para la ceremonia, y Francesco obedece.

»Cuando regresa con sus hombres y les cuenta las noticias, comienzan a prepararse para sus últimos actos. Los cuatro, Francesco y Terragni, Matteo y Cesare, van a la Piazza della Signoria. Mientras los ayudantes de Savonarola preparan la hoguera, Francesco, Matteo y Cesare comienzan a retirar libros y pinturas de la pirámide, exactamente como prometió Francesco. Terragni se queda a un lado mirándolos y escribiendo. Los ayudantes preguntan a Savonarola si deben detenerse, pero éste les dice que continúen. Mientras Francesco y los hermanos hacen un viaje tras otro con los brazos llenos de libros que sacan del montón y ponen en una pila a una distancia prudente, Savonarola les dice que la hoguera será encendida. Les anuncia que morirán si continúan. Los tres hombres lo ignoran.

»En ese momento, la ciudad entera ya se ha reunido en la plaza para ver el fuego. La multitud canta. Las llamas comienzan en la base de la pirámide y crecen hacia arriba. Francesco y los dos hermanos siguen haciendo viajes. El fuego se calienta más y más, y ellos se cubren la boca con ropas para no inhalar el humo. Llevan guantes para protegerse las manos, pero el fuego los quema. Tres o cuatro viajes después, el humo ha oscurecido sus caras. Tienen las manos y los pies negros de tanto hurgar en el fuego. Sienten que la muerte se acerca, y en ese instante, escribe el arquitecto, se percatan de la gloria del martirio.

»Al ver cuánto ha crecido la pila de Francesco, Savonarola ordena a un monje con una carretilla que devuelva los objetos rescatados a las llamas. Tan pronto como los hombres dejan los libros y las pinturas, el monje las recoge y las lleva a la hoguera. Después de seis o siete viajes, todo lo que Francesco había sacado del fuego se ha quemado. Matteo y Cesare se han dado por vencidos con las pinturas, porque los lienzos están destruidos. Los tres palmotean sobre las tapas de los libros para apagar las llamas, para que las páginas no se quemen. Uno de ellos comienza a gritar de agonía, invocando a Dios.

»En ese momento ya no hay esperanza de salvar nada. Todas las obras de arte que hay en la pirámide han quedado destrozadas, la mayoría de los libros están carbonizados. El monje de la carretilla sigue devolviendo a la hoguera todo lo que hay en la pila. Cada uno de sus viajes deshace lo que los tres hombres han conseguido hacer. Poco a poco, la muchedumbre se ha quedado en silencio. Los pitos y abucheos desaparecen. La gente que antes gritaba a Francesco, llamándolo necio por intentar salvar los libros, se ha callado. Algunos gritan a los hombres que se detengan. Pero los tres continúan haciendo sus viajes, yendo de un lado al otro, metiendo los brazos entre las llamas y escalando las cenizas, desapareciendo durante unos instantes y reapareciendo enseguida. En la plaza, el ruido más fuerte es el rugido de las llamas. Los tres hombres respiran entrecortadamente. Han tragado demasiado humo y ya ni siquiera logran gritar. Cada vez que llegan a su pila, dice el arquitecto, puede verse la carne viva de sus manos y pies, allí donde el fuego ha quemado la piel.

»El primero de ellos se desploma boca abajo sobre las cenizas. Es Matteo, el más joven. Cesare se detiene para ayudarlo, pero Francesco lo aparta de un tirón. Matteo queda inmóvil. El fuego lo rodea y su cuerpo se hunde en la pirámide. Cesare intenta llamarlo, decirle que se ponga de pie, pero Matteo no responde. Finalmente, Cesare llega a tropezones al lugar donde su hermano ha caído. Cuando casi ha llegado junto a Matteo, también él se desploma. Francesco lo observa todo desde el borde de la hoguera. Cuando escucha la voz de Cesare llamando a Matteo, y luego oye cómo se apaga bajo el fuego, se da cuenta de que se ha quedado solo y cae de rodillas. Durante un instante permanece inmóvil.

»En el momento en que la multitud lo da por muerto, Francesco se pone de pie. Tras meter la mano en la hoguera por última vez, coge dos puñados de cenizas y avanza tambaleándose hacia Savonarola. Uno de los ayudantes de Savonarola sale a su paso, pero Francesco se detiene. Abre las manos y deja que las cenizas caigan entre sus dedos como arena. Luego dice: "*Inde ferunt, totidem qui vivere debeat annos, corpore de patrio parvum phoenica renasci*". Es una frase de Ovidio. Quiere decir: "Un pequeño fénix ha vuelto a nacer del cuerpo del padre, y es su destino vivir el mismo número de años". Francesco cae a los pies de Savonarola y muere.

»La narración de Terragni termina con el entierro de Colonna. Francesco y los dos hermanos reciben de sus familias y sus amigos humanistas un entierro casi imperial. Y sabemos que su martirio tiene éxito. En cuestión de semanas, la opinión pública se vuelve contra Savonarola. Florencia está cansada de su extremismo, su actitud constantemente apocalíptica. Sus enemigos hacen correr rumores sobre él, tratando de propiciar su caída. El papa Alejandro lo excomulga. Cuando Savonarola se resiste, Alejandro lo declara culpable de herejía y enseñanzas sediciosas. Savonarola es condenado a muerte. El 23 de mayo, tan sólo tres meses después de que Francesco muera quemado, Florencia levanta una nueva pira en la Piazza della Signoria. Allí mismo, en el mismo mismo lugar en el que estaban las dos hogueras, cuelgan a Savonarola y encienden una nueva hoguera para quemar su cuerpo.

–¿Qué le sucedió a Terragni? –pregunto.

–Sólo sabemos que honró la promesa que le había hecho a Francesco. La *Hypnerotomachia* fue publicada por Aldus al año siguiente, 1499.

Me levanto de la silla. Estoy demasiado excitado para seguir sentado.

–Desde entonces –dice Paul– todos los que han tratado

de interpretarla han usado claves del siglo diecinueve o veinte para abrir un candado del siglo quince. –Se recuesta y exhala–. Hasta el día de hoy.

Se detiene, sin aliento, y queda en silencio. En el pasillo se oyen pasos amortiguados por la puerta. Atónito, miro a Paul. Poco a poco las cosas de la realidad, del mundo real que hay de puertas para afuera, comienzan a penetrar de nuevo, devolviendo a Savonarola y a Francesco Colonna a las estanterías de mi cabeza. Pero sigue habiendo una interacción incómoda entre los dos mundos. Miro a Paul y me doy cuenta de que de alguna manera él se ha transformado en el punto de intersección entre ambos, en la ligadura que une al tiempo consigo mismo.

–No me lo puedo creer –le digo.

Mi padre debería estar aquí. Mi padre, y también Richard Curry, y también McBee. Todos los que alguna vez supieron algo de este libro y sacrificaron algo para resolverlo. Esto es un regalo para ellos.

–Francesco da señas para llegar a la cripta desde tres mojones distintos –dice Paul–. No será difícil encontrar su ubicación. Incluso da las dimensiones y hace una lista de todo lo que la cripta contiene. Lo único que falta es el plano del cerrojo de la cripta. Terragni diseñó un cerrojo especial, de cilindro, para la entrada. Es tan hermético, dice Francesco, que protegerá la cripta tanto de los ladrones como de la humedad durante el tiempo que se tarde en resolver su libro. Repite una y otra vez que va a revelar el plano del cerrojo y las instrucciones para abrirlo, pero siempre se distrae hablando de Savonarola. Tal vez le dijo a Terragni que lo incluyera en los capítulos finales, pero Terragni tenía tantas otras cosas de qué preocuparse que no llegó a hacerlo.

–Y eso es lo que estabas buscando en el despacho de Taft.

Paul asiente.

–Richard dice que había un plano en el diario del capitán cuando lo encontró hace treinta años. Creo que Vincent se lo quedó cuando permitió a Bill que encontrara el resto del diario.

–¿Y lo recuperaste?

–No. Sólo conseguí un puñado de viejas notas manuscritas de Vincent.

–¿Y qué harás ahora?

Paul comienza a buscar algo más bajo el escritorio.

–Estoy a merced de Vincent.

–¿Cuánto le has contado?

Cuando vuelve a sacar las manos, están vacías. Paul pierde la paciencia, echa la silla hacia atrás y se arrodilla en el suelo.

–Vincent no sabe ningún detalle acerca de la cripta. Sólo que existe.

Me doy cuenta de que en el suelo hay marcas, surcos que trazan un cuarto de círculo bajo las patas metálicas del escritorio.

–Anoche empecé a hacer un mapa de todo lo que Francesco dijo sobre ella en la segunda parte de la *Hypnerotomachia.* La ubicación, las dimensiones, los mojones. Sabía que Vincent vendría a buscar mis hallazgos, así que puse el mapa donde guardo los mejores descubrimientos que he hecho aquí.

Suena el tintineo del metal contra el metal; de la esquina opuesta del escritorio, Paul saca un destornillador. La larga tira de celo que lo mantenía pegado por debajo del escritorio cuelga de su mano como si fuera un hierbajo. Arranca el celo y hace girar el escritorio en nuestra dirección. Las patas delanteras se deslizan por los surcos del suelo de baldosas, y de repente aparece el conducto de ventilación. Cuatro tornillos sostienen la rejilla a la pared. Sobre cada uno de ellos, la pintura está descascarada.

Paul comienza a desatornillar la rejilla. Esquina a esquina, el ventilador va quedando desarmado. Paul mete la mano en el conducto; cuando la saca, lleva en ella un sobre atiborrado de papeles. Mi primer instinto es mirar por la ventana del cubículo para ver si alguien nos observa. Ahora comprendo lo de la lámina de papel negro que la cubre.

Paul abre el sobre. Primero saca un par de fotografías ajadas y manoseadas. La primera es de Paul y Richard Curry en Italia. Están en medio de la Piazza della Signoria, en Florencia, justo enfrente de la fuente de Neptuno. Al fondo hay una imagen borrosa del *David* de Miguel Ángel. Paul lleva shorts y una mochila; Richard Curry lleva traje, pero su corbata está suelta, al igual que el botón del cuello. Ambos sonríen.

La otra foto es de nosotros cuatro en segundo. Paul está de rodillas en el centro de la foto; lleva una corbata prestada y levanta una medalla. Los demás estamos de pie a su alrededor, con aire divertido, frente a dos profesores que aparecen al fondo. Paul acaba de ganar el concurso anual de ensayo de la Sociedad Francófila de Princeton. Los tres nos hemos disfrazado de figuras de la historia francesa para apoyar a Paul. Yo soy Robespierre, Gil es Napoleón, y Charlie, con un gigantesco vestido de miriñaque que encontramos en la tienda de disfraces, es María Antonieta.

Paul no parece dar importancia a las fotos: las pone suavemente sobre el escritorio como si estuviera acostumbrado a verlas. Ahora vacía el resto del sobre. Lo que he confundido con un fajo de papeles es en realidad una sola página extensa, doblada varias veces para hacerla caber en el sobre.

–Aquí está –dice Paul, desdoblándola sobre la superficie del escritorio.

Allí, minuciosamente detallado, hay un mapa topológico dibujado a mano. Las líneas de elevación describen círculos desiguales, y la señalización de las direcciones aparece en una leve cuadrícula. Cerca del centro, dibujado en rojo, hay un objeto angular que tiene la forma de una cruz. Según la escala de la esquina, tiene más o menos el tamaño de una residencia de estudiantes.

–¿Ahí es? –pregunto.

–Ahí es.

Es enorme. Durante un instante los dos quedamos en silencio, tratando de asimilarlo.

–¿Qué harás con el mapa? –pregunto, ahora que el cubículo está vacío.

Paul abre la mano. Los cuatro tornillos del conducto de ventilación ruedan como semillas en la palma.

–Ponerlo en un lugar seguro.

–¿En la pared?

–No.

Se inclina para volver a atornillar la tapa del conducto con el aspecto de estar absolutamente en calma. Cuando se levanta y comienza a arrancar las hojas de papel de las paredes, los mensajes desaparecen uno tras otro. Reyes y monstruos, nombres antiguos, notas que Paul nunca tuvo la intención de permitir que alguien viera.

–¿Qué vas a hacer con esto? –digo, todavía mirando el mapa.

Paul hace una bola de papel con las demás páginas. Las paredes son blancas de nuevo. Tras sentarse y doblar el mapa por los pliegues, dice sin alterarse:

–Te lo doy.

–¿Qué?

Paul mete el mapa en el sobre y me lo entrega. Se queda con las fotos.

–Te prometí que serías el primero en saberlo. Te lo mereces.

Lo dice como si tan sólo estuviera cumpliendo su palabra.

–Pero ¿qué quieres que haga yo con esto?

Sonríe.

–No lo pierdas.

–¿Y si Taft viene a buscarlo?

–Ésa es la idea. Si lo hace, vendrá a buscarme a mí. –Paul hace una pausa antes de seguir hablando–. Además, quiero que te acostumbres a tenerlo cerca.

–¿Por qué?

Paul se recuesta.

–Porque quiero que trabajemos juntos. Quiero que encontremos juntos la cripta de Francesco.

Finalmente lo comprendo.

–El año que viene.

–En Chicago –asiente–. Y en Roma.

El ventilador chirría por última vez, susurrando a través de la rejilla.

–Esto es tuyo –es todo lo que logro decir–. Es tu tesina. Tú la has terminado.

–Esto es mucho más grande que una tesina, Tom.

–También es mucho más grande que una tesis doctoral.

–Exacto.

Lo noto en su voz. Esto es sólo el principio.

–No quiero hacerlo solo –dice.

–Pero ¿qué puedo hacer yo?

–Sólo guarda el mapa –dice sonriendo–. Aunque te haga un agujero en el bolsillo.

Me irrita el poco peso del sobre, la contingencia de lo que sostengo en mi mano. Parece un argumento en contra de la realidad que nos rodea: la sabiduría de la *Hypnerotomachia* me cabe en la palma de la mano.

–Ven –dice finalmente, mirando la hora en su reloj–. Vámonos a casa. Tenemos que recoger unas cosas para Charlie.

Coge el último vestigio de su trabajo con un movimiento final del brazo. No queda en este cubículo ni un solo rastro de Paul, ni de Colonna, ni de la larga cadena de ideas que los une a través de más de quinientos años. La hoja de papel negro de la ventana ha desaparecido.

Capítulo 24

La última pregunta que el jefe de contratación de Daedalus me hizo durante mi entrevista era un acertijo: si una rana cae en un pozo de veinte metros de profundidad y tiene que escalarlo para salir, avanzando tres metros cada día pero resbalando dos metros cada noche, ¿cuántos días tardará en salir?

La respuesta de Charlie era que no saldría nunca, porque una rana que cae veinte metros no vuelve a levantarse. La respuesta de Paul tenía algo que ver con un filósofo antiguo que murió al caer en un pozo mientras iba mirando las estrellas. La respuesta de Gil era que nunca había oído hablar de una rana capaz de escalar pozos, ¿y qué diablos tenía que ver eso con desarrollar software en Texas?

La respuesta correcta, me parece, es que tarda dieciocho días, o dos días menos de lo que uno esperaría. El truco está en darse cuenta de que la rana avanza un metro por día, pero en el día dieciocho, escala los tres metros y llega al borde del pozo antes de resbalar los dos.

No sé qué me hace pensar en eso ahora. Quizás éste sea uno de esos momentos en que los acertijos tienen una cierta luminiscencia, una sabiduría que ilumina los límites de la experiencia cuando nada más es capaz de hacerlo. En un mundo donde la mitad de los aldeanos siempre miente y la otra mitad siempre dice la verdad; donde la liebre nunca alcanza a la tortuga porque la distancia entre ellas disminuye según una irreductible infinidad de mitades; donde no puedes dejar al lobo en el mismo lado del río que la gallina, ni la gallina en el mismo lado que el maíz, porque cada uno se comerá al otro con perfecta regularidad, y no hay nada que podamos hacer para evitarlo... en este mundo, en fin, todo es racional, menos la premisa. Un acertijo es un castillo en el aire, perfectamente habitable siempre y cuando no mires hacia abajo. La grandiosa imposibilidad de lo que Paul me ha contado –que una antigua rivalidad entre un monje y un humanista haya dejado una cripta de tesoros debajo de un bosque olvidado– descansa sobre la imposibilidad, mucho más básica, de que un libro como la *Hypnerotomachia*, escrito en clave, impenetrable, ignorado por los eruditos durante cinco siglos, pueda existir. No podría; y sin embargo, me resulta tan real como me resulto yo mismo. Y si acepto su existencia, las bases quedan puestas, y el castillo imposible puede construirse. Lo demás son piedras y mortero.

Cuando se abre la puerta del ascensor, y el vestíbulo de la biblioteca parece tan leve en la luz invernal, siento como si emergiéramos de un túnel. Cada vez que pienso en el acertijo de Daedalus, imagino la sorpresa de la rana ese último día, cuando por primera vez sus tres metros hacia arriba no vienen seguidos de dos metros hacia abajo. Hay algo repentino en el borde del pozo, la inesperada aceleración que existe al final del viaje, y es eso lo que siento ahora. El acertijo que me ha acompañado desde que era un niño –el acertijo de la *Hypnerotomachia*– ha quedado resuelto en menos de un día.

Pasamos por el torniquete de la entrada principal de la biblioteca. Por debajo de la puerta vuelve a entrar el viento cortante. Paul abre de un empujón y yo me cierro con fuerza el abrigo. Hay nieve por todas partes, ni piedras ni paredes ni sombras, tan sólo brillantes tornados de color blanco. Chicago y Texas están a mi alrededor; también la graduación; también Dod y mi hogar. Aquí estoy: repentinamente, he salido a la superficie.

Caminamos hacia el sur. De regreso a los dormitorios, vemos un contenedor que alguien ha volcado. Hay pequeños nidos de basura asomando entre montículos de nieve, y las ardillas ya los han atacado, sacando pieles de manzana y botellas de loción casi vacías, y pasándoselo todo por las narices antes de comer. Son criaturas muy sagaces. La experiencia les ha enseñado que aquí siempre habrá comida, que el lugar se reabastece cada día, de manera que en todas partes las nueces y las bellotas permanecen insepultas. Cuando un cuervo del tamaño de un buitre aterriza sobre la rueda del contenedor volcado exigiendo prioridad, las ardillas pican y mordisquean, ignorándolo por completo.

–¿Sabes en qué me hace pensar ese cuervo? –dice Paul.

Niego con la cabeza, y el pájaro despega furioso, abriendo las alas hasta alcanzar envergaduras fantásticas, escapando tan sólo con una bolsa de migajas.

–En el águila que mató a Esquilo –dice Paul–. Le soltó una tortuga en la cabeza.

Tengo que mirarlo de reojo para confirmar que me habla en serio.

–Esquilo era calvo –continúa–. El águila trataba de quebrar el caparazón de la tortuga lanzándola sobre las rocas. No vio la diferencia.

Esto me recuerda de nuevo al filósofo que se cayó al pozo. La mente de Paul siempre está haciendo cosas así: metiendo el presente en el pasado, haciendo la cama del día de ayer.

–Si pudieras estar en cualquier parte en este momento –le pregunto–, ¿dónde estarías?

Me mira, divertido.

–¿En cualquier parte?

–Sí.

–En Roma, con una pala en la mano.

Una ardilla nos mira, apartándose un instante de la rebanada de pan que ha encontrado. Paul se vuelve hacia mí.

–¿Y tú? ¿Texas?

–No.

–¿Chicago?

–No lo sé.

Pasamos por el patio trasero del Museo de Arte, el que lo

separa de Dod. Aquí hay huellas que van de un lado al otro haciendo zigzag.

–¿Sabes qué me dijo Charlie una vez? –dice, mirando fijamente las huellas de la nieve.

–¿Qué?

–Si disparas con una pistola, la bala cae al suelo con la misma velocidad que si la sueltas con la mano.

Algo así he aprendido en introducción a la física.

–No hay manera de huir de la gravedad –dice Paul–. No importa a qué velocidad vayas, sigues cayendo como una piedra. Eso te hace preguntarte si el movimiento horizontal no será una ilusión. Si no nos movemos sólo para convencernos de que no nos estamos cayendo.

–¿Adónde quieres ir a parar?

–El caparazón de la tortuga –dice–. Era parte de una profecía. Un oráculo dijo que Esquilo moriría de un golpe caído del cielo.

«Un golpe caído del cielo –pienso–. Dios muerto de risa.»

–Esquilo no podía escapar de un oráculo –continúa Paul–. Nosotros no podemos escapar de la gravedad. –Sus dedos se entrelazan formando una bisagra–. El cielo y la tierra hablando con una sola voz.

Sus ojos se han abierto como si trataran de abarcarlo todo: un niño en el zoológico.

–Seguro que eso se lo dices a todas –le digo.

Sonríe.

–Lo siento. Sobrecarga sensorial. Tengo la percepción alborotada. No sé por qué.

Yo sí que lo sé. Ahora hay alguien más que puede preocuparse por la cripta, alguien más que puede preocuparse por la *Hypnerotomachia*. Atlas se siente más liviano ahora que no lleva el mundo sobre los hombros.

–Con tu pregunta pasa lo mismo –dice, caminando hacia atrás frente a mí–. Si pudieras estar en cualquier parte en este momento, ¿dónde estarías? –Abre las manos y la verdad parece caerle sobre las palmas–. Respuesta: no importa, porque dondequiera que vayas seguirás cayendo.

Sonríe al decirlo, como si la idea de que todos estamos en caída libre no tuviera nada de deprimente. La equivalencia última de ir a cualquier parte, de hacer cualquier cosa, parece decir Paul, es que estar conmigo en Dod es lo mismo que estar en Roma con una pala. A su manera y en sus palabras, lo que dice, me parece, es que es feliz.

Busca su llave en el bolsillo y la desliza en la cerradura. Cuando entramos, la habitación está en calma. Tanta acción ha rodeado este lugar desde el día de ayer, tantas intrusiones ilegales y vigilantes y policías, que es inquietante verlo vacío y a oscuras.

Paul entra distraídamente en el dormitorio para dejar su abrigo. Por instinto, levanto el teléfono y reviso nuestro contestador.

«Hola, Tom –comienza la voz de Gil a través de un silbido de estática–. Trataré de hablar con vosotros más tarde, pero... parece que después de todo no podré volver al hospital, así que... Charlie de mi parte... Tom... corbata negra. Puedes tomar... necesites.»

Corbata negra. El baile.

Ya ha empezado el segundo mensaje.

«Tom, soy Katie. Sólo quería decirte que iré al club para ayudar con los preparativos en cuanto termine aquí en el cuarto oscuro. Creo que dijiste que vendrías con Gil. –Pausa–. Así que supongo que esta noche hablaremos.»

Vacila antes de colgar, como si no estuviera segura de haber puesto el énfasis correcto en esas últimas palabras, el recordatorio de un asunto incompleto.

–¿Qué sucede? –dice Paul desde la habitación contigua.

–Tengo que prepararme –digo en voz baja, intuyendo el giro que las cosas están tomando.

Paul sale de la habitación.

–¿Para qué?

–Para el baile.

Paul no lo entiende. No le he contado lo que Katie y yo hemos discutido en el cuarto oscuro. Lo que he visto el día de hoy, todo lo que Paul me ha contado, ha puesto el mundo patas arriba. Pero en el silencio subsiguiente, me encuentro con que estoy donde siempre he estado. La antigua amante a la que he renunciado ha vuelto para tentarme. Hay en esto un ciclo; hasta este momento, he estado demasiado absorto en él para poder romperlo. El libro de Colonna me halaga con imágenes de perfección, una irrealidad en la que puedo habitar a cambio del mínimo precio de mi devoción enloquecida, mi retiro del mundo. Francesco, tras inventar esta curiosa operación, inventó también su nombre: *Hypnerotomachia*, la búsqueda en sueños del amor. Si alguna vez hubo un tiempo propicio para la quietud, para resistirse a esa lucha y a su sueño; si alguna vez hubo un tiempo propicio para recordar un amor que se ha dedicado a mí con locura, para recordar la promesa que le he hecho a Katie, es ahora.

–¿Qué sucede? –pregunta Paul.

No sé cómo decírselo. No sé muy bien qué le quiero decir.

–Toma –le digo, extendiendo el brazo.

Pero él no se mueve.

–Toma el mapa.

–¿Por qué?

Al principio sólo parece perplejo, demasiado excitado para moverse.

–No puedo hacerlo, Paul. Lo siento.

Su sonrisa se desvanece.

–¿Qué quieres decir?

–No puedo seguir trabajando en esto. –Le pongo el mapa en la palma de la mano–. Es tuyo.

–Es nuestro –dice, preguntándose qué me ha sucedido.

Pero no lo es. No nos pertenece a ambos; desde el principio, ambos hemos pertenecido al libro.

–Lo siento. No puedo hacerlo.

No puedo. Ni aquí, ni en Chicago, ni en Roma.

–Pero ya lo has hecho –dice–. Ya está. Sólo hace falta el plano del cerrojo.

La certidumbre del desenlace, sin embargo, ya se ha interpuesto entre nosotros. Una expresión penetra los ojos de

Paul, la expresión de quien se ahoga, como si la fuerza que antes lo mantenía a flote le hubiera fallado de repente y todo el mundo se hubiera puesto boca abajo. Hemos pasado tanto tiempo juntos que puedo notarlo sin que Paul tenga que decir una sola palabra: la libertad que siento, mi emancipación de una cadena de sucesos que comenzó antes de que yo naciera, tiene en Paul su reflejo inverso.

–No es cuestión de escoger –dice Paul, incorporándose–. Si quisieras, podrías conservar ambas cosas.

–No lo creo.

–Tu padre lo hizo.

Pero él sabe que no fue así.

–No necesitas mi ayuda –le digo–. Ya tienes lo que querías.

Pero yo sé que no es así.

Sigue un silencio extraño: ambos sabemos que el otro tiene razón, pero que ninguno está equivocado. La matemática de la moralidad se tambalea. Parece que Paul quisiera presentar un alegato, explicarme su caso una vez más, pero es inútil, y él lo sabe.

En cambio, repite en voz baja un chiste que he escuchado mil veces en boca de Gil. Paul no tiene otras palabras para describir lo que siente.

–El último hombre en la tierra entra en un bar –murmura–. ¿Qué dice?

Paul vuelve la cabeza hacia la ventana, pero no termina el chiste. Ambos sabemos lo que dice el último hombre sobre la tierra. Mira fijamente su cerveza, solo y perdido, y dice: «Cerveza, quisiera otro camarero».

–Lo siento –le digo.

Pero Paul ya está en otra parte.

–Tengo que encontrar a Richard –murmura.

–¿Paul?

Se da la vuelta.

–¿Qué?

–¿Para qué quieres encontrar a Curry?

–¿Recuerdas lo que te he preguntado antes, de camino a

Firestone? –dice–. ¿Qué habría sucedido si nunca hubiera cogido el libro de tu padre? ¿Recuerdas lo que me respondiste?

–Dije que nunca nos habríamos conocido.

Se produjeron mil pequeñas casualidades para que Paul y yo nos conociéramos, para que estuviéramos juntos aquí y ahora. A partir de los destrozos de quinientos años, el destino ha construido un castillo en el aire para que un par de chicos universitarios puedan ser reyes. Lo que Paul quiere decir es: «Y así es como respondes».

–Cuando veas a Gil –dice, recogiendo su abrigo del suelo–, dile que puede recuperar el Salón Presidencial. Ya no lo necesito.

Pienso en su coche, que está averiado en alguna calle lateral cercana al Instituto, y lo imagino caminando por entre la nieve, yendo a buscar a Curry.

–No deberías ir solo –empiezo.

Pero solo es como siempre ha ido. Cuando se lo digo, Paul ya ha cruzado la puerta.

Lo habría seguido si no hubieran llamado del hospital, un minuto después, para transmitirme un mensaje de Charlie.

–Está despierto –dice la enfermera–. Y pregunta por ti.

Mientras la escucho me pongo los guantes y la gorra.

A medio camino entre el dormitorio y el centro médico, deja de nevar. Durante algunas manzanas hay, incluso, un sol visible sobre el horizonte. Las nubes tienen forma de menaje sobre una mesa –soperas y jarras y platos hondos, un tenedor que pasa con una cuchara– y me doy cuenta del hambre que tengo. Ojalá Charlie esté tan bien como ha dicho la enfermera. Ojalá le hayan dado de comer.

Cuando llego, encuentro la puerta de la habitación bloqueada por la única persona que me resulta físicamente más intimidante que Charlie: su madre. La señora Freeman le explica a un doctor que después de coger el primer tren desde Filadelfia, y de oír a un hombre del despacho del decano decir que Charlie está peligrosamente cerca de ser expulsado, y considerando que la señora Freeman ha sido enfermera profesional durante diecisiete años (y eso antes de hacerse profesora de Ciencias), no está de ánimo para que ningún médico la hable con condescendencia de lo que le pasa a su hijo. Al hombre lo reconozco por el color de su ropa: es el mismo que nos habló a Paul y a mí del estado estacionario de Charlie. El de las palabras de hospital y las sonrisas enlatadas. No parece haberse percatado de que no ha nacido sonrisa capaz de mover esta montaña.

Justo cuando me dispongo a entrar, la señora Freeman se da cuenta de mi presencia.

–Thomas –dice, cambiando el pie en que se apoya.

Alrededor de la señora Freeman siempre se tiene la sensación de estar frente a un fenómeno geológico: la sensación de que, si no te andas con cuidado, acabarás aplastado. Ella sabe que mi madre me educó sola, así que se toma la molestia de poner su grano de arena.

–¡Thomas! –repite. Es la única persona en el mundo que sigue llamándome así–. Ven aquí.

Me acerco un milímetro.

–¿En qué lo has metido? –dice.

–Charlie trataba de...

La señora Freeman da un paso adelante, atrapándome con su sombra.

–Ya te lo había advertido, ¿no? Después del asunto aquel en el techo de ese edificio.

La campana.

–Señora Freeman, eso fue idea suya...

–No, no. No me vengas con eso. Mi Charlie no es ningún genio, Thomas. Alguien tiene que hacerle caer en la tentación.

Madres. Uno creería a Charlie incapaz de ver el lado oscuro de las cosas aunque le pusieran una venda y apagaran la luz. Cuando nos ve, la señora Freeman no ve más que malas compañías. Mi madre, los padres inexistentes de Paul y el carrusel de padrastros de Gil: entre todos, no tenemos tantos buenos modelos como Charlie bajo un solo techo. Y en este asunto, por alguna razón, siempre soy yo el del tridente y la cola. «Si ella supiera la verdad –pienso–: también Moisés tenía cuernos.»

–Déjalo en paz –dice desde el interior una voz jadeante.

La señora Freeman se da la vuelta, como el mundo girando sobre su eje.

–Tom trató de sacarme de allí –dice Charlie, ahora con voz más débil.

Sigue un silencio pasajero. La señora Freeman me mira como diciendo: «No sonrías, no es gran cosa haber sacado a mi hijo de un problema en el que tú mismo lo has metido». Pero cuando Charlie comienza a hablar de nuevo, la señora Freeman me ordena entrar antes de que su hijo se desgaste gritando así de un lado al otro de la habitación. Ella tiene cosas que resolver con el doctor.

–Y Thomas –dice, antes de que pueda pasar a su lado–, no le metas ideas raras en la cabeza.

Asiento. La señora Freeman es la única profesora que conozco capaz de hacer que la palabra «idea» suene como un taco.

Charlie está sentado sobre una cama de hospital con una pequeña baranda metálica a cada lado, barandas cuya altura no es suficiente para evitar que un tipo corpulento se caiga de la cama en una mala noche, pero sí para permitir que un camillero meta un palo de escoba entre ellas y te deje preso para siempre como un eterno convaleciente. Yo he tenido más pesadillas relacionadas con hospitales que cuentos tuvo Sherazade, y ni siquiera el tiempo las ha eliminado de mi memoria.

–La hora de visita termina en diez minutos –dice la enfermera sin mirarse el reloj.

En una mano lleva una bandeja con la forma de un riñón; en la otra, un trapo. Charlie la observa –la enfermera sale arrastrando los pies– y enseguida me dice, en voz lenta y ronca:

–Creo que le gustas.

Del cuello hacia arriba casi tiene buen aspecto. Cerca de su clavícula asoma una capa de piel rosada; por lo demás, parece apenas un hombre cansado. El daño lo ha recibido en el pecho. Está envuelto en gasa hasta la cintura (el resto del cuerpo lo tiene metido bajo las sábanas), y en ciertos lugares un pus supuratorio ha atravesado el tejido y salido a la superficie.

–Puedes quedarte y ayudarlos a cambiarme –dice Charlie, obligándome a subir la mirada.

Parece tener ictericia en los ojos. Hay alrededor de su nariz una humedad que probablemente se secaría si pudiera hacerlo.

–¿Cómo te encuentras? –pregunto.

–¿Qué pinta tengo?

–Bastante buena, teniendo en cuenta lo sucedido.

Intenta sonreír. Cuando trata de echar un vistazo a su propio cuerpo, sin embargo, me doy cuenta de que no sabe qué aspecto tiene. Está lo bastante consciente para saber que no debe confiar en sus propios sentidos.

–¿Ha venido alguien más a verte? –pregunto.

Tarda un rato en responder.

–No ha venido Gil, si te refieres a eso.

–Me refiero a cualquier persona.

–Tal vez no has visto a mi madre. –Charlie sonríe–. Pasa desapercibida fácilmente.

Miro nuevamente por la ventana. La señora Freeman sigue hablando con el médico.

–No te preocupes –dice Charlie, malinterpretando mi actitud–. Ya vendrá.

Pero en ese momento la enfermera ya ha llamado a toda persona interesada en saber que Charlie ha recuperado la conciencia. Si Gil no está aquí, es que no vendrá.

–Oye –dice Charlie, cambiando de tema–. ¿Cómo te sientes con lo que ha pasado?

–¿Cuándo?

–Ya sabes. Con lo que ha dicho Taft.

Trato de recordar las palabras. Han pasado horas desde lo del Instituto. Esto es probablemente lo último que recuerda.

–Acerca de tu padre.

Charlie trata de cambiar de posición y hace una mueca de dolor.

Miro fijamente las barandas; de repente, me siento paralizado. La señora Freeman ha intimidado al médico hasta tal punto que el hombre termina por conducirla a una habitación privada. Los dos desaparecen detrás de una puerta distante, y el vestíbulo queda desierto.

–Mira –dice Charlie con voz débil–, no dejes que un tipo así te meta cosas raras en la cabeza.

Esto es lo que hace Charlie cuando acaba de estar a las puertas de la muerte: pensar en mis problemas.

–Me alegro de que estés bien –le digo.

Sé que está a punto de hacer algún comentario irónico, pero entonces siente la presión de mi mano sobre la suya, y opta por lo más sencillo.

–También yo.

Charlie me sonríe de nuevo y luego ríe en voz alta.

–Quién lo diría –dice, y sacude la cabeza. Sus ojos se fijan en algún punto detrás de mí–. Quién lo diría –repite.

«Se está desmayando», pienso. Pero cuando me doy la vuelta, veo a Gil en el umbral, llevando en la mano un ramo de flores.

–Las he robado de la decoración del baile –dice vacilante, como si no estuviera seguro de ser bienvenido–. Más vale que te gusten.

–¿Y de vino nada? –La voz de Charlie es débil.

Gil sonríe torpemente.

–Para ti, sólo lo barato. –Da un par de pasos y extiende la mano hacia Charlie–. La enfermera me ha dicho que tenemos dos minutos. ¿Cómo te encuentras?

–He estado mejor –dice Charlie–. Pero también he estado peor.

–Creo que tu madre está aquí –replica Gil, buscando todavía cómo comenzar.

Charlie ha comenzado a adormilarse, pero se las arregla para sonreír una vez más.

–Pasa desapercibida fácilmente.

–No te irás sin despedirte, ¿verdad? –pregunta Gil en voz baja.

–¿Del hospital? –dice Charlie, ya demasiado enajenado como para reconocer la intención de la pregunta.

–Sí.

–Tal vez –susurra Charlie–. La comida de este lugar –exhala– es espantosa.

Su cabeza vuelve a caer sobre la almohada en el momento en que la enfermera de cara áspera regresa para decir que se nos ha acabado el tiempo, que Charlie necesita descansar.

–Duerme bien, tío –dice Gil, poniendo el ramo de flores sobre la mesilla de noche.

Charlie no lo escucha. Ya ha comenzado a respirar por la boca.

Antes de irnos vuelvo a mirarlo: allí, sentado en su cama, envuelto en vendajes y rodeado de tubos de gota a gota, me hace pensar en las tiras cómicas que leía de niño. El gigante caído que la medicina logró reconstruir. El paciente cuya misteriosa recuperación sorprendió a los médicos locales. La oscuridad cae sobre Gotham, pero los titulares son los mismos. Hoy, un superhéroe se ha enfrentado a las fuerzas de la naturaleza y ha vivido para quejarse de la comida.

–¿Se pondrá bien? –pregunta Gil cuando llegamos al aparcamiento de visitantes.

El Saab es el único coche. Todavía tiene el capó tan caliente que derrite la nieve que le ha caído.

–Creo que sí.

–El pecho tiene bastante mala pinta.

Ignoro cómo será la rehabilitación para una víctima de quemaduras, pero volver a acostumbrarte a tu propia piel no puede ser fácil.

–Pensaba que no vendrías –le digo.

Gil vacila.

–Me hubiera gustado estar allí, con vosotros.

–¿Cuándo?

–Todo el día.

–¿Es una broma?

Se vuelve hacia mí.

–No. ¿Qué quieres decir?

Nos detenemos a pocos metros del coche. Me doy cuenta de que estoy enfadado con él, enfadado por lo difícil que le ha resultado encontrar qué decirle a Charlie, enfadado por el hecho de que esta tarde tuviera miedo de venir a visitarlo.

–Tú estabas donde querías estar –le digo.

–He venido tan pronto como he sabido lo que ocurría.

–No has estado con nosotros.

–¿Cuándo? –dice–. ¿Esta mañana?

–Todo este tiempo.

–Dios mío. Tom...

–¿Sabes por qué está donde está?

–Porque tomó la decisión equivocada.

–Porque quiso ayudar. No quería que fuéramos solos al despacho de Taft. No quería que le pasara algo a Paul en los túneles.

–¿Qué quieres, Tom? ¿Una disculpa? *Mea culpa*. No puedo competir con Charlie. Él es así. Así ha sido siempre.

–Así eras tú también. ¿Sabes qué me ha dicho la señora Freeman? ¿Qué fue lo primero que me dijo al verme llegar? Me habló del robo de la campana de Nassau Hall.

Gil se pasa una mano por el pelo.

–Me culpa a mí de eso. Siempre lo ha hecho. ¿Sabes por qué?

–Porque cree que Charlie es un santo.

–Porque no puede creer que tú seas capaz de algo así.

–¿Y qué? –dice Gil exhalando.

–Que sí eres capaz de algo así. Fuiste capaz. Lo hiciste.

Parece no saber qué decir.

–¿Se te ha ocurrido que tal vez llevara media docena de

cervezas entre pecho y espalda cuando me encontré con vosotros esa noche? Tal vez no estaba en mis cabales.

–O tal vez eras distinto entonces.

–Sí, Tom. Tal vez era distinto.

Silencio. Los primeros hoyuelos de nieve se forman en el capó del Saab. Esas palabras implican, de alguna manera, una confesión.

–Mira –dice–, lo siento.

–¿Por qué?

–Debí visitar a Charlie la primera vez. Cuando te vi, cuando vi a Paul.

–Olvídalo.

–Soy tozudo. Siempre he sido tozudo.

Hace hincapié en «siempre», como para decir: «Mira, Tom, hay cosas que nunca cambian».

Pero todo ha cambiado. En una semana, en un día, en una hora. Charlie, luego Paul. Ahora, de repente, Gil.

–No lo sé –le digo.

–¿No sabes qué?

–No sé qué has estado haciendo todo este tiempo. No sé por qué todo es tan distinto. Dios mío, ni siquiera sé lo que harás el año que viene.

Gil se saca del bolsillo de atrás la cadena con las llaves y abre las puertas del coche.

–Vámonos de aquí –dice–. Antes de morir congelados.

Y aquí estamos, en la nieve, solos en el aparcamiento del hospital. El sol ya casi se ha hundido tras el extremo del cielo, cediendo a la oscuridad, dándole a todo una textura de ceniza.

–Entra –dice Gil–. Hablemos.

Capítulo 25

Aquella noche volví a conocer a Gil por primera vez, y acaso por última. Estuvo casi tan encantador como lo recordaba: gracioso, interesado, inteligente acerca de las cosas que importaban, petulante acerca de las que no. Regresamos al dormitorio escuchando a Sinatra en el coche; la conversación nunca decayó, y antes de que se me pasara por la cabeza qué me pondría para el baile, abrí la puerta de mi habitación y encontré un esmoquin esperándome sobre una percha, planchado e impecable, con una nota pegada a la bolsa de plástico. «Tom, si no te queda bien, es que has encogido. Gil.» En medio de todo lo demás, había encontrado tiempo para llevar uno de mis trajes a la tienda de alquiler y pedir un esmoquin de la misma talla.

–Mi padre cree que debería tomarme un tiempo –dice respondiendo a mi pregunta de antes–. Viajar un poco. Europa, Sudamérica.

Es extraño recordar a quien conoces de toda la vida. No es como volver a la casa en que creciste y darte cuenta de que ha dejado su forma impresa en ti, de que las paredes que has levantado y las puertas que has abierto desde tu partida siguen el diseño que viste por primera vez aquí. Es, más bien, como regresar a casa y ver a tu madre o hermana, que tienen edad suficiente para no haber crecido desde que te fuiste pero no tanta como para no haber envejecido, y darte cuenta por primera vez del aspecto que tienen para el resto del mundo, de lo bellas que te parecerían si no las conocieras de antemano; darte cuenta, en fin, de lo que vieron tu padre y tu cuñado cuando más las juzgaron pero menos las conocieron.

–¿Honestamente? –dice Gil–. No lo he decidido. No estoy seguro de que mi padre sea la persona adecuada para dar consejos. El Saab fue idea suya, y fue un gran error. Estaba pensando en lo que le hubiera gustado tener a mi edad. Me habla como si yo fuera otra persona.

Gil tenía razón. Ya no es el estudiante de primero que pone a volar un par de pantalones en Nassau Hall. Se ha vuelto más cuidadoso, más circunspecto. Viéndolo, uno lo tomaría por alguien experimentado y retraído. La autoridad natural que hay en su manera de hablar y en su lenguaje corporal es ahora más pronunciada: es una cualidad que el Ivy ha sabido cultivar. Lleva ropa un tono más oscura, y su pelo, que siempre ha llevado lo bastante largo como para llamar la atención, ahora nunca está despeinado. Ha engordado un poco, lo cual lo vuelve guapo de una manera distinta, un poco más seria, y las pequeñas afectaciones que trajo de Exeter –el anillo que llevaba en el dedo meñique, el pendiente en la oreja– han desaparecido calladamente.

–Supongo que esperaré hasta el último minuto. Lo decidiré durante la graduación: algo espontáneo, algo inesperado. Tal vez dedicarme a la arquitectura. Tal vez volver a navegar.

Y aquí está, cambiándose de ropa, quitándose los pantalones de lana delante de mí sin darse cuenta del perfecto desconocido que soy: su nueva versión todavía no me ha conocido. Me doy cuenta de que tal vez soy un extraño para mí mismo, de que nunca he podido ver a la persona que Katie estuvo esperando ayer durante toda la noche: el último modelo, el yo más actualizado. En todo esto hay un acertijo, una paradoja. Ranas y pozos y el curioso caso de Tom Sullivan, que se miraba al espejo y podía ver el pasado.

–Un hombre entra en un bar –dice Gil, echando mano de un viejo recurso–. Completamente desnudo. Y tiene un pato sentado en la cabeza. El camarero dice: «Carl, te veo algo cambiado esta noche». Y el pato le dice: «Harry, si te lo contara, no me creerías».

Me pregunto por qué ha escogido ese chiste. Tal vez todo este tiempo ha estado aludiendo a la misma idea. Todos le hemos hablado como si fuera otra persona. El Saab ha sido la idea que tenemos de él, y nos hemos equivocado. Gil es algo inesperado, algo espontáneo. Un arquitecto. Un marinero. Un pato.

–¿Sabes qué estaba escuchando en la radio el otro día –pregunta–. Después de que Anna y yo rompiéramos?

–Sinatra. –Pero sé que no es así.

–Samba –me dice–. Estaba buscando una emisora y la WPRB estaba dando un especial latino. Algo instrumental, sin voces. Muy buen ritmo. Un ritmo genial.

WPRB. La estación de radio del campus, la que puso el *Mesías* de Handel cuando las mujeres llegaron por primera vez a Princeton. Recuerdo a Gil la noche en que lo conocí, al pie del campanario de Nassau Hall. Salió de la oscuridad haciendo un pequeño paso de rumba y diciendo: «Ahora muévelo. Baila». A su alrededor siempre ha habido música, el jazz que ha tratado de tocar en el piano desde el día en que nos conocimos. Después de todo, tal vez en lo nuevo se conserve algo de lo viejo.

–No la echo de menos –dice, tratando por primera vez de abrirse un poco–. Anna se ponía no sé qué cosa en el pelo. Pomada. Su peluquero se la había dado. ¿Sabes cómo huele después de que pasen el aspirador? Hay un olor entre cálido y limpio, ¿sabes?

–Sí.

–Pues así era. Debe de haberse secado el pelo hasta quemárselo. Cada vez que apoyaba la cabeza en mi hombro, yo pensaba: hueles como mi alfombra.

Pasa de una cosa a otra por libre asociación de ideas.

–¿Sabes quién más olía así?

–No.

–Trata de recordar. Primero.

Algo cálido y limpio. La chimenea de Rockefeller me viene inmediatamente a la memoria.

–Lana McKnight –digo.

Gil asiente.

–Nunca he sabido cómo os lo hicisteis para durar juntos

todo ese tiempo. Era una química tan rara... Charlie y yo apostábamos cuándo romperíais.

–Pero Charlie me decía que Lana le gustaba.

–¿Recuerdas a la chica con la que salió en segundo? –dice Gil, cambiando de tema.

–¿Charlie?

–Se llamaba Sharon, creo.

–¿La de los ojos de distinto color?

–Bueno, pues a ella sí que le olía bien el pelo. Iba a la habitación y se sentaba a esperar a Charlie, y todo empezaba a oler a una loción que usaba mi madre. Nunca he sabido qué era, pero siempre me ha encantado.

En ese instante se me ocurre que Gil siempre me ha hablado de sus madrastras, nunca de su verdadera madre. El cariño lo delata.

–¿Sabes por qué rompieron?

–Ella lo plantó.

–No. Él se cansó de recoger las cosas que dejaba tiradas. Ella dejaba cosas en nuestra habitación: jerséis, bolsos, cualquier cosa, y Charlie tenía que devolvérselos. No se dio cuenta de que era una estrategia. La chica quería darle razones para que la visitara por las noches. Charlie simplemente pensó que era muy desordenada.

Mientras lo escucho me esfuerzo por anudarme la pajarita en el cuello. El bueno de Charlie. El hombre aseado, el amigo devoto.

–No, ella no rompió con él –continúa Gil–. Las chicas que se enamoran de Charlie nunca lo hacen. Es siempre él quien rompe con ellas.

Hay en su voz la leve sugerencia de que éste es un hecho que vale la pena tener en cuenta, un rasgo importante de la personalidad de Charlie: su capacidad para encontrar defectos en los demás. Como si eso sirviera para explicar los problemas que Gil ha tenido con él.

–Es un buen tipo –dice Gil, recapacitando.

Parece satisfecho con esa conclusión. Durante un segundo no hay más ruido en la habitación que la fricción de un trozo de tela contra el otro cuando me quito la pajarita e intento anudármela de nuevo. Gil se sienta sobre su colchón y se pasa una mano por el pelo. Se acostumbró a hacerlo cuando llevaba el pelo largo. Sus manos no se han adaptado al cambio todavía.

Al fin consigo hacer un nudo, una especie de nuez con alas. Me miro al espejo y decido que así está bien. Me pongo la chaqueta. Me queda perfecta, mejor aún que la de mi propio traje.

Gil sigue en silencio, mirándose al espejo como si su imagen fuera un cuadro. Aquí estamos: al final de su presidencia. Su despedida del Ivy. Mañana el club estará bajo el mando de los responsables del año próximo, los miembros que el mismo Gil ha elegido en las selecciones, y él se volverá un fantasma en su propia casa. Lo mejor del Princeton que le tocó en suerte llega poco a poco a su fin.

–Oye –digo, atravesando el vestíbulo y entrando a su habitación–. Trata de divertirte esta noche.

No parece escucharme. Pone el móvil en el cargador, observa la luz que parpadea.

–Me hubiera gustado que las cosas no salieran así –dice.

–Charlie se pondrá bien –le digo.

Pero él se limita a mirar su joyero, el diminuto cofre de madera donde guarda sus objetos de valor, y le pasa una mano por encima para limpiar el polvo acumulado. En la habitación, en el lado de Charlie, todo es viejo pero impecable: al borde del armario, un par de zapatillas de primero con los cordones bien metidos; Charlie todavía está ablandando las del año pasado. Pero todo lo que hay en el lado de Gil parece no tener vida, es nuevo y polvoriento al mismo tiempo. Saca de la caja un reloj de plata, el que suele ponerse en ocasiones especiales. Las manecillas han dejado de moverse; Gil lo sacude suavemente y comienza a darle cuerda.

–¿Qué hora tienes?

Le enseño mi reloj y él pone en hora el suyo.

Fuera, la noche ha caído. Gil coge su anillo y luego quita el móvil del cargador.

–El día favorito de mi padre en la universidad fue el baile del Ivy en cuarto –dice–. Siempre hablaba de eso.

Pienso en Richard Curry, en las historias que le contó a Paul acerca del Ivy.

«Dijo que era como vivir un sueño, un sueño perfecto.»

Gil se acerca el reloj al oído. Escucha como si hubiera algo milagroso en el sonido, un océano preso en una caracola.

–¿Listo? –dice, metiendo la mano en la correa y abrochando el mecanismo de metal.

Ahora se concentra en mí, revisa el corte del esmoquin.

–No está mal –dice–. Creo que Katie lo aprobará.

–¿Estás bien? –le pregunto.

Gil se ajusta la chaqueta y asiente.

–No creo que le hable a mis hijos de esta noche. Pero sí, estoy bien.

En la puerta, ambos echamos una última mirada antes de cerrar. Tras apagar las luces, la habitación queda en sombras. Cuando miro una vez más la luna por la ventana, en mi mente aparece la imagen de Paul cruzando solo el campus con su viejo abrigo.

Gil se mira el reloj y dice:

–Llegaremos justo a tiempo.

Vestidos con nuestros trajes y zapatos negros, nos dirigimos al Saab entre los colores nocturnos de las dunas de nieve.

«Un baile de disfraces», me había dicho Gil. Y eso exactamente es lo que es. El club está magnífico: es el centro de atención de Prospect Avenue. Altos arcenes de nieve se levantan como murallas a lo largo de la pared de ladrillo que lo rodea, pero han limpiado el sendero que lleva a la puerta principal, y lo han cubierto con una capa delgada de piedras negras. Igual que la sal de roca, las piedras abren un camino en el hielo. Como imitando ese efecto, de los salientes frontales de la casa cuelgan cuatro largas telas, cada una con una franja vertical del color de la hiedra flanqueada por delgados pilares dorados.

Gil aparca el Saab mientras los miembros del club y algunos otros invitados se acercan al Ivy en parejas, como si entraran al arca; cada entrada está separada de la siguiente por intervalos de cortesía, para no importunar a los demás. Los estudiantes de último año llegan al final, porque es costumbre que los miembros que se van a graduar sean recibidos con una calurosa bienvenida, me explica Gil al apagar los faros del coche.

Cruzamos el umbral y nos encontramos con un club en plena agitación. En el aire pesa el calor de los cuerpos, el dulce olor del alcohol y la comida, las conversaciones enredadas que se forman y se vuelven a formar por todo el lugar. Al entrar, Gil recibe aplausos y ovaciones. Los de segundo y tercero, instalados en la planta baja, se acercan a la puerta para darle la bienvenida, algunos gritando su nombre, y durante un instante parece como si esta noche pudiera todavía ser la noche que ha estado esperando, una noche parecida a la que vivió su padre.

–Bien –me dice, ignorando el aplauso cuando persiste demasiado tiempo–, pues aquí lo tienes.

Observo la transformación del club. El trabajo que Gil ha estado haciendo, los recados y los planes y las conversaciones con los floristas y los encargados de la comida, de repente deja de ser una mera excusa para irse del dormitorio cuando las cosas van mal. Todo es distinto. Las sillas y las mesas que había han desaparecido; en su lugar, las esquinas del vestíbulo principal han quedado redondeadas por mesas de cuarto de círculo cubiertas por manteles de color verde oscuro y engalanadas con vajillas chinas repletas de comida. Detrás de cada mesa, igual que detrás de la barra que tenemos a mano derecha, hay un camarero de guantes blancos. Por todas partes hay arreglos florales; en ninguno de ellos se ve una pizca de color. Sólo hay lirios blancos y orquídeas negras y variedades que nunca he visto. En medio de esta tormenta de esmóquines y vestidos negros es posible incluso pasar por alto el roble marrón de las paredes.

–¿Señor? –dice un camarero vestido con corbata blanca que ha aparecido de la nada llevando una bandeja de canapés y trufas–. Cordero –dice, señalando los primeros– y chocolate blanco –dice al señalar las segundas.

–Pruébalos –dice Gil.

Lo hago, y todo el hambre del día, las comidas que me he saltado y las fantasías de la comida de hospital, regresan en un instante. Cuando pasa otro hombre con una bandeja de copas de champán, me sirvo de nuevo. Las burbujas se me suben a la cabeza, y me ayudan a evitar que mis pensamientos se concentren en Paul.

En ese instante un cuarteto musical empieza a sonar desde la antecámara del comedor, un lugar donde sólo había sillones desgastados. En la esquina hay un piano y una batería, y queda espacio suficiente entre ellos para un bajo y una guitarra eléctrica. Por ahora tocan clásicos de rythm & blues, pero sé que más tarde, si Gil se sale con la suya, habrá jazz.

–Vuelvo enseguida –dice, y de repente me deja solo y se dirige a la escalera.

En cada escalón lo detiene un miembro del club para decirle algo amable, para sonreír y estrecharle la mano, a veces para abrazarlo. Veo a Donald Morgan ponerle en la espalda una mano cuidadosa al cruzarse con él: la enhorabuena fácil y sincera del hombre que quisiera ser rey. Las chicas de tercero, ya un poco bebidas, miran a Gil con ojos empañados, poniéndose sentimentales acerca de la pérdida del club, que es su propia pérdida. Me doy cuenta de que Gil es el héroe de esta noche, el anfitrión y a la vez el invitado de honor. Adondequiera que vaya, tendrá compañía. Sin embargo, caminando así, sin nadie a su lado –sin Brooks, sin Anna, sin ninguno de nosotros–, ya ha comenzado de alguna manera a verse solo.

–¡Tom! –suena una voz a mis espaldas.

Me doy la vuelta, y el aire converge en una sola fragancia, que debe ser la que usaban la madre de Gil y la novia de

Charlie, porque tiene el mismo efecto sobre mí. Si antes pensaba que Katie me gustaba más cuando veía sus defectos, con el pelo recogido y la camisa por fuera, estaba muy equivocado. Pues aquí está ella, vestida con un traje negro, con el pelo suelto, toda clavículas y senos: es el momento de mi perdición.

–Guau.

Me pone una mano en la solapa y quita una escama de polvo que resulta ser nieve, un copo que ha sobrevivido en este calor.

–Lo mismo te digo –responde.

Hay algo maravilloso en su voz, cierta bienvenida soltura.

–¿Dónde está Gil? –pregunta.

–Arriba.

Coge dos copas de champán de una bandeja pasajera.

–Salud –dice, dándome una–. ¿Y quién se supone que eres?

Vacilo un instante. No sé bien a qué se refiere.

–Tu disfraz. ¿De qué te has disfrazado?

Ahora reaparece Gil.

–Hola –dice Katie–. Cuánto tiempo sin verte.

Gil nos evalúa y sonríe como un padre orgulloso.

–Estáis guapísimos.

Katie ríe.

–¿Y de qué te has disfrazado tú? –pregunta.

Con una floritura, Gil se echa la chaqueta hacia atrás. Ahora veo qué es lo que ha subido a buscar. Allí, colgando entre el flanco izquierdo de su cintura y su cadera derecha, hay un cinturón de cuero negro. Sobre el cinturón hay una cartuchera de cuero; en la cartuchera, una pistola con el mango de marfil.

–Aaron Burr –dice–. Clase de 1772.

–Muy llamativo –dice Katie, mirando la culata nacarada de la pistola.

–¿Quién? –le espeto.

Gil parece desencantado.

–Mi disfraz. Burr mató a Hamilton en un duelo.

Me pone una mano en la espalda y me conduce al descansillo que hay entre la planta baja y la primera planta.

–¿Ves los pins que Jamie Ness lleva en la solapa? –Señala a un estudiante de cuarto que lleva una pajarita adornada con claves de sol y de fa. Sobre la solapa izquierda veo un óvalo marrón; sobre la derecha, un punto negro–. Eso es un balón de fútbol, y eso, un disco de hockey. Es Hobey Baker, miembro del Ivy en 1914. El único hombre que ha entrado jamás en los Salones de la Fama de fútbol y de hockey. Aquí en Princeton, Hobey formaba parte de un grupo de canto. Por eso Jamie lleva notas musicales en la pajarita.

Ahora señala a un estudiante de cuarto pelirrojo y alto.

–Chris Bentham. El que está al lado de Doug. Es James Madison, clase de 1771. Se sabe por los botones de la camisa. El botón superior es el sello de Princeton, porque Madison fue el primer presidente de la Asociación de Alumnos. Y el cuarto botón es una bandera de Estados Unidos.

Hay algo mecánico en su voz, las inflexiones de un guía turístico, como si leyera un guión que llevara en la cabeza.

–Invéntate un disfraz –interviene Katie, uniéndose a nosotros desde el pie de la escalera.

La miro desde arriba, y el ángulo me permite apreciar de otra manera su vestido.

–Escuchad –dice Gil, mirando al fondo–, tengo que ir a encargarme de algo. ¿Podréis quedaros solos un par de segundos?

Junto a la barra está Brooks, señalando con el dedo a un camarero con guantes blancos que está apoyado con todo su peso contra la pared.

–Uno de los camareros está borracho –dice Gil.

–No te preocupes por nosotros –le digo, y me doy cuenta de lo delgado que se le ve el cuello a Katie desde esta altura: es el tallo de un girasol.

–Si necesitáis algo –añade–, decídmelo.

Comenzamos a bajar juntos. La banda toca Duke Ellington, las copas de champán tintinean, y el pintalabios de Katie tiene un brillo rojo intenso, del color de un beso.

–¿Quieres bailar? –le digo mientras bajo del rellano.

Listen... rails a-thrumming... on the «A» train[1].

Katie sonríe y me coge de la mano.

Al llegar al pie de la escalera, Gil y yo separamos nuestros caminos.

1. Escuchad... los rieles repiquetean... sobre el tren «A». *(N. del T.)*

Capítulo 26

La pista de baile está cinco grados más caliente que el resto del club: hay parejas apretujadas mezclándose y girando, un cinturón de asteroides de bailarines de balada, pero de inmediato me siento cómodo. Desde la noche en que nos conocimos en el Ivy, Katie y yo hemos bailado muchas músicas distintas. Cada fin de semana en Prospect Avenue los clubes contratan grupos que satisfagan todos los gustos, y en sólo unos meses ya hemos probado los bailes de salón, la música latina y todo lo que hay entre ambas cosas. Después de nueve años de bailar claqué, Katie tiene más gracia y elegancia que tres bailarines juntos, lo que quiere decir que nuestro promedio es igual al de la pareja vecina. Aun así, yo, como obra de caridad de esta mujer, he llegado bastante lejos. Poco a poco vamos sucumbiendo al champán, y cuanto más bailamos, más osados nos volvemos. Logro dejarla caer en mis brazos sin caerme yo mismo encima de ella; ella logra dar vueltas, agarrada de mi brazo bueno y sin dislocar nada; pronto, nos volvemos un peligro público sobre la pista de baile.

–Ya he decidido quién soy –le digo, tirando de ella hacia mí. Hay un magnífico contacto entre ambos: el escote tenso, los senos erguidos.

–¿Quién? –me dice.

Ambos respiramos con fuerza. En la frente de Katie se han formado diminutas gotas de sudor.

–F. Scott Fitzgerald.

Katie sacude la cabeza y sonríe. Asoma la lengua entre los dientes.

–No se puede –dice–. Fitzgerald no vale.

Hablamos en voz alta: las bocas se acercan más y más a los oídos para hacerse entender bajo la música.

–¿Por qué no? –pregunto, mientras mis labios se enredan en un mechón de pelo.

Katie se ha puesto un poco de perfume en el cuello, igual que hizo en el cuarto oscuro, y la continuidad entre aquel momento y éste (la idea de que somos las mismas personas, pero vestidas de un modo distinto) es todo lo que necesito.

–Porque él era miembro del Cottage –dice Katie, inclinándose hacia delante–. Eso es blasfemia.

Sonrío.

–¿Y cuánto dura esto?

–¿El baile? Hasta que comience la misa.

Tardo un segundo en recordar que mañana es Pascua.

–¿A medianoche? –pregunto.

Katie asiente.

–Kelly y las demás están preocupadas por la asistencia a la capilla.

Como si lo hubiéramos planeado, vemos en ese instante a Kelly Danner dando una vuelta sobre la pista: va señalando con el dedo a un estudiante de segundo que viste un chaleco vistoso, y su lenguaje corporal es el de una bruja que transforma a un príncipe en sapo. La todopoderosa Kelly Danner, la mujer con quien ni siquiera Gil se atreve a jugar.

–¿Qué harán, sacar a la gente de la fiesta? –digo, pensando que incluso Kelly se vería en apuros para salirse con la suya en un caso así.

Katie niega con la cabeza.

–Cerrarán el club y sugerirán a la gente que asista.

Cuando habla de Kelly lo hace con un tono incisivo, así que decido no presionarla. Observando a las parejas que nos rodean, no puedo evitar pensar en Paul, que siempre parecía estar solo en el club.

En ese instante el ritmo de la fiesta se ve totalmente interrumpido: una última pareja se hace presente en la puerta, lo bastante tarde como para eclipsar al resto del mundo. Son

Parker Hassett y su compañera. Fiel a su palabra, Parker se ha teñido el pelo de marrón, se ha peinado con una rígida raya a la izquierda y luce un esmoquin –estilo investidura, con chaqueta y pajarita blancas– con el cual logra un convincente parecido con John Kennedy. Su compañera, la siempre dramática Veronica Terry, también ha venido como estaba previsto. Con el peinado platino y alborotado, pintalabios de color manzana y un vestido que se levanta sin necesidad de una rejilla de metro. Veronica es la viva imagen de Marilyn Monroe. Ha comenzado el baile de disfraces. En un salón lleno de impostores, estos dos se llevan la corona.

La bienvenida que Parker recibe, sin embargo, es mortal. El silencio se hace en la sala; de lugares aislados llega algún que otro silbido. Cuando Gil, desde el rellano del primer piso, resulta ser el único capaz de acallar a la multitud, comprendo la actitud de la gente: el honor de llegar el último debía de ser suyo, y Parker ha venido como presidente al baile del propio presidente.

Por insistencia de Gil, el ambiente de la pista se enfría lentamente. Parker hace un rápido desvío en dirección al bar, y enseguida lleva a la pista copas de vino para Veronica Terry y para él, una en cada mano. Su paso, al acercarse, tiene una cierta arrogancia: su expresión no registra el hecho de que ya en ese momento es la persona menos popular del lugar. En algún momento se acerca a mí lo suficiente, y entonces comprendo cómo lo logra. Parker viaja en una nube etílica, borracho.

Katie se pega un poco más a mí al verlo venir, pero no le doy importancia hasta que noto la expresión que se dedican. Parker le lanza una mirada elocuente, insidiosa, sexual y autoritaria, todo al mismo tiempo, y Katie me tira de la manga, sacándome de la pista.

–¿Y eso qué ha sido? –le pregunto cuando estamos seguros de que no puede oírnos.

El grupo está tocando algo de Marvin Gaye, y las guitarras chillan y los tambores resuenan: es el *leitmotiv* de la llegada de Parker. John Kennedy se frota contra Marilyn Monroe, ese extraño espectáculo de la historia se contonea, y las demás parejas los eluden: es la cuarentena de un par de leprosos sociales.

Katie parece disgustada. Toda la magia de nuestro baile se ha evaporado.

–Ese gilipollas –dice.

–¿Qué te ha hecho?

Y así surge, de una tirada, la historia que no me llegó por encontrarme ausente; la historia de la que no debía enterarme hasta más tarde.

–Parker trató de hacerme el «tercer piso» en el proceso de selección. Dijo que votaría en mi contra si no le hacía un baile erótico. Ahora dice que fue una broma.

Estamos en medio del vestíbulo principal, lo bastante cerca de la pista de baile para alcanzar a ver a Parker con las manos sobre las caderas de Veronica.

–Qué hijo de puta. ¿Y tú qué hiciste?

–Se lo dije a Gil.

Cuando pronuncia su nombre, sus ojos se dirigen a la escalera, donde Gil conversa con dos estudiantes de tercero.

–¿Eso fue todo?

En ese instante espero que invoque el nombre de Donald, que me recuerde cuál era mi lugar, pero no lo hace.

–Sí –es lo único que dice–. Gil lo echó del proceso.

Quiere decir que no debo darle importancia, que no es así como quería que me enterara. Ya ha pasado por suficientes molestias. Pero no logro evitar que me suba la temperatura.

–Iré a decirle algo a Parker –le digo.

Katie me mira con severidad.

–No, Tom. Esta noche no.

–Pero es que no puede actuar…

–Mira –dice, cortándome–, mejor olvídalo. No dejemos que nos eche a perder nuestra noche.

–Sólo trataba de…

Katie me pone un dedo en los labios.

–Lo sé. Vamos a otra parte.

Mira a nuestro alrededor, pero hay un esmoquin en cada

rincón, conversaciones y copas de vino y hombres con bandejas de plata. Ésta es la magia del Ivy. Aquí nunca estamos solos.

–Tal vez podamos ir al Salón Presidencial –digo.

Ella asiente.

–Le preguntaré a Gil.

Noto la confianza que surge en su voz cuando pronuncia ese nombre. Gil se ha portado bien con ella, tal vez más que bien, y probablemente sin ni siquiera darse cuenta. Ella acudió a él para contarle lo de Parker cuando yo no estaba por ninguna parte. Gil es la primera persona en la que piensa cuando necesita algo pequeño. Tal vez para ella es importante que conversen durante el desayuno, aunque después él casi lo olvide. Gil ha sido como un hermano mayor para ella, igual que lo fue para mí en primer año. Lo que sea bueno para él es bueno para nosotros.

–No hay problema –le dice Gil–. No habrá nadie allí.

Así que la sigo al sótano observando los movimientos de sus músculos bajo el vestido, la forma en que se mueven sus piernas, la tensión de sus caderas.

Cuando se encienden las luces veo la habitación en que Paul y yo trabajamos tantas noches. El lugar sigue igual: no ha sufrido los preparativos del baile. Es una geografía de anotaciones y dibujos y libros apilados en cordilleras que cruzan la habitación, y son, en ciertos lugares, tan altas como nosotros.

–Aquí no hace tanto calor –digo, buscando algo que decir.

Parece que han apagado el termostato del resto del edificio para evitar que la primera planta se recaliente.

Katie mira a su alrededor. Las anotaciones de Paul están pegadas al marco de la chimenea; sus diagramas decoran las paredes. Estamos rodeados por Colonna.

–Tal vez no deberíamos estar aquí –dice.

No sé si la preocupa que importunemos a Paul, o que Paul pueda importunarnos a nosotros. Cuanto más tiempo permanecemos allí de pie, evaluando la habitación, más claramente siento la distancia que se forma entre nosotros. Éste no es el lugar adecuado para nuestras necesidades.

–¿Has oído hablar del gato de Schrödinger? –digo al fin, porque no se me ocurre otra manera de expresar lo que siento.

–¿En filosofía?

–En cualquier parte.

En mi solitaria clase de física, el profesor usaba el gato de Schrödinger como ejemplo de mecánica ondulatoria cuando la mayoría de nosotros éramos demasiado lentos para entender $v = -e^2/r$. Un gato imaginario es puesto en una caja cerrada con una dosis de cianuro, que se le dará sólo si se activa un contador Geiger. La trampa, me parece, está en que es imposible saber si el gato está vivo o muerto antes de abrir la caja; hasta ese momento, la probabilidad indica que la caja contiene, por partes iguales, un gato vivo y otro muerto.

–Sí –me dice–. ¿Y qué?

–En este momento siento que el gato no está ni vivo ni muerto –le digo–. No está nada.

Katie le da vueltas al asunto, preguntándose adónde quiero ir a parar.

–Quieres abrir la caja –dice al fin, sentándose sobre la mesa.

Le digo que sí y me pongo a su lado sobre la mesa. El enorme tablón de madera nos acepta en silencio. No sé cómo decirle el resto: que individualmente somos el científico; juntos, somos el gato.

En vez de responder, Katie me pasa un dedo por la sien derecha, poniéndome el pelo detrás de la oreja, como si hubiera dicho algo tierno. Quizá sepa ya cómo resolver mi acertijo. «Somos más grandes que la caja de Schrödinger –me dice–. Como todo gato que se respete, tenemos nueve vidas.»

–¿Alguna vez ha nevado así en Ohio? –dice, cambiando conscientemente de tema.

Sé que afuera ha comenzado a nevar de nuevo, con más fuerza que antes: todo el invierno concentrado en esta tormenta.

–En abril, no –le digo.

Estamos juntos sobre la mesa, a pocos centímetros el uno del otro.

–En New Hampshire tampoco –dice Katie–. Al menos, no en abril.

Acepto lo que trata de hacer: trata de llevarme a cualquier parte, pero fuera de aquí. Siempre he querido saber más acerca de su vida en su casa, saber qué hacía su familia alrededor de la mesa del comedor. El norte de Nueva Inglaterra es en mi imaginación una especie de Alpes norteamericanos: montañas por todas partes, San Bernardos que llevan regalos.

–Mi hermana pequeña y yo teníamos una costumbre cuando nevaba –dice.

–¿Mary?

–Sí. Cada año, cuando la laguna que había cerca de casa se helaba, íbamos a hacer agujeros en el hielo.

–¿Para qué?

Su sonrisa es hermosa.

–Para que los peces pudieran respirar.

Los miembros del club pasan por la escalera sin notar nuestra presencia, como pequeñas bolsas de calor en movimiento.

–Usábamos un palo de escoba –dice–, e íbamos por el lago haciendo agujeros. Como si fuera la tapa de una jarra.

–Una jarra para luciérnagas.

–Sí –dice Katie, cogiéndome de la mano–. Los patinadores nos odiaban.

–Mis hermanas me llevaban a montar en trineo –le digo.

Sus ojos brillan. Recuerda que tiene una ventaja sobre mí: ella es la hermana mayor, y yo el hermano pequeño.

–En Columbus no hay muchas colinas altas –continúo–, así que siempre íbamos a la misma.

–Y te subían montado en el trineo.

–¿Ya te he hablado de esto?

–Es lo que hacen las hermanas mayores.

No puedo imaginarla tirando de un trineo colina arriba. Mis hermanas eran fuertes como una jauría.

–¿Alguna vez te hablé de Dick Mayfield? –le pregunto.

–¿De quién?

–Un muchacho que salía con mi hermana.

–¿Qué pasó?

–Cada vez que llamaba, Sarah me echaba a patadas del teléfono.

Katie nota el tono fuerte de mi voz. Esto, también, es lo que hacen las hermanas mayores.

–No creo que Dick Mayfield tuviera mi número.

Sonríe, me abre la mano y dobla los dedos entre los míos. No puedo evitar pensar en Paul, en la bisagra que hizo antes con las manos.

–Pues consiguió el de mi hermana –digo–. Le bastó tener un viejo Camaro rojo con llamas pintadas a los lados.

Katie sacude la cabeza con desaprobación.

–El semental Dick y su trampa para chicas –le digo–. Eso lo dije una noche, en presencia de Dick, y mi madre me mandó a la cama sin cenar.

Dick Mayfield, aparecido aquí como por arte de magia. Me llamaba Pequeño Tom. Una vez me llevó a dar una vuelta en el Camaro y me contó un secreto. «El tamaño no importa. Lo que importa es el fuego que haya en tus motores.»

–Mary salía con un chico que tenía un Mustang 64 –dice Katie–. Le pregunté si hacían cosas en el asiento de atrás.

Me dijo que el chico era tan estirado que se negaba a ensuciar el coche.

Cuentos de sexo sublimados en forma de cuentos de coches, una forma de hablar de todo sin tener que hablar de nada.

–Mi primera novia tenía un Volkswagen que se le había inundado –le digo–. Si te tumbabas en el asiento de atrás, había un olor como de sushi. Así que nunca pudimos hacer nada.

Katie se vuelve hacia mí.

–¿Tu primera novia conducía?

Al darme cuenta de lo que he revelado, tartamudeo.

–Yo tenía nueve años –digo, carraspeando–. Ella tenía diecisiete.

Katie ríe. Sigue un instante de silencio. Finalmente parece que el momento ha llegado.

–Se lo he dicho a Paul –le digo.

Ella levanta la cara.

–Ya no trabajaré más en el libro.

Katie tarda un rato en responder. Se lleva las manos a los hombros y se los frota para calentarse. Me doy cuenta, después de tantas pistas, de tantos contactos, que no se ha acostumbrado a la temperatura de este lugar.

–¿Quieres ponerte mi chaqueta?

–Se me está poniendo la piel de gallina –dice ella.

Es imposible no mirarla. Tiene los brazos cubiertos de gotas diminutas. Las curvas de sus senos están pálidas como la piel de una bailarina de porcelana.

–Aquí tienes –le digo, quitándome la chaqueta y poniéndosela en los hombros.

Levanto el brazo derecho para abrazarla, pero ella lo sostiene en el aire. Y así, conmigo medio girado hacia ella, en actitud de espera, Katie se recuesta contra mí. El aroma de su perfume resurge de su pelo suelto. Ésta, por fin, es su respuesta.

Katie inclina la cabeza hacia un lado, y yo meto el brazo bajo la chaqueta, cruzando el espacio oscuro bajo los hombros cubiertos y poniendo la mano en el lado opuesto de su cintura. Los dedos se me pegan a la tela áspera de su vestido, presos de una fricción inesperada, y me doy cuenta de que la abrazo con firmeza y sin esfuerzo al mismo tiempo. Un mechón de pelo le cae sobre la cara, pero Katie no hace nada para apartárselo. Hay una mancha de pintalabios justo debajo de su boca, tan pequeña que sólo puede verse a una distancia mínima, y me sorprende estar a esa distancia. Enseguida, Katie está tan cerca de mí que es imposible ver nada, y siento en la boca una cierta calidez, unos labios que se acercan.

Capítulo 27

Justo cuando el beso se vuelve más profundo, oigo que la puerta se abre. Estoy a punto de decirle algo agresivo al intruso, pero en ese momento veo a Paul de pie frente a nosotros.

–¿Qué sucede? –le digo, echándome hacia atrás de una sacudida.

Paul echa una mirada alrededor, sobresaltado.

–Han vuelto a llevarse a Vincent para interrogarlo –logra decir.

La impresión que le causa encontrar a Katie en su habitación se refleja en la impresión que le causa a Katie encontrarlo a él en cualquier parte.

«Ojalá le den caña a Taft», pienso.

–¿Cuándo?

–Hace una hora, tal vez dos. Acabo de hablar con Tim Stone, el del Instituto.

Sigue un momento incómodo.

–¿Has encontrado a Curry? –pregunto, limpiándome el pintalabios de la boca.

Pero en la pausa que precede a su respuesta, revivimos nuestra discusión acerca de la *Hypnerotomachia*, acerca de las prioridades que me he impuesto.

–He venido para hablar con Gil –dice Paul cortando la conversación.

Katie y yo observamos cómo sigue la pared hacia el escritorio, recoge algunos de sus viejos dibujos, los de la cripta que durante meses ha estado bosquejando, y luego desaparece tan rápido como ha llegado.

Al salir deja un remolino de papeles sacudiéndose en la pequeña corriente de la puerta.

Cuando Katie baja de la mesa, puedo adivinar lo que se le pasa por la cabeza. Es imposible escapar de este libro. Ni con todas las decisiones del mundo me será posible dejarlo atrás. Incluso aquí, en el Ivy, donde Katie pensaba que estaríamos a salvo, la *Hypnerotomachia* está en cada rincón: en las paredes, en el aire, interrumpiéndonos cuando menos lo esperamos.

Para mi sorpresa, sin embargo, se concentra en lo que ha dicho Paul.

–Vamos –me dice con un estallido de energía–. Necesito encontrar a Sam. Si detienen a Taft, tendrá que cambiar los titulares.

Arriba, en el vestíbulo, encontramos a Paul y a Gil hablando en una esquina. El lugar parece haber quedado mudo ante el espectáculo del ermitaño del club apareciendo en un acontecimiento público de esta naturaleza.

–¿Dónde está Sam? –le pregunta Katie a la pareja de su amiga.

Estoy demasiado distraído para escuchar la respuesta. Durante dos años he considerado a Paul el hazmerreír del Ivy, la criatura curiosa que se mantiene encerrada en el desván. Pero ahora los estudiantes de cuarto están pendientes de él como si uno de los viejos retratos hubiera cobrado vida.

La expresión en el rostro de Paul revela necesidad, casi desesperación; si es consciente de que el club entero lo está mirando, no da ninguna señal de ello. Al acercarme a ellos, tratando de oír lo que dicen, veo que Paul le entrega a Gil un papel doblado que me resulta familiar. El mapa de la cripta de Colonna.

Ambos se dan la vuelta para irse. Los asistentes observan a Gil salir por el vestíbulo principal. Los de último año son los primeros en comprender. Uno a uno, los responsables del club comienzan a golpear con los nudillos las mesas y las barandas y las viejas paredes de roble. Brooks, el vicepresidente, es el primero en hacerlo; lo sigue Carter-Simmons, tesorero del club; y finalmente el golpeteo, el estruendo de la despedida, llega de todos los rincones. Parker, todavía en la pista de baile, comienza a golpear más fuerte que los demás, tratando por última vez de sobresalir. Pero es demasiado tarde. La salida de Gil, como su entrada, ocurre en el instante preciso, con la ciencia de un paso de baile que se ha de ejecutar una sola vez. Cuando el ruido de la multitud se acalla por fin, salgo detrás de ellos.

–Llevaremos a Paul a casa de Taft –dice Gil cuando los alcanzo en el Salón de Oficiales.

–¿Qué?

–Tiene que recoger algo. Un plano.

–¿Y queréis ir ahora mismo?

–Taft está en la comisaría –dice Gil, repitiendo como un loro lo que Paul ha explicado–. Paul necesita que lo llevemos.

Casi puedo ver la maquinaria funcionando en su cabeza: Gil quiere ayudar, igual que lo hizo Charlie; quiere desmentir lo que le dije en el aparcamiento.

Paul no dice nada. Puedo ver en su expresión que prefería hacer este viaje a solas con Gil.

Estoy a punto de explicarle a Gil que no puedo acompañarlos, que Paul y él tendrán que ir sin mí, cuando todo se vuelve de repente más complicado. Katie aparece en la puerta.

–¿Qué sucede? –pregunta.

–Nada –digo–. Volvamos abajo.

–No he podido hablar con Sam –dice, malinterpretándolo todo–. Tengo que contarle lo de Taft. ¿Te importa que vaya a la sede del *Prince*?

Gil ve su oportunidad.

–Perfecto. Tom viene con nosotros al Instituto. Podemos encontrarnos en la misa.

Katie está a punto de acceder, pero la expresión de mi rostro nos delata.

–¿Por qué? –pregunta.

–Es algo importante –dice Gil simplemente.

Es una de las pocas veces en el curso de nuestra amistad en que el tono de su voz sugiere que la importancia a que se refiere es más grande que él mismo.

–Vale –dice Katie con recelo, y enseguida me coge una mano entre las suyas–. Te veré en la capilla.

Está a punto de añadir algo más, pero entonces nos llega un golpe fuerte y sordo seguido de una explosión de cristales.

Gil se apresura escaleras abajo; los demás bajamos tras él, y vemos al llegar un inmenso charco de desechos. Un líquido del color de la sangre se esparce en todas direcciones arrastrando pedazos de vidrio. De pie en medio de todo, en un perímetro que el resto de la gente ha evacuado, está Parker Hassett, rojo de ira. Acaba de echar abajo el bar entero: estantes y botellas y todo lo demás.

–¿Qué diablos pasa aquí? –le pregunta Gil a un estudiante de segundo que observa la escena.

–Parker ha estallado, eso es todo. Alguien lo ha llamado alcohólico y él se ha vuelto loco.

Veronica Terry se ha levantado las faldas desordenadas de su vestido blanco, ahora bordeado de rosa y salpicado de vino.

–Se han pasado la noche provocándolo –grita.

–Por Dios –dice Gil–, ¿cómo habéis dejado que se emborrache así?

Ella lo mira con expresión vacua, esperando simpatía y recibiendo simples muestras de enfado. Los asistentes más próximos se hablan en susurros, reprimiendo sonrisas de satisfacción.

Brooks le dice a uno de los encargados que vuelva a poner en pie la barra y saque botellas de la bodega para volver a llenar los estantes, mientras Donald Morgan, con aspecto de presidente que acaba de tomar posesión, intenta calmar a Parker entre las interrupciones de los folloneros. De la multitud llegan voces contenidas: «¡Borracho!, ¡colgado!», y otras cosas peores. También risas que bordean el insulto. Parker está frente a mí, en el otro extremo de la habitación; ha sufrido cortes en varias partes por la metralla de las botellas caídas, y allí está, en medio de un charco de bebidas combinadas, quieto como un niño que mezcla los restos de las copas. Cuando por fin se vuelve hacia Donald, está iracundo.

Katie se lleva una mano a la boca al ver lo que sigue. Parker se lanza contra Donald, y los dos caen al suelo, forcejeando al principio, después golpeándose con los puños. He aquí el espectáculo que todos esperaban ver, el merecido de Parker después de un millón de ofensas insignificantes, el momento de justicia por lo que hizo en el tercer piso, la violencia que resulta de dos años de odio creciente. Un empleado llega con una fregona, dando pie al espectáculo de un hombre fregando junto a una pelea. Sobre el suelo de madera las corrientes de vino y licores se cruzan a toda velocidad, rebotando en las paredes, y ni una gota es absorbida, ni por la fregona ni por la alfombra ni por un esmoquin, y mientras tanto los dos hombres siguen luchando, un pálpito de brazos y piernas negros, un insecto tratando de enderezarse antes de morir ahogado.

–Vámonos –dice Gil, rodeando la trifulca que a partir de ahora es problema de otra persona.

Paul y yo lo seguimos sin decir palabra, chapoteando al caminar en la estela de bourbon, vino y brandy.

Los caminos que recorremos son hilos negros sobre un gran vestido blanco. El Saab avanza con paso firme, aun cuando Gil aprieta el acelerador a fondo y el viento aúlla a nuestro alrededor. En Nassau Street han chocado dos coches, y sus faros se encienden y se apagan, sus conductores se gritan, las sombras tiemblan sobre un par de camiones de remolque aparcados sobre la acera. Un vigilante sale de la cabina de seguridad del norte del campus (que, en el resplandor de las bengalas, ha tomado un tono rosa), y nos hace gestos para indicarnos que la entrada está cerrada, pero Paul ya ha comenzado a guiarnos hacia el oeste, lejos del campus. Gil mete tercera y luego cuarta, pasando calles que son como rayas.

–Muéstrale la carta –dice Gil.

Paul se saca algo del abrigo y me lo pasa al asiento de atrás.

–¿Qué es?

El sobre está abierto por arriba, pero la esquina superior izquierda lleva el sello del decano de estudiantes.

–La he encontrado esta noche en nuestro buzón –dice Gil.

Señor Harris:

El motivo de esta carta es notificarle que mi despacho ha iniciado una investigación por acusaciones de plagio realizadas contra usted por su asesor de tesina, el profesor Vincent Taft. Debido a la naturaleza de las acusaciones, y su efecto sobre su graduación, se ha programado para la próxima semana una reunión especial del Comité Disciplinario, en la cual se considerará su caso y se llegará a una decisión. Por favor, contácteme para programar una reunión preliminar y para confirmar recibo de esta carta.

Atentamente,

Marshall Meadows
Decano adjunto de estudiantes

–Sabía muy bien lo que hacía –dice Paul cuando he terminado de leer.

–¿Quién?

–Vincent. Esta mañana.

–¿Al amenazarte con la carta?

–Sabía que no tenía pruebas en mi contra. Así que ha comenzado a hablar de tu padre.

Noto el tono de acusación que se inmiscuye en su voz. Todo regresa al momento en que empujé a Taft.

–Has sido tú el que ha salido corriendo –digo entre dientes.

El barro salpica el chasis del coche cuando la suspensión pasa por un bache.

–También he sido yo el que ha llamado a la policía –dice.

–¿Qué?

–Por eso se han llevado a Vincent –dice–. Les dije que había visto a Vincent cerca de Dickinson cuando mataron a Bill.

–Les has mentido.

Espero que Gil reaccione, pero él tiene la mirada fija en el camino. Mirando la nuca de Paul, tengo la extraña sensación de verme a mí mismo desde atrás, de estar de nuevo en el coche de mi padre.

–¿Es aquí? –dice Gil.

Las casas que hay frente a nosotros están hechas de listones blancos. En la de Taft, todas las ventanas están apagadas. Justo detrás de las casas está la frontera del bosque del Instituto con su bóveda de ramas cubierta de nieve.

–Sigue en la comisaría –dice Paul, casi para sí mismo–. Las luces están apagadas.

–Dios mío, Paul –digo–. ¿Qué certeza tienes de que el plano esté ahí dentro?

–Aparte de su despacho, es el único lugar donde puede haberlo escondido.

Gil ni siquiera nos escucha. Sacudido por la imagen de la casa de Taft, retira la presión sobre el freno y deja que el coche avance en punto muerto, preparado para echar marcha atrás. Sin embargo, justo cuando su pie comienza a apretar el embrague, Paul abre la puerta y sale de un salto a la acera.

–Maldita sea. –Gil detiene el Saab y se baja–. ¡Paul!

Cuando Gil abre la puerta el viento chilla y amortigua sus palabras. Paul dice algo, señalando la casa, pero no alcanzo a escucharle. Empieza a avanzar hacia la casa entre la nieve.

–Paul... –Me bajo del coche tratando de hablar en susurros.

En la casa vecina se enciende una luz, pero Paul no presta atención. Acelera el paso, llega al porche de la casa de Taft y pone la oreja sobre la puerta, golpeando suavemente.

El viento azota las columnas de la fachada levantando ráfagas de nieve de los aleros. La luz de la ventana de la casa vecina vuelve a apagarse. Cuando no recibe respuesta, Paul hace girar el pomo de la puerta, pero está cerrada con llave.

–¿Qué hacemos? –dice Gil a su lado.

Paul golpea de nuevo; enseguida se saca del bolsillo un llavero y mete una llave en la ranura. Apoyando un hombro en la madera, empuja la puerta y los goznes chirrían.

–No podemos hacer esto –digo al acercarme, mostrando un poco de autoridad.

Pero Paul ya ha entrado y examina la planta baja. Sin decir palabra, ha penetrado hasta el fondo de la casa.

–¿Vincent? –Su voz tantea la oscuridad–. Vincent, ¿estás aquí?

Las palabras se vuelven distantes. Escucho pies sobre la escalera, y luego nada.

–¿Adónde ha ido? –dice Gil, acercándose a mí.

Hay un olor extraño aquí, distante pero fuerte. El viento nos da por la espalda, nos sacude las chaquetas y golpea a Gil en la cabeza, levantando con la corriente mechones de su pelo. Me doy la vuelta y cierro la puerta. El móvil de Gil comienza a sonar.

Aprieto el interruptor de la pared, pero la habitación sigue a oscuras. Mis ojos ya comienzan a acostumbrarse. Al frente está el comedor de Taft: muebles barrocos y paredes oscuras y sillas con patas en forma de garra. En el otro extremo está el nacimiento de la escalera.

El móvil de Gil vuelve a sonar. Está detrás de mí, llamando a Paul. El olor se hace más intenso. En la repisa que hay junto a la escalera se agolpan tres objetos: una cartera hecha jirones, un llavero y un par de gafas. De repente, todo encaja.

Me doy la vuelta.

–Contesta el teléfono.

Cuando Gil se mete la mano en el bolsillo, yo ya corro escaleras arriba.

–¿Katie? –lo oigo decir.

Todo se compone de sombras superpuestas. La escalera parece fracturada, como la oscuridad a través de un prisma. La voz de Gil se hace más fuerte.

–¿Qué? Dios mío...

Y luego sube a toda prisa, empujándome, gritándome que me apresure, diciéndome lo que ya sé.

–Taft no está en la comisaría. Lo han soltado hace una hora.

Llegamos al descansillo a tiempo para escuchar el grito de Paul.

Gil me empuja hacia arriba, hacia el ruido. Como si viera la sombra de una ola momentos antes del impacto, me percato de que ya es demasiado tarde: ya ha sucedido. Gil me rebasa, moviéndose por un pasillo hacia la derecha; cobro conciencia de mí mismo en breves imágenes, relámpagos que surgen entre los meros instintos. Mis piernas se mueven. El tiempo se detiene poco a poco; el mundo pedalea a poca velocidad.

–Dios mío –gime Paul–. Ayudadme.

Las paredes de la habitación están inundadas de luz de luna. La voz de Paul llega del cuarto de baño. El olor viene de allí: el olor de los fuegos artificiales, de las pistolas de juguete, el olor del desorden. Hay sangre en las paredes. En la bañera hay un cuerpo. Paul está de rodillas, doblado sobre el borde de porcelana.

Taft está muerto.

Gil sale a trompicones de la habitación, pero mis ojos se enredan en la imagen. Taft yace de espaldas en la bañera con la tripa aplastada. Tiene un balazo en el pecho y otro entre los ojos, y un chorro de sangre todavía corre sobre su frente. Cuando Paul alarga un brazo tembloroso, siento el impulso repentino de reír. La sensación llega y luego se va. Me siento adormilado, casi ebrio.

Gil está llamando a la policía.

–Es una emergencia –dice–. En Olden Street. En el Instituto.

En el silencio, su voz resuena con fuerza. Paul farfulla el número de la casa y Gil lo repite al teléfono.

–Dense prisa.

De repente Paul se levanta del suelo.

–Tenemos que salir de aquí.

–¿Qué?

Poco a poco recupero la noción de la realidad. Le pongo a Paul una mano en el hombro, pero él sale disparado hacia la habitación y comienza a buscar en todas partes: debajo de la cama, entre las puertas del armario de Taft, en estanterías altas escogidas al azar.

–No está aquí –dice. Luego se da la vuelta, como golpeado por otra idea–. El mapa –nos espeta–. ¿Dónde está mi mapa?

Gil me mira como diciendo: «Ya está, Paul se ha vuelto loco».

–En la caja fuerte del Ivy –le dice, cogiéndolo por el brazo–. Donde lo hemos dejado.

Pero Paul se libera y empieza a bajar la escalera, solo. A lo lejos se oye el sonido de las sirenas.

–No podemos irnos –digo en voz alta.

Gil me mira de reojo, pero sigue a Paul. Las sirenas se acercan: están a varias calles de aquí, pero cada vez se hacen más fuertes. Por la ventana veo las colinas del color del metal. En una iglesia, en alguna parte, ha llegado el día de Pascua.

–Le he mentido a la policía acerca de Vincent –dice Paul–. No puedo estar aquí cuando lo encuentren.

Cruzo tras ellos la puerta delantera y llegamos dando tumbos al Saab. Gil enciende el motor, inundándolo de gasolina, y el coche ruge en punto muerto, haciendo tanto ruido que las luces de la casa vecina vuelven a encenderse. Mete primera y acelera de nuevo: los neumáticos se aferran al asfalto y el coche sale disparado. En el momento en que doblamos por un camino adyacente vemos el primer coche patrulla que llega por el extremo opuesto de la calle. Lo vemos detenerse frente a la casa de Taft.

–¿Adónde vamos? –dice Gil, mirando a Paul por el espejo retrovisor.

–Al Ivy.

Capítulo 28

Cuando llegamos, el club está en silencio. Alguien ha apilado trapos viejos sobre el suelo del vestíbulo para secar el alcohol que Parker ha derramado, pero todavía relucen charcos aquí y allá.

Las cortinas y los manteles están manchados. El personal no aparece por ninguna parte. Kelly Danner parece haber echado del club hasta la última alma.

La alfombra de la escalera está húmeda, porque los asistentes han arrastrado alcohol con las suelas de sus zapatos al subir. Tras entrar en el Salón de Oficiales, Gil cierra la puerta y enciende la lámpara del techo. Los restos de la barra destrozada han sido apilados en una esquina. En la chimenea hay un fuego abandonado, pero las brasas están ardiendo todavía, escupiendo llamas dispersas y un calor intenso.

Al ver el teléfono sobre la mesa, pienso en el número que no pude recordar cuando el teléfono de Gil se apagó, y comprendo de repente de qué trata todo este asunto. Un fallo de la memoria; un error en la comunicación. La línea que conectaba a Paul y a Curry se ha llenado de estática, y de alguna manera el mensaje de Curry se ha perdido. Sin embargo, Curry ha dejado muy claro cuáles son sus exigencias.

«Dime dónde está el plano, Vincent –le dijo en la conferencia del Viernes Santo–, y no volverás a verme. Nada más hay entre nosotros.» Pero Taft se negó.

Gil saca una llave y abre la caja fuerte de caoba.

–Aquí lo tienes –le dice a Paul, sacando el mapa.

Puedo ver a Curry de nuevo, avanzando hacia Paul en el

patio y luego regresando hacia la capilla, hacia Dickinson Hall, hacia el despacho de Bill Stein.

–Dios mío –dice Gil–, ¿cómo vamos a enfrentarnos a esto?

–Llama a la policía –le digo–. Curry puede venir a por Paul.

–No –dice Paul–. Él no me haría daño.

Pero Gil se refería a otra cosa: enfrentarnos a lo que hemos hecho, huir de casa de Taft.

–¿Curry ha matado a Taft? –dice.

Pongo el seguro de la puerta.

–Y a Bill.

De repente parece que el aire no circula en la habitación. Los restos de la barra, que alguien ha traído de abajo, dan al lugar un olor dulce y podrido.

Gil está de pie en la cabecera de la mesa, atónito.

–No me hará daño –repite Paul.

Pero recuerdo la carta que encontramos en el escritorio de Bill. «Tengo una propuesta que hacerte. Aquí hay más que suficiente para satisfacernos a ambos.» Seguida de la respuesta de Curry, que hasta este momento he malinterpretado: «¿Y de Paul qué?».

–Sí que te hará daño –le digo.

–Te equivocas, Tom –me espeta.

Pero a cada momento veo más claramente adónde conduce todo esto.

–Cuando fuimos a la exposición, tú le enseñaste el diario a Curry –le digo–. Él supo de inmediato que Taft se lo había robado.

–Sí, pero...

–Stein le dijo que te robarían la tesina. Y Curry quiso conseguirla antes que ellos.

–Tom...

–Luego, en el hospital, le hablaste de todo lo que habías encontrado. Llegaste incluso a decirle que estabas buscando el plano.

Trato de coger el teléfono, pero Paul pone una mano sobre el auricular.

–Detente, Tom –dice–. Escúchame.

–Pero es que los ha matado.

Ahora es Paul quien se acerca, con aspecto desconsolado, y nos dice algo que Gil y yo no nos esperábamos.

–Sí. Eso es exactamente lo que quiero decirte. ¿Puedes escucharme, por favor? A eso se refería con lo que me dijo en el hospital. ¿Lo recuerdas? Justo antes de que llegaras a la sala de espera. «Tú y yo nos entendemos, hijo mío.» Me dijo que estaba tan preocupado por mí que no podía dormir.

–¿Y?

La voz de Paul tiembla.

–Después dijo: «Si hubiera sabido lo que harías, habría hecho las cosas de otra forma». Richard pensaba que yo sabía que él había matado a Bill. Se refería a que lo habría hecho de otra forma si hubiera sabido que yo saldría temprano de la conferencia de Vincent. Así habría evitado que la policía me interrogara.

Gil comienza a caminar en círculos. En el otro lado de la habitación se quiebra uno de los troncos de la chimenea.

–¿Recuerdas el poema que mencionó en la exposición?

–Browning. «Andrea del Sarto.»

–¿Cómo era?

–«Tú haces lo que tantos sueñan toda su vida –le digo–. ¿Lo que sueñan? No: lo que intentan, por lo que sufren, en lo que fracasan.»

–¿Por qué escogería ese poema?

–Porque iba bien con la pintura de Del Sarto.

Paul da un manotazo sobre la mesa.

–No. Porque tú y yo hemos resuelto lo que Vincent, tu padre y él no pudieron resolver. Lo que Richard soñó toda su vida con hacer. Lo que intentó, por lo que sufrió, en lo que fracasó.

En ese momento lo cubre una frustración que no he visto desde la época en que trabajábamos juntos, cuando parecía esperar que actuáramos como un solo organismo, que pensáramos con una sola mente. «Estás tardando mucho en resolver este acertijo. No tiene por qué ser tan difícil.» Aquí estamos, resolviendo acertijos nuevamente, interpretando las intenciones de un hombre que, según Paul, deberíamos conocer de igual manera. Para Paul, nunca he llegado a entender lo suficiente a Colonna, ni tampoco a Curry.

–No lo entiendo –dice Gil, viendo que algo se ha interpuesto entre Paul y yo y que ese algo está fuera de su experiencia.

–Los cuadros –dice Paul, todavía dirigiéndose a mí, tratando de hacerme entender–. Las historias de José. Hasta te expliqué lo que significaban. Es sólo que no sabíamos a qué se refería Richard. «Y Jacob amaba a José más que a sus otros hijos, por ser el hijo de su vejez. Y le hizo una túnica de varios colores.»

Espera que le dé alguna señal, que le diga que lo comprendo. Pero no puedo.

–Es un regalo –dice finalmente–. Richard cree que me está haciendo un regalo.

–¿Un regalo? –dice Gil–. Pero ¿te has vuelto loco? ¿Qué regalo?

–Esto –dice Paul, extendiendo los brazos y abarcándolo todo–. Lo que le hizo a Bill. Lo que le hizo a Vincent. Impidió que me lo arrebataran. Me ha regalado mi trabajo en la *Hypnerotomachia*.

Cuando lo dice, hay una ecuanimidad horrible en su voz; el orgullo y la tristeza girando alrededor de una callada certidumbre.

–Hace treinta años, Vincent se lo robó todo a Richard. Ahora él no dejará que me ocurra lo mismo a mí.

–Curry le mintió a Stein –le digo. Me niego a permitir que caiga en la trampa de un hombre capaz de manipular las debilidades de un huérfano–. Le mintió a Taft. Ahora hace lo mismo contigo.

Pero Paul ya está más allá de la duda. Bajo el horror y la incredulidad de su voz hay algo que se parece mucho a la gratitud. Estamos, una vez más, en una habitación llena de cuadros prestados, otra exposición en el museo de la paternidad construido por Curry para el hijo que nunca llegó a tener, y los gestos han sido tan espléndidos que los motivos ya no importan. Es la brecha final: me recuerda, súbitamente, que Paul y yo no somos hermanos. Que creemos en cosas distintas.

Gil comienza a hablar, interponiéndose para traer la discusión de vuelta a la tierra, pero en ese momento nos llega ruido de pasos desde fuera. Los tres nos damos la vuelta.

–¿Qué diablos ha sido eso? –dice Gil.

Entonces nos llega la voz de Curry.

–Paul –murmura desde el otro lado de la puerta.

Quedamos paralizados.

–Richard –dice Paul como si volviera en sí.

Y antes de que Gil y yo podamos detenerlo, Paul estira el brazo hacia la puerta.

–¡Aléjate de ahí! –dice Gil.

Pero Paul ya ha quitado el seguro, y una mano desde el otro lado hace girar el pomo.

Allí, de pie en el umbral, vestido con el mismo traje negro de anoche, está Richard Curry. Tiene los ojos desorbitados y parece sobresaltado. Lleva algo en la mano.

–Necesito hablar a solas con Paul –dice con voz ronca.

Paul ve lo que todos vemos: la leve mancha de sangre cerca del cuello de su camisa.

–¡Sal de aquí! –ruge Gil.

–¿Qué has hecho? –dice Paul.

Curry lo mira fijamente, luego levanta un brazo. Lleva algo en la mano extendida.

Gil avanza con cuidado hacia el corredor.

–Fuera –repite.

Curry lo ignora.

–Lo tengo, Paul. El plano. Tómalo.

–Ni siquiera te acerques –dice Gil con voz temblorosa–. Llamaremos a la policía.

Tengo los ojos fijos en el fajo oscuro que Curry lleva en la mano. Salgo al corredor detrás de Gil de manera que ambos estemos delante de Paul. Pero cuando Gil echa mano de su móvil, Curry nos coge desprevenidos, y en un solo movimiento se abre paso entre nosotros, empujando a Paul al interior del Salón de Oficiales, y da un portazo. Antes de que Gil y yo podamos reaccionar, suena el «clic» del seguro.

Gil golpea la puerta con el puño cerrado.

–¡Abre! –grita, al tiempo que me empuja hacia atrás y embiste la puerta con el hombro.

El grueso panel de madera no cede ni un milímetro. Retrocedemos y damos dos golpes juntos, hasta que el seguro parece ceder. Escucho ruidos que llegan desde el otro lado.

–Una vez más –dice Gil.

Tras el tercer empujón, el seguro metálico se desprende y la puerta se abre de un golpe con el sonido de un disparo solitario.

Nos catapultamos a la habitación y encontramos a Curry y a Paul a ambos extremos de la chimenea. La mano de Curry sigue extendida y sostiene el plano. Gil se lanza hacia ellos, golpeando a Curry a toda velocidad y derribándolo al suelo, contra la chimenea. La cabeza de Curry choca con el enrejado metálico, sacándolo de su sitio, provocando chispas y avivando el color de las brasas.

–¡Richard! –dice Paul, corriendo hacia él.

Paul levanta a Curry de la chimenea y lo recuesta contra la barra. Curry trata de orientarse, pero la sangre que mana de su cabeza le cubre los ojos. Sólo ahora veo el plano en manos de Paul.

–¿Estás bien? –dice Paul, sacudiendo a Curry por los hombros–. ¡Necesita una ambulancia!

Pero Gil sigue concentrado.

–La policía se hará cargo.

En ese momento siento la oleada de calor. La barra ha estallado en llamas.

–¡Atrás! –grita Gil.

Pero me quedo como clavado al suelo. El fuego se levanta hasta el techo, consumiendo las cortinas pegadas contra la pared. La llamarada, con la ayuda del alcohol, se mueve con velocidad, tragándose todo lo que hay a su alrededor.

–¡Tom! –grita Gil–. ¡Aléjalos de ahí! ¡Voy a por un extintor!

Curry se incorpora con ayuda de Paul. De repente, el hombre aparta a Paul de un empujón y sale trastabillando al pasillo.

–Richard –le suplica Paul, siguiéndolo.

Gil regresa corriendo y comienza a rociar las cortinas con el extintor. Pero el fuego crece demasiado rápido. Es imposible apagarlo. El humo sale por la puerta y va rodando por el techo.

Al final retrocedemos hacia la puerta: el humo y el calor nos obligan a salir. Me cubro la boca con la mano y siento que los pulmones se me cierran. Cuando me dirijo a la escalera, alcanzo a distinguir, a través de una nube densa de humo negro, a Paul y a Curry, alzando la voz y forcejeando.

Llamo a Paul, pero las botellas del bar comienzan a estallar y ahogan mi voz. La primera ola de fragmentos golpea a Gil. Lo quito de en medio, siempre atento a una respuesta de Paul.

En ese momento la escucho a través del humo:

–¡Vete, Tom! ¡Salid de aquí!

Los reflejos diminutos del fuego se esparcen por las paredes. Un cuello de botella sale disparado por encima de la escalera, flota un instante sobre nosotros, lanzando llamas, y luego cae a la planta baja.

Durante un instante no ocurre nada. Pero enseguida el trozo de vidrio aterriza en la pila de trapos empapados, entrando en contacto con el whisky y el brandy y la ginebra, y el suelo relampaguea. De abajo llegan sonidos de cosas que estallan, de madera en combustión, de fuego esparciéndose. La puerta delantera ya está bloqueada. Gil pide ayuda a gritos por el móvil. El fuego se levanta hacia el primer piso. Me parece tener la cabeza llena de chispas, y cuando cierro los ojos veo una luz blanca. Siento que voy flotando sobre la ola de calor. Todo parece tan lento, tan pesado. La escayola del techo se cae en pedazos. La pista de baile tiembla como un espejismo.

–¿Cómo saldremos? –grito.

–La escalera de servicio –dice Gil–. Por arriba.

–¡Paul! –grito de nuevo.

Pero no hay respuesta. Me acerco un poco a la escalera, pero las voces han desaparecido. Paul y Curry no están allí.

–¡Paul!

La llamarada ha devorado el Salón de Oficiales y comienza a moverse hacia nosotros. Siento el muslo extrañamente dormido. Gil se vuelve hacia mí y me señala. La pernera del pantalón está rota, y la sangre corre por la tela del esmoquin, negro sobre negro. Gil se quita la chaqueta y la ata alrededor de la herida. El túnel de fuego parece encerrarnos, empujarnos hacia arriba. El aire está casi negro.

Gil me empuja hacia el tercer piso. Arriba no se ve nada, sólo sombras de gris. Una franja de luz resplandece por debajo de una puerta al fondo del pasillo. Avanzamos. El fuego ha llegado al pie de las escaleras, pero parece mantenerse a raya.

En ese momento lo escucho: un gemido agudo que llega desde dentro de la habitación.

El sonido nos paraliza durante un instante. Con la certeza de una premonición, siento que estamos entrando en la sombra del tiempo, un paso en la cima de una montaña elevada en el cual la oscuridad del cielo queda al alcance de la mano.

Gil se lanza hacia la puerta. Cuando lo hace, vuelve a mí la sensación de ebriedad del baile. El calor del cuerpo como el hormigueo previo al vuelo. Las manos de Katie sobre mi cuerpo, su aliento sobre mí, sus labios sobre mí.

Richard Curry discute con Paul detrás de una mesa larga, en el extremo opuesto de la habitación. Lleva en la mano una botella vacía. Su cabeza, cubierta de sangre, parece balancearse sobre sus hombros. Aquí no hay nada más que el olor del alcohol, los restos de una botella derramados sobre la mesa. Un armario abierto revela otro alijo de licor, el secreto de un antiguo presidente del Ivy. La habitación es tan ancha como el propio edificio. La luz de la luna la llena de un color plateado. Las paredes están cubiertas por estanterías; detrás de Curry, los lomos de cuero se hunden en la oscuridad. En la pared norte hay dos ventanas. Por todas partes relucen los charcos.

–¡Paul! –grita Gil–. ¡Te está bloqueando la escalera de servicio!

Paul se vuelve para mirar, pero los ojos de Curry están fijos en Gil y en mí. La visión de ese hombre me paraliza. Las arrugas de su rostro son tan profundas que la gravedad parece tirar de él, arrastrarlo hacia abajo.

–Richard –dice Paul con firmeza, como si le hablara a un niño–, todos debemos salir de aquí.

–Aléjate –grita Gil, dando un paso adelante.

Pero cuando lo hace, Curry rompe la botella contra una mesa y ataca, cortando a Gil en el brazo con el cuello roto de la botella. La sangre corre como cintas negras entre los dedos de Gil. Él retrocede, viendo cómo la sangre le cubre el brazo. Ante esto, Paul se apoya en la pared, como vencido.

–Toma –le digo, sacándome el pañuelo del bolsillo.

Gil se mueve con lentitud. Cuando se quita la mano del brazo para coger el pañuelo, veo que el corte es profundo. En cuanto la presión desaparece, la sangre llena el surco abierto.

–¡Vete! –le digo, llevándolo a la ventana–. ¡Salta! Las ramas amortiguarán la caída.

Pero él está paralizado con la mirada fija en el cuello de botella que Curry todavía tiene en la mano. Ahora la puerta de la biblioteca está temblando, porque el aire caliente se acumula al otro lado. Por debajo de la puerta comienzan a aparecer volutas de humo. Los ojos me lloran y siento una presión en el pecho.

–¡Paul! –grito a través del humo–. ¡Tienes que salir de aquí!

–Richard –grita Paul–. Vámonos.

–¡Deja que se marche! –le grito a Curry.

Pero ahora el fuego ruge, a punto de entrar. De más allá llega el ruido de un desgarro terrible, la madera quebrándose bajo su propio peso.

De repente, Gil se desploma contra la pared, a mi lado. Me apresuro a llegar a la ventana y la abro, apoyando a Gil contra el marco y esforzándome por mantenerlo en pie.

–Ayuda a Paul... –masculla. Es lo último que me dice antes de que sus ojos empiecen a apagarse.

Un viento helado cruza la habitación, levantando nieve de los arbustos. Alzo a Gil con toda la delicadeza posible. Bajo la luz, su figura es angelical, elegante y sutil incluso en estas circunstancias. Y mirando fijamente el pañuelo ensangrentado que se adhiere a su brazo con la sola fuerza de su propio peso, comienzo a sentir que todo se disuelve a mi alrededor. Tras una última mirada lo suelto, y en cuestión de un segundo Gil se ha ido.

–Tom –me llega la voz de Paul, tan distante ahora que parece salir de una nube de humo–. Vete.

Me doy la vuelta y veo a Paul forcejeando entre los brazos de Curry, tratando de acercarlo a la ventana, pero el viejo es mucho más fuerte que él. No se deja mover. Curry empuja a Paul hacia la escalera de servicio.

–¡Salta! –me dicen desde abajo. Las voces entran por la ventana abierta–. ¡Salta!

Son bomberos que me han visto. Me doy la vuelta.

–¡Paul! –grito–. ¡Vamos!

–Vete, Tom –lo oigo decir una última vez–. Por favor.

Las palabras se vuelven distantes con demasiada rapidez, como si Curry lo hubiera arrastrado consigo entre la neblina. Los dos regresan a las viejas hogueras, luchando como ángeles a través de las vidas de los hombres.

–Abajo. –Es la última palabra que oigo llegar desde el interior de la habitación. Es Curry quien la pronuncia–. Abajo.

Y de nuevo, desde fuera:

–¡Date prisa! ¡Salta!

–¡Paul! –grito, retrocediendo hacia el alféizar de la ventana al tiempo que las llamas comienzan a acorralarme.

El humo caliente me presiona el pecho como un puño cerrado. Del otro lado de la habitación, la puerta de acceso a la escalera de servicio se cierra de un golpe. Ya no se ve a nadie. Me dejo caer.

Esto es lo último que recuerdo antes de hundirme en la nieve fangosa. Lo siguiente es tan sólo una explosión, como un repentino amanecer en medio de la noche. Un cilindro de gas que hace que el edificio entero se desplome. Y comienza a llover hollín.

Me oigo gritar en medio del silencio. A los bomberos. A Gil. A quien pueda escucharme. «Lo he visto –grito–: Richard Curry abriendo la entrada a la escalera de servicio y arrastrando a Paul.»

–Escuchadme.

Y al principio lo hacen. Dos bomberos, al escucharme, se acercan al edificio. Hay un médico a mi lado. Trata de entender.

–¿Qué escalera? –pregunta–. ¿Adónde salen?

–A los túneles –le digo–. Salen cerca de los túneles.

Enseguida el humo se dispersa y las mangueras revelan la fachada del club y todo empieza a cambiar. Cada vez buscan menos, escuchan menos. «No queda nada –dicen entre pasos lentos–. No hay nadie adentro.»

–Paul está vivo –les grito–. Lo he visto.

Pero cada segundo es un gol en su contra. Cada segundo es un puñado de arena. Por la forma en que Gil me está mirando, me doy cuenta de cuánto ha cambiado todo.

–Estoy bien –le dice al médico que le cuida el brazo. Se limpia una mejilla húmeda y luego me señala–. Ayude a mi amigo.

La luna cuelga sobre nosotros como un ojo vigilante, y allí sentado, con la mirada fija más allá de los hombres que riegan con mangueras la casa destrozada, imagino la voz de Paul.

–De alguna forma –dice desde lejos, mirándome mientras nos tomamos un café–, siento que también es mi padre.

Sobre la cortina negra del cielo puedo ver su rostro, tan lleno de certeza que incluso ahora le creo.

–¿Entonces qué opinas? –me está preguntando.

–¿De ir a Chicago?

–De ir a Chicago juntos.

Adónde nos llevaron esa noche, qué preguntas nos hicieron, no lo recuerdo. El fuego seguía ardiendo frente a mí, y la voz de Paul me hablaba al oído, como si aún pudiera resurgir de entre las llamas. Antes del amanecer vi mil caras, mil portadores de mensajes de esperanza: amigos a quienes el fuego había sacado de sus habitaciones, profesores a quienes el ruido de las sirenas había despertado; incluso la misa en la capilla fue suspendida a media ceremonia debido al espectáculo. Y todos se reunieron alrededor de nosotros como un tesoro viajero –cada cara, una moneda–, como si se hubiera ordenado desde las altas esferas que habríamos de sufrir nuestras pérdidas contando lo que nos quedaba. Tal vez supe entonces que entrábamos en una pobreza muy, muy rica. Qué oscuro sentido del humor tienen los dioses que inventaron esto. Mi hermano Paul, sacrificado en el día de Pascua. El caparazón de la ironía cayéndonos con fuerza en la cabeza.

Esa noche los tres sobrevivimos juntos por simple necesidad. Nos reunimos en el hospital: Gil, Charlie y yo, compañeros de cuarto nuevamente. Ninguno habló. Charlie se acariciaba el crucifijo del cuello, Gil dormía, yo miraba las paredes. Mientras no tuviéramos noticias de Paul, seguíamos empeñándonos en el mito de su supervivencia, el mito de su resurrección. No debí haber creído que una amistad fuese indivisible, igual que no lo es una familia. Y sin embargo el mito me sostuvo en ese momento. En ese momento, y para siempre jamás.

El mito, digo, no la esperanza.

Pues la caja de la esperanza ya estaba vacía.

Capítulo 29

El tiempo, como un médico, se lavó las manos de nosotros. Antes de que Charlie hubiera salido del hospital, ya habíamos dejado de ser noticia. Nuestros compañeros de clase nos miraban como si estuviéramos fuera de contexto, como si fuéramos recuerdos fugitivos con un aura de antigua importancia.

En cuestión de una semana, la nube de violencia que había pasado sobre Princeton se había dispersado. Los estudiantes volvieron a recorrer el campus por las noches, primero en grupos, luego solos. Incapaz de conciliar el sueño, yo solía ir caminando al WaWa en mitad de la noche, y al llegar encontraba el lugar lleno de gente. Richard Curry pervivía en las conversaciones. También Paul. Pero poco a poco los nombres que me resultaban conocidos desaparecieron y fueron reemplazados por exámenes y partidos interuniversitarios de *lacrosse* y por la rutina anual de la Charla de Primavera, por la estudiante de último año que se había acostado con su asesor de tesina, por el episodio final de un programa de televisión. Incluso los titulares que leía mientras hacía fila en el registro, que fueron la única compañía que tuve mientras el resto del mundo parecía estar con amigos, sugerían que el mundo había comenzado a avanzar sin nosotros.

Diecisiete días después de Pascua, la primera página del *Princeton Packet* anunciaba que el plan para construir un parking subterráneo en el pueblo había sido rechazado. Sólo en la parte inferior de la página se dio la noticia de que un ex alumno adinerado había donado dos millones de dólares para la reconstrucción del Ivy.

Charlie salió del hospital al cabo de cinco días, pero pasó dos semanas más en rehabilitación. Los doctores sugirieron que se le hiciera la cirugía estética en el pecho, donde ciertas zonas de la piel se habían vuelto gruesas y cartilaginosas, pero Charlie se negó. Con una excepción, lo visité todos los días. Charlie me pedía que le llevara patatas fritas del WaWa, libros para sus clases, los resultados de todos los partidos de los Sixers. Siempre me daba un motivo para volver a verlo.

Más de una vez se propuso mostrarme sus quemaduras. Al principio me pareció que intentaba probarse algo a sí mismo: que no se sentía desfigurado, que era más fuerte que el accidente. Más tarde intuí que la verdad era la opuesta. Quería asegurarse de que yo supiera que aquello lo había cambiado. Parecía temer que hubiera dejado de formar parte de mi vida, de la vida de Gil, en el momento en que había entrado en los túneles siguiendo a Paul. Nos las arreglábamos sin él; cada uno se reponía de sus pérdidas por su cuenta. Sabía que habíamos empezado a sentirnos como extraños en nuestra propia piel, y quería que supiésemos que se encontraba en la misma posición, que estábamos juntos en esto.

Me sorprendió que Gil lo visitara tanto. Estuve presente en varias de esas visitas, y siempre percibí entre ellos la misma incomodidad. Ambos se sentían culpables, y sus culpas se hacían más intensas cada vez que se veían. Por más irracional que fuera, Charlie creía que nos había abandonado al no estar con nosotros en el Ivy. A veces llegaba a ver la sangre de Paul en sus propias manos, porque la muerte de nuestro amigo le parecía el precio de su propia debilidad. Gil parecía sentir que también él nos había abandonado, pero mucho tiempo atrás y de una forma más difícil de expresar. El que Charlie, habiendo hecho tanto por nosotros, pudiera sentirse tan culpable, sólo lograba que Gil se sintiera peor.

Una noche, antes de irse a dormir, Gil me pidió perdón. Decía que le habría gustado hacer las cosas de otro modo. Nos merecíamos algo mejor. A partir de esa noche no volví a encontrarlo viendo películas viejas. Comía en restaurantes que quedaban más y más lejos del campus. Cada vez que lo invitaba a comer en mi club, él encontraba una razón para negarse. Fueron necesarios cuatro o cinco rechazos para que yo entendiera que no era la compañía lo que lo molestaba; era la idea de pasar cerca del Ivy. Cuando Charlie salió del hospital, él y yo desayunábamos, comíamos, cenábamos juntos. Gil comía solo cada vez con más frecuencia.

Poco a poco, nuestras vidas se liberaron del escrutinio ajeno. Si bien al principio nos sentíamos como parias –cuando la gente acabó por cansarse de oír hablar de nosotros–, después nos sentimos como fantasmas –cuando la gente comenzó a olvidar–. La misa en memoria de Paul se llevó a cabo en la capilla, pero habría sido suficiente un salón pequeño a juzgar por la poca gente que atrajo, casi tantos estudiantes como profesores y la mayoría miembros del equipo de urgencias médicas o del Ivy, que asistieron por compasión hacia Charlie o Gil. El único miembro de la facultad que se me acercó después de la ceremonia fue la profesora LaRoque, la mujer que mandó a Paul a entrevistarse con Taft por primera vez, e incluso ella parecía interesada tan sólo en la *Hypnerotomachia*, en el descubrimiento de Paul más que en Paul mismo. No le dije nada, y me propuse hacer lo mismo cada vez que el tema de la *Hypnerotomachia* surgiera en el futuro. Pensé que era lo menos que podía hacer: no revelar a extraños el secreto que Paul tanto se había esforzado por mantener entre amigos.

Lo que generó brevemente un resurgimiento del interés en la *Hypnerotomachia* fue el descubrimiento, ocurrido una semana después del titular acerca del parking subterráneo, de que Richard Curry había liquidado sus bienes personales justo antes de irse de Nueva York rumbo a Princeton. Había puesto el dinero en un fideicomiso privado, junto con las propiedades residuales de su casa de subastas. Cuando los bancos se negaron a revelar los términos del fideicomiso, Ivy reivindicó su derecho al dinero como compensación por los daños. El lío sólo cedió cuando la junta directiva del club decidió que ni un solo ladrillo del edificio nuevo sería adquirido con dinero de Curry. Mientras tanto, los diarios se lanzaron sobre la noticia de que Richard Curry había dejado todo su dinero a un beneficiario anónimo, y algunos sugirieron lo que yo daba por cierto: que el dinero estaba destinado a Paul.

El gran público, sin embargo, al desconocer la tesina de Paul, difícilmente podía entender las intenciones de Curry, de manera que excavó en su amistad con Taft hasta que los dos hombres se volvieron una farsa, una explicación de todo mal que no constituía explicación alguna. La casa de Taft en el Instituto se transformó en un lugar fantasma. Los nuevos miembros del Instituto se negaban a vivir en ella, y los adolescentes del pueblo se retaban para ver quién sería capaz de entrar.

El único beneficio del nuevo ambiente de teorías fantásticas y titulares sensacionalistas fue que pronto resultó posible sugerir que Gil, Charlie y yo no habíamos hecho nada malo. No éramos lo bastante extravagantes como para tomar parte en lo ocurrido, por más extraño que lo creyera la gente: los diarios locales llenaban sus portadas con fotos de Rasputín Taft y de Curry, el lunático que lo había asesinado. Tanto la policía como la universidad declararon que no tenían intención de emprender acciones legales contra nosotros, y supongo que para nuestros padres fue importante que pudiéramos graduarnos sin deshonra. Nada de esto preocupaba demasiado a Gil, pues este tipo de cosas nunca lo preocupaban, y ni siquiera yo logré que el asunto llegara a importarme.

De cualquier forma, creo que aquello le quitó un peso de encima a Charlie, que vivía cada vez más en la sombra de lo ocurrido. Gil hablaba de complejo de persecución al referirse a la manera en que Charlie esperaba un golpe de mala suerte a cada paso; para mí, en cambio, Charlie estaba simplemente convencido de que habría podido salvar a Paul. Fuera como fuese, su fracaso sería juzgado, bien en Princeton, bien en un futuro. No era ninguna persecución lo que aterrorizaba a Charlie; era el día del juicio.

El único asomo de placer de mis últimos días en la universidad me llegó de Katie. Al principio, cuando Charlie estaba todavía en el hospital, ella traía comida para Gil y para mí. Al día siguiente del incendio, ella y otros miembros del Ivy pusieron en marcha una cooperativa, y compraban y cocinaban su propia comida. Temiendo que Gil y yo no estuviéramos alimentándonos bien, Katie siempre cocinaba para tres. Después me llevaba a caminar, insistiendo en que el sol tenía poderes regenerativos, que en los rayos cósmicos había rastros de litio que sólo podían aprovecharse al amanecer. Incluso nos tomó fotos, como si viera en esos días algo que valiera la pena recordar. La fotógrafa que tenía dentro estaba convencida de que la solución a nuestros problemas se encontraba, de alguna manera, en una correcta exposición a la luz.

Sin el Ivy en su vida, Katie parecía estar todavía más cerca de lo que yo quería que fuese y más lejos de ese lado de Gil que nunca pude comprender. Siempre animada, el pelo siempre suelto. La víspera de la graduación, me invitó a su habitación después del cine, diciendo que quería que me despidiese de sus compañeras. Supe que sus intenciones eran otras, pero esa noche le dije que no podía hacerlo. Habría a nuestro alrededor demasiadas imágenes de aquellas certidumbres que Katie llevaba consigo: su familia y sus viejos amigos y el perro al pie de su cama en New Hampshire. Una última noche en una habitación llena de esos puntos cardinales de su vida sólo lograría recordarme el flujo constante en que permanecía la mía.

Durante esas últimas semanas nos mantuvimos expectantes, mientras la investigación del incendio en el Ivy llegaba a su fin. Y el viernes antes de la ceremonia de graduación, como si el anuncio se hubiera planeado para que coincidiera con el cierre del año académico, las autoridades locales aceptaron finalmente que Richard Curry, «coincidiendo con las declaraciones de los testigos, precipitó un fuego en el interior del Ivy Club, causando así la muerte de dos personas dentro del edificio». Como prueba de lo cual presentaron dos restos de una mandíbula humana que concordaban con los registros dentales de Curry. La explosión de la red de gas había dejado poco más que eso.

Sin embargo, la investigación permaneció abierta y nada específico llegó a decirse acerca de Paul. Yo sabía la razón. Tan sólo tres días después de la explosión, un investigador confesó a Gil que aún tenían esperanzas de que Paul hubiera sobrevivido: los restos encontrados eran poco más que pedazos, y los pocos que eran identificables pertenecían a Curry. Así pues, durante los días que siguieron aguardamos esperanzadamente el regreso de Paul. Pero cuando Paul no regresó, no salió tambaleándose del bosque ni apareció de repente en un lugar habitual, tras haber perdido la memoria durante un tiempo, los investigadores parecieron darse cuenta de que era mejor guardar silencio que llenarnos de falsas esperanzas.

Llegó el día de la graduación, cálido y verde, sin un rastro de viento, como si la Semana Santa no hubiera existido nunca. Incluso había una mariposa revoloteando en el aire como un emblema desplazado mientras, en el patio de Nassau Hall, rodeado de compañeros –todos con nuestras togas y birretes–, esperaba a que me llamaran. Imaginé que arriba, en la torre, una campana tañía silenciosamente y sin badajo: justo detrás de los pliegues de este mundo, Paul celebraba nuestra buena fortuna.

En la luz de aquel día había fantasmas por todas partes. Las mujeres del baile del Ivy, vestidas con sus trajes de noche, bailaban en el cielo como ángeles de la Natividad, anunciando la llegada de una nueva estación. Los participantes de las Olimpiadas al Desnudo corrían por el patio, sin avergonzarse nunca de su desnudez, como espectros de la estación que acababa de pasar. El estudiante encargado del discurso de apertura bromeaba en latín, pero yo no entendía las bromas, y por un instante imaginé que era Taft quien se dirigía a nosotros; Taft, y tras él Francesco Colonna, y tras ellos un coro de filósofos arrugados que pronunciaban entre todos un refrán solemne, como apóstoles ebrios cantando el *Himno de Batalla de la República*.

Los tres regresamos a la habitación una última vez antes de la ceremonia. Charlie había decidido volver a Filadelfia y pasar el verano trabajando en una ambulancia antes de comenzar los estudios de Medicina en otoño. Después de tantos titubeos, nos dijo finalmente, había escogido la Universidad de Pensilvania. Quería estar cerca de casa. Gil recogió las chucherías de su habitación con un cierto entusiasmo que no me esperaba. Confesó que esa misma tarde había comprado un billete para un vuelo que salía de Nueva York: pasaría una temporada en Europa, dijo. A Italia, qué coincidencia. Necesitaba tiempo para tomar decisiones.

Cuando se hubo ido, Charlie y yo fuimos juntos a recoger el correo de nuestro último día. Dentro del buzón había cuatro sobres pequeños, todos de idéntico tamaño. Contenían impresos de registro para el directorio de ex alumnos: uno para cada uno de nosotros. Me metí el mío el bolsillo y, al darme cuenta de que su nombre no había sido tachado de la lista del curso, cogí también el de Paul. Me pregunté si también le habrían sacado un diploma que ahora estaría perdido en alguna parte y que nadie recogería. Pero en el cuarto sobre, el que iba dirigido a Gil, el nombre de Gil había sido tachado y en su lugar estaba el mío, escrito con su letra. Lo abrí y lo leí. El impreso estaba lleno, y aparecía la dirección de un hotel en Italia.

«Querido Tom –se leía en el borde interior del sobre–. Te he dejado aquí el de Paul. He pensado que te gustaría tenerlo. Dile a Charlie que siento mucho haberme ido tan de prisa. Sé que lo entendéis. Si vais a Italia, llamad. G.»

Antes de despedirnos, le di un abrazo a Charlie. Una semana después, me llamó a casa para preguntarme si tenía intenciones de asistir a la reunión de la promoción, al año siguiente. Era el tipo de pretexto que sólo Charlie podía inventar para una simple llamada, y hablamos varias horas. Al final me pidió que le diera la dirección de Gil en Italia. Dijo que había encontrado una postal que a Gil le gustaría. Intentó describírmela. Mientras lo escuchaba, me percaté de que Gil no le había dado su dirección. Las cosas entre ellos dos nunca se habían recuperado del todo.

No fui a Italia ni ese verano ni los que siguieron. Gil y yo nos vimos tres veces en los cuatro años siguientes, siempre en reuniones de nuestra promoción. Cada vez teníamos menos cosas que contarnos. Los hechos de su vida se acomodaron gradualmente con la elegante predestinación de las palabras de una letanía. Después de todo, había regresado a Manhattan; como su padre, se hizo banquero. Al contrario de lo que me ocurrió a mí, él parecía madurar bastante bien. A los veintiséis anunció su compromiso con una hermosa mujer un año más joven que nosotros, que me recordaba a una estrella de alguna vieja película. Viéndolos juntos, ya no pude seguir negando el destino de la vida de Gil.

Charlie y yo nos mantuvimos mucho más en contacto. Para ser honestos, Charlie no me perdía de vista. En mi vida, él ostenta la distinción de ser el amigo más trabajador que he tenido nunca, el que se niega a permitir que una amistad fracase simplemente porque las distancias crecen y los recuerdos se desvanecen. En primer año de Medicina se casó con una mujer que me recordaba a su madre. Su primer bebé fue una niña, y le pusieron el nombre de la abuela. El segundo fue un niño, y se llamó como yo. En mi calidad de soltero, puedo juzgar honestamente la labor de Charlie como padre, sin preocuparme por cómo me veré comparado con él. La única manera de hacerle justicia es decir que es mejor padre que amigo. En su manera de cuidar de sus hijos hay un rastro del afán de protección natural, la energía atlética, la enorme gratitud por el privilegio de la vida que siempre mostró en Princeton. Ahora es pediatra: el médico de Dios. Su mujer dice que todavía, algunos fines de semana, sale de ronda con la ambulancia. Espero que algún día, según sus creencias, Charlie Freeman llegue al cielo en la hora del juicio. Nunca he conocido a un hombre mejor.

Sobre lo que fue de mi vida me cuesta mucho hablar. Después de la graduación volví a Columbus. Salvo por un breve viaje a New Hampshire, pasé en casa los tres meses del verano. Ya fuera por el hecho de que comprendiera mi dolor mejor incluso que yo mismo, o porque no podía evitar alegrarse de que hubiera –hubiéramos– dejado Princeton atrás, mi madre se mostró más abierta que nunca. Hablaba conmigo, hacía bromas, comíamos juntos. Íbamos a sentarnos en la vieja colina de los trineos, por la cual mis hermanas solían subirme de niño, y me contaba lo que había estado haciendo con su vida. Había planes de abrir una segunda librería, esta vez en Cleveland. Explicó el modelo de negocio, la forma en que había llevado los libros de contabilidad, la posibilidad de vender la casa ahora que se quedaría vacía. Sólo entendí la parte más importante de sus explicaciones: que su vida había empezado a seguir adelante.

Para mí, en cambio, el problema no era seguir adelante con mi vida. Era comprender. A medida que ha pasado el tiempo, las demás incertidumbres de mi vida parecen haberse aclarado de un modo en el que nunca lo ha hecho la vida de mi padre. Puedo imaginar lo que pensó Richard Curry durante el fin de semana de Pascua: que Paul estaba en la misma posición en que él mismo había estado una vez, que sería insoportable permitir que su hijo huérfano se convirtiera en un nuevo Bill Stein o Vincent Taft, o incluso en un nuevo Richard Curry. El viejo amigo de mi padre creía en el don del borrón y cuenta nueva, un cheque en blanco con fondos ilimitados; pero tardamos demasiado tiempo en comprenderle. Incluso Paul, en esos días en que yo todavía guardaba la esperanza de su supervivencia, me daba razones para pensar que simplemente nos había dejado atrás a todos, que había escapado a través de los túneles para nunca más volver: el decano lo había dejado sin apenas posibilidades de graduarse; yo lo había dejado sin ninguna posibilidad de ir a Chicago. Cuando le pregunté dónde le gustaría estar, él me contestó con toda honestidad: en Roma, con una pala. Yo, en cambio, no tuve edad suficiente para hacerle a mi padre esas preguntas, si bien es cierto que retrospectivamente mi padre parece el tipo de persona que las habría contestado honestamente.

Pensando en todo aquello, supongo que la única forma de explicar el hecho de haberme especializado en Lengua y Literatura después de perder mi fe en los libros –la única forma de explicar el hecho de que tuviera tantas esperanzas en el libro de Colonna después de haber rechazado el amor que mi padre le tenía– es que al hacerlo busqué los pedazos que mi padre (creía yo) me había dejado y que quizá podían reconstruirlo. Mientras Paul y yo fuimos amigos, mientras duró nuestra investigación sobre la *Hypnerotomachia*, la respuesta casi parecía estar a mi alcance. Mientras trabajáramos juntos, siempre había la posibilidad de que algún día llegara a entenderlo.

Cuando esa posibilidad desapareció, ejecuté mi contrato y me hice analista de software. El empleo que conseguí resolviendo un acertijo, lo acepté al fracasar con otro. El tiempo en Texas pasó más rápido de lo que puedo explicar. El calor que hacía allí en verano no me traía recuerdo alguno, así que me quedé. Katie y yo nos escribimos casi una vez por semana durante los dos años que ella pasó en Princeton; comencé a esperar sus cartas aun cuando se hicieron menos frecuentes. La última vez que la vi fue durante un viaje a Nueva York para celebrar mi vigésimo sexto aniversario. Al final de ese viaje, creo que hasta Charlie se hubiera dado cuenta de que el tiempo se interponía entre nosotros. Mientras caminábamos por Prospect Park bajo el sol de otoño, cerca de la galería de Brooklyn donde Katie trabajaba, comencé a comprender que las cosas que una vez habíamos disfrutado se habían quedado atrás, en Princeton, y que el futuro no había conseguido reemplazarlas por la visión de un porvenir. Katie –y esto yo lo sabía– había deseado comenzar algo nuevo ese fin de semana, trazar un nuevo curso según una nueva estrella. Pero la posibilidad del renacimiento, que durante tanto tiempo había mantenido a flote a mi padre y había preservado su fe en su hijo, era un acto de fe del cual yo empezaría a dudar muy pronto. Después de ese fin de semana comencé a desaparecer por completo de la vida de Katie. Poco después me llamó por última vez al trabajo. Sabía que el problema estaba de mi lado, que eran mis cartas las que se habían vuelto más cortas y distantes. Su voz revivió un dolor que no había esperado. Me dijo que no volvería a tener noticias suyas hasta que hubiera sacado en claro dónde estaba nuestra relación. Terminó por darme el número de una galería nueva y me dijo que la llamara cuando las cosas hubieran cambiado.

Las cosas nunca cambiaron. En todo caso, no para mí. No pasó mucho tiempo antes de que la librería de mi madre prosperara y ella me pidiera que la ayudara a llevar la de Columbus. Le dije que era demasiado difícil dejar Texas ahora que había echado raíces. Mis hermanas me visitaban y Charlie y su familia lo hicieron una vez, y todos se iban dándome consejos para salir de esta depresión, para sobreponerme a esto, fuera lo que fuese. La verdad es que me he limitado a ver cómo las cosas cambian a mi alrededor. Cada año las caras son más jóvenes, pero en todas ellas veo las mismas formulaciones, emitidas de nuevo como si fuesen dinero, nuevos sacerdotes de una vieja denominación. Recuerdo que en la clase de Economía que seguí con Brooks nos enseñaron que un solo dólar, si se le hacía circular el tiempo suficiente, podría comprar el mundo entero, como si el comercio fuera una vela que nunca se apagara. Pero ahora veo ese mismo dólar en cada compra, y ya no necesito los bienes que puede comprar. La mayor parte del tiempo, apenas si los percibo como bienes.

Paul soportó mejor que los demás el paso del tiempo. Siguió a mi lado, brillante, a sus veintidós años, como un incorruptible Dorian Gray. Me parece que fue después, cuando mi compromiso con una profesora asistente de la Universidad de Texas comenzó a venirse abajo –ahora me doy cuenta de que aquella mujer me recordaba a mi padre y a mi madre y a Katie, todos a la vez–, cuando tomé la costumbre de llamar a Charlie cada semana, y de pensar cada vez con más frecuencia en Paul. Me pregunto si no fue acertado que se fuera así como lo hizo, dejándonos esa imagen. Esforzado. Joven. Mientras tanto, nosotros, igual que Richard Curry, sufrimos los estragos de la vejez, las desilusiones de una juventud prometedora. Ahora me parece que la muerte es la única vía de escape de la vida. Tal vez Paul supo todo el tiempo que le estaba ganando la partida: al pasado, al presente y a todo lo que hubiera entre los dos. Incluso ahora parece que me siga conduciendo hacia las conclusiones más importantes de mi vida. Todavía lo considero mi mejor amigo.

Capítulo 30

Así pues, tal vez había tomado la decisión aun antes de recibir este paquete por correo. Tal vez el paquete sólo fue el desencadenante, como el alcohol que derramó Parker aquella noche sobre el suelo del club. No he llegado a los treinta y ya me siento como un viejo. Es la víspera de nuestra quinta reunión de promoción y parece que hayan pasado cincuenta años.

«Imagina –me dijo Paul alguna vez–, que el presente no es más que un reflejo del futuro. Imagina que pasamos nuestra vida entera mirando fijamente un espejo con el futuro detrás de nosotros, viéndolo sólo a través del reflejo de lo que tenemos aquí y ahora. Algunos empezaríamos a creer que podemos ver mejor el mañana dándonos la vuelta y mirándolo directamente. Pero aquellos que lo hicieran, aun sin darse cuenta, perderían la perspectiva que alguna vez tuvieron. Pues lo único que no podrían ver directamente sería su propia imagen. Al darle la espalda al espejo, se transformarían en el único elemento de su propio futuro que sus ojos nunca llegarían a ver.»

En ese momento pensé que Paul estaba repitiendo como un loro la sabiduría que había recibido de Taft, y que Taft habría robado de algún filósofo griego: la idea de que nos pasamos la vida entrando de espaldas en el futuro. Lo que no pude ver, por encontrarme mirando al lado equivocado, era que Paul se refería a mí. Durante años he tomado la decisión de seguir adelante con mi vida mediante la obstinada persecución del futuro. Eso es lo que todos me dijeron que debía hacer: olvidar el pasado, mirar hacia delante, y acabé por hacerlo mejor de lo que todos esperaban. Cuando hube llegado, sin embargo, me pareció que sabía exactamente cómo se había sentido mi padre, que podía identificarme con la manera en que las cosas parecían volverse en su contra sin explicación alguna.

En realidad, no tengo la menor idea al respecto. Ahora me giro hacia el presente, y me encuentro con que no he tenido ninguna de las desilusiones que experimentó mi padre. En un negocio del que no sé nada, que nunca me ha apasionado, he tenido un cierto éxito. Mis superiores se maravillan de que después de haber sido, durante cinco años, el último en dejar el despacho, no me haya tomado ni un solo día de vacaciones. Como no se les ocurre nada distinto, me toman por un devoto.

Viendo eso ahora, y comparándolo con el hecho de que mi padre no hizo nunca nada que no le apasionara, he llegado a comprenderlo. No lo conozco mejor que antes, pero sé algo acerca de la posición que he adoptado durante estos años en que me he dado la vuelta para mirar hacia el futuro. Sé que ésta es una manera ciega de encarar la vida, una posición que permite que el mundo te pase por encima exactamente cuando más te crees metido en él.

Esta noche, mucho después de haber salido del despacho, he renunciado a mi empleo. He observado cómo se ponía el sol sobre Austin, me he dado cuenta de que no ha nevado una sola vez desde que vivo aquí, ni siquiera en mitad del invierno. Casi he olvidado lo que se siente al meterte en una cama tan fría que desearías que hubiera alguien más en ella. Texas es tan cálida que te convence de que es mejor dormir solo.

El paquete me esperaba en casa cuando he regresado del trabajo. Un tubo de color marrón apoyado en mi puerta, tan inesperadamente ligero que he llegado a pensar que estaba vacío. No llevaba nada escrito salvo mi dirección y código postal, y no había remitente, sólo un número de rastreo escrito a mano en la esquina izquierda de la etiqueta. Recordé un póster que Charlie me dijo que me enviaría, una pintura de Eakins sobre un remero solitario en medio el río Schuylkill. Charlie estuvo intentando convencerme de que me mudara más cerca de Filadelfia, de que Filadelfia era la ciudad adecuada para un hombre como yo. Su hijo debería ver a su padrino con más frecuencia, dijo. Charlie pensó que había comenzado a alejarme.

Así que abrí el cilindro, pero lo dejé para después del correo normal, las ofertas de tarjetas de crédito y las notificaciones de las loterías. Nada que se pareciera a una carta de Katie. En el resplandor del televisor, el cilindro parecía hueco: no había ningún póster de parte de Charlie, no había ninguna nota. Sólo al meter el dedo sentí que había algo delgado pegado a la circunferencia. Un lado me parecía satinado y el otro rugoso. Lo saqué de un tirón con menos delicadeza de la que habría debido emplear, preguntándome qué sería.

Dentro del paquete había una pintura al óleo. La desenrollé preguntándome si Charlie habría ido más allá de sus intenciones y me habría comprado un original. Pero cuando vi la imagen del lienzo, supe que no era así. El estilo era muy anterior al siglo XIX norteamericano, muy anterior a cualquier siglo norteamericano. El tema era religioso. Era europeo, de los primeros tiempos de la verdadera pintura.

Es difícil explicar la sensación de tener el pasado entre las manos. El olor de ese lienzo fue más fuerte y más complejo que cualquier cosa de Texas, donde son jóvenes incluso el vino y el dinero. En Princeton había un rastro del mismo olor, tal vez en el Ivy, con seguridad en las habitaciones más antiguas de Nassau Hall. Pero aquí, en este cilindro diminuto, el olor estaba mucho más concentrado: era el olor de la edad, denso y resistente.

El lienzo estaba oscuro de mugre, pero poco a poco pude distinguir el tema. Al fondo se veía el estatuario del antiguo Egipto, obeliscos y jeroglíficos y monumentos desconocidos. En primer plano había un hombre al cual los demás habían venido a someterse. Al notar un pequeño rastro de pigmento, miré el lienzo más de cerca. La túnica del hombre había sido pintada con una paleta mucho más clara que el resto de la escena. En medio del desierto polvoriento, la túnica estaba radiante. No había pensado en aquel hombre en muchos años. Era José, convertido en gran oficial de Egipto, recompensado por el faraón por su capacidad para interpretar los sueños. José, revelándose a sus hermanos que iban a comprar grano, los mismos hermanos que lo habían abandonado, dándolo por muerto, tantos años atrás. José, restituido con su túnica multicolor.

Sobre las bases del estatuario había tres inscripciones. En la primera se leía: «*Crescebat autem cotidie fames in omni terra aperuitque Ioseph universa horrea*». Había hambre en todo el mundo. Y José abrió los graneros. Enseguida: «*Festinavitque quia commota fuerant viscera eius super fratre suo et erumpebant lacrimae et introiens cubiculum flevit*». José salió de prisa; tan fuerte era el cariño que sentía por su hermano, que sintió deseos de llorar. Sobre la base de la tercera estatua había sólo una firma en letra de imprenta. «Sandro di Mariano», mejor conocido por el apodo que le puso su hermano mayor: «barrilito», o Botticelli. Según la fecha que aparecía bajo el nombre, el lienzo tenía más de quinientos años.

Me quedé observando esta reliquia que sólo otro par de manos había tocado desde el día en que fue encerrada bajo tierra. Era bella de una forma que ningún humanista habría podido resistir, con ese estatuario pagano que Savonarola nunca habría permitido. Aquí estaba, casi destruida por el tiempo, pero de alguna manera intacta todavía y vibrante bajo el hollín. Viva, después de tanto tiempo.

La puse sobre la mesa cuando las manos comenzaron a temblarme tanto que no pude seguir sosteniéndola, y busqué en el tubo algo que hubiera pasado por alto, una carta, una nota, cuando menos un símbolo. Pero el tubo estaba vacío. Allí estaba la escritura que había puesto mi dirección con tanto cuidado, pero nada más. Sólo los sellos del correo y el código de rastreo.

En ese momento el código me llamó la atención: 39-055-210185-GEN4519. Había en él un cierto diseño, como la lógica de un acertijo. Formaba un número telefónico extranjero.

Al fondo de una estantería encontré un volumen que alguien me había regalado por Navidad hacía años, un almanaque con sus catálogos de temperaturas y fechas y códigos postales.

De repente me resultaba útil. Hacia el final del libro había una lista de prefijos extranjeros.

39, indicativo de Italia.

055, código de área de Florencia.

Observé los demás números mientras volvía a sentir el pulso acelerado, el viejo tamborileo en los oídos. 21 01 85, un número de teléfono local. GEN4519, probablemente un número de habitación o una extensión. Estaba en un hotel, en un piso.

«Había hambre en todo el mundo. Y José abrió los graneros.»

Volví a mirar la pintura, luego el tubo.

GEN4519.

«José salió de prisa; tan fuerte era el cariño que sentía por su hermano, que sintió deseos de llorar.»

GEN4519. GEN45:19.

En mi casa era más fácil encontrar un almanaque que una Biblia. Tuve que escarbar entre las viejas cajas del ático antes de encontrar la que Charlie decía haber olvidado por accidente después de su última visita. Pensó que tal vez podría compartir su fe conmigo, las certidumbres que venían con ella. Charlie, el incansable; Charlie, lleno de esperanza hasta el fin.

Ahora la tengo frente a mí. Génesis 45:19 viene al final de la historia pintada por Botticelli. Después de revelarse a sus hermanos, José se transforma en un dador de dones, como antes lo fue su padre. Después de todo lo que ha sufrido, dice que se llevará consigo a sus hermanos, que ahora se mueren de hambre en Canán, y les permitirá compartir el botín de su Egipto. Y yo, que durante la mayor parte de mi vida he cometido el error de intentar dejar a mi padre atrás, de pensar que podría avanzar manteniéndolo en el pasado, lo comprendo perfectamente.

«Tomad a vuestro padre y venid a mí –dice el verso–; que no les pese tener que dejar sus cosas, pues suyo será lo mejor de la tierra de Egipto.»

Levanto el teléfono.

«Tomad a vuestro padre y venid a mí», pienso, preguntándome cómo lo entendió todo cuando yo no lograba hacerlo.

Vuelvo a colgar el teléfono y busco mi agenda para copiar el número antes de que nada pueda ocurrirle. En estas páginas nuevas, la nueva H de Paul Harris y la vieja M de Katie Marchand son las únicas entradas de la cuadrícula. Parece poco natural tener que añadir un nombre, pero debo combatir la sensación de que todo lo que tengo en el mundo es este grupo de dígitos impreso sobre un cilindro de correos, una sola oportunidad que podría quedar eliminada por un solo error, que podría desangrarse hasta desaparecer bajo una sola gota de agua.

Las manos me sudan cuando levanto de nuevo el auricular, apenas consciente del tiempo que he pasado sentado aquí, tratando de pensar en las palabras que puedo usar. Afuera, por el cristal de mi ventana, en la noche reluciente de Texas, no se ve más que el cielo.

«Que no les pese tener que dejar sus cosas, pues suyo será lo mejor de la tierra de Egipto.»

Cuando vuelvo a tener tono, empiezo a pulsar los botones del teclado. Un teléfono que nunca pensé que mis dedos llegaran a marcar, una voz que nunca pensé en volver a oír. Hay un zumbido distante, el timbre de un teléfono en una zona horaria distinta. Luego, tras el cuarto timbre, una voz.

«Se ha comunicado con Katie Marchand, de Galería Hudson, Manhattan. Por favor, deje su mensaje.»

Enseguida suena un pitido.

–Katie –digo ante el murmullo del silencio–, soy Tom. Es casi medianoche aquí. Hora de Texas.

El silencio al otro lado es inquietante. Me habría podido abrumar si no hubiera sabido exactamente lo que quería decir.

–Me voy de Austin mañana por la mañana. Estaré fuera un tiempo, pero no sé cuánto.

Sobre mi escritorio hay una foto de los dos en un pequeño marco. Salimos ligeramente descentrados: cada uno sostiene un lado de la cámara y la apunta hacia nosotros. Detrás está la capilla del campus, empedrada y quieta; aún hoy Princeton sigue susurrándome desde el fondo.

–Cuando vuelva de Florencia –le digo a la estudiante de segundo que aparece en mi foto, mi regalo accidental, justo antes de que el contestador automático de Nueva York me corte la llamada–, quiero verte.

Enseguida cuelgo el auricular y vuelvo a mirar por la ventana. Habrá maletas por hacer, agencias de viajes a las que llamar, nuevas fotos por tomar. Cuando comienzo a percatarme de la magnitud de lo que estoy haciendo, se me ocurre algo. En alguna parte de la ciudad del renacer, Paul se levanta de su cama, mira por la ventana y espera. Hay palomas que zurean en los techos, campanas de catedral que doblan en sus torres a lo lejos. Aquí estamos, en continentes distintos, sentados igual que siempre: cada uno en el borde de su colchón, pero juntos. Sobre los techos del lugar adonde voy habrá santos y dioses y ángeles volando. Por donde camine habrá recordatorios de todo lo que el tiempo no puede tocar. Mi corazón es un pájaro enjaulado que bate las alas con el dolor de la expectativa. En Italia está amaneciendo.

Nota de los autores

Después de más de quinientos años, la identidad del autor de la *Hypnerotomachia* sigue siendo incierta. En ausencia de pruebas definitivas que favorezcan al Francesco Colonna romano o a su homónimo veneciano, los eruditos han seguido enfrentándose al extraño acróstico, *Poliam Frater Franciscus Columna Peramavit*, a veces citándolo como evidencia de las intenciones misteriosas del autor.

Girolamo Savonarola (1452-1498) fue tan respetado como repudiado por los ciudadanos de Florencia durante su breve ejercicio como líder religioso de la ciudad. Aunque para algunos sigue siendo símbolo de reforma espiritual contra los excesos de su tiempo, para otros es conocido tan sólo como destructor de incontables cuadros, esculturas y manuscritos en las hogueras por las que más se le recuerda.

Hasta la fecha de publicación de *El enigma del cuatro*, no se ha establecido ninguna conexión entre la *Hypnerotomachia* y Savonarola.

Richard Curry modifica el poema «Andrea del Sarto», de Browning, según sus necesidades; y Tom, al recordar el uso que Curry le ha dado, hace lo mismo. La línea original de Browning es: «Yo hago lo que tantos sueñan toda su vida» (el subrayado es añadido). Tom y Paul se refieren a veces a libros de estudiosos, incluyendo los de Braudel y Hartt, usando títulos abreviados; y Paul, en su entusiasta repaso de la historia de Florencia, habla de artistas e intelectuales florentinos cuyas vidas abarcan varios siglos, y dice que vivían «al mismo tiempo». Tom se toma la libertad de reducir el nombre oficial del Parque Estatal Battlefield de Princeton a Parque Battlefield de Princeton, de atribuir *Take the «A» Train* a Duke Ellington en vez de a Billy Strayhorn, y de sugerir, en su primer encuentro con Katie, que el nombre del poeta E. E. Cummings debía aparecer en letra minúscula, cuando el mismo Cummings (al menos en este caso) probablemente hubiera preferido un uso convencional de las mayúsculas.

Los autores se responsabilizan de otras invenciones y simplificaciones. Las Olimpiadas al Desnudo comenzaban tradicionalmente a la medianoche, y no al atardecer, como sugiere *El enigma del cuatro*. Jonathan Edwards fue el tercer presidente de Princeton, y murió tal como aparece en esta novela, pero no inició las ceremonias de Pascua aquí descritas, las cuales son completamente inventadas. Aunque los clubes de Prospect celebran muchos eventos formales cada año, el baile del Ivy al que Tom asiste, en particular, es falso. Y el plano de las plantas del Ivy Club, igual que el de varios otros escenarios mencionados, ha sido modificado para servir al relato.

Finalmente, el tiempo se ha cobrado varias víctimas entre algunos de los elementos integrantes de Princeton, tan familiares para Tom y sus amigos. La clase de segundo año de la que forma parte Katie fue la última en correr desnuda por el patio de Holder en la noche de la primera nevada (aunque lo hizo en enero y no en abril): la universidad prohibió las Olimpiadas al Desnudo en 1999, poco antes de la graduación de Tom. Y el querido árbol de Katie, el Mercer Oak que antes se levantaba en el Parque Battlefield de Princeton, se vino abajo, por causas naturales, el 3 de marzo de 2000. Aún puede ser visto en la película *I.Q.*, de Walter Matthau.

En casi todos los demás aspectos, hemos tratado de ser tan fieles como fuera posible a la historia del Renacimiento italiano y a la historia de Princeton. Estamos en deuda con esos dos escenarios del intelecto.

I. C. y D. T.

Agradecimientos

Debemos las gracias a mucha gente. Tardamos seis años en acabar *El enigma del cuatro,* lo que para dos jóvenes en la década de los veinte es toda una vida.

Primero a Jennifer Joel –superagente, amiga, musa–, que creyó en nosotros mucho antes de que nadie más lo hiciera y a Susan Kamil, que nos quiso como si fuéramos sus propios hijos y que se afanó con el manuscrito como Paul y Tom hubieran hecho.

Muchas gracias a todos aquellos sin los que esto no hubiera sido posible: Kate Elton, Margo Lipschultz, Nick Ellison, Alyssa Sheinmel, Barb Burg, Theresa Zoro, Pam Bernstein, Abby Koons y Jennifer Cayea.

A Ian le gustaría empezar dando las gracias a Jonathan Tze. La idea para la tesina de Paul, de la que gran parte de la novela surge, es medio suya. En Pinceton, también le agradece su ayuda a Anthony Grafton, quien sugirió la investigación de la *Hypnerotomachia.* A Michael Sugrue, cuyo entusiasmo y apoyo nunca se agotaron, y especialmente a David Thurn cuya sabiduría y amistad supusieron toda una diferencia. En el Thomas Jefferson High School de Ciencia y Tecnología, Mary O'Brien y Bettie Stegall dieron a la literatura y a la escritura creativa una voz en la selva. Joshua «Ned» Gunsher fue una inspiración para las desgracias de Tom y también nos ayudó a reunir datos reales sobre el Ivy Club, antes de que nosotros lo reinventáramos. Durante quince años, David Quinn ha sido nuestro interlocutor literario, un consuelo y una luz de guía que, junto a Robert McInturff, Stewart Young y Karen Palm, formaba parte del modelo que tomamos para escribir un libro sobre la amistad. Sobre todo a mis padres, a mi hermana Rachel y a mi prometida Meredith, que conservaron su fe en mí cuando parecía que se había perdido toda esperanza, no sólo durante estos seis años sino cada vez que parecía que me había convertido en un caso perdido. Su amor hace que la alegría de escribir parezca pequeña en comparación.

Por la orientación editorial y gran amistad, a Dusty le gustaría dar las gracias primero a Samuel Baum, Jose Llana y Sam Shaw. También a aquellos que estuvieron allí de tan distintas maneras como sus nombres: Sabah Ashraf, Andy y Karen Barnett, Noel Bejarano, Marjorie Braman, Scott Brown, Sonesh Chainani, Dhruv Chopra, Elena DeCoste, Joe Geraci, Victor y Phyllis Grann, Katy Heiden, Stan Horowitz, la familia Joel, David Kanuth, Clint Kisker, Richard Kromka, John Lester, Tobias Nanda, Nathaniel Pastor, Mike Personick, Joe y Spencer Rascoff, Jeff Sahrbeck, Jessica Salins, Joanna Sletten, Nick Simonds, Jon Stein, Emily Stone, Larry Wasserman, y Adam Wolfsdorf. A mi familia, Hyacinth y Maxwell Rubin, Bob y Marge Thomason, Lois Rubin, y a todos los Thomason, Blount, Katz, Cavanagh y Nasser, gracias por tu apoyo infinito. Sobre todo, mi amor a James y Marcia Thomason y a Janet Thomason y Ron Feldman, para quienes no hay palabras suficientes; y a Heather Jackie, para quien cuatro letras son suficientes: BTPT.

Finalmente, nos gustaría dar las gracias a Olivier Delfosse, amigo y fotógrado quien, para bien o para mal, fue el que más cerca estuvo de convertirse en el tercer autor de *El enigma del cuatro*.

Título de la edición original: *The Rule of Four*
Traducción del inglés: Juan Gabriel Vásquez,
cedida por Roca Editorial de Libros, S. L.
Diseño: Jordi Salvany
Fotografía de la sobrecubierta: © Hans Geel
Ilustración de la sobrecubierta: © Alinari
Foto de solapa: © Pikwick Ed.

Círculo de Lectores, S. A. (Sociedad Unipersonal)
Travessera de Gràcia, 47-49, 08021 Barcelona
www.circulo.es
5 7 9 4 0 1 0 8 6

Licencia editorial para Círculo de Lectores
por cortesía de Roca Editorial de Libros, S. L.
Está prohibida la venta de este libro a personas que no
pertenezcan a Círculo de Lectores.

Depósito legal: B. 31162-2004
Fotocomposición: Anglofort, S. A., Barcelona
Impresión y encuadernación: Printer industria gráfica, s. a.
N. II, Cuatro caminos s/n, 08620 Sant Vicenç dels Horts
Barcelona, 2004. Impreso en España
ISBN 84-672-0842-2
N.° 27516